深淵が覗く時

――コロナ禍の介護日誌

出雲 優生
Izumo Yuki

目次

深淵を覗く時、深淵もまたこちらを覗いているのだ

—フリードリヒ・ニーチェ—

第一章　東京医療センター

一

二〇一九年十二月八日。高木聖が自室の明かりを消したのは午後十時を廻った頃であった。普段なら夜半過ぎまで起きて何かしているのが生活習慣であったが、疲れていたので消灯とほぼ同時に聖は眠りに落ちた。その眠りはしかし、三十分後に携帯の着信音で妨げられることになる。

「高木さんが高熱を出されて意識がないんです」

聖の母、高木彰子は一年半ほど前から世田谷区の介護付高齢者住宅で余生を送っていた。十二月二十八日には九十四歳になる母である。

電話の向こうの声の主は栗田という女性のヘルパーである。咄嗟に聖の脳裏を過ったのは、昨年のほぼ同時期に起きた母の入院であった。尿路感染症が悪化し、敗血症を発症した母は意識不明のまま救急搬送され、生死の境を行き来したのである。

「診療所の先生に連絡がつかなくて、どうしましょうか？」

栗田のすがるような声に聖はしばし言葉を失った。「診療所の先生」とは、隔週で母の部屋を訪れ、健康状態をモニターをしてくれている竹内という医者のことである。

「救急車を呼んでください」

聖はそう促した。冷静を装ったが、声が上ずっているのが自分でもわかった。

「誰かが一緒じゃないと病院に連れて行って貰えないんです。私はここを離れるわけにいかないんです」

「僕が行きます」

聖のマンションから母の住居までは東京メトロを私鉄に乗り継いで四十五分ほどの距離である。財布と携帯だけをジーンズの後ろポケットに押し込むと、聖は部屋を飛び出した。

駅までの短い距離を走りながら、誰かが一緒じゃないと病院に行けないのなら、独居老人はどうするのだろうかなどと考えたが、そんなことを問うている場合ではない。

聖がメトロに飛び乗るとほぼ同時にポケットの携帯が振動した。見覚えのない着信番号であったが、聖は車両のドアに身を寄せ携帯を耳につけた。

「高木さんですか？」

急いた声が尋ねた。若い男の声であった。

「はい」

「救急隊員の青葉と申します。今、お母様のお部屋に来ているのですが、高熱を出しており意識がない状態です。このまま救命活動を続けるべきか確認のためお電話しています」

「は？」

相手が何を言っているのか聖にはすぐに理解ができなかった。

「ご家族の中には救命措置をお望みではない場合もありますので」

何を馬鹿なことを言っているのか。青葉が言っている意味を漸く把握した聖が感じたのは怒りであった。夜中に近い時間であったが、休日のメトロの中は混んでいた。ここで大声を出すわけにはいかない。

「母の状態もまだよくわかりませんので、救命措置をお願いいたします」

辛うじて怒りを抑えて出た言葉がそれであった。

聖の母は九十三歳である。世間的には明日死んでも大往生となり、時間と労力をかけて救うような命ではないのかもしれない。しかし、九十三歳だろうが、百歳だろうが、聖にとって母はたった一人の母親である。どういう教育を青葉という男が受けているのか知らないが、見ず知らずの救急隊員に大切な命の判断を任せるわけにはいかない。

電話を切って数分のうちにまた青葉から着信が来た。

「引き受け先の病院を探しているんですが、なかなか見つかりませんので、もう少しお待ちください」

「昨年お世話になった病院では駄目なんですか？」

病院名は栗田が知っているはずであった。

「確認したんですが、救急外来がいっぱいで受け入れられないそうです」

「わかりました」

聖は母のいる介護施設に向かっているが、場合によっては方向転換しなければならないかもしれない。いずれにしても、時間がかかる。かかり過ぎる。いつもの十五分が三十分のようであり、三十分が一時間のように感じる。

メトロのドアが開くたびに、外に飛び出してタクシーを拾いたい衝動に駆られるが、電車のほうが早く着くだろうと思い直す。そうこうしているうちに携帯に再度着信が来た。

「決まりました。三鷹の杏林大学附属病院です」

三鷹とは聖の自宅からはかなり不便な場所である。しかし、急を要する処置に贅沢を言っている場合ではない。突如として高熱を出して意識を失うという症状から、おそらく昨年と同じ疾患であろう。時間との勝負である。

三鷹にはどういう方法で行けば早く到着できるだろうか。思案しているとまた携帯に着信があった。

「すみません」

青葉である。

「目黒の国立東京医療センターでお願いします」

「目黒の国立東京医療センターですね」

目黒なら話は早い。聖は代々木上原でメトロを降り地上に飛び出すと、駅前に停まっていたタクシーに向かって手を上げた。

二

どうか発熱の原因がインフルエンザのような病気でありますように。インフルエンザなら母は予防接種もしているし特効薬もある。なんとか命を繋げることもできるだろう。

しかし、聖の祈るような希望は、医師の「敗血症」という言葉で砕け散ることになる。

「尿路感染症から敗血症を発症しています。重篤な容態ですので、まだなんとも申し上げられません」

救命医療センターの多田という医師は言った。母がＩＣＵに担ぎ込まれてから二時間後のことである。外科医や救急医が常用するスクラブを纏い、マスクとゴーグルを取り払ったその顔は若輩であったが、目の奥の光から有能さが見える医師であった。聞くともう二十四時間近く無睡で勤務しているのだと言う。

「万一、お母さまが心肺停止状態になった場合ですが、蘇生措置をご希望ですか？」

待合室のテーブルに対面して座した多田は聖の顔色を窺いながら問うた。

「蘇生措置というと心臓マッサージとかですか？」

「そうですね。人工呼吸器の装着も含まれます」

聖の意思は決まっていた。母の苦しみを無意味に延続させるような措置を取って欲しくはない。

「会うことはできますか？」

聖は延命措置を望まないという書式に署名をして、ペンを置くと聞いた。

「ええ、もちろん。意識はありますので」

救命医療センターのＩＣＵは剥き出しのベッドと点滴のビニール袋、そして血圧や心拍数を測るバイタル・モニターが並んだ野戦病院のようなところである。防護服を要求されるようなことはなかったが、院内感染を防ぐ措置として手指のアルコール消毒とマスクの着用は必須であった。

母は五台ある病床の一番奥のベッドに寝ていた。どんな状態なのか覚悟はしていたが、点滴と酸素吸入のチューブに繋がれた老いた母の姿は痛ましかった。感染防止のためか、各々のベッドは一部カーテンで隠されていたが、ここにはプライバシーはない。苦しそうな呼吸音も、唸り声も、会話もすべて筒抜けである。あちこちから聞こえて来る心拍モニターのピッピッという電子音が、どこか不気味であった。

母は聖の姿が目に入ると、すぐに声を上げたが何を言ったのかは聞き取れなかった。

「大丈夫だよ。すぐに良くなるからね」

聖はベッドサイドに歩み寄ると、自分に言い聞かせるような気休めを言った。

「私、どうしたの？」

今度は聞き取れた。

「病院にいるんだよ。高熱が出て救急車で連れて来られたんだよ」

聖は母の手を握って言った。老木の枝のような手であった。

昨年の悪夢がまた繰り返されようとしている。その高齢故に、迫り来る母の死は常に聖の意識の中にあった。死は覚悟していた。ただ、母が苦しむようなことだけは、何としても避けたかった。

聖はもう四半世紀も前に父親を失っている。原因は胃癌であり、その最後は痩せ細った猿のような死であった。柔道の有段者であり、旧日本陸軍に従軍した軍人であった。筋骨隆々としていたそんな父が段々と痩せ細り、字を書くことはおろか言葉も発せなくなって行くのをなす術もなく見ているのは生きた地獄であった。

その二年前には祖母が死んだ。九十二歳の大往生であったが、脳梗塞で倒れてからは病院のベッドでほとんど無意識のまま六ヶ月を過ごした。体力を失い、自助的に吐痰ができない状態になったため、日に何度も看護師によって吸痰作業が行われる。吸痰器から延びた細いビニールの管を喉の奥に押し入れて行う作業であるが、それが苦しいらしくもがく祖母の姿は見るに耐えなかった。

聖は母がそのような状態になることを恐れた。「眠るように亡くなった」とはよく聞く言葉である。実際にそのようにして亡くなった人を聖は何人も知っている。しかし、どういうわけか聖の家族はそうではなかった。七転八倒の苦しみの末に死んでいく姿が聖の記憶に深く刻まれているのである。

母は自分の置かれた状況を十分理解していないようだった。自分が病院にいることもはっきりとは意識していないようだった。だから、少なくとも死の恐怖と戦うことはない。これは不幸中の幸であったのかもしれない。

「明日また来るからね」

聖がそう伝えると、

「行かないで」

と母は嘆願した。

自分の状況を理解していなくても、一人にされることが怖かったらしい。

「また来るから、大丈夫だよ。お医者さんも看護婦さんもいるからね」

敗血症との戦いは、感染症と血圧降下との戦いである。感染症を抗生剤で叩くと同時に、急激な血圧の低下を昇圧剤で止めなければならない。母には以前から慢性の心不全があり、それが治療を余分に難しくしていた。

救急医療現場のプロ達は、人命を救うことが職務である。ＩＣＵにいても聖ができることはなにもない。却って邪魔になるだけである。

後ろ髪を引かれる思いで聖が病室を後にしたのは、午前四時を廻った頃であった。

三

東京医療センターの面会時間は午後三時から午後八時の間である。ただ、ＩＣＵの場合は患者に対する様々な処置がいつ必要になるともわからない。そのためＩＣＵの受付窓口で患者の名前と面会者の名前を申込書に書き、看護師が医師に確認を取った上で入室許可となる。

ＩＣＵ病棟は病院の正面玄関から入って大きな吹抜けのロビーを抜け、長い廊下を進んだ奥のエレベーターを上がった四階にある。締め切られた曇りガラスのドアの外に簡単な待合室があり、処置が終わるまで待合室のソファで待たされることになる。いったいどんな処置が施されているのだろうか。痛いこと苦しいことをされていないだろうか。そして母はこの試練を乗り越えることができるのだろうか。待ち時間は忌まわしい妄想との闘いの時間でもあった。

昨年は世田谷の関東中央病院で同じ症状の治療を受けた。同じように昇圧剤を使い急降下する血圧の方向を逆転させることで救急治療室を抜け出せたが、感染症との戦いは一般病棟に移されてからであった。

抗生剤の積極的な投与と水分補給が基本的な治療方針であったが、母には慢性心不全があるため、多量の水分投与が肺に負担をかけてしまう。心臓がポンプの役割をしており、それが弱ると肺に溜まる水分を掃くことができなくなるからである。従って肺の状態を見ながら水分補給のバランスを取るという綱渡り的な作業であったが、今回も同じことが想定された。

「血圧が思ったように上がってきてくれないんですよ」

入院二日目に医師は聖にそう伝えた。昨年は一晩で母の血圧は正常値に戻った。今回はそうはいかないらしい。

「昇圧剤の量を増やしたいんですが、脚の付け根にある静脈から太い管を入れる必要があります。万一その際に動脈を傷つけるようなことになると危険な状態になりかねません。ご承諾いただけますか？」

承諾もなにも、それをしなければ母は死ぬ。聖は二つ返事で首を縦に振った。

リスクを理解したという同意書を書かされ、処置が終わるまで外で待たされる。明日どころか、一時間先もわからない母の命である。あと一月足らずで九十四になる母であったが、過去と現実が混在したようなことを時折言うことを除いては頭のはっきりした母であった。

このまま死なせたくない。それは母が聖に残された唯一の肉親であるという事実に裏押しされた願いであった。聖の幼少時代から少年時代を知る人は、この人しかいない。この人が死ぬことによって、自分の過去の大きな部分がざっくりと抜け落ちてしまうような気がしていた。

同時に聖は母に対して動かし難い罪悪感を感じていた。他人並みの親孝行はしてきたつもりである。しかし、いくら孝行をしても足りないという引け目を聖は負っていた。それはそれまでの聖の人生に由来するものであった。

聖はその人生の半分をアメリカで過ごした。一人息子の不在は、日本に残された家族にとっては寂しいものであったに違いなかったが、それでも聖の父母は年老いた聖の祖母とともに支え合い生きていた。

しかし一九九二年に祖母が亡くなり、翌々年に父が亡くなると、母は一人暮らしを余儀なくされたのである。聖が職を得て日本に帰ったのが一九九五年であったから、母とともに暮らすことは選択肢として当然あったが、聖は敢えて自らも一人暮らしを選んだ。

母を一人にするのは申し訳ないという気持ちがなかったわけではないが、一人での生活に慣れてしまった聖にとって、例え相手が実の母親であろうとも、誰かと共生することは何よりも苦痛であった。聖の母も、そんな聖の気持ちを理解したのか、あるいは自分も自由に生きたいと思ったのか、聖に同居を迫るようなことは一度もなかった。

そのような気丈な立ち居振る舞いは、得てして逆効果となり、聖は母に対してある種の罪悪感を抱くようになったのである。

「私が動けなくなったらホームに入るから聖は心配しなくていいよ」

とは口癖のように母が言っていた言葉であった。

実際、聖が日本で仕事をするようになってからの約二十五年間、母が聖の手を煩わすことはほとんどなかった。物を捨てることができず、住んでいたマンションの一室をゴミ溜のようにしてしまったのには閉口したが、一週間に一度か二度、電話で会話を交えることで良好な関係を保っていた親子であった。

近所のデイケアに所属し、そこのサークルで多くの友達とも出会い、食事を共にしたりカラオケに行ったりで、母は母なりに羽を伸ばし、老後の青春を満喫しているようであった。それでも聖は、自分は母親に対して十分なことをしてこなかったという慚愧の念から抜け出すことができなかった。

聖は二〇〇〇年から二〇〇四年にかけて再びアメリカで生活を送っている。その時には、母を呼び一カ月ほど一緒に暮らした。しかし、アメリカは母にとって異国であり、決して住み易い土地ではなかった。親戚や友達のいる日本がやはり母には一番だったのである。

二〇〇四年に東京に舞い戻った聖は、また母とは別々の生活を選んだ。聖の仕事は激務であり、とても同居人の世話をするわけにはいかない。母にとっても何十年も別居している息子とはもう他人である。病気さえしなければ、一人暮らしが性に合っているようであった。

そんなある意味「気楽」な別居生活が、突如として終焉を迎える日が来る。そしてそれは誰あろう、聖の不注意が原因であった。

その日、聖は母のマンションを訪れ、歩行が困難になりつつあった母を外に連れ出した。運動のために母をウォーカーで歩かせ、聖自身は母が疲れた時のために車椅子を押しての散歩であった。天気の良い春の一日で、近隣の公園には色鮮やかな花々が咲き誇り子供達の遊ぶ声が溢れていたが、案の定、母は疲労を訴え、車椅子に乗りたいと言い出した。

何度も経験していることである。聖は大して意にも介せず母を車椅子に移動させた。ただ、母が尿意を催していたこともあり、帰路を急ぐことに気を取られた聖は、前方にあった歩道が一段高いことを見落としてしまったのである。

車椅子の車輪が歩道の縁石に衝突したことで、母は宙を舞うようにして転落し、足首を複雑骨折してしまう。その後、大きな病院で手術を受け、リハビリの末になんとか歩行能力を回復した母であったが、それ以降の一人暮らしは困難となり、施設を転々とする羽目となった。

母の事故は聖にとっては悔やんでも悔やみ切れない一生の不覚であった。そして、それは自らの黒歴史として今も心に深い傷跡を残し、聖が母に感じ続ける負い目の元凶となったのである。

四

脚の付け根から太い管を静脈に挿入し、大量の昇圧剤を投与するという医師の判断は正しかった。その日から母の血圧は安定し、当面の危機は脱したかに見えた。問題は、昇圧剤の投与なしに適切な血圧を維持できるかどうかである。それには抗生剤が効果を発揮し、感染症を抑え込む必要がある。

一般的に抗生剤が有効性を発揮するのには、最初の投与からその抗生剤が血中にある程度の濃度を持って行き渡るまでの一日から一日半の時間を要するとされる。母の容体はしかし、三日後になっても一進一退であった。

血圧の状態が落ち着き、昇圧剤の分量を減らすとまた血圧が下がり始める。

「抗生剤が効いてないんですか？」

もどかしさに駆られた聖の問いに、医師は「効いていると思いますよ」と答えるだけであった。

ＩＣＵは楽観と悲観が交互に訪れる場所である。症状の変化に一喜一憂すべきではないと頭で理解していても、感情はそれとは関係ないかのように揺れ動く。幸い、面会者がＩＣＵで過ごせる時間は限られていた。だから、聖が母の様子を見ることができるのは三十分かせいぜい一時間である。それ以外の時間で、どんなことが母の身に起きていようとも、聖には知る由もなかった。

入院四日目の朝になって、聖は病院からの電話を受けた。面会時間は午後からであるから、午前中に部屋の掃除でもしておこうかと思っていた矢先であった。

「高木さんの携帯でよろしかったでしょうか？」

と電話の向こうで野太い声が言った。その張り詰めた語調に聖は身構えた。母の容体が急変したのだろうか。

「私、泌尿器科の小川と申しますが、彰子さんの状況が思わしくないものでステントを入れる許可を頂きたいんです」

若い男の声であった。

説明によると母の腎臓から膀胱に至る尿管にステントを挿入し、腎臓に溜まっている尿を外に出すという。

「抗生剤をいくら使っても汚れた尿が腎臓に滞留していたのでは、感染症を止めることができません」

状況を理解するのに大して時間はかからなかった。

「それでステント手術の同意書を書いていただきたいんですが、いつ病院に来ていただけますか？」

手術は緊急を要するといった口調であった。

「口頭で同意するというわけにはいきませんか？　そちらに行くのに一時間くらいかかるんですが」

小川は一瞬口籠ったが、思い直したように
「わかりました。それでは口頭でご同意いただいたとして、手術にかからせて頂きます。正式な同意書にはこちらにいらっしゃってからサインしてください」

と快諾した。

聖がＩＣＵに着くと、既に母はオペ室に入っていた。

「あと三十分ほどで終わると思いますので、お待ちください」

看護婦に言われて待合室に席を取る。どんな手術であろうとも「手術」と名がつく処置にはリスクが付き纏う。高齢者である母の場合は尚更だろう。まして素人の聖には尿管ステントがどういったものなのかも理解できていなかった。

看護婦の言葉通り、小一時間して母はベッドに横たわった格好で運ばれてきた。そのままＩＣＵの内部へと吸い込まれて行く。すぐ後ろから眼鏡とマスクをした長身の医師が続いたが、聖の姿を認めると立ち止まった。

「高木さんですか？」

「はい」

「小川です」

小川はマスクを取って自己紹介した。スクラブに身を包んだその出で立ちから、名乗られる前に彼が小川医師であることを聖は予期していた。

「手術上手く行きましたよ」

小川の明るい表情に聖は胸を撫で下ろした。

東京医療センターの救命救急センターで働く医者は皆若く、精力的である。人の命を救うという医学の真髄に使命感を持っている者だけが選ばれているのであろう。

小川という泌尿器科の医師は、救命救急センターの医師ではないが、やはり若くきびきびとした立ち居振る舞いが印象的な医師であった。「若い」という形容詞は、時に経験不足や軽率といった言葉に置き換えられるものであるが、眼鏡の奥のその目には聡明が宿り、救命救急センターの医師たちと同様に、この医者に任せておけば大丈夫だろうという安心感さえ抱かせてくれた。

その小川の説明によると、ＣＴスキャンによって母の腎臓に大きな結石があることが判明したそうである。それが腎臓から尿管への経路をブロックしてしまっており、汚れた尿が体内に流れない状況になっていたのだと言う。

「本来なら手術をして結石を取り除きたいのですが、ご高齢ですので、リスクがあると思います。ステントは交換が三ヶ月に一度必要になりますが、現時点ではそれが最善の処置だと思います」

そんな大きな石があることが、なぜ昨年のレベルで判らなかったのだろうか。命を救ってもらって文句を言える筋合いではないが、関東中央病院でも腎臓のＣＴは撮っているはずである。あの時に適切な処置を行っていれば、今年の入院はなかったかもしれないと聖は臍《ほぞ》を噬《か》む思いであった。

「これで抗生剤が効いてくると思いますよ」

人の命など病院によって、そして担当の医師によってどうにでもなるものである。

三鷹の杏林大学附属病院にも優秀な医師はいるのだろうが、たまたま向こうが満床で、母は東京医療センターに救急搬送された。それがもしかしたら母の命を繋ぎ止める結果となったのかもしれないと聖は思った。

尿管ステントを挿入してから、母の容態は徐々に改善に向かっていった。年寄りの身体であるから、目に見えた回復を望むわけにはいかない。抗生剤も耐性が生じているとの判断から、途中で別な薬剤に切り替えるということになった。

「お母様はお好きな音楽とかあるんですか？」

担当の看護婦にそう問われて聖は戸惑った。母の状態が良い方向に向かっているとはいえ、まだ危機を脱したわけではないだろう。音楽のことなどは聖の意識から遠いところにあった。

「だいたい何でも聴きますけど」

「お好きな音楽があったらCDプレイヤーがありますからどうぞ」

看護婦の指差す先には腰の高さほどの医療テーブルがあり、その上に小型のCDプレイヤーが奇妙な違和感に包まれて置かれてあった。確かに、母はベッドに繋がれてずっと寝ているのである。聖は明日はどうなることかと気が気ではないが、本人にしてみればひどく退屈な時間かもしれない。

翌日、聖は母が好きなシャンソンとカーペンターズのCDを持参し、CDプレイヤーを母の枕元に近づけて音量に気を使いながらプレイボタンを押した。スピーカーから流れるカレン・カーペンターの歌声が、どれだけ母の耳に届いたかは判然としなかったが、少しでも母の苦痛を和らげることができればと、看護婦の提案には素直に感謝した。

昨年の母は三日で重篤な状態から脱したが、今回は時間がかかった。一年という年月は、それだけ母の老体にダメージを及ぼしていたのかもしれなかった。結局、母は約一週間をＩＣＵで過ごしてから隣接するＯＮＣＵに移されることになった。

ＯＮＣＵとは集中治療は必要としないが、引き続き経過観察が必要な患者が入る病棟である。ＯＮＣＵに移動してすぐに聖は鈴本という新しい担当医と会った。この男も若く頭の切れそうな医師であった。

重篤な状態から脱した患者にとって、課題は以前の生活に復帰することである。一週間の間、点滴のチューブに繋がれ飲食をしていない母が、自主的に食事を摂ることができるのかを鈴本は悲観的に見ていた。

「入院前は普通にお食事をなさっていたんですよね？」

「はい、食欲は旺盛なほうでした」

体調によって波があったが、実際、聖の母はよく食べた。ホームの食事は口に合わないことがままあったが、寿司が好物で、聖がスーパーで買って行った握り寿司の詰め合わせに目がなかった。硬いものは食することができなかったが、マグロやサーモン、イクラやアジの握りを一度に七つ八つ平らげることが常であった。

「お年寄りは短期間でも食事をしない状況が続くと、まったく食べれなくなることがあるんですよ」

鈴本は暗い顔で説明した。

「その場合は、点滴や胃瘻で栄養を摂りながら余生を送っていただくという場合もあります」

それは聖が恐れていた事態であった。介護付高齢者住宅はあくまで自助努力で生活が営める高齢者のための施設である。トイレや入浴の介助はヘルパーが行ってくれるが、医療行為は法律で禁止されている。

点滴に四六時中繋がっているという状況になれば、転居を考えなければならない。転居先は、場合によっては高額な初期費用を求められる老人ホームか、俗に老人病院と言われている医療機関ということになる。老人病院に入る高齢者の多くにもはや人間らしい生活は期待できない。言葉は悪いが死を待つだけの悲惨な生活を送るのである。

重篤な状態だった時は、命さえなんとか助かればと思ったものである。重篤な状態を抜け出した今は、なんとか入院前の状態に戻してやりたいと願う。欲を言えば切りがないが、それでも欲が出るのが人間である。

しかし、その欲もまったく現実離れした希望から生まれたものではなかった。昨年の入院時にも、食事が摂れなくなった母の口にスプーンで食べ物を運び、回復に導いたのは自分であるという自負が聖にはあった。

　本来ならば病院の看護師の役目であるはずだが、看護師は忙しく時間をかけて患者に食事を与えることができない。加えて、どういう教育を受けているのか知らないが、老人は「とろみ」を付けないと食事ができないという固定観念があり、食事を拒むことイコール「とろみ」が足りないからだと考えている。

　そうではない。若者に個人差があるように老人にも個人差がある。母は入院前でも小一時間という時間をかけて食事をするのが常であった。それを二十分で口に押し込もうとすれば、拒否反応が出て当然なのである。「食べない」のと「食べることができない」は当然ながら同意語ではないということを理解していない看護師が多いことを聖は昨年の入院で痛感していた。

「できれば、私に食事の介助をやらせていただきたいのですが」

　近いうちに母はＯＮＣＵを出て一般病棟に移ることになるが、その際には個室にして欲しいと聖は願い出た。

「まあ、いますぐ退院というわけではありませんから、リハビリの先生とも相談してなんとかやってみましょう」

　聖の説明と希望を聞いた鈴本医師は、聖に同情的であった。面会時間は例によって三時以降である。しかし、三度の食事の介助をするのには、聖が特例を得て終日、母の病室に籠る必要がある。病院の規則には反することであり、通常なら許されないことであったが、鈴本は暗に聖の希望を受け入れることを承諾してくれた。

五

母の当面の命運は、摂食嚥下機能にかかっていると言っても過言ではなかった。専門用語における「摂食」とは食べるという行為の全体を指し、「嚥下」とは口の中にある食物を飲み込む作用のことを言う。

医師の説明では、飲み込み易いゼリー状の食物から始め、徐々に量と硬度を増して行くということであった。このプロセスは昨年と同じであり、母の食事はゼリーからアイスクリームやヨーグルト、そして粥から固形物へと移行した。看護師では事足りないため、聖の献身的なアシストが必要となったプロセスであったが、その経験則から、今回も聖自身はそれほど悲観的には見ていなかった。

「俺が介助すれば、また食べれるようになる」

という確信にも似た自信が聖を支えていたのである。

母がONCUに居ても、聖は毎日病院へ足を運んだ。このような状態にあっては、自分が無力であることはわかっていた。しかし、自分が毎日顔を見せていれば、医者も看護師も気を抜くことはできないだろう。同時に、何が起きているのか見えないところに自分が居ることが不安であった。

「嚥下が思った以上に上手く行っているようですよ」

ONCUに移ってから、三日後に聖はそう医師から伝えられた。元々、嚥下機能回復の可能性は低いと思っていたのだろうが、鈴本医師は嬉しそうに微笑んだ。

「明日、一般病棟に移しますが、個室希望でしたよね？」

「はい、よろしくお願いいたします」

「個室の空き状況を確認してお伝えします」

鈴本医師の白衣が去り、しばらくすると看護婦がリストを持って現れた。

個室にもいろいろなグレードがあり、特別室ともなるとホテルのスイートのような値段がする。母は後期高齢者医療保険の世話になっているが、個室となれば差額ベッド代は自前である。今のニーズは、とりあえず自分が面会時間外で母の世話ができればいいわけであるから、聖は一番安い部屋を選んだ。

翌日、聖が病院に行くと、母は七階にある内科の一般病棟へと移されたと伝えられた。行ってみると、元々二人部屋であるところを簡易的に個室に変えた部屋で、母のベッドのすぐ横には病院でよく見かけるテレビが装着された縦長のキャビネットがあり、病室の引き戸を入ってベッドのこちら側には肘掛け椅子が一脚と小さなテーブルが一卓置いてあった。

ONCUを出たとは言え、まだ微熱が続きほとんど眠っているばかりの重症患者である。体内の酸素濃度が落ちないように酸素吸入器からの管が鼻に挿入されており、腕は点滴に繋がれたままであった。それでも体温や心拍数、酸素濃度などが四六時中モニターされているＩＣＵと比べれば、今回も母が命拾いしたことは確かであった。

聖はキャビネットの棚の下にある小型冷蔵庫の扉を開け、冷凍庫に今しがた病院の一階の売店で買ったアイスクリームを入れた。そして、その上の冷蔵部分の棚にはヨーグルトとプリンを並べた。

東京医療センターは自由通りと駒沢通りがクロスする一角の広大な敷地に立地しており、所在地は目黒区であるが、世田谷区の駒沢オリンピック公園に隣接している。母の病室は南向きの日当たりの良い部屋で、窓からは駒沢オリンピック公園の深い緑と更に遠方には富士山の眺望にすら預かることができる部屋であった。

母が元気であれば、この景色をさぞ喜んだことだろう。入院前の聖の日課は、ほぼ一日置きにホームの近くのスーパーで握り寿司を買い、ランチの時間に合わせて母を訪ねることであった。天候の良い時には、車椅子を押して高台にある「ふれあい広場」という公園へと母を連れて行った。空が澄んで晴れている時には、その高台から富士の峰が見える。そして、その公園で遊んでいる小さな子供たちの無邪気な姿を眺めているのが母は好きだった。

富士山を見る度に、これが母がその一生で見る最後の富士になるかもしれないと思ったものである。母の死。その覚悟はもうだいぶ前にできているはずであった。しかし、いざ現実にその可能性を目の前に突きつけられると、あたふたしている自分がいた。人間なんて、本当はいつまでも成長しない生き物なのかもしれないなと聖は心の中で自嘲した。

しばらくすると看護婦がランチを載せたトレイを運んできた。ランチと言っても液状の粥が入ったプラスチックのボウルと、透明な円筒形のチューブに入った飲み物、ゼリー状の高カロリー食品が入った小さなパケット、そしてプラスチック製のスプーンが並んでいるだけである。

「ランチが来たよ」

聖は目を閉じたままの母に呼びかけた。

「ランチの介助は僕がしますので」

「お願いします」

鈴本医師から、前もって周知されていたのであろう。面会時間外であるが、看護婦は一礼すると部屋から出ていった。

鈴本の話によれば、母にはまだ嚥下機能が残っている。上手く行けば入院前の状態に戻せるに違いない。

「少し食べようか」

聖の声に、母は微かに目を開けた。スプーンに粥を掬い、口元に持って行くが、母は口を開けようとしない。

「お粥だよ。お口開けてごらん」

聖の言葉の意味がわかっていないのか、わかっていながら無視しているのか。母には意固地なところがあり、今回のことがあった前でも、食べたくないものは頑として食べない性格であった。

「じゃ、ゼリーはどう？　ゼリー食べようか？」

返答はなかったが、聖はゼリーのパケットを開け、少量のゼリーをスプーンに乗せると母の口元に持っていった。母は口を閉ざしたままであった。酸素吸入の管を自分で抜かないように、母の両手は厚手のミトンにすっぽりと嵌められている。それが嫌らしく、母は聖に向かって右手を上げた。

ミトンを外してやると、鼻に手を持っていき掻き始める。そんな何でもない動作に入院前の母の日常を見たように聖は安堵を覚えるのである。

「じゃ、アイスクリームにしようか？」

母はアイスクリームという言葉に目をさらに大きく開けると、小さく頷いて見せた。

その日は昼食時と夕食時の二回、聖は母の食事を介助した。しかし、ゼリーを二口、三口、そしてアイスクリームを五口ほど食べただけで、母はそれ以上の食事を拒否した。嚥下能力を聖自身の目で確認できたことは収穫であったが、食事量は母の体力を維持するには到底足りない量であった。

看護婦が言うには、朝食時にリハビリ科の療法士が訪れ、母に食事をさせて帰ったのだそうだ。

「どれくらい食べたんでしょうか？」

「50％くらい召し上がったそうですよ」

50％と言われても、それが何カロリーに相当するのか聖にはわからなかった。ネットからの情報では、母のようにほとんど活動していない高齢者でも、一日に一〇〇〇から一五〇〇キロカロリーの食物を摂取しなければ体力を維持できないとされている。現状の食事量では、体力の維持が望めないことは明白であった。

点滴による養分の補給はあくまで一過性のものである。食料や水分を経口摂取できなければ、内臓の機能は低下し、やがて人間は死に至る。そうかと言って、胃瘻をして外から養分を流し込むようなことはしたくなかった。なんとしても食事量を増やさなければならない。まだ始まったばかりだ。昨年も、徐々に経口摂取能力が改善し、正常に戻ったではないか。聖は希望を捨ててはいなかった。

六

東京医療センターへは、東急田園都市線を駒澤大学駅で下車し、自由通りを徒歩で通っていた。地上に出たところに東急バスのバス停があったが、雨の日以外は利用しなかった。早足で歩けば十分ほどの距離である。

往路は母の容態が気掛かりで道を急いだが、帰路は気持ちにいくらか余裕があったので、途中で道端の寿司屋やレストランで食事を済ませるようにしていた。人間が苦難に直面し気持ちが落ち込んでいる時は、妙に人恋しくなるものである。縁もゆかりもない寿司屋の板前や、レストランのウェイトレスと会話を交わすのも多少の気晴らしになった。

日中は病院内の食堂で食事を摂ることもあったが、インフルエンザが流行していると聞いていたので、衛生には気をつけていた。母はインフルエンザの予防接種をしていたが、一般的にインフルエンザ・ワクチンの有効性は30％から60％と言われている。もしインフルエンザを発症すれば命取りになる可能性があった。また、聖の祖母は脳梗塞で入院したが、直接の死因は肺炎球菌の院内感染だったという例もある。

翌日、聖は嚥下訓練を担当する療法士に会った。看護婦からランチの時間に嚥下訓練をするので立ち会って欲しいと伝えられていた。

「毎日来ていらっしゃるそうですね」

と看護婦は笑って言った。入院患者のためにここまで熱心に通い詰める家族は珍しいらしいが、聖にしてみれば特に努力をしているという意識もなかった。

「僕はもう退職してるので、暇なんですよ」

と半ば謙遜して聖は答えたが、これは事実でもあった。今回のようなことがあれば、現職であれば介護休暇でも取らない限り体力が続かない。いくら肉親に愛情があっても、自分の命を削ってしまったのでは本末転倒である。

療法士は酒井という若い女性であったが、聖は当初から警戒感を持っていた。以前の病院での看護師の対応を見ていて、限られた時間に食事を強要し、患者が拒否すると嚥下機能が低下しているからだと決め付けられた苦い記憶があったからである。

案の定、酒井も時間に追われるように次から次へと食事を母の口に運ぼうとした。

「母は元気な時でも、一時間くらい時間をかけて食事してたんですよ」

と聖は言ったが、酒井は頷きながらもあまり意に介してはいないように見えた。

「昨日はもう少し召し上がったんですけどね」

結局、ランチは30％ほど食しただけで終わった。時間をかければもっと食べますよと言いかけて、聖は言葉を呑み込んだ。この時点で、リハビリ療法士と角突き合わせるのは賢明ではない。

「アイスクリームとかヨーグルトが冷蔵庫にあるんですが、与えてもいいですよね」

「できるだけ喉越しの良いものにしてください。卵プリンのようなものがいいと思います」

東京医療センターは大きな病院である。酒井もおそらく限られた時間内で多くの患者を診なければならないのだろう。人口減少に伴う病院の廃業や医療スタッフの削減は昨今のニュースではない。今後、高齢化がさらに進めば、医療体制はますます逼迫したものになるのではないだろうか。

そそくさと病室を後にした酒井の後ろ姿を見て、聖はそんなことを思っていた。


重病人を抱える家族には、毎日が神経をすり減らす闘いである。無論、それが嫌ならば全てを病院に任せ、結果を天命として甘受するという議論もできる。しかし、医者は神ではないし、看護婦は天使ではない。彼等も生身の人間であることを忘れるべきではない。医療関係者に丸投げすることは、安易かつ危険な賭けであることを聖は父や祖母の死を通じて理解していた。

医療従事者と患者あるいは患者の家族とが良好な関係を保つには信頼関係が不可欠であるが、その信頼が裏切られる例も多いのである。極論すれば、医師や看護婦が母を殺そうと思えばいつでもできる。医療ミスと呼ばれている事例が、どれだけ故意によるものなのかは統計すらない。

しかし、そこまで心配することは異常な心理状態を意味しているのかもしれない。まして、乾坤一擲《けんこんいってき》、担当医を変えたり、病院を変えたりといったオプションは現状では非現実的であった。それどころか、危機的状況にあった母を今の状態にまで回復させた医師や医療システムに、聖は相当の信頼を置いていた。

それでも母のために最善を尽くしたいと思えば、病院の対応の細部にまで目が行ってしまう。

それは、現役を退いたとは言え、かつて証券の世界に身を置き、第一線で活躍していた頃からの職業病と呼んでも良い性格から来るものかもしれなかった。

その日は母の病室に入った途端にムンムンとした熱気を感じ、聖は眉を顰《ひそ》めた。壁の寒暖計を見ると摂氏三十五度を指している。母の病室は、南側に大きな窓が切られており、ブラインドを下げていないと直射日光に晒される造りになっていた。朝からブラインドが開けっぱなしになっており、それが室温を上げていることに間違いはなかった。

聖は慌ててブラインドを下ろしたが、これは掃除婦か看護師の不注意によるものであろう。真冬ということで、職員の油断もあったのかもしれないが、高齢者にとっては不用意な室温の上昇は命取りになりかねない。

部屋に来た担当の看護婦に注意してくれるように促したが、良い顔はされなかった。病院は客商売ではないが、こういったところに組織の「質」が露呈する。東京医療センターのようなハイ・クォリティが見て取れる組織でも、従業員の全てに「質」を徹底させることは至難の技なのだろう。

実際、看護師であろうが医師であろうが一枚板ではないことは自明のことである。使命感に燃えた人材もいれば、中途半端な気持ちで就業している職員もいる。これは医療に限ったことではない。全ての業種に優秀な人間とそうではない人間がいるのである。また、踏み込んで言えば、優秀な人間であっても常に絶好調ではないこともある。体調が悪い時もあるだろうし、個人的な問題で大きな悩みを抱えていることもあるだろう。そんな時にも100%のパフォーマンスを要求することは酷なことなのかもしれない。

ランチを酒井が幇助してくれると看護婦に言われたので、聖は部屋で待った。もっと早い時間に、同じリハビリテーション科で作業療法を担当する療法士が来ていたとも聞いた。刻々と退院に向けてリハビリが進んでいることは心強かったが、ほぼ一日中目を閉じて寝ている母の姿からは、楽観の言葉は出てこなかった。

酒井に対しては、昨日の様子から懐疑的な思いを拭いきれなかった。このまま彼女に任せておいて良いものかどうか、聖にはわからなかったが、同時に別な人材を求めるのも現実的な選択肢ではなかった。

酒井は専門家である。自分は母との経験則があるとは言え、リハビリに関しては素人である。そう思うことにして、聖はランチを酒井に委ねることにした。

酒井はトレイの上に並べられた食材を、次から次へと母の口に押し込もうとする。母が首を振って「もういらない」と意思表示をしても「まだ食べましょう」とスプーンを母の口元に運んで行く。少しでも母が口を開ければ、間髪を入れずにスプーンを母の口内に挿入するという動作を迅速に繰り返す。

最初ははすに構えて眺めていた酒井の単純作業であったが、聖は次第に感銘を受けるようになっていった。今は、いかに経口で栄養を摂らせるかが課題なのである。母が口内にある食物を吐き出さない限り、できるだけ多くのカロリーを摂取してもらうことが肝要なのである。そして、酒井はそれを素早く、効率的に行っている。これは到底、聖ができる芸当ではなかった。

「お夕食もこんな感じで上げてみてください」

「先生みたいに上手くはできないと思います」

これが、苦笑いで答えた聖の正直な感想であった。

七

母の病状は足踏み状態が続いていた。高齢者であるから、病からの回復が遅いことは当然であったが、昨年より遥かに状態は悪いように聖には見えた。入院前から、母の日常は状態の好不調の繰り返しであった。好調な時は意識がはっきりしており、滑舌も良い。不調な時はほとんど寝ている状態で、食もまったく進まない。そのギャップがあまりにも大きく、まるで躁鬱病を患っているように思えるほどであった。

一般病棟に移ってからも、同様の好不調は続いていた。悪い時は、ほとんど食を口にしない。良い時には流動食ではあるが、かなりの量を口にする。こんな状態で、退院などできるのであろうか。

介護付高齢者住宅では、入居者に医療行為を行うことは原則として認められていない。施設に医師も看護師も常駐していないからである。食が進まないとなれば、栄養分は点滴かその他の医療行為で供給する他に道はない。そうなれば、今のホームに住んでいるわけにはいかなくなる。

食事と同様に気になるのが血液中の酸素濃度であった。これはパルスオキシメーターという指に挟む簡単な器械で測定されるSpO2という値で、健康な肺の持ち主であれば、96〜98%という数字が表示される。母は一般病棟に移っても、この値が95%を超えることは滅多になく、89〜92%という値を行ったり来たりという様相であった。

昨年の入院時もこのような数値のまま母は退院しているが、医師の判断で酸素吸入なしの生活が難しいということになれば、やはり介護付高齢者住宅に居住しているわけにはいかない。幸いにもホームのケアマネージャーが優秀かつ良心的であるから、転院先あるいは転居先は直ぐにも見つかるだろうが、年末も近づいていることから、手続きは来年まで持ち越されることになるだろう。

母の命がかかっている時に「面倒」という言葉を口にするのは不謹慎だとは思ったが、転居・転院となれば、いろいろ面倒なことになることに間違いはなかった。

一般病棟に移ってから数日して、聖は病院のソーシャルワーカーに面会を求められた。おそらく退院か転院のことだろうと聖は身構えた。東京医療センターは老人病院ではない。救急外来で入院した患者を、無期限で病院が預かるわけにはいかない。

ソーシャルワーカーは病院の一階に位置する「相談支援センター」に常勤しており、患者やその家族の様々な悩みや相談に対応する役目を担っている。聖の担当員は斉藤という四十前後の小柄な女性であった。

「今直ぐご退院というわけではないのですが、今後のことについてご相談させていただきたいと思いまして」

斉藤はにこやかに微笑んでそう切り出した。

「お母様の今後ですが、どのような状態をお望みですか？」

斉藤は聖が毎日来院していることを知っていた。聖のような家族はあまりいないのだろう。それならば母親思いの息子として話が早いと聖は判断した。

「できれば入院前の生活に戻してやりたいんです。それができなくても苦しませるようなことはしたくないと思っています」

「リハビリ専門にやってくださる病院があることはご存知ですか？」

そういう名目の病院があることは知っていた。しかし、母のような高齢者にどこまで真剣に向き合ってくれるのかは未知数であった。

「ここでは先生のご好意で私が食事の介助を手伝わせていただいてますが、他の病院でも許してくれるんでしょうか？」

「それはその病院によって違うと思います。担当の先生にもよるでしょうし」

非協力的な医師や看護師に当たれば、文字通り死活問題であった。暗い気持ちになっていく自分を取り繕って、聖は平然を装った。

斉藤はリハビリ病院のリストを聖に手渡し、

「ご近所の病院もあるかと思いますので、個別にご相談なさってはいかがですか？」

と促した。

「退院はいつになるんでしょうか？」

「まだ先のことかと思います。鈴本先生から許可が下りていませんから。でも、聖さんのご意向は先生に伝えておきますので、ご心配なさらないでください」

十二月も残すところあと一週間足らずであった。母の調子を見る限り、退院は年を越してからになるだろうと聖は踏んでいた。


翌日、主治医である鈴本に聖は面談を要請した。それ以前にも鈴本は何度か母の病室を訪れており、母の状態が安定していることを確認して帰っていったが、その際には退院の話はまったく出ていなかった。

ソーシャルワーカーが「退院」を仄めかすということは、おそらく鈴本の判断や指示があってのことだろう。今後の身の振り方を考えるにあたって、正確な情報を把握しておくことは必須であった。

「先生は午前中は外来の患者さんの診察にあたってますので、午後でよろしいですか？」

鈴本に伺いを立ててみると言って去った看護婦は、数十分して戻るとそう聖に伝えた。

「あぁ、いいですよ。ずっと病室にいますから」

聖は快く答えた。

「四時くらいになっちゃうかもしれないですけど」

「大丈夫です」

四時だろうが五時だろうが、聖は頓着しなかった。どうせ自分は職のない暇人である。

南に向いた大きな窓を若干開けて、聖は病室の換気を促した。十二月であるが、晴天であれば日光によって室温は十分高くなる。ほとんど寝ている母であったが、病院の淀んだ空気よりは外気のほうが快いに違いない。点滴のチューブも腕から抜け、酸素吸入の必要もなくなった母であったが、痩けたその頬は体力の低下を露骨に物語っていた。

今日は地平線に雲が出ていて富士は見えないが、駒沢公園に生息する常緑樹の深緑は目に美しく心に優しい。眼下の往来は、なんでもない日常である。なんでもない日常を生きている人々と、母の病室で将来の不安に怯えている自分。否、将来のことはできるだけ考えないようにしていた。

考えてもどうしようもない。医者は最善を尽くしてくれたし、次は自分が最善を尽くす番である。しかし、最善を尽くしてもどうしようもない事象がある。その場面に自分は直面しているのかもしれない。聖の脳裏からは忌まわしい不安と微かな希望が絶えず浮いては消えて行った。

午後三時を廻った頃に、鈴本は病室にやって来た。病院の勤務医は激務だと聞くが、この病院の医者は若さ故か疲れた表情をしていない。人の生死に関わる職業であるが、その明暗の明の部分だけを努めて外には見せるようにしているのかもしれない。そうかと言って取り繕った風情ではなく、あくまで自然体に見える。重い病を患っている患者やその家族にしてみれば、頼もしい限りである。

「私もちょうどお話ししようと思っていたんですよ」

鈴本は聖の顔を見て言った。

「ソーシャルワーカーの方から退院のことについて聞かれたので」

聖は説明した。

「ええ、そうなんです。今後のことについてご意向をお伺いしたかったので」

「今、退院する必要があるんですか？」

「いや、今というわけじゃないんです。ただ、お母様の容態が安定していますし、これ以上、私たちがこの病院でできることはありませんので」

ベッドに横たわっている母に視線を移しながら鈴本は言った。

「まだ、食事も十分に摂れてませんし、年明けでもいいかなと思っていたんですが」

「わかりました。ただ、私、明後日から休みに入ってしまいますので、もし今年中にご退院のご意向であれば、明日中にお返事ください。年末年始は病院も休日体制になってしまいますので、来年ということになると早くても一月六日のご退院ということになります」

鈴本はまた、インフルエンザへの懸念も持っていた。

「これからインフルエンザの流行シーズンになります。院内感染には極力気を付けているんですが、それでもスタッフがインフルエンザに感染し、それを患者さんに移してしまうという事例もないとは言えないんです」

予防接種をしているとはいえ、今の母の体力ではインフルエンザに抗しきれまい。しかし、年末に退院ということになれば、高齢者住宅のほうの受け入れ態勢を至急確認する必要がある。

前回の退院時も同様であったが、受け入れ側の高齢者施設としては退院した母が医療ケアを受けずに生活ができるかが問題になる。入院前の母は、歩行こそできなかったが、食堂のテーブルにつけば自分で食事を摂っていた。少なくともその状態まで回復させた上で引き取りたいと思うだろう。

入居時に渡された契約書や約款に詳しく目を通したわけではないが、自力で食事ができなくなった入居者をホーム側は退去させることもできるのではないだろうか。いずれにしても退院するとなれば、担当医である鈴本や看護師同席の上で、ケアマネージャーとソーシャルワーカー、ホームに来てくれている訪問医、そしてホーム長を交えたミーティングが必要となる。

鈴本は「明日中」に返事が欲しいと言ったが、これは明日の午前中にミーティングを招集しなければならないことを意味した。それぞれが多忙なプロである。いきなり来てくださいと言われても、スケジュールの関係で無理と言われることが予想された。

会合が不可となれば、退院を来年に延ばすまでである。今の母の状態では、急いた退院は逆効果かもしれない。これればかりは、結果を予想することすら徒労に思えた。

夕方になって病院を後にした聖は、何度か立ち寄っている自由通り沿いの寿司屋の暖簾を潜った。不景気なのか、二十畳ほどの店内はいつも空いていたが、それが聖には幸いであった。客が多ければ、必ず喫煙者がいるわけで、聖は煙草の煙を極端に嫌ったからである。

店は初老の親父と二十前後とも見える若者で切り盛りしていた。小太りの親父は口数の少ない男であったが、カウンター席に座った聖が握りのセットを注文すると、五分以内で寿司が皿の上に並んだ。

聖が近い将来に訪れるであろう肉親の死に直面していることは、この親父には知る術もない。病院からの帰路に、この店を訪れていることも知らないだろう。極日常的な寿司屋のカウンターで、毎日のように非日常を体験している自分が黙々と寿司を口に運んでいる。

母が退院すれば、もうこの寿司屋に来ることもないだろう。常連のように来ていた聖が、突如として姿を現さなくなったら、この親父は何を思うだろうか。気紛れな客だと気にも留めないだろうか。それとも店が気に入らなくなったのかと案ずるだろうか。

一言挨拶して辞そうかと口を開きかけて聖は思い留まった。人の縁などというものは、言葉を交わさずに通り過ぎるほうが良いことが多いのである。また、余計なことを言って母のことに気を回されるのも蛇足であった。

八

十二月二十七日金曜日。母の退院の是非を判断すべく、高齢者住宅側からはホーム長の佐野、副ホーム長の堀田、病院側からは医師の鈴本と看護婦の神山、ソーシャルワーカーの斉藤、そして家族として聖が一同に集まった。訪問医療担当医である竹内と、ケアマネージャーの坂口はスケジュールが折り合わず欠席となった。

会合は聖の一声から始まった。

「本日はお忙しいところお集まりいただきましてありがとうございます」

言うまでもなく、会合の目的は聖の母の状態が介護付高齢者住宅という施設の生活に耐え得るかどうかである。ホーム側の思惑を聖は知る由もなかったが、推測するにできれば手間のかかる聖の母のような入居者には退去して欲しいと思っているのではないであろうか。

一方、聖はホームの職員とは良好な関係を保ってきていた。それは昨年の入退院以来、聖がほぼ一日置きにホームを訪れ、すっかり職員と顔見知りになっていることにも由来していた。一人の老人の生活や生命を維持するために、実に多くの人々が関わっていることを聖は実感していたし、またそれらの人々の献身的な努力は決して「職務」という言葉では済ませることのできないことも体感していた。

彼等の「親切」は世界中の金貨を積んでも買えないものなのである。その意味では、ホーム長の佐野も副ホーム長の堀田も、聖にとっては運命共同体であり、家族のような存在であった。佐野も堀田も施設を運営する組織の一員である限り、一定のルールに従うことが求められるであろう。しかし、ルールというものは多くの場合、実践の場ではかなりの柔軟性を持っているものである。

「私の希望は母をもう一度、もとの生活に戻してやりたいというものです。今は自分で食事が摂れる状態ではありませんが、前回のように時間があればまたもとのような生活に戻れると思います。前回も私が食事の介助を行うことで、そのようにしてますから」

聖の熱弁を佐野は微笑みながら聞いていたが、堀田は困惑の表情を崩さなかった。佐野は男であるから、感情を表情に出さないことに長けているのかもしれないが、堀田は女性である。ステレオタイプになるが、こんなところにも性の差異が露呈するのかもしれない。本当は「うちでは面倒見切れませんので、ご退去願いたい」と言いたいのではないかと聖は恐れた。

聖に続いて看護婦の神山が一般病棟に移ってからの母の様子を簡単に説明した。養分と水分の経口摂取が始まっているため、点滴は外されていたが、ＳｐＯ２の値が低いため酸素吸入が続けられていることが補足された。

最後に口を開いたのが鈴本であった。

「病名は尿路感染症に誘発された敗血症です。重篤な状態でしたが、抗生剤の投与によって今は回復されています。腎臓に大きな結石があるために尿の排泄が難しい状態になっていたのですが、これは尿路にステントを入れることで処置しています。定期的にステントを替える必要がありますが、これは外来に来ていただいて当院で行います。お食事に関しては、ご本人とご家族の今後の努力次第かと思いますが、血中酸素の濃度は理想的ではないにしても、生活のできないレベルではないと思います」

母親をホームに戻したいという聖の意思を、鈴本は何よりも尊重しているようであった。それは有難いことであったが、医師としていい加減な情報を伝えることもできないであろう。後はホーム長の佐野の判断を待つばかりであった。

「うちでは医療行為を行うわけにはいきませんので」

と遠慮がちな上目遣いで佐野は言った。

「どうでしょうか、明日と明後日の両日に酸素吸入を止めていただいて、何も支障がないようであれば月曜日に退院ということで」

これは「相談」の殻を被った「要請」であった。最終判断は聖に委ねられているとはいえ、否と言うわけにはいかなかった。

「わかりました。それではそういうことでお願いします」

聖の返答に、鈴本は得心したように頷いて見せた。

第二章　退院

一

十二月三十日。その日の東京は朝から小雨模様であった。気温は十度に満たず、できればこのような日の退院は避けたかったが、全ては予定通り運んでおり、今更やっぱり年始にしますとは言えなかった。

荷造りは看護婦が手伝ってくれた。時々、言葉を交わした相原という姓の看護婦であり、若く明朗で、尚且つすらりと美しかった。母の病状の起伏とともに自らの感情の起伏を経験した三週間であったが、彼女との他愛のない会話が何度、聖の心を陰鬱から救い出してくれたことか。

重苦しい雨天に象徴されるかのように、今回は「晴れて」退院というわけにはいかない。不安と隣り合わせの退院である。それでもいざ病室を去る時になると、聖はセンチメンタルな思いに駆られている自分を見出していた。

退院の手続きを終え、会計を済ませると手配しておいた介護タクシーが迎えに来ていた。ストレッチャーに仰向けに縛りつけられ、白い布団に包まれた母は、エジプトのミイラのような異様な姿で救急外来を抜けて行く。外来患者の刺すような視線が気になったが、救急外来のドアを抜けて外に出た時には「退院」の二文字が「奇跡」のように思えてならなかった。再度、母は重篤な状態で入院し、再度、母は退院する。九十四歳という高齢で。

聖と聖の母を乗せた介護タクシーは、駒沢オリンピック公園を右に見ながら駒沢通りを西に走り環状八号線に出ると北へと進路を変える。そして世田谷通りに入れば、そこから母の住居までは道が混んでいても十五分足らずの道程であった。

「もうすぐ着くよ」

と聖は母に話しかけた。母は空な目で聖の方を見たが、聖の言葉を理解したかどうかはわからなかった。

車が小田急電鉄喜多見駅を過ぎる頃には雨は既に止み、曇天に変わっていた。喜多見には広大な敷地に電車の車両を数台内包するほどの規模を誇る小田急電鉄の研修センターがあり、その南北に細長く伸びた巨大な建物に沿うように道は続く。建物の屋上が車椅子の母をよく連れて来た「ふれあい広場」という名の公園で、冬でも緑の景観が美しいエリアであった。

三週間前に母が病院に担ぎ込まれた時には、今日という日が来るとは思ってもいなかった。「回復」や「生還」の二文字は、どんな二文字より遠く不可能に思えた。その意味では、この退院は天からの恩恵である。その恩恵がいつまで続くのかは知り得ないことであったが。

ホームのスタッフには病院から無事退院できたことを告げ、車の中から到着予定時間を周知しておいた。介護タクシーが玄関先に停まると、佐野の後に続いて数人のスタッフが顔を見せた。懐かしい顔である。皆、笑顔である。

病院から運んで来た荷物は、すぐに佐野が受け取ってくれた。介護タクシーの運転手がストレッチャーを母の部屋まで押してくれるので、聖は手ぶらでついて行くだけであった。

母の部屋は鉄筋三階建のホームの最上階にある一部屋であった。バス・トイレ・洗面台付きで、冷蔵庫や洗濯機を置いても身体の不自由な年寄りには十分な生活空間であった。物干しのあるベランダへ抜ける大きなガラス戸があり、南向きの部屋は冬でも日差しがよく入った。

ここでまた母の生活が始まる。入院した日の暗鬱とした気持ちから比べれば雲泥の差があったが、長い入院生活は確実に母の体力を蝕んでいた。点滴の跡が未だに生々しい母の痩せ細った腕に目をやりながら、聖は落胆と希望の間を行ったり来たりしていた。

「今日はお疲れでしょうから、明後日にでも今後の対応についてご相談させていただきたく思いますが、ご都合はいかがでしょうか」

「ええ、もちろん。私は大丈夫です」

佐野の言葉に我に帰った聖はそう答えた。

当面の課題は、母の体力を入院前の状態にまで回復させることである。退院を願い出て、ホームに移動させてすぐに死なせてしまうような事態はなんとしてでも避けなければならない。病院という高度な医療を提供していた場所で、母はその命を繋いできた。点滴の管も酸素吸入器もない部屋で、その九十四歳の肉体は生命を維持することができるのであろうか。

呼吸状態は落ち着いている。体温も平熱である。しかし、痰が絡むのか時折ガラガラと喉を鳴らすことが気になった。年寄りが痰を喉に詰まらせて絶命するという事例は稀ではない。ただ、母には自ら痰を吐き出すだけの力があることは入院中に確認済みであった。

その日、自室で昏々と眠り続ける母を残して、聖は帰宅した。しかし、夜になって母の状態が心配になった。ホームのヘルパーは数時間毎に母の状態を見に行ってくれているはずである。しかし、そうは言ってもホームには数十人の入居者が居り、しかも夜間はそれだけの入居者の状態を一人の夜勤者がチェックしているのである。

ヘルパーが母一人に付き添っているわけにはいかないのだ。特に心配なのが母が十分な水分を摂取しているかであった。病院で経口での水分摂取が不十分と判断されれば、いつでも点滴で補給してくれる。もともとヘルパーによる医療行為が禁止されているホームでは、そんな機能も余裕もなかった。

午後八時過ぎになって、聖は再びホームに舞い戻った。部屋の鍵は二本支給されており、一本はヘルパーが、もう一本は聖が所持していた。

部屋のドアを開けた聖は、微かな糞尿の異臭に顔を顰《しか》めた。自力でトイレに行くことができなくなった母はずっとオムツの生活である。余儀なくされていることではあるが、不快であることに変わりはない。肉親という最も近しい存在の最後が、糞尿の臭いと共に思い出されることを聖は忌嫌した。

部屋はとうに消灯され、暖房の入った内部はほぼ真っ暗であった。「ゴーゴー」という母のいびきだけが、深淵からの不気味な呼び声のように聞こえている。部屋の電気をつけ、ベッドに近づくと、口を半開にして眠る母の姿があった。

老いは残酷である。どんなに美麗な女性であっても、どんなに頑強な男性であっても、老躯はその残像すら思い出させてはくれない。「美しく老いる」という言葉は自己矛盾を含んだ言葉ではないだろうか。

聖は介護ベッドを操作し、母の上体を起こした。冷蔵庫から水の入った小袋を取り出し、母の口に持っていくと思ったより簡単に母は水分を摂り入れた。喉が乾いていたのだろう。

その夜、聖は母の部屋で寝ることにした。何時間に一度は誰かが母に水分を与えなければならない。病院で点滴に繋がれていた時には、一日で１０００ｍｌ（ミリリットル）ほどの水分が母の体内に入っていたのである。

最初は母の車椅子に座ったままの姿勢で睡眠を取るつもりでいたが、眠れなかったので床に直接ベッドシーツを敷き、バスタオルを丸めて枕にした。コンクリートに床材を敷き詰めただけの硬い床であるが、贅沢は言えない。ヘルパーが見回りに来る度に起こされるのには閉口したが、起こされなければ母に水を飲ませることができないわけであるから、これは必要不可欠なことでもあった。

その夜の勤務は、谷山という若い女性のヘルパーであった。九時過ぎに見回りに顔を出したが、車椅子に坐してテレビを見ている聖の姿に少し面食らったようであった。

「今夜はここで寝ますので、よろしくお願いします」

聖がそう言うと、谷山は笑顔で、

「大丈夫なんですか？」

と返答した。おっとりした風貌であるが、少林寺拳法の有段者であると以前に聞いたことがあった。

なんとしてでも母を入院前の状態に還元させるということが聖が自分に課した使命であった。そのためには徹夜もするかもしれないし、日に何度も母の部屋を訪れるかもしれない。その決意を聖が行動で表すことによって、ホームの従業員も母の介助により積極的になってくれるだろうという目論見があった。

二〇一九年十二月三十日は、このようにして過ぎて行き、十二月三十一日はこのようにして明けたのである。

二

「去年今年貫く棒の如きもの」とは高浜虚子が来る新年に向けて詠んだ句である。昨年であろうが新年であろうが、そこに通る普遍的な「何か」があるという虚子の「信念」を表した句であるとされるが、明日の命すらわからない肉親の介護を余儀なくされている聖にとっては、今年と来年を繋げるものは「信念」などという立派なものではなく、ただ老いた母の生命を見捨てることができない自分の中にある葛藤であった。

若い頃は、大晦日は過ぎた年への感慨と、来る年への夢と希望に満ちた特別な日であった。それがいつの間にか後悔ばかりが残る日となり、今は今日も明日も変わらない三六五日の中の一日に過ぎなくなった。大晦日の「感動」がなくなったのは、年齢のせいなのか、それとも自分がより現実的になったからなのか。

その日、聖は中国で変な肺炎が流行しているというネット記事を見た。また鳥インフルエンザの類だろうと聖は思った。毎年のように中国では得体の知れない疫病が現れては消えているような印象がある。新型インフルエンザは確か北米大陸が発生源であるが、ＳＡＲＳは中国広東省であったはずだ。

ＳＡＲＳはその強毒性が恐れられていたが、日本では感染者すら出なかったように記憶していた。一方、新型インフルエンザには聖も罹患したが、巷で言われていたような症状の悪化もなく、若干の発熱を覚えた後、三日ほどで回復している。

中国という遠い国の出来事は、聖の意識を瞬く間に通過し、忘却の彼方へと追いやられて行く。退院した母をいかに退院前の状態に揺り戻すかという目先の重要事項だけが重くのしかかる。

昨夜の聖の熟睡時間は二時間に満たないだろう。流石に今夜もそのような状況では、聖自身の健康が危うくなる可能性がある。健康状態は若干の高血圧と、糖尿の気があると言われている程度で極めて良好であったが、風邪でも引けば母に移してしまう可能性があり、また聖が寝込んでしまったのでは、目標の達成すらおぼつかない。

二〇一九年の大晦日も、母の覚醒時間は短く食も進まなかったが、ここは焦っても結果は出ない。そんな判断から聖は後をヘルパーに任せ、母の部屋のテレビをつけたまま午後九時には退散した。

病人を抱えた家族には、大晦日も正月もない。紅白歌合戦などもう十年以上も前から覗きもしなくなっていたが、今年は「ゆく年くる年」すら見る気にもならない。一〇八ある人間の煩悩を除夜の鐘で祓うなどと言われても、煩悩の真っ只中にいる人間にしてみれば有り難くもなんともないのである。

かつては自分の家族は世の厄から免除されていると思っていた時代があった。全く非現実的で幼稚な思い込みであるが、二十代の後半までは聖は大きな病も、肉親の死も経験しなかったのであるから、あながち間違った思い込みでもなかったのである。

その後、聖は肝臓を患い数年の闘病生活を経て自らの死を意識するようになった。ほぼ時を同じうして祖母が死に、二年後には父が他界した。それは聖の幼稚な思い込みを無残に打ち砕いて余りある事件であった。

それでも聖は「祈り」を捨てなかった。若輩の頃にはキリスト教に傾倒し、熱心に聖書を読み漁っていたが、キリスト教に幻滅し懐疑的になってからもどこかに超自然的な「神」のような存在があるのではないかと思っていた。それはもはや「信仰」ではなく「希望」であったのかもしれない。

だから父が末期癌に冒され死の床にあった時も、父の回復を祈って神社仏閣を周って歩いた。胃癌が手術不可能となり、外部から触れてもその大きさがわかるようになった時も、父の腹部に手を当て念ずることで胃癌が消滅するのではないかと何度か試みたこともあった。

父の闘病は、数ヶ月に渡る惨劇であった。そして父がその苦しみから解き放たれた時、聖は初めて世には神も仏もないことを確信したのである。以後、聖は誰のためにも祈ることをしない。天というものがあるのであれば、唯一の真実は「天は自ら助くる者を助く」であると思っている。同時に自らの努力にも限界があり、後は「運を天に任せる」他に道がないことも知っている。

昨年も聖は母のために祈らなかった。今年も祈ってはいない。来年も祈らないだろう。自らができる範囲のことを精一杯行うだけである。そして力尽きるのなら、運命として甘受しようと思っていた。

三

二〇二〇年元旦。聖は母の部屋にいた。初詣客の多くが、都心の有名な寺社へと向かっている時に、聖は逆方向の電車に乗って喜多見のホームへとやって来た。

「新年おめでとうございます。今年もよろしくお願いいたします」

という型に嵌った挨拶が、今年は特に場違いに聞こえる。母が一命を取り留めたことは「おめでたい」のかもしれないが、これからのことを考えれば「おめでたい」もなにもあったものではない。

二〇二〇年は東京オリンピックの年でもあり、テレビを点ければ例年にも増してお祭り気分である。オリンピックは七月開催の予定であるが、母はそれまで生きているであろうか。

レースのカーテンを開ければ、外は元日の空らしく快晴である。昨年の年末になって貿易戦争の様相を表していた米中間の緊張が和らぎ、世界情勢も良い方向に向かっているように思える。聖は振り返ってベッドに横たわる母に歩み寄った。

「新年おめでとう。今日は元日だよ」

努めて明るい声でそう呼び掛けたが、母は瞼をちょっと動かしただけであった。痩せ細ってしまった母の手を握ってもう一度同じ言葉を繰り返す。とても以前の状態に戻るとは思えないが、希望を捨てるのには早すぎる。

冷蔵庫にはアイスクリームやヨーグルト、プリンや豆腐、ゼリーや牛乳といった流動食やそれに準ずる食材が詰めてある。昨年の時と同様に、あとは根気よく母の口にそれらの食材を運び、なんとか母が自分の力で食事ができる状態にまで持って行くことであった。

昨年の元日には母はICUで生死の境を彷徨っていたから、聖は新年らしい行事には何一つ参加しなかった。今年も聖は元日を介護で過ごすだろう。それを特に嫌なこととは感じなかった。寧ろ、母を元の状態に戻すことをチャレンジとして受け止め、ひとつの生き甲斐とすら感じるほどであった。

明日も自分はこの部屋に足を運ぶだろう。明後日も、その後の日々もほぼ同じような時間に同じように自分はこの部屋に来る。自分は淡々と自宅と母の部屋の間を往復することで時間が過ぎて行くのである。

「何のために？」

という問いは常に聖の心の中にあった。

母は既に九十四歳である。社会的にはその役目を終え、また人間としても長い未来があるわけではない。運良く入院前の状態に戻すことができたとしても、その状態があと何年も続くわけではないのである。

「俺は自分のために母の命を繋いでいるのだ」

それが問いへの答えであった。

そして、同時にそれは更なる葛藤への入り口でもあった。自分は、利己的な理由で母を無用に延命しているのではないか。もしかすると、母が高熱を発して意識不明に陥った時に、救急隊員の青葉が提案した「処置をしない」という判断が正しかったのではないか。

今、目の前に横たわっている母は、苦しんでいるようには見えない。しかし、ほぼ寝たきりになり、食事もままならぬ状態を母が進んで望んでいるわけはない。母が自らの置かれた状況を100%理解していたら、それでも「生きたい」と言ったであろうか。生きる希望を持ったであろうか。

「死にたいか？」

と母に尋ねることは、聖にはできなかった。仮に尋ねたとして、母が「死にたい」と言っても、聖には母を殺すことなどできなかった。食事を与えなければ、母は次第に弱り死ぬだろう。その「死」のプロセスが、一週間なのか二週間なのか、聖にはわからない。そのプロセスを目撃する強さが自分にあるのかもわからない。

まして病院の医師達は、母の命を救うために大変な努力をしてくれたのである。看護師達も、一生懸命の看護をしてくれたのである。結果として晴れて退院できた母の命を、ここで見捨てることが正しい選択だとは思えない。自分は「決して諦めない」を信条として今まで生きてきたのではなかったのか。

聖の自問自答は、出口のない禅問答のように新年になっても頭の中をぐるぐると巡り続けていた。

母を入院前の状態に回帰させるという目標を掲げて聖の二〇二〇年は始まったが、それが安易な道程ではないことは当初から明らかであった。平時から躁鬱のような症状を繰り返し、一定の周期を持って比較的「活発」な時と「不活発」な時が訪れるのが常であったが、三週間に渡る入院生活で体力を吸い取られた母は「不活発」あるいは「睡眠中」であることが多くなっていた。

また、これも「黒」と「白」の繰り返しではなく、中間的なグレーゾーンが続くことが目立つようになった。食事は流動食や流動食に準じる食材が主だっていたが、聖が気になったのは母が比較的「活発」な時でも、固形物を飲み込むことができないことであった。

「お年寄りは短期間でも食事をしない状況が続くと、まったく食べれなくなることがあるんですよ」

という病院の鈴木医師の言葉が、不吉な予言のように聖の目の前に立ち塞がっていた。

聖と母が直面している「戦い」を尻目に二〇二〇年の世界は順調な滑り出しを見せたかに思えた。二〇二〇年は東京オリンピックの年であり、アメリカ大統領選挙の年でもある。日本はなんとしてでも東京オリンピックで景気に弾みをつけようとするであろうし、アメリカのトランプ大統領も再選を目指すからには中国との関係を改善しようと努力するのではないだろうか。

そんな聖の思惑を裏切るように、一月三日、アメリカがイラン革命防衛隊の司令塔であったカセム・ソレイマニ将軍を殺害したというニュースが飛び込んで来た。聖にはソレイマニという人物がどういう人物なのかも不明であったし、その「殺害」の正当性もわからなかったが、ドナルド・トランプという大統領がいつも突飛な言動で世界を驚かせていることは十分に承知していた。

また、かつて聖が何度も商用で訪れていた香港の民主化デモも、二〇二〇年になって影を潜めるどころか却って激化しているように思えた。香港市民は中国共産党による強権的な支配を恐れている。アメリカが香港の民主化を支持するのは当然のことであるが、中国にしてみればそれは一部の暴徒を支持する内政干渉でしかない。香港を火種として、再び貿易戦争がその黒い影を世界経済に落とすかもしれないのだ。

二〇一七年に聖は職を退き、事実上の「隠居」生活に入っていたが、退職前は株式市場を分析するプロであった。現役であれば、これらの事件によって暴落するかもしれない株式市場や高騰するかもしれない原油市場の見通しを端的に纏め、顧客に向かって情報を発信していたことだろう。

今の聖はしかし、そんな煩雑な作業からは程遠いところにいる。世界情勢などといった事象からは孤立無縁と言ってもよいかもしれない。何を母の口に運べば入院前のような食事ができるようになるか試行錯誤を繰り返すのみである。

四

一月六日。聖が現役であれば大発会の日であるが、高齢者住宅では聖の母に関するこれからの方針について最初のミーティングが招集された。「ミーティング」と呼べば大袈裟に聞こえるが、ホーム長の佐野と副ホーム長の堀田、担当医の竹内とその助手、ケアマネージャーの坂口と聖が母の居室で会する小さな打ち合わせである。

「私の希望は母を入院前の状態に戻してやることなんです。昨年もそれに成功していますから、今回も可能なことだと思ってやるしかありません」

聖は退院の時に振るった熱弁をここでも繰り返した。

「食事の介助は主に私がやりますので、ヘルパーの方には通常の業務の他に特にこまめな水分補給をしていただければと思っています」

通常の業務とは、衣服の洗濯やオムツ交換およびその際の陰部洗浄、褥瘡《じょくそう》を予防するために行われる日に三度の体位交換、食後の口腔ケアと週に二回の入浴介助等を指していた。また、聖としても一日中、母の傍にいるわけにはいかないわけで、三度の食事のうち、朝食はヘルパーに任せることにした。そうなると食後の投薬も通常業務に組み込まれることになる。

今回の入院で、母に軽い脳血栓の痕跡が見られたため、病院からは昼食時にアスピリンの投与を継続するよう指示されていた。入院前から、便秘薬と白内障の点眼液、そして降圧剤が処方されており、それにアスピリンが加わることになる。無論、感染症等の症状が現れれば、即座に抗生剤の投与となる。

病院でどんな担当医に当たるかは、くじ引きを引くようなものである。その医者の医療の腕はもちろんのことであるが、患者やその家族との相性のようなものもある。これは、介護施設でも同様だ。

幸いなことに、ホーム長の佐野とも、副ホーム長の堀田とも聖は相性が良かった。ケアマネージャーはホームの職員であるが、入居者のケアプランの作成から行政への介護認定の手続きまで、その業務は幅が広い。国家資格を持つ専門家であるからか、極めてプロ意識が高く、聖は「嫌な感じ」のケアマネージャーに遭遇したことはなかった。

この一年と半年ばかり世話になっている坂口もメガネの奥に優しい目が光る親切そうな女性であり、聖は冗談が言えるほどの気安さを感じていた。母がまだ重篤な状態であった時に、坂口から介護認定を急がせる入電があり、聖が言葉を荒げたことがあったが、退院後に初めて会うこの席でも坂口はその笑顔を絶やさなかった。

医師の竹内とも、母の入居以来の付き合いであった。初老の医師であるが、どことなく愛嬌のある丸顔に、母は親しみを感じているようであった。

二週間に一度の往診が契約内容であったが、これはつまり竹内の監視下にあって母は二度、死の淵を彷徨ったことになる。年齢的なこともあり、また尿路感染症という病気が簡単には判明しないという理解に立てば、聖には竹内を責めるつもりはなかった。事実、前回の入院直前までは、母は聖が持参した寿司の詰め合わせを普通に食し、平熱のまま入浴もしているのである。

「流動食であれば、エンシュアという良い製品がありますよ。医療用食品ですから、お母さまの保険が適用できます」

竹内のこの言葉は有り難かった。

母の医療保険は後期高齢者医療保険であり、自己負担は実費の10％である。流動食にどれだけのコストがかかるのかは計算していなかったが、仮に月額二万円の実費だとしても、医療保険を使えば二千円で済むことになる。母の食費に戦々恐々としていたわけではないが、少しでもコストカットができれば嬉しい限りであった。

結局、その日のミーティングは、既に互いに承知している事項を再確認しただけで終わった。食事の介助は聖がメインで行い、ヘルパーは補助的な役割を担う。食事は、当初は流動食が中心であるが、今後の嚥下機能の回復を待って次第に固形物へと移行する。通常業務は以前の通り継続する。竹内の往診も以前の通り二週間置きに続けられるが、発熱等の問題が生じた時にはその限りではない。

三週間に渡る入院生活で体力を失ってしまった母であったが、ホームにおけるサポート体制は聖にとって心強い味方であった。佐野も堀田も坂口も竹内も、彼等の職務を全うしているだけだという見方もできるだろう。しかし、今のような境遇に落ちて見れば、職務といった無味乾燥な責任感よりも更に大きなものを聖は感じていた。そしてそれが何よりも今の聖には有り難かった。

同日、帰宅した聖を再び待っていたのは、中国で謎の肺炎ウイルスが猛威を振るっているというネット記事であった。記事はＳＡＲＳの可能性に触れていたが、発生地である中国湖北省武漢市政府はそれを否定しているという。

一月五日時点で武漢における肺炎患者数は五十九人。全員が隔離されて治療を受けているが、死亡例はなく、また人から人への感染例も確認されていない。死亡例もなく、また人から人への感染も確認されていないのであれば、大したことはないのだろうと聖は思った。

五

一月八日。報道は韓国で例の肺炎感染者らしき患者が確認されたと伝えた。三十六歳の中国人女性だそうで、状態は良好だという。人から感染したのか、鳥から感染したのかは書いてないが、状態が良好ならやはり心配するような病気ではないのだろう。

一方、新年になってからの聖の母への献身は続いていた。一日に二度、機械仕掛けのように決まって聖は母の居室を訪れる。それはまるで信者の巡礼のようでもあり、修行僧の行脚のようでもあった。しかし、「入院前の状態に戻す」という命題がある限り、それを実現させるべくベストを尽くすのが聖のモットーであった。幸いにも聖は定年退職をした隠居である。時間は十分にある。

「お母様は卵がお好きでしたから、半熟卵とか卵豆腐とかも良いかもしれません」

と言われ、それらの食材もスーパーで買って冷蔵庫に入れておいた。

とにかく何でもいいから食べさせることである。ただ、卵などは丸々ひとつ食べてもその栄養価は百キロカロリーに到達しない。豆腐は尚更低カロリー製品である。母くらいの年齢の女性でも、一日に千キロカロリーが必要であることを考えると、いかに効率良く栄養を摂らせることができるかが、目先の課題であった。竹内が提案してくれたエンシュアのような高カロリー食品は、一本で二五〇キロカロリーの摂取が可能である。また成分も、複数のビタミンやミネラルが配合されており、母のように通常の食事が困難な場合には、理想的に思えた。

小田急線喜多見駅から母のいる高齢者住宅までは平坦な道程であった。早足で歩けば、十分余りで到着する。おそらく戦前は田畑の広がる地域だったのだろう。喜多見駅の改札口はひとつしかないが、高架になった駅舎の階下からは南北の広場へと抜けることができる。郊外のベッドタウンらしく、多くの通学・通勤客がひっきりなしに出入りしていた。南側には聖がよく立ち寄る大きなスーパーマーケットがあるが、母のいるホームは北へと延びた道の先にあった。

三本の舗装された道がほぼ平行して走っている。一本の道は駅前の大通りを真っ直ぐ南北へと延びていた。大通りと言っても車二台がようやくすれ違うことのできる田舎町の商店街を突き抜ける道であった。南側は商店街なので人通りが絶えないが、北側は店構えも少なく車の往来どころか歩行者の姿もまばらな道である。駅から吐き出された勤め人には不人気な道らしかった。二本目の道は、聖が好んで歩く道であった。この道は駅前から路地をちょっと進んだ先から北方へと延びる小道である。

木々に囲まれた大きなカトリック教会と、その教会が経営していると思われる幼稚園の間の道を進むと、小洒落た戸建やマンションが続く住宅街に入る。この辺りが決して新しい住宅街ではないことは、時折現れては消える古びた家屋が物語っていた。どれもが大きな庭を備えており、中には朽ち果てた無人屋もあった。

建築基準法が改正されてから、小さな敷地に家屋を目一杯建てることが許されるようになった。また相続税が高いこともあって、広い敷地に親が建てた家を子が取り壊し、土地を切り売りするという現象も市街地では珍しくなくなった。

そんな理由からか、喜多見駅周辺はさながら新興住宅地かと見紛《みまご》うほど新しい住宅が目に入る。そのどれもが申し訳程度の庭を備えており、その緑豊かな風情は腐っても世田谷区といった家並だろうか。まだ子供も小さいであろう若い夫婦が好みそうな家々を眺めているだけで、聖は心が和むような気がした。

最後の一本道は、大きなスポーツジムの前を通り、小田急研修センターに突き当たった地点を左折して延びていた。母が救急車で運ばれ、介護タクシーで帰還した桜やプラタナスの並木が美しい公園通りのような道である。この道も交通量は極端に少なく、路上で子供たちが時折ボール遊びをしている姿を見ることもできた。

その日、母のところへ向かう途中で聖はヘルパーの一人である高科に呼び止められた。

「毎日大変ですね」

年の頃なら六十代も後半であろうか。高科は数多い女性ヘルパーの中では年長なほうであった。痩躯であるが、弱々しい感じはしない。

「いや、どうせ暇ですから」

聖は照れ隠しにそう答えた。

数多い入居者の中で、家族が毎日面会に訪れているのは聖だけである。無論、聖の場合は単なる面会ではなく、食事の介助という大義名分がある。

以前は、小森という男性の入居者がいて、彼の配偶者は毎日面会にやって来ていた。その頃の聖の訪問頻度は、週に一度くらいであったから、小森の妻が毎日来ていると聞いて驚嘆したものであった。

おそらく、彼女もある種の使命感に押されて日々の巡礼を続けていたのだろう。その小森が昨年死に、彼の妻の姿を見ることもなくなった。今、聖が毎日母のもとに通っていると知ったら、彼女はなんと言うであろうか。

「私も同じように母の介護をしてたんですよ」

高科の言葉に、聖は思わず立ち止まった。

「え、そうなんですか？」

「もうだいぶ前に亡くなったんですけど、それがきっかけで私は介護職員になることにしたんです」

高科の母親が台湾からの引揚者であることは知っていた。聖の母も同様であり、聖の母親と高科の母親は年齢こそ一歳違いであったが、その話題で聖の母と高科の間で会話が弾んだのを覚えていたからである。しかし、自らの母親の死が高科に介護の道を歩ませる起爆剤になったとは初耳であった。

「私の母も流動食で生活してたんですけど、誤嚥性肺炎に何度かなってしまって、最後は病院で亡くなったんですよ」

毎年、誤嚥性肺炎で死ぬ年寄りは多い。誤嚥性肺炎とは年齢と共に経口で栄養を摂る能力が衰え、食物が食道ではなく気管支へと侵入することによって引き起こされる肺炎である。病院で看護婦がしきりに嚥下能力を心配していたのも、誤嚥性肺炎を恐れたからである。

聖の母が退院して二週間になろうとしていたが、嚥下機能回復の兆候は未だ見られていなかった。このまま母は死ぬのではないだろうか。そんな不安が聖の頭の中で大きくなり始めていた。

「嚥下機能って、回復するんですかね」

聖は恐る恐る高科に尋ねた。

「人によると思いますけど、やはりご高齢の方には難しいようですよ」

大きな石のような塊が、聖の胸を直撃したような気がした。病院の鈴本医師の言葉が悪魔の予言のように蘇って来る。そんなことはない。自分ならまた母を回復に導くことができる。努力は必ず報われる。そう信じればこそ、聖は自宅と母の居室の間の毎日の往復を続けているのである。

「でも、流動食だけでも一年も二年も生きていらっしゃる方もいますから」

聖は務めて気丈に振る舞っていたが、暗澹とした思いが顔に出ていたのかもしれない。高科は励ますようにそう次いだ。

「嚥下機能のリハビリとかできないんでしょうか」

「お若い方だとリハビリが有効なこともあるようですよ。歯科医の先生が嚥下機能のテストをしてくれますから、お願いしてみたらどうですか」

高科はベテランのヘルパーであるばかりか、自らの母親の介護も経験している。気休めを言っているのかもしれないが、もしプロに何らかのリハビリを任せることができるのなら、これは渡りに船であった。

第三章　新型コロナウイルス出現

一

一月九日。聖は中国武漢市で発症が報告されている肺炎患者から、新種のコロナウイルスが検出されたという報道を読んだ。報道は中国当局の臨床検査に言及しており、それによると今回の肺炎はＳＡＲＳでもＭＥＲＳでもなく、また季節性インフルエンザでも鳥インフルエンザでもない。ＷＨＯはしかし、声明でこれについては更なる調査が必要としており、人から人への感染が容易ではないとの判断から、渡航制限は必要ないとの判断を下しているという。

一月十日。前日、中国政府が武漢で発症例が相次いでいる肺炎を、新型のコロナウイルスが原因であると公表したことから、世間は騒めき始めた。菅官房長官は、会見で「厚生労働省において、世界保健機関（ＷＨＯ）などからの情報収集や検疫所での健康状態の確認など、引き続き万全の対応を取る」と述べたが、同時進行的に香港や台湾、韓国では感染防止に向けて水際対策が取られるとの報道を聖は目にしていた。

香港や台湾、韓国は以前ＳＡＲＳを経験している。そのようなところから対応にも日本とは温度差があるのかもしれない。

言うまでもなく、そんな世界情勢とは無関係なところで聖の日常は継続していた。母の状態は一進一退である。その一進一退と共に、聖は一喜一憂を繰り返していた。

ホームのヘルパーの業務は、ケアマネージャーが主導し、ホームと聖との間で合意したケアプランに沿って定められる。一日のスケジュールがケアプラン通りに組まれているから、何時にヘルパーが介助に入り、どのような作業をしたのかは介護日誌を見ればわかるようになっていた。

それにしても聖の母一人の命のために、何と多くの人員とその時間と労力が関わっていることだろうか。医師がいて、その医師に付随する複数の看護師がいて、歯科医がいて、その歯科医にも複数の助手がいる。別に訪問看護師がいて薬剤師がいて、マッサージ師がいて、複数のヘルパーと、ヘルパーを管理統率する管理職がいる。そしてケアマネージャーがいて、介護器材のレンタルを担当するレンタル会社の社員がいる。

もちろん、彼等が聖の母一人のために存在するわけではないが、それでもざっと十数名の人員が、母の生命を維持することを目的として日々活動しているわけである。

ひと昔前には、老齢者のためにこれほど充実したシステムは存在していなかった。俗に「老人ホーム」と呼ばれる高齢者向けの施設は、聖が子供の頃からその存在を知られるようになっていたが、介護付高齢者住宅、正式には「サービス付き高齢者向け住宅」というものができたのは二〇一一年の法改正以降である。その多くは「自立可能な高齢者」を入居対象としているが、要介護のレベルが上がっても「追い出される」ということは少なくとも聖の母の場合にはなかった。

「余分なご迷惑をおかけして申し訳ありません」

と聖はヘルパーの高科に言ったことがあるが
「もっと大変な方がたくさんいらっしゃいますから」

というのが返事であった。

確かにほとんど「寝たきり」状態にある母は、ヘルパーにいろいろと注文をつけたり認知症を患って徘徊したりする年寄りよりは遥かに手がかからないのかもしれない。

「サービス付き高齢者向け住宅」は「住宅」であるから、毎月の家賃が発生するが、敷金・礼金といった初期費用はゼロであり、また、一般的な「老人ホーム」のように多額の頭金を要求されることはない。聖の場合、毎月の家賃の大部分は母の年金収入で賄っていたが、医療費や介護費用等で保険適用外の費用は、聖が負担していた。

それでも後期高齢者医療保険と介護保険のお陰で、食費を除く諸々のコストは一割負担で済んでいる。世界一高額だと言われる国会議員の報酬や天下り法人への支出を含め、日本政府の税金の使途には納得のできない部分が多いが、老齢者やいわゆる「社会的弱者」への手厚い保障は、聖にとって有難いばかりであった。日本が世界で一位二位を争う長寿国家である要因のひとつとして、この「手厚い保障」が挙げられるのではないだろうか。

一月十一日。国内の各メディアは中国武漢で「新型コロナウイルス」による肺炎で初めての死者が出たと報じた。六十一歳の男性だそうだが、人から人への感染は未だ確認されていないという。多くの感染者は武漢市内の海鮮市場から出ているということだが、海鮮市場では鳥類や爬虫類、ウサギやコウモリといった哺乳類も食用として扱われていると聞いて、中国らしいと聖は苦笑した。

同日、香港政府は「厳重」な警戒を要すると判断し、空港や駅などで体温検知器や人員を増強。しかし、日本政府は空港の検疫ブースで武漢からの渡航者や帰国者に自己申告でその旨を伝えさせるという生温い対応に留まっている。

また、この時点でWHOは「今後数週間で、より包括的な情報が必要になる」という声明を発出、依然として中国への渡航および取引の制限は不要であるとの見解を公にしている。

一月十二日になって、韓国メディアは一月八日に判明した中国国籍の肺炎患者が新型コロナウイルスの感染者ではなかったと発表する。これで少なくとも判明ベースでは中国武漢省外に新型コロナウイルスが存在するという事実は霧散したかに見えたが、翌十三日になってタイのバンコクで中国人旅行者から新型コロナウイルスが検出されたとのニュースが飛び込んで来た。

武漢市からタイを訪れていた六十一歳の中国人女性だそうで、この女性が中国以外で確認された新型コロナウイルス感染者第一号となった。同日、台湾政府は状況把握のために専門家を武漢に送っており、また中国政府も新型ウイルスの情報をWHOに送っている。

一月十四日。ＷＨＯが中国で流行している肺炎が「新型コロナウイルス」による感染症であることを確認したとの記事がネットその他に配布される。加藤勝信厚生労働大臣は、会見でこの肺炎が日本国内で流行した場合に備えて検査体制を進める意向を伝えるが、人から人への感染は未確認ということで「大山鳴動ネズミ一匹」であったＳＡＲＳの経験則から、聖は相変わらず対岸の火事であるとの感想しか持たなかった。

ＷＨＯが心配するなと言っているのだから、そんなものなのだろうと聖も安心して報道を聞いていたのである。ただ、ひとつ懸念材料があるとすれば、「春節」であるのかもしれないとは思っていた。

中国にとっては「正月」に当たる「春節」には毎年、大挙して観光客が日本の土を踏む。この傾向は近年増加しており、二〇一九年には「春節」に当たる月に約七十万人の観光客が中国から渡来している。無論、その中には武漢からの渡航者も多いのであろう。

ひとくちに「コロナウイルス」と言っても多種多様で、ＳＡＲＳやＭＥＲＳを引き起こす恐ろしいものもあれば、風邪の原因となる比較的無害なものもある。「新型」は肺炎を誘発し死者も出ているから、風邪よりは深刻なのだろうが、同時に退院者も多いと聞く。いずれにせよ、事態が更に重大化すれば、日本政府も中国からの渡航者を禁止するような措置を取るだろうと聖は楽観していた。

二

地球温暖化の影響もあってか、一月でも凍てつくような日はめっきり少なくなった。それでも聖の住むマンションから母のいるホームまでの往復一時間半は、寒空の下では身に堪える。週に二回はジムに通い、ビタミン剤を常用して健康管理には人一倍注意していたが、寝たきりの老人の世話は思った以上のストレスを聖の肉体に及ぼしていた。

現役時代は、仕事上のストレスからか職場の同僚から感染するのか毎冬のように風邪を引いていた。大概は喉の痛みから始まり、それが咳へと発展し、黄褐色の痰が出るようになる。放っておいてもおそらく時間が経てば自然治癒するのだろうが、体調不良では仕事に支障を来す。結局は医者に行って何らかの抗生剤を出してもらうのがいつものパターンであった。

現役を退いてストレスの多い職場からは解放されたが、母の食事の世話という新しい仕事は、引き続き聖に徹底した健康管理を促していた。自分が風邪を引けば、母に感染するかもしれないという心配があった。

ヘルパーは朝の七時、正午、そして夕方六時に食事の介助に入る。その他に体位交換のために午前九時と午後二時半に入室する際に水分補給も手伝ってくれていた。聖は母の飲食の頻度を増やすため、わざとヘルパーの来ない時間を選んで母の居室を訪れるようになっていた。より正確には、午前九時半から十一時の間。そして午後三時から四時半の間である。

入院前からあった躁と鬱のような状態の繰り返しは、退院後により顕著になっていた。躁状態の時は、ひっきりなしに喋り続け、それも半分は妄想とも幻想ともつかない内容であった。ヘルパーによるとそのような状態で一晩中起きていることもあるという。

躁の時は、基本的に良く食べる。与える食材は、アイスクリームやヨーグルト、豆腐といった喉越しの良い食材であったが、例えば容量にして四七三グラムあるアイスクリームの半分を一食で平らげることすら珍しくなかった。これはカロリーに換算すると五百キロカロリーを超える量である。

ただ、躁も度が過ぎると、食事を拒否するような状態になり、聖やヘルパーたちを閉口させた。

「そんなもの食べたくない」

「無理に食べさせないで」

「さっき食べたばっかりじゃないの」

と全く食事をしていないにも関わらず、怒りを持って抗議するのである。

「食べないと元気にならないよ」

「水分摂らないと病気になるよ」

「栄養摂らないと死んじゃうよ。また入院するようになるよ」

とあの手この手で飲食を促すが、頑として拒むのである。

鬱状態は、躁鬱病とはよく言ったもので、必ずと言っていいほど躁の後に訪れる。そうなると母はほぼ前後不覚に陥り、泥のように渾々と眠り続ける。食事も飲み物もほとんど受け付けないから、このまま死ぬのではないかと思うことも何度か経験した。

いつか母は食を口にしなくなる。聖には母に胃瘻を施してもらう意思はなかったから、食べなくなった時が母の死ぬ時だ。その強迫観念は母が鬱状態になっても聖を突き動かす結果となる。

「お口開けてご覧」

「美味しいから飲んでご覧」

と牛乳や豆乳の200ml一パックにストローを立てて母の口元に持っていく。アイスをスプーンですくって、少しでもと唇に押し付ける。やっと口を開けて少量を口腔内に取り込んでも、すぐにブクブクと吐き出してしまう。

意識してやっていることなのか、意識下の動作なのか判然としないが、聖は何度か怒りに任せて母を怒鳴りつけることがあった。

「食べないと死んじゃうよ！」

そしてすぐに反省し、自己嫌悪に陥る。もしかすると母はこのまま死なせてくれと暗に伝えようとしているのかもしれない。だとすれば、自分が今やっていることは非人道的であり利己的なのではないか。ベストを尽くすだの、巡礼だのと綺麗事を言っているが、自分のやっていることは独り善がりに過ぎず、母にしてみれば迷惑なだけなのではないか。だとすれば、自分は目標を間違えた漂流者に過ぎないのではないか。

明確な意思表示をしない人間の前では、答えのない問いであった。しかし、答えはなくとも問わずにはいられない問いであった。

三

今年の「春節」は、一月二十四日に始まり同月三十日に終わる。その間に延べ三十億人の大移動が起きると言われている。武漢で報告されている肺炎が、それに乗じて世界中に蔓延することはないだろうが、一月十五日になって武漢当局が新型コロナウイルスの「人から人への感染は否定できない」と言い始めた。その理由は、同居している夫婦の相次ぐ発症が確認されたためらしい。

ただ、武漢当局は感染者の中の七人が退院したとも発表しており、この事実は武漢肺炎がSARSやMERSのように致死率の高い疾病ではないということを物語っているのではないかと聖は思った。

同一月十五日。アメリカ国務省は中国に滞在している米国人に武漢肺炎への注意を促している。また、アメリカ疾病管理予防センター（CDC）は在中国の米国人に動物が取引される市場に近付いたり、動物製品と接触したりしないようにとの警告を発している。

翌一月十六日。日本国内で初めて新型コロナウイルスの感染者が確認される。武漢市への渡航歴がある中国国籍、神奈川県在住の三十代男性である。この男性は武漢に渡航中であった一月三日に発熱、六日に帰日、十日に入院したそうだが、既に退院しているという。同居している家族や診察・治療に当たった医師等からは感染者が出ておらず、厚労省によると「感染拡大の可能性は低い」とのことであったが、日本政府は首相官邸の危機管理センターに情報連絡室を十五日付で設置したとの報道を聖は読んだ。

この男性が武漢の海鮮市場を訪れたのかどうかは報道されていないが、仮に「人から人」への感染があったとしても、家族や医者が感染していないということは感染力はあまり強くないのではないかと推測された。

同一月十六日。日経新聞は前日付のファイナンシャル・タイムズの記事の翻訳で、新型コロナウイルス関連情報の中国政府による隠匿の懸念を報道した。前例としてＳＡＲＳ流行当時にも同様の「隠匿」があったことを指摘し、新型コロナに関してもその可能性を指摘した記事である。

聖が知る限り、新型コロナウイルス感染症に関する最初の俯瞰的な報道がこの日経新聞の記事であった。

この記事によると、感染患者第一号は中国湖北省武漢市から昨年十二月八日に出ているが、一月八日以降に新規感染者の報告はない。コロナウイルスには新型が確認されるまでは六種類あり、そのうちの四種は風邪の症状の原因となるが、残りの二種がＳＡＲＳとＭＥＲＳを引き起こす。つまり、新型コロナウイルスは七番目のコロナウイルスということになる。

感染源となった海鮮市場は一月一日に閉鎖されているが、専門家の意見では、感染の媒介は魚類ではなく、同市場で売られていた哺乳類によるものということである。

記事は一月十四日に発表されたWHOの見解も記載しており、それは正確には「管轄機関による予備調査では、武漢で特定された新型コロナウイルスがヒトからヒトへ感染した明確な証拠は見つからなかった。ヒトからヒトへの限定的な感染の証拠もない」というものであった。

記事はまた、このWHOの見解を裏付ける事例として、新型コロナウイルスの感染者と頻繁に接した七百六十人余りからはいずれもウイルスが確認されなかったこと、そして武漢から香港やシンガポールを訪れた旅行者から新規感染者が出なかったことを指摘している。つまり、あくまで「現状は」と前置きした上で、今回のコロナウイルスは、主に中国で八百人以上の死者を出したSARSとは異なると論じているのである。

肝心の中国政府による「隠匿」疑惑に関しては、中国はSARSで批判を受けた後に疾病管理システムを改善している点を挙げ、イギリスの医療慈善団体ウェルカム財団の理事であるジェレミー・フェラーの「SARS発生以降、中国は監視システムと結果伝達の透明性を抜本的に改革した。今は何も隠されていない」及び「たとえ最新技術を駆使したとしても、呼吸器感染症シーズンのさなかにこのような新病原体を突きとめるのがどれだけ困難であるかを認識しなければならない。ここ数週間の中国当局の対応は評価に値する」という発言を掲載している。

最後に「中国への旅行は控えるべきか」という項目では、「現時点での情報から判断する限り、その必要はない」とし、ここではイギリスのイングランド公衆衛生局のニック・フィンなる人物の発言として「武漢を訪れる人々にとって（新型コロナウイルスの）リスクは低く、渡航計画の変更は勧告しない。感染リスクを最小化するため、この地域を訪れる人々は手を清潔に保ち、衛生に気をつけるべきだ」を引用している。

WHOによる同月十三日の「この件について現在得られる情報から、中国を対象に渡航や貿易の制限を加えることのないよう勧告する」という発表を後追いするかのようなこの記事は、武漢肺炎とも呼ばれる新型コロナウイルス感染症は、現時点では恐れるようなものではないという印象を読者に与えて十分な記事であった。

四

聖の母は、相変わらず固形物を食することができずにいた。「固形物」というと固い食材といったイメージがあるが、より正確には形のある物が駄目なのである。副ホーム長の堀田に提案されて半熟の卵や卵豆腐を購入したが、卵は黄身だけを食べて白身の部分はどんなに細かくなっていても吐き出してしまう。卵豆腐も、口には入れるがやはり飲み込むことができない。固形物を嚥下するという舌の機能が完全に失われているのである。

「飲み込まないと駄目だよ」

と聖がいくら言っても本人には無理なようだった。

無理なものを強いれば可哀想なだけである。そればかりか口内に押し込んで誤嚥性肺炎にでもなれば元も子もない。

医師の竹内が言うには、嚥下機能が低下すると普通はとろみのない水分を摂取することも困難になるそうである。母の場合には、水や茶の類はゴクゴクと飲むことができた。つまり、嚥下機能が充分働いているということで、時間が経てば、形のある食材も飲み込めるようになるのではないかということだった。

竹内が正しいのだとしたら、聖ができることは根気よく母の口に食材を運ぶことしかなかった。それで足りなくなる栄養分は、流動食で補う他に選択肢はない。

ただ、その流動食で問題が起きた。竹内が推奨した高カロリー食材エンシュアを数回食した母が、胃の不調を訴え始めたのである。聖は食した経験がなかったが、高カロリーということから溶けたアイスクリームのようなものだと思っていた。しかし、ヘルパーの高科によると、

「私には飲めません」

というほど濃度の高い食品らしい。

健常な胃の持ち主であれば、難なく食することができるのだろう。しかし、母はだいぶ前から逆流性胃炎の診断を受けている。もしかすると、単純に母の体質には合わない食材なのかも

しれない。いずれにしても、胃の調子が悪くなれば、これは逆効果である。

聖は自己判断で母に胃薬を飲ませ、以前与えていた流動食に戻すことにし、二十缶あったエンシュアは、全て返品し、払い戻しを受けることにした。

母の健康管理には、食事以外にも懸念材料がいくつかあった。尿路感染症の再発と誤嚥性肺炎、そして褥瘡である。尿路感染症に関しては、毎日の尿の状態のチェックが欠かせない。誤嚥性肺炎に関しては、やはり日々の検温と血液中の酸素飽和度の値を示すＳｐＯ２値の計測が必要である。幸い、母は食事中に咽せるということがほとんどなく、誤嚥性肺炎に関しては聖は比較的楽観視していた。

褥瘡は寝たきりの老人によく起きる体部の壊死であって、放置すれば死に至る恐ろしい病巣であるが、これは体位を定期的に交換し、入浴等の際に皮膚に変色等がないかを確認することで未然に防ぐことが可能である。実は退院後に母の左の踵に褥瘡の前触れと思われる変色が見られたのであるが、変色部分に絆創膏を貼り、踵がベッドや右足の踵に直接触れないように処理した結果、状態はかなり改善していた。

一方、日々の検温で判明したのが発熱であった。退院してからほぼ一貫して、三十七度から七度五分程度の発熱が特に朝方に観測されていたのである。

「籠り熱だと思いますよ」

とヘルパーの栗田は言っていた。

冬場ということで毛布や布団を被って寝ているため、体熱が籠るのだという説明である。実際、聖が母を車椅子に移し、食事をさせているうちに体温は徐々に下落し平熱に戻ることが常であったから、聖もあまり心配せず放置していた。

五

聖の母、高木彰子は大正十四年十二月二十八日に台湾の嘉義で生まれた。西暦にして一九二五年のことである。当時の台湾は日本の統治下にあり、彰子は国の植民地政策に則って台湾に移住した日本人の間に生まれた子であった。上に兄が一人、姉が二人、下に妹が一人の五人兄弟の中の三女である。

彰子の父親は煙草の卸売を専業とする商売人であったが、生まれは島根の由緒ある名家であった。末っ子であった彰子の父親に家を継ぐ義務はなく、将来はブラジルに渡りコーヒー農園を経営するという野望があったらしい。

彰子の母親は宮城県の農村の出で、一家で台湾に移住していたところを見染められて結婚。彰子の父親には離婚歴があり、また年齢差にして十四歳の開きがあったが、その家柄が島根の良家ということがあって良縁として迎えられたようであった。

嘉義で生まれた彰子が、いつどうして台北に移ったのかは聖の知るところではなかったし、彰子自身も幼少の頃のことで覚えていなかった。ただ、台北市の東門町という場所に住み、当初は姉たちが通っていた樺山小学校、後により自宅に近い旭小学校という尋常小学校に通学していたことは判明していた。

昭和五十九年に前年に開かれた同窓会を記念して再発行された卒業記念アルバムによると、旭尋常小学校は明治三十年に国語学校付属学校として開設されている。日清戦争に勝利した大日本帝国が清朝から台湾を割譲されたのが明治二十八年であるから、その二年後である。

彰子は昭和十三年卒業となっており、男女別々の学級は六つに分かれていた。それぞれの学級に六十名余りの生徒がおり、つまり一学年で三六〇人以上の生徒がいたことになる。小学校全体で計算すると実に二千人の生徒を数える、少子化が進んだ現代であればほとんど見ることのできないマンモス校ということである。まだ、卒業アルバムには鉄筋コンクリの校舎がはっきりと写っており、当時としてはモダンな造りであったことが窺われた。

活発であった長女と気の強い二女の下で、彰子は比較的大人しい子であったらしいが、まだ小学校に上がるか上がらないかの時に、下の妹を食中毒で亡くすという悲劇に見舞われる。昭和七年のことである。冷蔵庫もない時代であるから、食品衛生管理にも問題があったのだろう。前の晩まで歌を歌い、踊りを踊っていた妹は就寝中に激しく嘔吐し、翌日の朝にはもう冷たくなっていたのだという。

深夜ということで受け入れてくれる病院がなく、全てが手遅れであったと聖は祖母である彰子の母から聞いたことがある。このような悲劇はしかし、高木家に限ったことではなかった。事実、聖の父親は十人兄弟の九番目であるが、彼が生まれた時には、既に上の三人の兄弟は幼少期に病死しているのである（後に彰子の兄がビルマで戦死し、後取りを無くした高木家に聖の父は養子として入ることになる）。

勿論、だからと言って子を失う親の気持ちに変わりはない。

「他に子供がいなかったら、私は自殺してたと思う」

と聖の祖母、豊子は例え切れぬ不幸を思い出しては言っていた。

幼い妹の死が、彰子やその兄姉の心理にどのような後遺症を残したのかはわからない。経済的にはしかし、彰子の家族は当時の植民地人の多くがそうであったように比較的裕福な生活に甘んじていた。

父親の商売の関係で、家を二軒構え、一軒は煙草の倉庫を備えた大きな家であり、もう一軒は家族の居住用であったそうで、いずれの家でも現地人を使用人として雇っている。台湾人の下女に炊事洗濯を任せていた彰子の母にとっても、子供たちにとっても、しばしは生活苦とは無縁の時間が過ぎて行くことになる。

しかし、順風満帆に見えてもどこに不幸が口を開けているのかがわからないのが人生の常である。彰子の場合、その「不幸」は父親の死という形で襲いかかった。現代と比べれば不衛生な生活環境と、未熟な医術も寄与したのであろう。彰子の父が肝臓をアメーバ赤痢に侵され、激痛に悶絶しながらその五十四年の生涯を閉じたのは昭和十五年五月のことであった。

病み衰えていく父親の姿を目の当たりにした彰子は「常ならば高嶺を越ゆる父なれど、病み伏して見る脚の細さよ」という句を弱冠十五歳にして詠んでいる。

六

一月十七日。ニューヨークに本部を置く大紀元時報社は、前日十六日に中国武漢市で六十九歳の男性が新型コロナウイルスによる肺炎で死亡したと報じた。中国本土における二人目の死者である。

武漢市の衛生当局は十五日まで新たな感染者は出ていないと発表しており、これに対して中国のＳＮＳである「微博」には、異論を唱える複数の書き込みが噴出しているそうである。あるユーザーの投稿は地元の同済病院が「発熱の人で溢れていた」と訴えており、また別のユーザーは、

「(同済)医院には発熱専門の外来診療がある。この病院に入ると、受診患者は皆発熱していると知った。人が廊下の通路にまで横たわるほどあふれていた。父は同済医院ですべての検査を受け、二回の注射を受けた。それでも、医者に帰宅するよう促された。ベッドが足りないと入院を断られた」

と告発した。

大紀元社によると、これらの投稿は全て検閲当局の報復を恐れて後に削除されたそうであるが、その「告発」は中国政府もしくは武漢当局による事実の「隠匿」を示唆しており、前日の日経新聞の報道とは整合性の取れない内容となっている。

実際、一月十六日時点で韓国、タイ、ベトナム、そして日本で武漢肺炎の患者が確認されていることを踏まえると、中国本土の感染者が武漢だけに留まっているというのもあり得ない話だと聖は思った。また、タイ、ベトナム、日本の感染者に関しては武漢市の海鮮市場を訪れておらず、それが事実であれば人から人への感染を裏付けることになる。

香港の中国人権民主化運動情報センターによる見解は、

「武漢市以外の省・市で感染例が報告されていないのは、明らかに当局が隠ぺいしている」

というものであった。

感染拡大を懸念して加藤厚生労働大臣は、

「水際対策はしっかり取る」

と発言しているが、この時点で春節で日本を訪れるであろう多くの中国人旅行者をどうするのかに関しては明確にしていない。厚生労働省の立場は、あくまで「感染拡大の可能性は低い。(風邪やインフルエンザのような)通常の感染対策を行うことが重要」という文言に留まっている。

ただ、別な報道によると、厚生労働省は昨年の十二月から国内の検疫体制を強化しており、

「サーモグラフィーを用いた発熱確認に加え、武漢市からの入国者に対しては、発熱や咳などの発症がある場合は自己申告するよう促していた」そうである。日本国内で感染が確認された中国人男性は、解熱剤を飲むことでサーモグラフィをすり抜けたということであった。

また、警戒心が薄弱なのは日本に限らず、上海でも「新型コロナ」は文字通りどこ吹く風であり、感染防止に向けた対策は何ら打っていないと報じていた。

一月十八日。多くの報道機関によって新型コロナウイルスの実際の感染者数は中国当局が発表している数字の数十倍に上るのではないかという記事が紹介される。根拠となったのがイギリスのインペリアル・カレッジの研究結果である。この研究機関の推計によると実際の患者数は一月十二日時点で約千七百人ということである。

インペリアル・カレッジは権威ある大学であるから、いい加減な研究をするとは思えないが、「推計」というものはモデルやモデルに入力される変数によって大きく変わるものである。そのモデルや仮定を確認せずに、推計だけを鵜呑みにすることは適切ではないが、同時に中国当局の発表をそのまま信じるのも冒険であるように聖には思えた。

同一月十八日。共同通信社は香港からの報道として、中国広東省と上海で武漢肺炎を疑われる患者が発生したことを伝えた。武漢肺炎の感染者が確認されれば、香港の中国人権民主化運動情報センターの疑念が現実化することとなる。

また時事通信社は東北大学大学院医学系研究科微生物学分野教授の押谷仁博士の談話として

今回のウイルスはＳＡＲＳ同様、コウモリを宿主とするウイルスが市場の動物を介して人に感染している可能性を示唆。ただ、同教授の「国内で感染が広がるリスクはほぼない」という見解を紹介し、その根拠として感染リスクが高い医療従事者の感染が報告されていないことを挙げている。

一月十九日。日経新聞は中国武漢に於ける新型肺炎の発症者が十七人増加し、総じて六十二名になったと伝えた。六十二名の中の二名は死亡、八名が重症であり、十九名は退院している。主な症状としては、発熱や咳が報告されていた。

一月二十日。中国本土での新型コロナウイルス感染者数が一気に二百名を超えたと共同通信が伝える。事態を受けて習近平国家主席は「全力で予防、制圧する」よう関係部門に指示。感染ルートは不明とされているが、これで人から人への感染はほぼ疑いの余地がなくなった。一月二十四日から始まる春節は、もう目前に迫っていたが、この時点で日本政府からの発表は「万全の対応を取る」と強調するに留まっていた。

七

聖の母・彰子の原因不明の発熱はもう二週間近く続いていた。朝方に三十七度より少し上の微熱を記録し、午後になると平熱に戻るというパターンの繰り返しであった。その他のバイタル指標である脈拍や血圧、そしてＳｐＯ２の値に大きな変化はなく、本人も痛いとも辛いとも言わない。咳が出るわけでもなく、顔色も悪くないということになれば、老齢によって体温調整が難しくなっているというのもひとつの考え方かもしれなかった。

しかし、何が原因であれ、発熱は不気味である。ましてや母の場合、二度も尿路感染症を罹患し、敗血症を併発して生死の境を彷徨っているのである。それを考えると、血液検査や尿検査して原因を究明することが賢明と思えた。

訪問診療所の竹内には、ホームのほうから連絡して貰ったが、

「様子を見ましょう」

との一言で片付けられてしまった。

竹内からは感染症の疑いが生じた時のために抗生剤を常備して貰っていたが、やはり適切な判断が欲しいというのが聖の正直な感想であった。

「診療所との契約では二十四時間体制で往診に応じて貰えることになってるんですよ」

副ホーム長の堀田が母の部屋に来て不満げに言った。

通常であれば、竹内は一ヶ月に二度、母を診察に来る。聖が払っている診療費は一ヶ月に六千円ほどであるが、一割負担であることを鑑みるとこれは診療所にとっては六万円余りの収入になっている筈である。仮に竹内が聖の母と同じような患者を二十人抱えていれば、月収は百二十万円となるわけで、月に二回の往診で百二十万円が懐に入るわけである。

竹内が金にだけ目が眩んだ医者であるとは信じたくないが、堀田の言うように二十四時間体制で緊急時に対応してくれないのであれば、あまりに「楽」な商売ではないだろうか。そんな聖の思いが、竹内への不信感へと連鎖するのに時間はかからなかった。

「ここであそこの診療所に診察をお願いしているのは高木さんのところだけなんですよ」

といつだったかヘルパーの高科が苦笑しながら教えてくれたことがあった。

「竹内さんがあまり良い医者じゃないってことですか？」

と聖は問い返したが
「私からはそんなことは言えませんけど」

と首を振って答えなかった。

高科のようなベテランになると多くの訪問医を見て来ている。患者が高齢者であろうが障害者であろうが、親身になって医療を施してくれる医者はもちろんいるだろうが、中にはそれこそ「良い儲け口」くらいにしか思っていない医師もいるに違いない。

「どなたか他に良いお医者さんはいますかね」

聖は堀田に尋ねた。

竹内との付き合いは母がこの施設に転居して来てからのことになるから、もう一年半になる。二度の尿路感染症を竹内の落ち度にするのは理不尽であろうが、他の医者と比べてみなければ良し悪しの判断すらつかない。

「私のほうからご紹介はできますけど」

「よろしくお願いします」

紹介されて損はない。聖は堀田の言葉に乗ることにした。

第四章　感染者急増

一

一月二十一日になると、武漢肺炎のニュースは加速度的に増えて行った。朝方、中国に於ける感染者数は二百人ほどのレベルであったが、夕刻にはその数は三百人を超える。死者の数も、午前中は四人との報道であったが、午後には六名に達した。

感染者の急増に関しては、単に「検査キットができた結果」であると中国のメディア、環球時報が伝える。つまり、多くの感染者がもともと存在しており、今回の急増はそれらの潜在感染者が検査キットの充実によって炙り出されたという構図である。これは実質的な感染者が報告されている数字より遥かに多いことを示唆しており、インペリアル・カレッジの推計があながち的外れではないことを物語っていた。

また、複数の医療関係者からの発症が報告されたことで、WHOは新型コロナウイルスが人から人へと感染する病原体であると断定。事態の急変を受けて、翌二十二日に緊急会議を招集すると発表した。

同日、台湾そして韓国でも感染者第一号が確認される。春節という一大イベントを目前にして、各国とも中国からの感染者の入国を阻止すべく動き始めており、安倍総理も水際対策の徹底を指示したと伝えられるが、大挙して訪れるであろう中国からの観光客をどうするのかは不透明であった。

一方、ブルームバーグ・ニュースによると、この時点で中国共産党の中央政法委員会は情報開示の徹底を「情報開示は人々の不安払拭に寄与する最善の解決策であり、包み隠さず明らかにすることが当局者が取るべき姿勢だ」として地方当局に指示している。武漢肺炎発生の報告から、既に三週間が経過しており、それまでの情報開示が不十分であったことを暗示する記事である。

一月二十二日。現地時間で二十一日であるがアメリカで初の感染者が確認される。武漢に渡航歴のあるワシントン州に住む男性で、隔離され治療を受けている。これを受けて、トランプ大統領は米本土への感染拡大阻止に向けて万全の体制が整っていると発言する。

同日、マカオや香港でも感染者確認が相次ぐ。台湾は春節を前に、武漢からのツアーの受け入れを停止すると発表。北朝鮮は外国人観光客阻止の対策として国境封鎖を断行した。

中国の感染者は四七〇人を超え、死者は九人となるが、台湾がＷＨＯへの加盟を申請したことに対し、中国は断固反対。あくまで台湾が中国に併合されることを条件とした。

ここまでで判明していたことは、新型コロナウイルスはおそらく野生動物を発生源としており、そしてなんらかの変異を遂げて人から人への感染していることである。またＳＡＲＳに似たウイルスであるが、致死率はＳＡＲＳほど脅威的ではないという事実もあった。

政府は「水際対策を徹底する」と言っているから、空港その他における検疫で、感染者の入国はストップできるのだろうと聖は高を括っていた。依然としてＳＡＲＳが日本国内に於いて大山鳴動鼠一匹であったことが固定観念として頭にあったのである。

一月二十三日。翌日から始まる春節を前に、中国湖北省武漢市政府は武漢市全体を事実上封鎖する。具体的には、航空機や鉄道、バスといった公共交通機関の運行を停止し、要所要所に検問所を設置して体温の検査を義務付けるという徹底ぶりである。武漢市の人口は千百万人に及ぶから、それだけの人々が足止めを食らうことになるのである。

この日、中国での感染者数は六百人を超えたが、人口が十四億を超える国家に於いては驚愕するような数字ではないように思える。ただ、六百人というのはあくまで検査上判明した感染者数であり、実数はもっと多いのであろう。武漢肺炎は致死率ではＳＡＲＳに劣るが、感染力はＳＡＲＳのそれを軽く凌駕しているようであった。

香港大学の伝染病の権威、袁国勇教授が「武漢肺炎はすでに患者の家族や医療スタッフの間で伝染する拡散段階に入っており、重症急性呼吸器症候群（ＳＡＲＳ）のときのように、地域社会内の大規模発病が起きる段階に近づいている」と発言したとサウスチャイナ・モーニング・ポストが二十二日付けで報道したが、同大学の言論・メディア研究センターの傅景華教授は「感染が疑われる事例や外信報道に言及したＳＮＳ掲示物が削除された」と中国政府による隠匿工作も示唆している。

一方、日本の厚生労働省の対応は、渡来者の健康状態の自己申告や空港でのサーモグラフィーを使った検疫といった「甘い」対応に留まっていた。それもＷＨＯが緊急事態宣言を出せば大きく変わるはずである。武漢肺炎を「指定感染症」に位置付けることも視野に入れており、そうなれば感染者に強制的な隔離や就業制限を課することも可能となるのである。

ところが一月二十四日になってＷＨＯが「国際的な緊急事態宣言」を見送ったとのニュースが飛び込んできた。ジュネーブ現地時間で一月二十三日の報道によるとＷＨＯのテドロス・アダノム・ゲブレイェスス事務局長は「緊急事態宣言」を発出しなかった理由として「これは中国での緊急事態ではあるが、今のところ国際的な衛生上の緊急事態ではない」というものを挙げている。

「今後起きないとは限らないが、人から人への感染が中国国外で起きた証拠がない」とし、従って、空港での検疫は続けるべきであるが渡航や貿易の制限については現時点で勧告しないというのがテドロス事務局長の発言であった。

このＷＨＯのスタンスを奇異なものと感じたのは聖だけではないだろう。「人から人への感染が中国国外で起きた証拠がない」とは、まるで中国人だけが特異体質であり、他の国の人々には感染しないかのような印象を与える。そればかりか、中国国内で爆発的に増加している感染者数の現況を見れば、他国でもそのような状況が起き得ると考えて当然である。ならば、この時点で「国際的に懸念される公衆衛生上の緊急事態」を宣言し、世界に最大レベルの警戒を促すのがＷＨＯの取るべき姿勢ではないかと聖は思ったのである。

ＷＨＯが「緊急事態宣言」を見送ったことで、厚生労働省による新型コロナ感染症の「指定感染症」指定は当面なくなったが、これも不可思議な話であると聖の目には映った。厚生労働省は日本の政府機関であり、日本国民の健康や福祉を守るために存在する役所である。ＷＨＯが何を言おうが、新型コロナ感染症を「指定感染症」とすることで益があるのなら、そうすれば良いだけであろう。

ＷＨＯによれば、武漢肺炎の致死率は３％に及ぶそうである。季節性インフルエンザの致死率が０・１％以下であることを考えると、その三十倍となる。

この時点で、死者の大半は六十歳以上であり、またその多くは高血圧や糖尿病といった基礎疾患の持ち主であったことが判明していた。症状は主に咳、発熱、下痢といったもので、重症例として肺炎、腎不全などが指摘されていた。

この日、日本では感染者第二号として中国人旅行者の入院が伝えられ、またシンガポールやベトナムでも武漢からの旅行者の感染が確認された。中国や日本で、マスクの買い占めが起き、また感染拡大を警戒して、二〇二〇年東京オリンピックに向けた予選大会が次々とキャンセルになっている。

安倍総理は関係閣僚会議で再び感染拡大阻止対策の徹底を明言。多くの日本企業が自ら武漢市にある湖北省への出張を控える中、外務省は当初求めていた武漢エリアを対象とした「不要不急の渡航」の自粛を、湖北省全域へと拡大した。

これらの表面上の対策が、感染拡大阻止に不十分であるとの意見が方々から表明されていたが、実に七十万人とも推定される中国からの旅行者が日本の土を踏み始める中、この時、野党が国会でやっていたことは夫婦別姓制度の導入に関する審議中に与党から出た「だったら結婚しなくていい」というヤジの発言者の追及であった。

同じ日、アメリカの疾病対策センター（ＣＤＣ）は全ての米国民に武漢地域への不要不急な渡航を控えるよう呼びかけ、渡航の危険度を最も高いレベル三としている。また、断固とした政策で知られるフィリピン政府は、武漢からの観光客五百人を強制送還すると発表。これら五百人は、多分に漏れず武漢市封鎖前に国外へ出た武漢市民であった。

二

新規の訪問医との最初のミーティングがホームのミーティング・ルームで開かれたのはそんな頃であった。訪問医を選ぶにあたって、いくつかのチョイスが提示されたが、聖はホームで入居者を一番多く診ているという「中空診療クリニック」を選択していた。

訪問医はどこも大体似たようなパンフレットを作成し、自らの診療所の利点をアピールしている。邪智を入れれば、それだけ「美味しい」商売なのかもしれないが、これは疑い出したらキリがない。中空は真摯な態度で老人医療と向き合ってくれている医者であるという前提で、聖はミーティングに臨んだ。

驚いたのは、その参加者の数である。当該クリニックの医師である中空が出席するのは当然であるが、その他に看護師二名、ホーム長の佐野、副ホーム長の堀田、ケアマネージャーの坂口、薬剤師の鈴木、レンタル医療機器の会社から一名、それに加えて聖であるから総勢九名が狭い部屋にすし詰め状態となった。

母一人だけに関わっているわけではないにしても、これだけの人材の時間と労力が母の命をサポートするために使われている事実に聖は改めて感謝した。

「本日はお忙しいところお集まりいただきありがとうございました」

という聖の決まり文句でミーティングは始まった。

中空は、四十歳に届くかといった聖から見れば若者であった。あまり笑顔を見せない男であり、メガネに隠された若干気難しい表情を崩さないが、横柄な感じはしなかった。

「今後のお母様の健康管理には最善を尽くしていくつもりでおりますが、訪問医療という立場上、できることとできないことがあることは理解していただきたいのですが」

中空にしてみれば、初対面の聖がどんな人物であるのかは未知数である。中空が診ている中には理不尽に思える要求を突きつけてくる患者や患者の家族もいるのだろう。遠慮がちに初っ端から防波堤を張る中空であったが、それも理解できる。聖は嫌な気持ちはしなかった。

「当院は二十四時間体制で業務を行なっていますが、他の患者様を診ている場合もありますので、ご要望があったときに直ぐに駆けつけることができるとは限りません。ただ、救急の場合には大きな病院とも連携して即刻対応できる体制でやっていくようにはしています」

訪問診療の回数は月に二回。これは竹内のところと変わらない。別に看護師が月に四回、体調チェックのために母を診てくれる。これも竹内が担当していたときと同じである。

「中空診療クリニック」に変えることで、何が大きく変わるのかは診療を開始してみなければわからないが、その語勢から中空の意気込みのようなものが伝わってきたのはミーティングの成果と言えよう。

「何かご要望がありましたら、教えていただきたいのですが」

中空に促されて聖は、以前、東京医療センターの鈴本やホーム長の佐野に伝えたことを反復した。つまり、できれば母を入院前の状態に戻したい。それが不可能であるのなら、心安い余生を送らせてあげたいという内容である。

「嚥下機能のチェックに関しては、こんど歯科の先生がやってくれることになっています」

聖は確認のために佐野に目配せしながらそう伝えた。

ミーティングは主に中空と聖の腹の探り合いで終わったが、おそらく中空は聖が理不尽な客ではないことに安堵したであろうし、聖も中空が真面目そうな医者であることが気に入った。

ミーティングが終わると、中空は即座に母の診察に入った。体温とＳｐＯ２値を測定し、胸に聴診器を当て、血液検査のために血液を抜き、尿検査のために尿を抜いた。

結論は発熱の原因は誤嚥性肺炎ではないが、早期の尿路感染症であろうということであった。

「抗生剤を七日間分出しておきますから、それでもし改善しないようであれば、またご相談しましょう」

中空は更に、症状が改善するまでビニールの尿管を母の膀胱へ挿入し、尿バッグに尿を溜めてモニターすることを提案した。また母を病人のような姿に戻すことに聖は抵抗を感じたが、場合が場合であるからこれは承服せざるを得なかった。

翌日から三枚のクリップボードが母の部屋に置かれ、それぞれに体温と血圧、脈拍数、ＳｐＯ２を毎朝記録するシート、食事量と水分摂取量を毎日記録するシート、そして尿バッグに溜められた尿の状態を毎日書き込むシートが貼られた。それだけでも大きな進歩であった。

三

少女時代の母については、聖は散文的に知るのみである。母にとっても妹の死や父親の死といった悲劇的なイベントに縁取られた時代は、楽しい時代ではなかったのかもしれない。

小学校の頃に東京に修学旅行に来た折に、男の子に間違われたとか、床屋で見た蓄音器が自動でレコードを替える仕組みになっており、そっちのほうばかりに気を取られて床屋の親父に怒られたとか誰にでもありそうな思い出ばかりを話してくれたことがある。

しかし、何と言っても母の世代に生きた人々にとって人生最大のイベントは昭和十六年に勃発した太平洋戦争であろう。鬼畜米英の合言葉の元、文字通り国家の命運を賭けて日本は戦争に突入する。

父親の死後、遺族は恩給を受け取っていたそうであるが、弱冠四十歳で未亡人となった彰子の母親と長男、そして三人姉妹の生活を支えるには不十分であったのかもしれない。女学校卒業と同時に彰子は台湾総督府の米穀局で働くようになる。

その間も空襲に遭い、米軍機から落とされた五百キロ爆弾で自宅近所の地面に大きな穴が空いたとか、グラマンに乗った米軍兵士から機銃掃射を受け、田んぼに逃げ込んで一命を取り留めたとかエピソードには事欠かないが、この戦争が、高木家にとっては更なる悲劇の源となるのである。

それは長男であった正彦の戦死であった。正彦は将校としてビルマに出征していたが、英軍との激しい銃撃戦の末に火炎放射器で焼かれ非業の戦死を遂げている。昭和二十年五月のことであるが、この事実を彰子や彰子の家族が知るのは終戦後のことであった。

昭和二十年（一九四五年）八月の日本敗戦により、台湾や朝鮮半島、満洲といったいわゆる外地からの在留日本人の引き揚げが始まる。記録によれば、敗戦直後当初、台湾から帰国を望む在留邦人は少なかったという。その理由としては、台湾人が日本人に対して極めて友好的であったことや台湾総督府が行政府として機能していたことなどが挙げられている。これは台湾に居住していた日本人にとっては、朝鮮半島や満洲で起きた略奪や殺戮を経験しなかっただけ幸運なことであった。

しかし、敗戦となれば台湾はもはや日本ではない。連合軍としても、台湾という植民地にいつまでも旧日本軍の残党や日本国民を置いておくわけにはいかないという結論となる。

記録によれば、在留邦人の台湾からの引き揚げは、昭和二十一年二月二十一日から四月二十九日までを第一次帰還とし、第二次帰還を同年十月から十二月、第三次帰還を昭和二十二年五月、最終的には昭和二十四年の第六次帰還に分けて実行された。

母は「桜の花が綺麗で、みんな甲板に出て叫んだ」と言っているから、彰子の家族は第一次帰還者総勢二十八万四一〇五人の中に含まれていたことが推測される。母はまた帰還船が広島の港に着岸したことも記憶していた。

また記録によれば、台湾からの引き揚げ船が到着した港は、大竹、田辺、宇品、佐世保、博多、鹿児島、名古屋、浦賀とある。これらの港の中で、広島県に所在するのは大竹と宇品のみであるから、そのどちらかに母の船は着いたのであろう。船旅は混雑した船室に雑魚寝状態であり、船酔いその他で大変であったらしいが、母は一人船酔いもせず元気であったと自慢げに話していたのを聖は覚えている。

無事に内地の土を踏んだ彰子と、彰子の家族である母親の豊子、次女で姉の光子は背に背に行李いっぱいの荷物を担い、陸路、亡父の実家のある島根県浜田へと向かうのである。長姉の栄子は既に結婚をして、子供を一人儲けており別行動をしていたと思われる。

その後の家族がどのようにして生計を立てたのか、詳細は明らかではない。食料を得るために近隣の農家に衣服を売りに行ったとは祖母から聞いた記憶が聖にはある。

亡父の実家が海辺の屋敷であったらしく、堀に海水がぶつかってチャポチャポと音を立てていたとは母の言であるが、名家であるが故に、姉妹が道を歩くと住民が道を空けて丁重に挨拶をしたとも聞いた。

彰子は身体が弱く、台湾でも一度九死に一生を得る経験をしているが、島根においても肺炎を患い、医者であった親戚が当時まだ希少であったペニシリンを使って救命したという逸話もある。

また、彰子は浜田市にある「ホテル松尾」でウェイトレスとして働いていた時期があった。このホテルは、ウェブサイトを見る限り現存している。当時は進駐軍の需要が多かったことが想像できるが、ウェイトレスをしながら彰子は英語を習得したらしい。

これはその頃の日本人の多くにも共通することで、教育レベルとは関係なく、進駐軍や米軍基地で働いたという経験が、英会話能力の向上に一役も二役も買った例を聖は多く知っていた。

英会話スクールが乱立する現代よりも、半世紀以上前の日本人のほうが英語力を持っていたというのは皮肉な話である。

「参議院議員の人が、英文タイプを教えてくれたの」

とも母の言であるが、どういった素性の参議院議員であったのかは不明である。確かなことは、東京に出て来た頃には、母は和文タイピスト、そして英文タイピストとして企業に就職できるほどのスキルを得ていたということであった。

四

春節が始まり、中国から多くの観光客が押し寄せることとなった。日本の場合、感染者の入国を防ぐ手段は体調の自己申告と空港や港での検温チェックという心許ないものだけである。

武漢市は既に封鎖されているとはいえ、一部の報道によると封鎖前に既に五百万人の武漢市民が市外に出てしまっているとのことであった。

一月二十五日。中国では上海ディズニーランドの一時休業や故宮や万里の長城といった観光名所の閉鎖が発表された。また都市封鎖の対象も武漢市に留まらず湖北省全体へと拡大された。初動の遅れは否めないにしても、中国がいかにこの感染症を重大事として受け止めているかが、これらの対策によっても明らかであった。

武漢市内からは、市民や医療関係者の悲鳴がネットその他を通じて拡散されており、また、画像からは、マスク姿の患者が病院の廊下を埋め尽くし右往左往している状況が見て取れる。一方、武漢肺炎は世界的な感染拡大の様相を見せ始めており、ネパールやマレーシアそしてフランスでもパリとボルドーで一名ずつが確認され、これが欧州では初の感染者となった他、アメリカではイリノイ州で二人目の感染者が報告されている。モンゴルは感染拡大阻止のために、中国との国境を閉鎖すると発表し、台湾は湖北省からの団体客全てに帰国を命じた。ロシアも中国ツアーの販売停止を発表している。

感染が中国全土そして世界各国へと拡散する中、当然、それぞれの国家における危機管理の有り様が問われることとなる。「危機管理」とはどういう姿であるべきなのであろうか。

起こり得る全ての危険に対して万全の準備をしておくというのが理想であろう。しかし、それは不可能である。それではその次にできることは、取り敢えず目の前の危機を回避するために最善を尽くすということであろう。

「市場は不確実性を嫌う」とは株式市場の格言であるが、ここでは「悪いニュース」ではなく「不確実性」と言っていることに聖は注目する。

「不確実性」とはつまり「得体の知れない物、得体の知れない事象」のことであり、それはまさに現況においては武漢肺炎そのものなのである。仮に中国政府の発表に嘘偽りがないとして、致死率3％ほどの伝染病だとしても、その症例は少なく、中国政府すら不確実性に晒されている。それは各国の医療関係者然りであり、彼等も限られた情報のなかで、推測に推測を重ねるしか道がないのが現状なのであり、これこそが市場が嫌う「不確実性」であると言えよう。

このような「不確実性」に襲われた時、多くの投資家が取る行動は、とりあえず「売る」という行動である。自動車が暴走して向かって来れば、我々が取る最初の行動は、とりあえず逃げることと同じで、それが夢なのか、バーチャルなのか、現実なのか確かめる時間はない。

それと同様で「不確実性」が生じた時、特にそれが悪い方向の不確実性であれば、我々が最初に取る行動はそれを回避するという行動であるべきなのである。

ところが、日本政府が今回の不確実性に直面して取った行動は、武漢からの渡航者を含めた多くの中国国民を国内に旅行者として迎え入れるという行動であった。これはつまり、不確実性を回避する行動ではなく、不確実性を許容するという行動である。

もしかすると、武漢肺炎は大騒ぎするようなものではないのかもしれない。しかし、それは現時点では誰にもわからないことである。つまり、不確実なのだ。そしてそれを許容した日本政府に、聖は危機管理の観点から「落第」というレッテルを貼るのである。

五

中空診療クリニックが処方してくれた抗生剤が功を奏したのか、二日と経たないうちに母の体温は平熱へと戻っていたが、今度は聖が体調不良に襲われた。一日に二度、母の居室へ通う日課が続いていたが、冬の寒空の下で続く行脚は知らず知らずのうちに聖の肉体に負荷を与えていたのだろう。

その晩、聖は母の部屋を出ようとして足元がふらつく自分に気がついた。数日前から、喉に不具合を覚え、なんとなく嫌な予感がしていた。通常、聖の風邪は喉の不具合から始まるからである。

若干の倦怠感を覚えながら夜道を歩き、電車に乗って帰宅した聖が懸念したことは、自らが病に落ちれば母の回復が覚束なくなるということであった。ホームのヘルパーは確かに良くやってくれている。しかし、母が摂取する食事量は聖が与えた場合とヘルパーが与えた場合では歴然とした差があった。

聖が帰宅して脇に挟んだ体温計は未だ平熱を示していた。おそらくインフルエンザではないだろう。まして日本ではほとんど感染者の出ていない新型コロナではあり得ない。だとすれば、肉体的な疲労から来るただの風邪であろうか。

その夜は、温かいスープを飲み、ニンニクの錠剤とビタミンCの錠剤、そして葛根湯を飲んで聖は床に着いたのである。

翌日、ニンニクが効いたのか、ビタミンCが効いたのか、あるいは葛根湯の効能か、聖の身体はだいぶ楽になっていたが、用心のためマスクを着用して母の居室を訪れることにした。単なる風邪であっても、高齢の母に移せば命取りになりかねない。咳が出ているわけではなかったが、倦怠感が続き、聖の体調は100％とは呼べないレベルであった。

次の夜も葛根湯を服用し、ニンニクとビタミンCのタブレットを飲み込んで聖は就寝したが、翌日になっても体調不良は解消されていなかった。風邪を引けば、それが「只の風邪」であっても一、二週間は体調不良が続くのが聖の経験則であったが、今回は発熱や体調不良で寝込むわけにはいかない。聖は躊躇なく、行きつけの内科医を訪れることにした。

青山内科医院は表参道にある。かつて聖が表参道に賃貸物件を借りていた時からのかかりつけの医院であるから、院長である野中医師とは十五年来の付き合いということになる。「付き合い」と言っても頻繁に訪れていたわけではない。

季節性インフルエンザや麻疹・風疹の予防接種や、風邪をこじらした時などに利用していただけである。野中医師は、聖より十以上は年長であるから、初診の頃から初老の紳士といったイメージがあった。名医なのかどうかは判断がつかないが、聖とは当初から「うま」が合い、それ以来、予防接種や単純な処方は青山内科で受けることにしていた。

「お久しぶりです」

待合室で検温を受けて聖は診察室のドアを開けた。前回、このドアを開けたのは昨年のインフルエンザ予防接種の折であった。白衣を着た野中医師は心持ち上体を聖のほうに向けていつもの椅子に座っていたが、顔を上げるとマスクの中で微笑んだ。

「どうしました？」

聖のカルテに目を通しながら、野中医師が尋ねた。

「風邪らしいんですが、喉に若干の痛みがあって、身体がだるいんです」

胸と背中に聴診器を当て、深呼吸を促す。舌圧子を使って喉の奥を見る。そして両手で首の脇を抑えてリンパ腺が腫れていないかをチェックする。何十年と行っているルーティン化した通常の診療が、得も言われぬ安心感を与えてくれる。

「喉が赤いですね」

「風邪ですか？」

「咳は出ますか？」

「いえ、あんまり出ません」

「念のため、抗生剤と解熱剤と咳止めを出しておきましょう」

聖の場合、抗生剤を処方して貰うのは一年に一度あるかないかである。耐性菌の原因となっていると批判されている抗生剤であったが、このような時には抗生剤に頼るしか方法はない。無闇に痛み止めや精神安定剤を濫用するよりは、はるかに無害であろうと思われた。

六

一月二十八日。アメリカで五人目の新型コロナ感染者が確認される中、フロリダ大学、イギリスのランカスター大学とグラスゴー大学が共同で、二月四日までに武漢だけで最大三十五万人の新型肺炎感染者が出るという試算を発表する。

どのような仮定に基づく試算なのかは聖の知るところではないが、大事なことは、権威ある大学の研究機関による試算であり、単なる推算で片付けることは危険だということであろう。武漢の人口が千百万人だとして、三十五万人の罹患者は約3％の罹患率ということである。しかも、これは二月四日までであるから、その後は更に増える可能性が高い。

幸か不幸か武漢市の発表では既に五百万人の武漢市民が市外に出てしまっている。新型コロナウイルスが感染症としての症状を現す潜伏期間は最大二週間と推察されているので、この五百万の武漢市民の3％、つまり十五万人はどこか外部で発症することになる。そしてその多くは日本でということになるわけである。

同じ日、厚生労働省は武漢に渡航歴のない観光バスの運転手が新型肺炎を発症したことを公表した。武漢からのツアー客を乗せていたバスの運転手である。これは起こるべくして起きた「人災」である。そして、これが序の口であることは間違いないであろう。

安倍内閣はようやく閣議決定で武漢肺炎を指定感染症としたが、危機管理の意味では明らかに遅く、その対応の有効性を聖は訝しんだ。

相手が感染症であるから、人混みに出ないことが良いことはわかっている。しかし、通勤者に電車に乗るなと言うのだろうか。怪しい症状が出たら、医者に行かずに保健所に行けと言うが、そんなことをしたら保健所がパンクするのは目に見えているではないか。

　手洗いを徹底させると言われても、いったいどこで、しかもそんなに頻繁に手洗いができるのか。アルコールの染みた除菌ティシューで三十分毎に手を拭くしか方法はあるまい。

　税金ばかり取って国民の生命や安全も守れない政府の対応は毎度のことで聖は驚かなかったが、少なくともアルコールスプレーを全ての駅構内、量販店やコンビニの出入り口に配置してはどうだろうか。また、これから罹患者が増えることを想定して、病床数の確保も急を要するであろう。後手に回ったのでは日本国民の生命が失われることになるからである。


　一月二十九日。中国全土における新型肺炎の感染者数が六〇五五人となり、SARSのそれを上回る。しかし、死者は一三二人であるから、致死率は2・2％となり、10％近くあったSARSよりは毒性がかなり低いということになる。

　毒性の低さは不幸中の幸であるが、実際の感染者数は五万人ともそれ以上とも言われているので、もし死者の数が本当に一三二人であるのなら、致死率は五万分の一三二、つまり0・26％になる。

　季節性インフルエンザの致死率が0・1％未満であるから、それより若干毒性が高いという結論になり、ワクチンも特効薬もない疾患としてはかなり「安全度」が高いということにならないだろうか。

報道がされていないので不明であるが、実際に武漢肺炎に感染し、無症状か軽症状のまま自然治癒してしまう人はどれほどいるのだろうか。観光バスの運転手やバスガイドが感染するほどであるから、感染力が強いのはわかる。しかし、無症状で自然治癒するケースをもっと知りたいと聖は思った。

どっちにせよ、やっかいな病気に罹りたくなければ、できるだけ人混みを避け、手洗い等を徹底することに越したことはない。

一方、国会中継を見ていて、改めて日本の政治家の数は今の十分の一かそれ以下で良いと聖は思わずにはいられなかった。彼らの給料も十分の一で良いだろう。度重なる危機に適切に対応できない政府を目の当たりにして、自らの血税がここまで要領を得ない連中の懐に入っているのかと思うと、絶望的にならざるを得ないのである。

新型肺炎の相談ホットラインが厚生労働省に設けられたと聖は聞いたが、いったい何人が対応してくれているのだろうか。見ると電話番号がひとつしかないようであるが、何度かけても話し中なんてことはないのだろうか。

また、対応時間も朝の九時から夜の九時までとのことであるが、その時間外に具合が悪くなった人はどうするのだろうか。高熱が出ているのに、病院にも行かず、ホットラインや保健所の窓口が開くまで待っていろと言うのだろうか。命に関わる事態に直面しても相変わらずのお役所仕事に聖は呆れるばかりであった。

中国が湖北省を事実上封鎖したことに関して「このような地域封鎖は、国民の自由・権利を著しく制限することになるので、国民の自由・権利を重視する民主国家においては、なかなかできない」という意見があるが、アメリカでは大統領令の発令により、国家に危機が及んでいると判断された場合には、地域封鎖でもなんでもできるというのが聖の理解であった。

おそらく似たような制度は、他の民主国家にもあるのではないだろうか。日本では何かにつけて「法律が、法律が」と言って行動を起こさないことが多いように思われるが、危機的な状況にあってはいちいち立法府に法律を制定してもらう時間はないわけで、即刻の対応が必要になる。

第一に、仮に緊急時に政府が法律を侵したといって誰が政府を訴えるのだろうか。警察が政府の要人を逮捕しに来るとでも言うのだろうか。もし本当に、日本に緊急時に即座に対応できる法律も機能もないのだとしたら、これはある意味、新型コロナウイルス以上の大問題であろう。

コロナウイルスは新型が次々と出てくる可能性があり、また北朝鮮も引き続き脅威なわけである。お花畑的発想では、国民の生命と安全を危機に晒し続けることになるだろう。

同二十九日。武漢に在留する邦人の帰国を援助すべくチャーターされた航空機が二〇六人の乗客を乗せて羽田空港に到着する。乗客のうちの四人に発熱や咳といった症状が確認され、入院の運びとなる。前日に武漢肺炎が政府によって指定感染症に認定されているから、強制的な措置なのだろうが、問題は他の乗客である。

中国からの報道で、武漢肺炎は無症状であっても感染する可能性があると聖は聞いている。だとすれば、武漢から帰国した全ての乗客を一定期間隔離し、感染の有無を検査するのが当然の措置なのではないのだろうか。


一月三十日になり、中国での感染者数が八千人に近づくなか、死者は一七〇人になったとの報道を聖は読んだ。インド、フィリピン、ベトナム、フィンランドといった国々でも感染者が初確認され、ブラジルでは感染を疑われる患者が九人に達し、ロシアは十六箇所の対中国境を一時的に閉鎖すると発表したそうである。

これらの事実を踏まえてWHOは緊急委員会を招集すると発表したが、WHOのヘッドであるテドロス事務局長による中国政府の対応を称賛する声ばかりが伝わってくる。WHO内部の権力構造がどうなっているのかは聖の知識が及ぶところではなかったが、多くの職員がいても、事務局長であるテドロスに「NO」とは言えないのかもしれない。

同日、武漢からはチャーター機第二便が到着したが、乗客二一〇人のうち二十六人が発熱を訴え入院。仮に全ての入院患者が新型コロナウイルスに感染しているとしたら、感染者数は全体の10％を超える計算になり、改めて今回のウイルスの感染力の強さに聖は背筋が寒くなるのを覚えた。

一方、前日に帰国した二〇六人の乗客のうち、二人がウイルス検査を拒否したとして問題提起の源となる。厚生労働省によれば、ウイルス検査を強制することは法的にできず、強制すれば人権問題になるという。

これは、仮に新型コロナウイルスが現在知られているより遥かに伝染力が強く、毒性の高いものであっても、日本政府は感染源になり得る人々の検査もできず、検査ができなければ隔離もできないということを意味している。

ここで新型コロナウイルス騒動の副産物として突如として噴出したのが、改憲の議論である。この議論は、憲法で個人の自由が保証されているので、緊急時の対応が違憲になる可能性があり、よって憲法に「緊急時」の条項を含めるべきであるというものである。

この議論は非常に奇妙に聖の目に映った。なぜなら日本には憲法十三条があり、そこでは既に公共の福祉に反した場合には個人の権利が侵害されても良いと規定しているからである。

以下がその憲法十三条の条文である。

「すべて国民は、個人として尊重される。生命、自由及び幸福追求に対する国民の権利については、公共の福祉に反しない限り、立法その他の国政の上で、最大の尊重を必要とする」

近年、この条文が二〇一七年に下されたＮＨＫの合憲性に関する最高裁の判断によって脚光を浴びることになったことを聖は知っていた。それは、一放送局であるＮＨＫが強制的に契約を結ばせるのは個人の契約の自由を冒すものであり、違憲ではないかという訴えに対して、最高裁の判断はＮＨＫは「公共の福祉」であるから違憲ではないというものである。

「公共の福祉」の考えに照らし合わせれば、同じ判断が今回の新型コロナウイルスにも当てはまると思うのが自然であろう。新型コロナウイルスは、その潜在的脅威という意味では、明らかに「公共の福祉」を脅かすものであり、従って、公共の福祉を担保すべく、国家が行う国境封鎖も都市封鎖も現行の憲法下でできるはずだからである。それともＮＨＫの「公共の福祉」における存在は、新型コロナウイルスよりも強いとでも言うのだろうか。

政府が新型肺炎に対する措置で後手後手に回っていることの言い訳に憲法を使っているのであれば憲法十三条は何のためにあるのかを聖は問いたかった。そして、新型コロナ対策に憲法十三条が当てはまらないというのであれば、ならばなぜＮＨＫに当てはまるのかを問いたかった。

新型コロナウイルスを国家的危機と呼ぶのは時期尚早であるかもしれないが、公共の福祉の観点からは、十分にそれを脅かすレベルであろう。ならば憲法十三条を新型コロナ対策に適用しても何ら問題はないであろうし、そうであれば、改憲の議論はまったく不必要、不適切なのではないだろうか。

第五章　ＷＨＯ…

一

一月三十一日になって、聖はＷＨＯが新型コロナウイルスの蔓延をやっと「国際的に懸念される公衆衛生上の緊急事態」に該当すると宣言したことを知る。宣言は、ジュネーブの現地時間で一月三十日の夜ということになる。最初の判断から約一週間が経っており、また当初の危険性を記述に間違いがあったなどとして「高」と修正したりと、今回のことでＷＨＯへの信任は大きく下落したと言っても良いであろう。報道によるとＷＨＯ内部の中国人メンバーが早期の「緊急事態宣言」に反対しており、中国の影響力を懸念して他のメンバーも追随せざるを得なかったとのことであるが、これが事実だとすれば言語道断であり、その圧力に屈したＷＨＯのメンバーは即刻辞任すべきだと聖は思った。

フランスのルモンド紙も、第一回の会合時点で緊急事態宣言を出すなとＷＨＯに中国政府から圧力があったとの記事を公表している。

また、同日の産経新聞によると、ＷＨＯのテドロス事務局長の発言も、

「ＷＨＯは（新型肺炎）の発生を制御する中国の能力に自信を持っている」

「（中国への）渡航や交易を制限する理由は見当たらない」

と中国に忖度した内容となっており、その背景としてテドロスが中国から巨額の資金援助を受けているエチオピアの元保険相であったことを挙げている。これは、簡単に言えば、テドロスもＷＨＯも中国に金で買われたということではないだろうか。

同様の報道が、一月三十一日付けのニューズウィーク日本版でも「習近平とＷＨＯ事務局長の『仲』が人類に危機をもたらす」という見出しで数ページに渡って展開されていることを見ても、おそらくこれらの報道はかなり真実に近いものがあると聖は判断した。

最近はフェイクニュースという概念が一般に広まりつつあり、メディアが自らの政治的な意図を持って大衆を誘導するような例もあると聞くし、実際にそうとしか思えない例を聖は何度も目にしてきた。従って、ルモンドや産経新聞、そしてニューズウィークがほぼ同時に同様のニュースを流したからといってそれが必ずとも真実であるとは限らないことは自明の理である。

しかし、今回の件に関してはＷＨＯの緊急事態宣言が、中国の春節が終わった日である一月三十日に発出されたことが各紙の主張により高い信憑性を与えていた。春節が始まった一月二十四日に緊急事態宣言を見送り、春節が終わった一月三十日に緊急事態宣言が行われる。これを偶然と思えと言うほうが無理があるだろう。

今回のコロナ禍は「金、金、金」で中国に追随してきた世界が、その懲罰を受けているとも言えるわけで、日本政府を含めて世界の政治家の責任も重大なのではないだろうか。世界の民がこれを機に自国の中国との付き合い方を問う時が来ているであろうことは言うまでもない。

政治家といえば、聖には気になることがあった。それは、何故、日本が春節の前に少なくとも中国からの旅行者に対し、国境を封鎖しなかったかということである。安全保障上の理由を大義名分として掲げれば、法的にできないことではなかったであろうし、同様の理由で武漢を封鎖した中国も文句は言えまい。

封鎖しなかった理由に関しては、まったくの憶測であるが聖にはひとつの仮説があった。それは自民党の二階俊博幹事長の存在である。二階幹事長は、自民党の中でも田中角栄以来の親中派として知られ、中国の習近平国家主席とも昵懇《じっこん》であると聞く。加えて二階は「全国旅行業協会」の会長も務めているのである。

つまり、習近平の意向に配慮し、さらに中国からの旅行者によって潤っている全国の旅館業を利するためには、なんとしてでも春節前に国境を封鎖させるわけにはいかなかったのではないだろうか。二階幹事長と安倍総理の間にどんな会話があったのかは当人同士しか知らないだろう。しかし、党内で権力を握る二階と彼のポジションを考えれば、聖は自らの仮説がさほど現実離れしているとも思えなかった。

この日、イタリアでは国内初の新型コロナ感染者が確認され、同国は非常事態宣言を発令。WHOの緊急事態宣言を受けてアメリカは「公衆衛生上の緊急事態」を宣言し、中国への渡航を「禁止」、また安倍総理も武漢のある湖北省からの外国人の入国を拒否する方針を明らかにした。

これらの事実はWHOがもっと早く緊急事態宣言を出していれば、感染阻止はできないにしても、少なくとも感染拡大のスピードを遅らせることができたことを意味している。中国の研究者によれば、新型コロナウイルスの人から人への感染は、昨年の十二月中旬には既に確認されていたのだから。

二

聖が武漢肺炎関連のニュースに特に敏感になっていたのは、母のことがあるからに他ならない。インフルエンザの予防接種は済ませていたが、新型コロナのようなワクチンも特効薬もない伝染病が蔓延すれば、母の命が脅かされること間違いはないからである。

そうは言っても、一月三十一日時点で、日本国内で判明している感染者数は僅か十七名である。世界の多くの国々で感染者が出ていると言っても、震源地である中国を除けばいずれもまだ数名のレベルであり、戦々恐々とするような状況ではないように思えた。

一方、青山内科で処方して貰った抗生剤が即効し、聖の体調は改善していた。しかし、冬特有の北風は身を切るように聖の身体を鞭打つ。ダウンジャケットのフードで頭を覆い、チャックを首まで上げて少しでも陽の当たる場所を探しながら歩く喜多見駅から母のホームまでのほんの十分余りの道程が、長く辛い道程に感じられた。

その日は歯科医による母の嚥下機能の検査が午前十時に予定されていた。嚥下機能をチェックし、願わくはリハビリを行うことによって母の食が「正常」に戻ってくれればというのが聖の願いであった。

約束の時間通りに、歯科医はやって来たが、看護師らしき女性を三名連れてきており、それに加えて施設の堀田、聖、母とで計七名が母の狭い居室を共有する事態となった。インフルエンザはもとより、新型コロナの感染が心配される昨今に、これは忌避されるべき状況ではないのだろうかと聖は医療スタッフの無頓着に神経を逆撫でられる思いであったが、敢えて文句を言うことはしなかった。

嚥下機能のテストは、それ以上に聖の顰蹙《ひんしゅく》を買った。テストであるから、ある程度の肉体的な負担は予想していたが、端から見ると老体にはかなり過酷なテストなのである。

本人がはっきりとテストを受けることを承知していれば話は違っていたのだろうが、母の場合はなぜ自分がテストを受けるのかも理解していないようであった。飲みたくもないものを口をこじ開けられて飲まされ、食べたくもないものを喉に押し込まれる。その度に、ゲッ、ゲッと苦しそうな声を上げる。

「もう止めてください」

という言葉が何度聖の口から出掛かったことであろうか。

しかし、それで検査が終わったわけではなかった。最後にはファイバースコープを使って直接喉の動きをモニターで観察するテストが残っているのである。胃カメラを鼻から突っ込まれた人間なら、誰でも経験することであるが、健康体の若い人間でも、決して楽しい検査ではない。

検査なのだから仕方がないと言われれば、そうですかと引き下がる他に仕方のないことであるが、苦痛に歪んだ母の顔を聖は正視することができなかった。

数十分に及んだ母にとっては拷問のような検査結果は、「嚥下機能の低下は認められるが、食事が気管に誤入するような状態ではない」というものであった。

「リハビリで改善するものなんですか？」

聖の問いに、歯科医は否定的であった。第一に母が高齢であること。第二にリハビリを行うとすれば、毎日のプロセスとなり、医療保険で認められている訪問診療が月に二回と決まっている限り、それはできないということであった。

いずれの理由も初めからわかっていたことのはずである。ならば、何の為に母は苦しい思いをして検査を受けさせられたのか。無論、医療関係者の言い分は、家族からリクエストがあったからというものである。これは正論であって、聖にはぐうの音も出ない。聖が前もって嚥下機能のテストがどういったものかを調べておけばよかったのである。

「溺れる者は藁をも掴む」のことわざ通り、聖にはそんな心の余裕がなかった。何とかして現状を打破し、母の食生活を元どおりにしてやりたい。その思いが、聖の心に隙を作っていた。そしてそのために母は無用の苦しみを味わったのである。

「苦しい思いをさせてごめんね」

歯科医たちが去った後で、聖はそう母に謝った。こんこんと眠る母にその言葉が通じたのかどうか、聖にはわからなかった。

三

月が変わっても、メディアはほぼ武漢肺炎のニュース一色であった。感染者が判明した地域は世界二十六カ国となり、中国国内の感染者数は一万人を超えた。二月一日には武漢市行政の長である馬国強書記が初動の遅さを謝罪するという中国としては異例の事態となったが、背後には責任を中央政府ではなく地方政府に限定しようという意図が見え隠れする。

一方、武漢肺炎の感染源が一箇所ではなく、複数の海鮮市場であるとか、武漢市に在するウイルス研究所であるとかの怪情報が流され始まったのもこの頃である。

確かに中国人は数百年とも数千年とも言われる間、コウモリその他の野生動物を食してきたわけであるから、それが二〇二〇年になっていきなり感染症の源になるというのも奇怪な話であるように思える。ただ、仮に新型コロナウイルスが研究所で開発されたものだとしても、そのリークは意図的なものではないだろう。

武漢市では医療機関が崩壊し、多くの死者が出ているし、下手をすれば同様の事態が中国全土に拡大するリスクがあった。また、今回の騒動で、中国の「一帯一路」構想は「感染の道」になってしまったのである。中国政府が、このようなリスクを冒してまで危険なウイルスを世に出すような馬鹿だとは思えない。

新型コロナウイルスという得体の知れない怪物の出現で、各国が早急な対応を迫られる中、欧州ではアジア人に対する人種差別が激化しているとも聞いた。しかし報道で知る限り、その「差別」は偏見やヘイトによるものではなく、自己を防衛する防衛本能に基づいているように聖には思えた。

同様の「差別」は韓国やベトナム、北海道などでも「中国人差別」として報告されており、これは少なくとも「人種」差別ではないだろう。

また、聖自身、春節の際に日本を訪れていた中国人の団体が地下鉄の車両に乗ってきたのを見て別な車両に乗り換えたことがある。なんでも「差別」と呼べばその言動を批判・非難できるものではあるまい。未知の恐怖に対峙する時、誰しもが身を守る本能と権利を優先させて当然だと思う。

むしろ非難されなければならないのはマスクや消毒液の買い占めであろう。中には買い占めたマスクや消毒液をネットを通じて高値で売りつけている輩がいるので、これは尚更であるが、このような事態をネット通販各社も、日本政府も放置しているのが実状であった。

二月三日になって「ダイヤモンド・プリンセス号」という豪華客船がメディアの脚光を浴びるようになる。この船はアジア各地を周遊するクルーズ船であるが、乗船していた香港人の男性が、香港で下船後に新型コロナ感染症を発症したことにより、厚生労働省が横浜への帰港を拒否、船上で乗客乗員約三七〇〇人の検疫を実施しているからである。この時、既に船内の十名が体調不良を訴えており、検疫の行方が注目されていた。

この時点で新型コロナウイルスについて明確になっていたことは、その爆発的な感染力の高さである。無症状や軽症の感染者が多いため、毒性については正度の高い数字はわからない。ただ、医療崩壊を招いた武漢の病院の状況から把握するに、季節性インフルエンザよりは致死率が高いことは間違いなかった。

また、これは全ての疾病に共通することであるが、老齢者や基礎疾患のある者に重症化のリスクが顕著であることも判明していた。

感染経路がよくわかっていないのだから、患者が発生したクルーズ船の乗客を下船させない判断は妥当であろう。この判断に「法的」な強制力があるのかは聖には不明であったが、少なくとも憲法十三条を理解する限り、違憲であるとは思えなかった。

中国に於ける新型コロナ感染症による死者は三百人を超えた。香港大学のモデルによれば、中国に於ける感染者数は公表されている数字の優に七倍はあるという。東京オリンピックの組織委員会はそれでも「中止は絶対にない。対策には万全を期す」と豪語していたが、感染経路に不透明感があれば、どう対策を取れば良いのかもわからないはずである。

ここで感染者数を踏み留ませることができるのか。それとも世界の各都市が武漢のようになってしまうのか。現時点が夜の始まりなのか、夜明け前なのか、情報が錯綜する中、誰もが暗中模索であり疑心暗鬼に陥っていた。

四

「私の母とお母さんは同じ小学校に通ってたかもしれないんですよ」

部屋で母の洗濯物を畳みながら、そう教えてくれたのはヘルパーの高科であった。

高科の母親が聖の母同様、台湾からの引揚者であったことは以前に聞いて覚えていたが、両者が同じ小学校に通っていたかもしれないことは初耳であった。

「旭小学校だったんですか？」

「いいえ、樺山小学校です。母のほうが学年は一年上でしたけど」

「お母様の旧姓はなんだったんですか？」

「上田です」

聖の母は低学年で旭小学校に転入している。樺山小学校もおそらくマンモス校であったであろうから学年当たり数百人の生徒がいたことが推測できる。母が一学年上の生徒を覚えているとは思えなかった。

「上田さんって覚えてる？」

聖はベッドで半身を起こしている母に問うた。目を開けているが、どこまで意識がはっきりしているのかはわからなかった。

「樺山小学校に行ってたんだって。一学年上だそうだよ」

「高木さん、上田初枝って覚えてますか？」

高科が顔を近づけて聞いたが、母の反応は薄かった。

どんな職業にも共通することであるが、優秀な人間とそうではない人間がいる。それを才能とか適性という言葉で片付けることは容易《たやす》いが、聖はそれは90％以上「心」の問題であると思っていた。よほどの天才でもない限り、人の能力など五十歩百歩である。その能力が発揮されるかどうかは、要は「やる気」があるかないかなのである。

ホームで働くヘルパーの一人一人の素性を聖は知らない。彼らがどうしてヘルパーという傍目には金銭的報酬が少なく、かつ重労働を要する職業を選んだのかも詮索したことはなかった。しかし、彼らの働きぶりを見ていると、そこには明らかな優劣があるのである。

ヘルパーの中には、与えられた仕事だけをこなし、それに満足して帰宅してしまう者もいる。与えられた仕事も満足にできないヘルパーは論外であるが、与えられた仕事以上に献身的なケアを行うヘルパーもいるのである。

高科は明らかに後者であったし、栗田や杉本といったヘルパーも聖が最も信頼を置くヘルパーであった。彼女たちが日頃からどのように聖の母と向き合っているのかは、母が時折見せる彼女たちへの反応からも見て取れるのである。

一般的にはヘルパーとひとことで呼ばれているが、より厳密には介護職員のことであり、そのレベルはいくつかに分けることができる。現行の介護保険制度上では、無資格でも介護の職に就くことが可能であるが、多くはレベルに応じた資格の保有者である。高科はそのレベルでも高位に位置し、国家試験をパスすることによって得られる介護福祉士という資格を持っていた。

勿論、資格を持っていればすなわち仕事ができるとは限らない。聖は英検一級の資格を持ちながら英会話がまともにできない人間を何人も知っていた。ただ、資格を持っているということは、その資格の保持者の意欲や姿勢を表していることは確かであった。

これは大学受験でも同様であろう。一生懸命受験勉強をして大学に入ったからといって、その勉強内容が社会で役に立つことは滅多にないし、その勉強内容すら忘れてしまう学生がほとんどである。

企業が新卒の学生を雇用しようとする時に学歴を見るのは、その学生の勉強内容を見たいからではない。その学生がいかに真摯に受験勉強に取り組んだか、つまり勉強や将来に対する姿勢がいかに「ちゃんと」していたかを見たいのである。言うまでもなく、真面目に勉強した学生は、それだけ真面目に仕事をする確率が高いからである。

「介護職って大変な仕事ですよね。どうしてそんな職業をお選びになったんですか？」

と聖は折を見て高科に尋ねたことがあった。

「介護のお仕事は楽しいですよ」

と高科は意外なことを聞かれたという顔で即答した。

「いろんな方の人生と関わることができるんですから、こんなに楽しいお仕事はないですよ」

高科が自身の母親の介護を機に介護職に興味を持ったことは知っていた。それ以前は、イベント関係の仕事に就き、母親との接点をあまり持たない生活をしていたらしい。そんな生活が一変したのは、母親が病に倒れたからであった。

聖の境遇に自分が辿った道を重ね合わせていたのかもしれない。その意味では、聖の一番の理解者は高科であったのかもしれなかった。

「高木さんはお幸せですよ。こうして毎日お母様に会えるんですから」

と笑顔で高科に言われた時には聖にはピンと来なかったが、自らの母親の長期入院をやむなくされ、面会すら難しくなった高科だからこそ言えた言葉であったのだろう。

「こっちは大変なんですけどね」

半分は冗談でそう応えた聖であったが、自らと母の置かれた状態を「幸せ」と形容されたことに違和感を覚えたのも事実であった。

五

九・六万人という数字は二〇一八年に日本で肺炎が原因で死んだ人間の数である。二〇一六年には、この数字は十二万人で、肺炎は日本人の死因の第三位であった（二〇一八年には第五位）。これらの数字の意味するところは、現時点に於ける新型肺炎による死者は、統計的には従来の肺炎による死者の数万分の一であり、インフルエンザや誤嚥性肺炎による被害者のほうが遥かに多いということである。

ちなみに近年に於ける死因の第一位は癌であり、例年三十万人以上の人々が死んでいる。その次が心疾患である。恐れるのなら、癌や心疾患、そしてインフルエンザや誤嚥性肺炎のほうが優先順位が高いというのが現実なのである。

同様の議論を用いて「新型コロナ恐れるに足らず」といった主張を展開する輩がこの頃から出没するようになる。

「新型コロナには無症状や軽症の患者が有症状や重症の患者の数十倍いるから、本当の致死率は判明している致死率より遥かに低く、恐れるような病気ではない。ちょっと悪い風邪のようなものである」というのがその主張の背骨であった。

また「専門家」と呼ばれる連中の中にも、「新型コロナは四月、五月になれば解消する」といった予想を立てる者たちがメディアを賑わすようになっていた。

論拠となっていたのが、ＳＡＲＳや他のコロナウイルスによって引き起こされる一般的な風邪が夏場になって終息する過去の傾向である。「気温や湿度が上がれば、コロナウイルスは不活発になり、感染拡大も収束に向かう」というのが彼らの見方であった。

聖にとって、これらの主張の最大の問題点は、科学的なデータや検証に基づいたものではないという点であった。「新型コロナには無症状や軽症の患者が有症状や重症の患者の数十倍いる」というのはあくまで憶測であって、無症状や軽症の人間は、そもそも医者に行かないであろうし、検査も受けていないのだからその総数を把握することは容易ではない。従って、その「憶測」を用いて致死率を云々するのはナンセンスである。

「新型コロナは四月、五月になれば解消する」という予想も、厳密に言えば、それは過去のコロナウイルスがそうであったというだけである。「新型」という言葉は、それが今までなかったものであることを意味しているのだから「新型コロナ」が従来のコロナと性格を異にしている可能性は十分あるのである。いみじくも「専門家」であれば、安易な予想を軽々しく口にすべきではなかったのではあるまいか。

近年「科学的」という言葉が一人歩きし、方々で誤解を生んでいることに聖は不満を覚えていた。中には「科学」と聞いただけでアレルギー反応を起こす場合もあるのだから。

「科学」とは客観性、再現性、整合性からなる現象や物体を対象にした一連の論理体系を呼ぶのであって、何かひとつの理論や仮説は「科学的」であっても「科学」そのものではない。従って、何かひとつの理論や仮説が間違っていても、それは「科学」が間違っていたのではなく、むしろ「科学」が正しいから、それらの間違いを発見できたと解釈して然るところなのである。

そしてその「間違い」は「現実」と理論や仮説の間に齟齬が生じることで発見される。これは万有引力であろうが、相対性理論であろうが同様であり、理論で説明できない事象が生じた時、法則や理論は過去のものとなるのである。

聖が言う「科学的なデータや検証に基づいたものではない」の意味は、そのデータがこの時点で客観性もしくは整合性を欠くということで、必ずしも間違いというわけではない。単純にその「真偽」を判断するには不十分であるという意味であった。

第六章　ダイヤモンド・プリンセス号

一

二月四日になって、ダイヤモンド・プリンセス号を取り巻く状況が明らかになってきた。武漢肺炎を発症した香港人の男性は八十歳。一月十七日に東京から入国し、横浜でダイヤモンド・プリンセス号に乗船した。横浜を二十日に出港した船は、二十五日に香港到着。ここで男性は下船している。

この男性が新型コロナウイルスに感染していたことが発表されたのが、二月二日である。日本政府は、二月一日に同船が那覇に入港する際に仮検疫証を発行しているが、香港男性の感染が発覚したため、新たに横浜港沖で再検疫を実施することとしたわけである。

検疫の結果は五日以降に明らかになるということであったが、感染者が出た場合にその者たちをどうするかはＷＨＯの指針であるウイルスの十日という潜伏期間を踏まえるということ以外に具体的な内容は示されていなかった。

報道によると、ダイヤモンド・プリンセス号の乗客が感染者発生を船内放送で知ったのは二月三日であり、その後も通常通りに食事やイベントが行われ、マスクの配布もなかったということであった。

聖が驚いたのはその「検疫」の内容である。検疫を受けたある船客の証言によると検疫は一分足らずであり、問診票を渡され検温をされて終わったそうである。感染源となり得る香港人の男性は、十九日から咳の症状があったとのことであるが、他では既に無症状の感染者からの感染が確実視されており、さらに糞尿からの感染も疑われつつあった時である。そんな時に、この検疫がどれほど有効なのだろうか。

また、一度検査で陰性と判定された者が、再検査で陽性となったケースも報告されており、検査の正確性にも疑問符が打たれつつあった。

この日、中国の感染者数が二万人を超え、死者が四百人超となる中、人民日報は中国共産党政治局常務委員会の見解として「今回の疫病はわが国の統治システムと能力を試しており、経験を総括し、教訓をくみ取らなければならない。明らかになった欠点や不足への対処能力を高める」と報道している。

また習近平総書記も「直接の責任者だけではなく、主要な指導者の責任も問う」と発言したとされ、地方政府ばかりではなく、中央政府が今回の「失態」の責任を認める内容となっているのが聖には興味深かった。情報公開に関しては、地方政府にその権限はなく、中央政府にあるわけであるから、責任を認めることは当然なのであるが、中国政府としては異例なことであろう。

他方、ＷＨＯはジュネーブで行った記者会見で、新型コロナウイルス感染症は現時点でパンデミックではないという見解を発表している。この報道を読んで、聖は福島原発事故の最中に、当時の民主党内閣官房長官であった枝野幸男が放射能の有害性について「直ちに人命に影響を与えるレベルではない」と何度も発言していたことを思い出していた。

札幌では、例年通りに「雪まつり」が開催され、参加者の中にはマスクを着用していない者も多かったと聞いた。マスクに関しては、既にＷＨＯやテレビに登場した何人かの「専門家」はマスクが新型コロナ感染予防に有効ではないという見解を発表していた。彼らの論拠は、ウイルスの物理的サイズが、マスクのメッシュのサイズより小さく、簡単に通り抜けてしまうというものであった。

聖はこの見解に異を覚えた。ウイルスは単体で浮遊しているものではないだろう。おそらく唾液や汗のような感染者から発する体液や飛沫に付随して感染するのである。そうであるならば、新型コロナが感染症である限り、少なくともインフルエンザや風邪と同等の対策で抗するのが常套手段であると聖には思われた。つまりマスクが有効でないわけがないのである。

二

午前九時半から十一時の間、そして午後三時から四時半の間に時計仕掛けのように母の居室を訪れる聖の修行僧のような生活は、淀みなく続いていた。ただ、何らかの理由で母が十分な栄養を摂れていないと判断した時には、夜になって再び母の元に参上することもあった。

聖は自らの健康には最大限の注意を払っていたが、母への献身を最優先とすれば、自ずと他のことへの時間配分が疎かになる。以前は週に二回必ず行っていたジム通いもその一例であった。聖とて還暦を過ぎた成人男性である。初老と呼ばれてもおかしくない年であるが、健康診断ではもう数年前から高血糖値と高血圧が指摘されていた。

聖本人には何の自覚症状もないが、医者が薬を飲んだ方が良いと言ったので、血糖値を下げる薬と血圧を制御する薬を常用している。本来であれば、食生活の改善と適度な運動で解決する問題であるが、メタボリズムが活発な若年層ならいざ知らず、聖ほどの年齢になると運動や食生活で体重を落とすことが日に日に困難になっていることを身をもって感じていた。

加えて自宅とホームの間の単調な往復の結果、母の状態に改善が見られなければ気が滅入るのも道理であった。往路は時間の制約上、また必要に応じて駅前のスーパーに立ち寄り食材を購入する手前、大きく寄り道をすることは許されなかったが、帰路であれば多少の融通が効く。帰路に変化をつけることによって、規則正しいホーム通いにも若干の楽しみを感じるようになっていた。

聖が発見した帰路のひとつが、ホームの東側に位置する「ふれあい広場」を抜け、「野川」を渡って「国分寺崖線」を上り、成城の住宅街を通過して小田急線城学園前駅から電車に乗るという方法である。天候が良く、気分が乗った時には、さらにその先の祖師谷大蔵の駅まで歩くこともあった。

野川は下流で同じく世田谷を流れる仙川と合流し、多摩川に注ぐ全長二十キロほどの一級河川であるが、その平凡な名前に反して聖が渡る陸橋の辺りは桜並木に彩られ田園然として散策者の往来が絶えない。また時に川面を潜る魚を求めて白鷺のツガイが舞い降り、その清廉な姿にアマチュア写真家が集うほど野趣の溢れる水路でもある。

国分寺崖線はその野川に寄り添うように連なる文字通り「崖」の「線」であり、地元民の一部からは「はけ」と呼ばれて親しまれている。西は立川市から東は多摩川沿いの大田区まで、全長三十キロに及ぶ緑豊かな丘陵であるが、聖が駆け上る辺りは成城四丁目に在する「カシオ計算機」の創業者の一人である樫尾俊雄の旧宅・樫尾俊雄発明記念館へと抜ける急坂であった。

成城の街並みはまた、映画会社「東宝」の撮影所が所在することから、かつては日本のビバリーヒルズと呼ばれた屈指の高級住宅街であり、石原裕次郎や三船敏郎といった昭和の大スターもこの地にその居を構えていた。居並ぶ邸宅を横目に整然とした街路を歩くのも、聖にとっては目の保養であった。

その道筋は歩行距離にして二キロ程であったが、時に起伏に富み、野川沿いの遊歩道のところどころに設置された運動遊具で懸垂でもすれば、結構な運動量となるので、運動不足の解消にも一役買うという一石二鳥の発見であった。

成城繋がりではないが、東宝が二〇一六年に公開した「シン・ゴジラ」という傑作映画がある。

一九五四年公開のオリジナル「ゴジラ」がアメリカの水爆実験に抗議し、核実験反対の姿勢を前面に押し出していたのとは対照的に、「シン・ゴジラ」はゴジラという未知の怪物を前に危機管理体制が整わず、右往左往する日本政府要人の無能を露骨に映し出す内容となっている。

映画の背景にあるのは、言うまでもなく二〇一一年の福島原発事故である。原発事故という未曾有の恐怖を、映画はゴジラという放射能を撒き散らす怪物に擬えた。幸いにも福島原発事故は国家的な危機には発展せず、日本国の壊滅は免れた。しかし、当時の政権を担っていた民主党はその危機管理に於ける能力の欠如を露呈し、二〇一二年の総選挙で大敗、その後、分裂へと追い込まれ事実上、崩壊することとなる。

福島原発事故が民主党に与えた打撃と同様の打撃を、新型コロナウイルスが安倍政権に与えるのではないかと聖は思っていた。中国からの渡航者を春節前にシャットアウトしなかったのは失態である。そればかりか「水際対策を徹底する」と豪語していたにも関わらず、武漢からの帰国者を強制的に検査・隔離する法整備もできていない体たらくは目に余るものがあった。

二月五日。中国の新型コロナウイルスの感染者は累計で二万四三二四人に膨れ上がり、死者数は五百人に手が届くレベルへと上昇する。ほんの数日前に累計感染者数が一万人を突破したばかりである。感染者数は検査数や精度が上昇すれば、比例して上昇するかもしれないが、死者の数は嘘をつかない。武漢肺炎の脅威はまだ序の口であるとの印象を与えるに十分な統計であった。

中国国家衛生健康委員会（ＮＨＣ）が前日四日に発表した内容によると、この時点で死者の80％は六十歳以上であり、また75％は糖尿病や高血圧、その他の基礎疾患を持っていた。患者の97％が湖北省の在住であり、致死率は２・１％となっている。

致死率が10％ほどもあったＳＡＲＳよりは毒性が低いが、０・１％以下の季節性インフルエンザよりは遥かに高いという聖の理解は、以前と変わっていない。新たな情報としては、死者の中には「発熱」を訴えなかった患者が含まれているといった点であろうか。

一人は六十六歳の男性であるが、症状は空咳だけで発熱の症状がなかったにも関わらず、入院一週間後には呼吸困難に陥るほど状態が悪化している。これなどは、この病が例え「軽症」に見えても状態が激変する可能性を秘めた病であり、予断を許さない病であることを認識させるものであった。

同日、厚生労働省はダイヤモンド・プリンセス号の乗員乗客約三千七百名に対し、向こう二週間船内に留まることを要請する。検査の結果、乗員乗客のうち十名が新型コロナ感染者であることが判明し、最終的にはその数が増えることを懸念しての措置である。

乗客は船内の共有スペースを利用することを禁じられ、船室から出ないようにとの指示を受けており、事実上、軟禁状態となったが、中には窓のない客室に閉じ込められる状況に陥る者もおり、対応の不手際が目立つ結果となった。

二月六日。中国本土に於ける累計感染者数は二万八千人を超え、死者は五六三人となった。

この数字から算出される致死率は2％となり、感染者数が増えるにつれ致死率が下がるという構図が垣間見えるようになる。

横浜港沖で入港を拒まれているダイヤモンド・プリンセス号は一時的な着岸を許され、食料品やマスクを含んだ医療品が搬入され、なんらかの疾患で医学的治療を要すると判断された乗客が搬出される。

一方、安倍内閣はこの日、日本に入港予定の香港発クルーズ船「ウエステルダム」の外国人乗船客の入国拒否を決定。船には香港へ帰港するように指示し、乗船している邦人には空路で帰国することを要請している。この決定は、出入国管理及び難民認定法（入管法）に基づくとされているが、これはウエステルダム号の船内で武漢肺炎を発症した恐れのある乗客が複数確認されたためで、同法上の「入国拒否」の事由に、「指定感染症の患者又は、新感染症の所見がある者」と規定されているからである。

春節を前に、中国人旅行者の入国を拒む法的根拠がないと声高に主張する向きがあったが、実際に中国人観光客から感染者が判明しており、事前により徹底した検査を行なっていれば、入管法を適用することによって、国境を閉鎖することは可能であったのではないか。

また同法には包括的に「日本国の利益又は公安を害する行為を行うおそれがあると認めるに足りる相当の理由がある者」を上陸拒否し得るとあり、これは入国の可否は入国管理官や法務大臣の判断に委ねられていると解釈される。これに基づけば、例え事前の検査等がなくとも国境を封鎖することは可能であったのではないか。要は、国境封鎖の是非は法的な判断ではなく、政治的な判断であったのではないだろうかと聖には思えるのである。

三

二月七日。武漢市中心医院が李文亮医師の死を「微博」を通じて報じた。李文亮医師こそが昨年十二月三十日にＳＡＲＳに似た肺炎が武漢市で広まっていることをＳＮＳ上で公にし、その後「うわさを流布」したとして警察当局から戒告を受けた眼科医である。

死因は新型コロナ感染症であり、妻子や両親を残して弱冠三十四歳の若さで迎えた死であった。報道によると中国の世論は李文亮医師を英雄視しており、政府に批判的な投稿を検閲・削除し言論の自由を抑圧する中国政府にも不満の声が多いという。

統計によれば、武漢肺炎で李文亮のような三十代の若者が死ぬことは極めて珍しい。当然のように李文亮は殺害されたのではないかとの憶測がネット上に飛び交うこととなる。李医師になんらかの持病があったとはどこの報道にもなかったからである。

聖はしかし、根も葉もない殺人説よりは、李文亮が医師であったことに刮目した。医療関係者は必然的に患者を診療・治療するために患者の至近距離で作業をすることになる。従ってそれだけ感染リスクが増大するばかりか、ウイルスへの曝露量も尋常ではないはずである。

かつてエイズが大流行した際によく言われたことは、ＨＩＶに感染するには相当量のウイルスを浴びなければならないということであった。つまり、少量のウイルスであれば、人体の自然免疫力に淘汰されてしまうということである。

もし同様のことが、新型コロナウイルスにも適用されるのであれば、ウイルスを大量に浴びやすい医療関係者がより重症化しやすくなっても不思議ではない。そして、そうであるならば、李医師が三十四歳の若さで亡くなったこととも平仄が合うのではなかろうか。

この日、中国では累計感染者数が三万人を超え、死者も六百人を突破した。武漢市は臨時医療施設として市内三カ所に計四千四百床を設置したが、これがまた医師や医療関係者の不在、電気・暖房器機の欠如、トイレ不足等を理由に市民から叩かれる結果となる。感染拡大のスピードに追い付けず、対応が後手に回っているのは日本政府に限らないのだ。

同じく二月七日、ダイヤモンド・プリンセス号内の感染者は六十一名に膨れ上がる。海上の豪華客船に四千人近くの乗員乗客が幽閉され、その間に感染者が次々と発覚する。そしてその感染者の多くは、最初の感染者と目される香港人男性からの一次感染ではなく、船内イベント等による二次感染、三次感染の被害者であるとすれば。

ハリウッド映画さながらのこの「恐怖」のシナリオに海外のメディアが注目しない理由はない。当然のようにそれは日本政府に対する批判へと連鎖して行く。

「日本政府はなぜ乗客を下船させ、隔離しないのだ。アメリカもイギリスもオーストラリアもロシアも感染者は二週間強制的に軍の基地や沖合の島に隔離している。ところが日本政府は隔離を民間のホテルに委託し、その管理も徹底していない。日本は、中国に在する自国民に避難勧告も出していないではないか」

つまり、日本政府はこの感染症を甘く見ているのではないか、というのがその批判の主旨である。

「甘く見ている」のかどうかは聖にはわからなかった。わかっていたのは、情報が輻輳していることであった。これはネットに蔓延《はびこ》るフェイクニュースに限ったことではない。テレビで連日のように顔を見るようになった加藤厚生労働大臣も、「専門家」と呼ばれる人々も、実態を把握できないまま「いい加減」な情報を国民や視聴者に伝えているという印象が強いのである。

ところが、その「いい加減」な情報に誰も「突っ込まない」。加藤厚生労働大臣を取り囲むジャーナリストも、「専門家」に話を聞くテレビのMCも、何か暗黙の了解でもあるのだろうか、驚くほど問い質すという行動を取らないのである。

聖は法律の専門家ではない。感染症の専門家でもない。しかし、常識的に考えれば変だ、間違っていると思うことは可能である。「憲法を改正しなければ個人の自由を奪うことはできない」とか「マスクは感染症には有効ではない」といった情報は、明らかにオカシイとしか思えなかった。

報道によるとこの日、中国の習近平首席とアメリカのトランプ大統領が電話で意見を交換し、習首席は新型コロナ撲滅への決意を表明し、トランプ大統領はアメリカが支援する意向を伝えたという。国家の覇権を巡って対立する両者・両国であるが、この未曾有の感染症に関しての「協力体制」は、賢明な対応であろうし、また必要不可欠であるとも思われた。

四

戸籍謄本によると聖の父、高木孟は、昭和二十三年七月に東京都北多摩郡府中町で聖の祖母、高木豊子の養子になっている。戦死した高木家の長男、正彦に代わって家系を継ぐべく親戚筋から縁組した養子であったが、これは昭和二十一年に島根に引き揚げた聖の母、高木彰子が昭和二十三年七月には既に東京に転居していたことを表していた。

国分寺に彰子の母、豊子の兄が居を構えて生活しており、その兄を頼った上京であったらしい。法律上は義理の兄妹となっていた聖の父と母であるが、その後、昭和二十八年八月には練馬区役所に婚姻届を出している。この経緯については、何かタブーに触れるようで、聖はついに亡父にも母にも尋ねたことはなかった。

ただ、練馬区に居を構える前に、中野や豊島区東長崎といった土地に一家が居住していたことは聖に耳に入っていた。この時期に、彰子は三菱でタイピストとして働き、また龍土町のサンランドリーというクリーニング店にも勤めている。

三菱に関しては、それが三菱商事であったのか三菱電機であったのか、三菱重工業かあるいは三菱銀行であったのか定かではない。当時、和文タイプのスキルを持った人間は少なく、会社からは重宝されたと聖は母から聞かされた覚えがあった。

サンランドリーに関しては、十四、五年前までは六本木七丁目で細々と営業を続けていた。母が勤めていた当時はオーナーがアメリカ人であったそうだが、今は新たに「国立新美術館」がオープンしたこともあって付近はすっかり様変わりし、「龍土町美術館通り」と名を変えた店舗前の通りが残るだけである。

練馬区では、下石神井の木造都営住宅を新居とし、西武池袋線の石神井公園駅を拠点として通勤を続けることになるが、一定期間、姉である光子の夫婦とその一人息子が同居しており、かなり手狭な生活を余儀なくされていたようであった。

昭和三十二年、彰子は一人息子である聖を出産する。高木彰子、三十一歳の夏のことである。それ以前から勤めは辞めていたようであるが、出産を機に彰子は残りの人生を専業主婦として送ることとなる。同居人であった母、豊子は奔放な性格であり、一家の家事はほとんど娘の彰子に任せて自らは趣味に走る生活を送っていた。

家事の分担はどうであれ、成人した子が親といつまでも同居することには子の自立という課題に弊害を来すようである。彰子もその例に漏れず、子を産んだ後も、どこか少女的な心理状態を維持したままであった。友達に虐められたと泣きながら帰宅した彰子の姿を、聖は何度も見たことがある。

また、母親の豊子も、彰子をいつまでも自らの所有物であるかのように扱っていた側面があった。何かの会合に出かけ、彰子の帰りが遅くなると、玄関先で彰子に怒鳴り散らすという行為も聖は目撃している。

こういった出来事やいざこざはしかし、おそらくどこの家庭にも多かれ少なかれあることなのだろう。ただ、豊子が長寿であり、彰子が六十七歳になる時まで生きていたことが影響してか、聖にとってはいつまでも少女のようなメンタリティを持った彰子より、豊子のほうがより母親らしい存在であったのである。

そんな彰子を変えたのが、豊子の死であり、その二年後の夫、孟の死であった。それ以降は手探りながらも母は成人した女性としての人生を謳歌するようになっていく。聖が母に性格的な「強さ」を感じたのも、母が老齢に達してからのことであった。

五

二月八日。ダイヤモンド・プリンセス号内の感染者は計六十四名となり、武漢からのチャーター機で帰国した男性一人を含めて日本国内の感染者数は九十名となる。

一方、武漢ではウイルス性肺炎で入院していた六十代の日本人男性と、同じく六十代のアメリカ人女性が死去したとロイター通信が伝える。中国で外国人が新型コロナウイルス感染症で死亡する最初の例である。

同日、一月二十八日に感染が判明した奈良県の観光バスの運転手の退院が発表されたのとは対照的な事例である。

シンガポールや香港、日本でもマスク不足や高額転売が報告されていたが、報道によるとマスク不足は中国当局の買い占めによるもので、国内で製造されているマスクを自国民に配布することが目的であるという。国家が自国民を優先するのは当然のことであり、それ自体は批判されるものではないであろう。

問題は、マスクにせよ靴にせよ洋服にせよ、生活必需品生産のほとんど全てを世界各国が中国に依存してきたことである。言うまでもなく、新型コロナウイルスの拡散は、グローバリゼーションの産物であり、また物資の不足は製造業の中国一極集中が原因であり、これは人類の失態として喫緊に是正されなければならない難題であろうと聖は思った。

この日、アメリカ疾病対策センター（CDC）のレッドフィールド所長はしかし、新型コロナウイルスの感染予防にマスクを推奨しないと断言。同国で二二〇〇万人が感染し、一万二千人が死亡したと推定される季節性インフルエンザの脅威を強調し、新型コロナウイルスに関しては「一般の米国民の感染リスクは低い」と発言したと共同通信は伝えた。

無闇に警鐘を鳴らし、一般国民をパニックに陥れることは望ましくないが、危機管理の観点からは、CDCも安倍内閣と同様のミスを犯していると聖は感じていた。
マスクや消毒用アルコールの買い占め以上に社会問題となっていたのが「デマ」の拡散である。テレビ等のメジャーなメディアで「専門家」や「権威」と呼ばれる人々が明らかな「非常識」を主張することは、WHOやCDCの例を見れば大問題である。しかし、それ以上に脅威となりかねないのが、SNSを通じて拡散される非常識なデマであった。

背景にあるのは、政府の公式発表や、大手メディアの報道に対する不信感である。中国のような全体主義国家の政府やその息がかかった中国国内メディアに不信感を抱くのは健康的なことかもしれないが、米国や日本のような民主国家に於いては、少なくとも自らの「知識」や「常識」に照らし合わせて報道内容を判断しなければならないだろう。なんとなれば、SNS内の情報こそ、どのような政治的、利己的意図でそれが拡散されているのか判断がつきにくいからである。

ローリング・ストーン誌によると「Qアノン」と呼ばれる保守派団体が、反米的な敵対者の機密情報にアクセスできると主張しており、その情報の中にはマイクロソフトのビル・ゲイツが、感染症を利用して大儲けを画策しているといった内容や、ワシントンのピザ屋で、ヒラリー・クリントンが児童売春に関与したといった荒唐無稽なデマまで含まれている。
もちろん、Qアノンが主張したからといって、それが全てデマであるとは限らない。ローリング・ストーン誌はリベラルな情報誌であることが広く知られているし、リベラル派が保守派を敵対視することは自然であろう。

聖にとって問題はその主張が保守であれリベラルであれ、検証可能かといった点である。そして検証が可能でないのならば、デマとは限らないにしても「真実」とも限らないという点であった。

「嘘」や「間違った情報」に基づいて行動を起こすことは極めて危険なことである。自らが不死身だと信じて交通量の多い交差線に飛び出せば、ほぼ間違いなく大事故に巻き込まれるだろうし、無害と信じて飲んだ薬が猛毒であれば、その毒素によって絶命する確率も高い。

何が「真実」なのかを見極める力は、歴史的に人類を発展させ成功させて来たのである。新型コロナ感染症は、人類の「真実」を見極める力に今一度、挑戦状を叩きつけたと言っても過言ではない。

この日、香港は中国本土からの入境者の強制隔離を開始し、中国では新型コロナの患者を受け入れるために突貫工事で完成した雷神山医院が開院。このタイプの医療施設は二月三日に開院した火神山医院に次いで二つ目となる。

同日、遠く離れたイタリアのベネチアでは恒例のカーニバルが開催の狼煙を上げていた。向こう二週間に渡ってサンマルコ広場を中心に繰り広げられ、毎年三百万人が訪れるとされる仮面・仮装の一大祭典であるが、この時、イタリアで判明していた新型コロナ感染症の感染者は僅か二名の中国人だけであった。

六

ホームでは三ヶ月に一度ほどの頻度で「居宅サービス計画書」の作成が行われる。基本的には、入居者やその家族の意向を聞き取り、それを施設の能力と照合してケアマネージャーが計画書を作成、利用者と家族、ホーム長、場合によっては医者や他のサービス・プロバイダー同席の上で計画書に従ったサービスを提供して行くことを確認する微に入り細に穿ったプロセスである。

介護保険が適用されるには、介護を受ける側の状態を把握し報告する義務がある。介護の必要性は、要介護として五段階に分かれており、要介護一が最も軽く、要介護五が最も重度な介護が必要であると認定される（必要性がより軽度な場合は、要支援として認定される）。

聖の母のように自力での移動や排泄が困難な場合は、要介護五のランク付けとなり、介護を提供する側の負荷に見合って介護を享受する側の経済的な負担もそれだけ重くなるのである。

計画書はいくつかのカテゴリーに分類されており、「利用者及び家族の生活に対する意向」「介護認定審査員意見」「総合的な援助の方針」等を逐一確認して行く。また「生活全般の解決すべき課題」として「長期目標」と「短期目標」が設定され、その目標を貫徹すべく具体的な援助内容が示される。

サービス・プロバイダーと利用者の間には当然ながら金銭の授受があり、しかもその90％は行政が支払うわけであるから、計画書の作成は「いい加減」なプロセスではなく、細心の注意を払った上で合意に至るのである。

例えば「利用者及び家族の生活に対する意向」に関しては「利用者の意向」として「病気をせず、ゆっくり暮らして行きたい」と書いてある。「家族の意向」としては「自分が思う通りの生活リズムで、安心して過ごしてほしい」と書かれている。これは聖が口頭で陳述したままである。

「総合的な援助の方針」では「食事・トイレ・入浴・掃除の援助をヘルパーが行います」と記述してある。その他「訪問診療、訪問看護、薬局、訪問歯科を利用し体調管理をしていきます」であるとか「訪問マッサージで体のこわばりの解消や軽い運動を行ってまいります」であるとか「車椅子・ベッド・手すりをレンタルし生活しやすい環境を整備します」といった具合に、どのサービス・プロバイダーがどのような役割を担って生活支援が行われるのかが明記されている。

「生活全般の解決すべき課題」としては「自分で食べることが難しいので、手伝って欲しい」とされ、長期目標、短期目標ともに「栄養が摂れる」「食事が摂れる」を掲げている。これなども、聖の要望をそのまま書き写したものである。

「排泄は清潔を保ち、病気にならないように気をつけていきたい」では長期目標として「快適に過ごしたい」が挙げられ、短期目標には「定期的にオムツを交換し、清潔にしていたい」と記されている。そして、より具体的なサービス内容として「一日六回程度オムツ交換を行う」と「一日二回陰洗を行う」が記載されている。

「自分で動くことが難しいので、手伝ってほしい。からだが楽になるようマッサージしてほしい」という課題ではサービス内容として「介護ベッド・付属品・車椅子をレンタルする」「訪問マッサージを利用する」「ヘルパーが体位交換をする」等が明記されていた。

訪問マッサージは入院前は週に二回来てもらっていたが、今年になってからはサービス内容が変わり、週に一回に減っていた。四肢の屈伸を中心としたリハビリ的なマッサージであったが、聖の母にとってはそれが唯一の運動であった。

躁状態の時は、ベッドの上で起き上がろうとする。歩行が困難なばかりか、立ち上がることさえままならない状況であることを本人はまったく把握しておらず「靴を履かせろ」「トイレに連れて行け」と注文をつけることも稀ではなかった。

振り返れば母にもっと真剣にリハビリに取り組ませるべきであったと聖は自責の念に襲われる。足を骨折し、車椅子での生活が始まったが、それ以降も何度か積極的にリハビリを勧めたのである。しかし、あまりに母が嫌がるので、無理強いをすることを憚ってしまったのは、聖の落ち度であったのかもしれない。

もし、あの時、母が嫌がってもリハビリを続けていたら、母は今も歩いていたかもしれず、また酷い尿路感染症になることもなかったのかもしれない。「たられば」の話になればキリがないが、後悔は決して聖の頭を離れなかった。

七

二月九日になると「ダイヤモンド・プリンセス号」内の感染者は更に増え七十名となるが、同時に百名ほどが体調不良を訴えているとの報道がある。他方、香港沖で二月五日から入港を拒まれていた「ワールド・ドリーム号」ではこの日、乗客乗員約三千六百人全員の検疫を終え、全員が下船を許される。

同様のことが台湾の基隆港からも報告されており、ここでは「スーパースター・アクエリアス号」が前日から足止めを食らっていたが、九日には検査結果を受けて約千七百人の乗客全員が下船している。実に到着から九時間後のことである。

いったい、香港や台湾の事例と「ダイヤモンド・プリンセス号」との違いはどこから来ているのであろうか。聖が見る限り、ひとつの明らかな違いは、乗客乗員の「全員検査」を行っているか否かである。ここでの「全員検査」とは、この時点でもっとも信頼性が高くスタンダードとされるPCR検査を意味している。

PCR検査は被検査者の喉や鼻腔から検体を採取し、ウイルスの遺伝子を検出する検査であるが、最大でも六時間で検査結果が出るそうで、大規模に行えば台湾のケースのように九時間後には全員下船ということも可能なのである。

勿論、どんな検査も１００％の精度を期待することは禁物である。しかし、この感染症の潜伏期間は約二週間と言われており、この基準に従って下船者を向こう二週間隔離するなりモニターすれば事足りるであろう。

ならばなぜ日本政府は「全員検査」に及び腰なのであろうか。ここにも「政治的」な意図があるのではないかと聖は思っていた。

加藤厚生労働大臣がクルーズ船上の感染者数を日本国内の感染者には公式データとして含まないと発表したのが二月七日のことである。その時は、なんの違和感もなく聞き流していたが、考えてみれば、武漢からの帰国者で感染が判明した感染者はちゃんと「国内」の感染者として数えられているのである。ならばなぜクルーズ船の乗員や乗客が含まれないのであろうか。

この時点で、ダイヤモンド・プリンセス号に於けるＰＣＲ検査数は三百人ほどである。その三百人の中の七十人が既に陽性の結果を受けている。単純計算すれば、三七〇〇人全員が検査を受ければ、八五〇人の感染者が判明する可能性を秘めているのである。

無論、既に検査を受けた乗客や乗員は、発熱その他の症状を訴えていたからこそ検査対象になったのであるから、実数は八五〇人にはならないかもしれない。しかし、同時に、感染症が拡大している時に、多くの人々を一つの場所に集め濃厚接触の機会を増やせば、時とともに更に感染が拡大し、八五〇人を優に上回ってくることも想定できるのではないだろうか。

日本政府が暗に恐れたのは、国内で八五〇人あるいはそれ以上の感染者が出たとなれば、東京オリンピックの開催が危ぶまれる事態になることではないだろうかと聖は推察した。そうでなければクルーズ船の感染者を国内の感染者統計から外す理由が見つからない。また、PCR検査を行わなければ、実際の感染者数もわからないのであるから、これは日本政府にとっては好都合だとも言えよう。

無論、このような「陰謀論」には証拠はない。もしかするとより「信憑性」の高い説明としては、この検査が「役所仕事」であるということに尽きるのかもしれない。

厚生労働省が定めたPCR検査の条件は「三十七・五度以上の発熱とせきなどの呼吸器症状があり、発症前二週間以内に中国・武漢市への訪問歴があるか、武漢市に訪問歴があり、発熱と呼吸症状がある人との接触歴がある人」である。

つまり、ダイヤモンド・プリンセス号の乗船者のほとんどがこの条件に該当しないのである。この期に及んで、この指針を振りかざし、だからPCR検査をしないと主張しているのであれば、とんでもない馬鹿者であろうが、そこは「役所仕事」である。融通の効かない役人に一般市民が何度も泣かされてきたことを振り返れば、危機にあってこのような対応が取られても何ら不思議ではないのが日本という国である。

日本人は大人しく従順な国民である。このような国民全体としての「性格」がいつ形成されたのかは定かではないが、この「性格」故にかつて日本人は一部の権力者の言いなりになり、太平洋戦争へと駆り出された。戦後、それまで鬼畜米英と敵対視していたアメリカの政策に大多数の国民が異も唱えず従ったのもその従順さの現れだろう。

新型コロナ感染症のような「国家的危機」に発展しかねない事象が出現しても、ほぼ一貫して政府の方針に従うのが日本人なのである。それだけ政府に信頼を置いていると解釈することもできようが、聖は単純に日本人には確固たる信念や責任の概念が欠如しているからだと思っていた。

日本政府は、未だに中国からの観光客を受け入れている。背景には四月に予定されている習近平の国賓としての訪日があることを国民の誰もが疑ってはいない。感染症の爆発的な拡大のリスクを犯してまで一部の政治家が国民の意思を無視して遂行する政策に、国民は憤慨しながらも何もしないのが現実なのである。

二月十日になると、ダイヤモンド・プリンセス号内の感染者数は一気に一三五人に膨れ上がる。いったい、クルーズ船という閉め切った空間の中で何が起きているのか。感染拡大を阻止すべく、「専門家」グループや自衛隊が船内に投入されるということであるが、新型コロナウイルスの感染力の強さに、得体の知れぬ不気味さを覚えたのは聖だけではないだろう。

中国の専門家の調査によると、新型コロナウイルスの潜伏期間は最長で二十四日ということであった。無症状での感染事例もあることから、これは従来の十四日間やそれより短い隔離期間では不十分であることを示していた。

また同じく中国からは、新型コロナウイルスの感染経路として、飛沫感染、接触感染に加え、新たに「エアロゾル感染」も含まれるとの発表がある。ここで湧き上がったのが、新型コロナウイルスは「空気感染」するという見解である。「エアロゾル感染」と「空気感染」が同じなのか違うのか「専門家」と呼ばれる人々の中にも意見の相違が現れ、メディアは侃々諤々となる。「エアロゾル」などといった横文字を使えば、ますます判り難くなるのが世の常である。「エアロゾル」とは「飛沫核」と訳され、「核」なのであるから当然、「飛沫」より小さい単体を表しており、文献では超微粒子として分類しているものもある。

「飛沫」とは人がクシャミや咳をした時に飛び出す小さな液体の球と考えれば良いと聖は理解している。一方「空気」には様々な成分があり、一般的には水素や窒素、酸素、二酸化炭素といった分子の集合体を指している。

水素原子の大きさは直径で約０・２ｎｍ（ナノメートル）とされるが、より一般的に空気中に気体として存在する窒素分子のサイズは０・３６ｎｍ、酸素が０・３４ｎｍ、二酸化炭素が０・３３ｎｍである。また、水蒸気として存在する水の分子ですら０・３８ｎｍといったサイズである。ウイルスのサイズは典型的に１００ｎｍ前後であるから、少なくとも「気体分子」のようには拡散しないということになる。

しかし、この議論を鵜呑みにすれば、そもそも「空気感染」とは存在し得ない感染経路となり、「空気感染」の有無を論じること自体がナンセンスとなるわけで、結論としては巷で言われる「空気感染」とは、「エアゾル感染」のことを指していると理解して良いと思われる。

つまり、中国からの見解は、新型コロナウイルスは飛沫を介さずとも、感染者から発せられた超微粒子が空気に乗って拡散し、場合によっては数メートル、数十メートル離れて感染するということなのである。乗客が自室に事実上隔離されていると思われるダイヤモンド・プリンセス号で起きていることは、潜伏期間の長さと共に、この「エアロゾル感染」を証拠付けるものなのではないだろうか。

二月十一日になり、ダイヤモンド・プリンセス号内の新型コロナ感染拡大が報じられる中、世界各国から厳しい批判の目が日本政府に向けられることになる。それに対応する意図なのか、厚生労働省が船内の高齢者の一部に下船を許すことを検討しているとの報道がある。

また、乗客乗員全てにPCR検査を実施するかを議論しているとも報じられる。全員検査の利点は、言うまでもなく感染者の特定であり、特定できれば感染者のみを隔離し、非感染者を条件付きに即時下船させることができる。反対意見は検査態勢が整っていないとのことである。

ちなみにこの時点で明らかになっていたダイヤモンド・プリンセス号内に於ける厚生労働省のPCR検査対象基準は、（1）発熱やせきの症状がある人（2）有症者の濃厚接触者（3）途中下船後に感染が判明した香港の男性の濃厚接触者、というものである。

誰がどのような責任の元にこの基準を決定したのかは不明であるが、この感染症が無症状者からも広がり、尚且つ潜伏期間が二十四日にも及ぶということを念頭に置けば、いかにこれらの基準がザル状態であることかはわかりそうなものであった。

全員検査を行えば、結果が出るまで船内待機を求めることになり、結果的に滞在期間が長くなるというのが反対意見の主旨であるが、ならば検査を行わなければ滞在期間が短くなるのかという問いに答えは出てこない。報道で知る限り、他国では六時間足らずで検査結果が判明し、非感染者は即刻下船を許されていることを考えると、日本政府の対応はまさに「シン・ゴジラ」的であり、批判の的となっても当然であるように聖には思えた。

この日、ＷＨＯは正式に新型コロナウイルスをＣＯＶＩＤ１９と命名する。その名称に「武漢」の二文字が欠如していることから、またもＷＨＯは中国に配慮しているのではないかとの憶測が流れるが、ＷＨＯは二〇一五年から特定の地名を疾病の名称には付与しない方針を固めており、この憶測は少なくとも今回の件に関しては正しくない。

八

戦後のドサクサもようやく収まり、借家とは言え住む場所を得、夫の仕事も軌道に乗り、子宝にも恵まれて彰子の人生は順風満帆かのように思えた。その生活は、当時の日本人の多くにとってそうであったように、貧しくも安定していたのである。

彰子の配偶者であり、聖の父であった高木孟はしかし、決して「模範的」な夫ではなかった。ある程度の収入が確保され、余裕資金が懐に入り始めると同時に孟の「女遊び」が始まったのである。

小金を持つと偉くなったような気持ちになる世の男性は多い。また、そんな男性の心理を利用して一儲けしようと虎視淡々と狙っている職業婦人も多い。そこに「純粋」な恋愛感情があるのかどうかは別にして、聖の父もこの需給の罠にかかった人間の一人であった。

聖の母が異性にだらしがない父親を持った家庭で育っていれば、ある程度の免疫があったのかもしれない。しかし、彰子の父親は厳格で真面目でありながら娘には寛大な性格であり、俗に言う「女遊び」とは程遠い生活を続けた人物であった。

結婚当初は優しかった夫の豹変は、彰子にとって相当なショックであったらしい。「浮気は男の甲斐性」であるという当時の通念に達観することもなく、相手の女から電話が入り「あなたの夫のせいで子供を堕した」と罵倒されれば、人生観が変わっても無理はない。

それも一度や二度のことではなく、挙句の果てに授かった子を堕胎させられる事態に追い込まれる。その経緯については詳細は明らかではないし、一方的な母の言であるが、母によれば遊ぶ金欲しさに孟は第二子を儲けることに反対し、堕胎か離婚かどちらかを選べと迫ったということであった。

世が世であれば裁判沙汰になるような事例であるが、当時の女性の立場は現代とは比べものにならないほど弱かった。職もなく、幼い子供と老いゆく母親を抱えて、彰子にどれほどの選択肢があったろうか。

泣く泣く堕胎に踏み切った彰子にとって、夫、孟は永遠の悪人であり、孟の死後は、事ある毎に「あなたのお父さんは悪い人なのよ」と口癖のように言っていた。

精神的な暴力は、肉体的な暴力以上に深い痕跡となることがある。彰子にとって強いられた堕胎が残した心の傷は、決して癒えることなく、施設で生活するようになってからも時折、産まれてこなかった幼い娘の幻想となって彰子の心の中で蠢いていた。

妊娠中絶の時期が早く、彰子が胎児の性別を知ることはなかったが、どのような理由からか、頭では胎児は聖の妹であったと決めていたようであった。

「貴子ちゃんはどこにいるの？」

と真顔で問われ、聖が答えに窮したことも一度ではなかったのである。

経済的な安定を取るのか、愛情溢れる家庭を選ぶのか、本来であれば二者一択であってはならない選択を求められ、まだ見ぬ子の命と引き換えに経済的な安定を選んだ彰子は、どこに心の安息を見出したのであろうか。そのひとつの答えが油絵であった。

何が彰子の絵心を刺激したのかは定かではない。夫の孟が遊び半分に油絵具を買ってきて、絵葉書の風景をキャンバスに描き写したりしていたのを見て、自分もやってみようと思ったのかもしれないし、孟が直ぐに飽きてしまったため、絵具もパレットも無駄になるのを見かねたのかもしれない。いずれにせよ、聖が小学校高学年になり、子育てに手が掛からなくなった頃には彰子はどっぷりと油絵の世界にのめり込んでいた。

また、彰子の住環境も絵心の促進に一役買っていたのであろう。当時の練馬区は東京の田舎であり、近所の農家にはキャベツ畑や麦畑が広がり、雑木林もあちらこちらに点在する自然豊かな環境であった。聖自身、春にはキャベツ畑の上を舞うモンシロチョウの群れを片目に登校し、夏には捕虫網を手にクワガタやカブトムシを探してナラやクヌギの木々の間を走り回っていたのである。

特筆に値するのは下石神井の自宅から徒歩で行ける距離に都立石神井公園があったことであろうか。公園の半分を占める三宝寺池周辺は、歴史を室町以前に遡り、桜や睡蓮の花が咲き誇る自然美の宝庫とも形容できるエリアでもあった。

八十歳に手が届く頃の母を、聖は一度ヨーロッパ旅行に誘っているが、パリ郊外にあるクロード・モネが晩年を過ごした「モネの庭」を訪れた際には、その風景が三宝寺池の東端から石神井橋を臨んだ風景に極似していることに息を呑んだほどである。

石神井公園が絵心を誘うのは万人に共通しているようで、三宝寺池の畔にはプロ、アマを問わず年を通じて画家たちが集まって来る。彰子はそこで知り合った一人の画家に「石神井絵を描く友の会」に参加することを勧められ、メンバーとなるが、その会を通じて培った友人関係は心の拠り所として長く続いていた。

油絵を続けることは、その画材道具の重さから特に聖の母のような小柄な女性には負荷が多い。彰子は幸いにも若くして自動車の運転免許を取得していたため、車のトランクにキャンバスやイーゼルを積み込んで、春には菜の花畑や桜並木を求めて、夏には海、秋には紅葉、そして冬には雪景色を求めて埼玉や千葉のほうまで出掛けることも多かった。

静物や風景を好んで描いていたが、人物画は不得意と言って良いほど極端に少ない。夫との関係が拗《こじ》れたことをきっかけに、人間不信に陥った彰子にとって、人はあまり魅力のある画材ではなかったのかもしれないと聖は思っていた。

第七章　市中感染拡大

一

二月十三日。厚生労働省は神奈川県の八十代の女性が新型コロナ感染症により死亡したと発表した。この女性には中国への渡航歴はなく、また中国人観光客との接触歴もないということであるが、事実であれば、国内初の新型コロナ感染症による死者となる。

この女性は一月二十二日に倦怠感を覚え、二十八日に医療機関で受診、その後に倦怠感が悪化し二月一日に再受診。その結果、肺炎と判断され入院している。中国への渡航歴がなかったため、当初は新型コロナは疑われず、検査を受けたのは死の前日である二月十二日であった。

これについて厚生労働省は「死亡例などをもって、人から人への感染拡大が起きているかどうかは現時点では判断できず、さらなる情報が必要だ」との見解を公表しているが、これなどは典型的な役所仕事の発言であろう。この女性が人から感染していないのであれば、犬から感染したとでも言うつもりであろうか。

政府がこのような非常識な発言をし、事実を隠匿しようとするから国民は政府を信じなくなるのだろう。政府が国民を欺くのは、程度の差こそあれ、中国でも、アメリカでも、日本でも変わらないと聖は思っている。

同日、東京の七十代の男性タクシー運転手、そして和歌山の五十代の男性外科医の新型コロナ感染が報道される。タクシー運転手は、死亡した八十代の女性と親族関係にあるが、両者の間に接触があったのかは確認されていない。

ただ、新型コロナウイルスが何らかの接触や飛沫によって感染することを踏まえれば、多くの患者を診る医師や、客商売であるタクシーの運転手が高いリスクに晒されるのは自明の理である。和歌山県には熊野古道や熊野本宮大社といった世界遺産があり、中国からの観光客にも人気のある観光スポットである。東京に関しては言わずもがなであろう。

新型コロナウイルスによって発病したと思われる肺炎による国内初の死者が出たことを受けて、にわかに街が殺気立ってきているように聖には感じられた。これまで感染者のほとんどが武漢からの帰国者やダイヤモンド・プリンセス号の乗客や乗員に限られていたと思われていたものが、実は隣で咳をしている人もそうかもしれないという事態になっているからである。

テレビの報道番組がほぼ例外なく不安をかきたてるような内容であることも一般市民の恐怖心を煽る結果になっているのかもしれなかったが、聖は恐怖心は煽れば煽るほど良いと思っていた。

言うまでもなく新型コロナウイルスは未知のウイルスであり、その感染経路や毒性にも不明な部分は多い。政府がのんびりと対応している間に、武漢市のように市中で新型コロナ感染症が蔓延してしまう可能性も否定できない今、不安を煽ることによって国民の一人一人に注意を促すことは好ましいことではないだろうか。

二月十四日になると、日本における新型コロナ市中感染拡大の様相がますます鮮明になってくる。それは北は北海道から南は沖縄までと、さながら観光キャンペーンのキャッチフレーズのようでもあり、また感染者もタクシーの運転手や医師はもとより、屋形船の従業員、検疫のためにダイヤモンド・プリンセス号に入船した検疫員や患者を搬送した職員と多岐に及ぶ。また、それらの感染者との接触が疑われる人々からも感染が発覚しており、もはや三次感染は疑いのない状況となっていた。

この時になって安倍総理はようやく新型コロナ感染症の「専門会議」の設置へと動く。一方、菅官房長官は「現時点において、『流行している』と判断するに足る疫学的情報が集まっているわけではない」との見解を記者会見で明らかにした上で全国に千八百床しかない感染病床の確保と、ＰＣＲ検査の対象条件を「発症前二週間以内に中国の湖北省、浙江省の滞在歴がある人」から拡大することを「検討する」と発表する。

加えて「症状に不安がある際には、渡航歴の有無にかかわらず、まずは地域の相談センターに電話で相談していただきたい」ということであるが、その実効性に不安を抱かない国民は少ないであろうと聖は思った。

報道が虚偽でない限り、市中感染の拡大に疑いの余地はない。いったい政府の言う『流行している』と判断するに足る疫学的情報」とは何なのか。記者会見では情報は一方的に与えられるだけで、記者が質問をしないので詳細は不明のままである。

また何を「検討する」必要があるのであろうか。新型コロナ感染症に類似した症状が出ている人間にとって、そしてその人間と接触しなければならない家族や同僚にとってウイルスの有無は死活問題である。その検査対象を拡大しなければならないことは明らかであろう。この期に及んで、何を「検討」するのであろうか。

ここでも、記者達は雁首を揃えて何も訊かないのである。聖が恐ろしいと思うのは、国民が「検討する」や「遺憾である」を政府要人からあまりにも聞き慣れているために、そのような発言を疑問にも思わないし、当然のように受け入れてしまうことであった。この傾向は平時ならまだしも、危機にあっては命取りとなることを国民は忘れてしまっているのではないだろうか。

そんな政府なら選挙で政権交代を求めれば良いではないかと言うが、国民が選挙で選べるのは議員一人か、せいぜい数名であって、いくらそれらの議員が優れていようとも、多くの議員の中の数名でしかない国会に於いてはほぼ無力である。また、政府与党に不満があっても、野党が与党に輪を掛けて「だらしがない」のであれば、選択肢はないに等しい。

この時、国会審議で野党は何を追及していたのであろうか。東京オリンピック開催の是非ではない。習近平が国賓として来日することへの疑義でもない。ましてや、新型コロナ感染拡大を阻止するために取らなければならない措置の吟味でもない。

野党が追及していたのは和泉洋人首相補佐官と大坪寛子厚生労働省大臣官房審議官が公費で行った出張で、幾度となく部屋同士が繋がったコネクティングルームに泊まっており、それが不適切ではないかということである。しかも、その答弁の際に安倍総理が「意味のない質問だよ」と野次ったことに野党は猛然と抗議、国会は紛糾する。

呆れて開いた口が塞がらなかったのは、聖だけではないだろう。これが日本の政治であり、世界一高い報酬を得ていると言われる日本の国会議員の姿なのである。

二

その日は母の体調が良かったので、アイスクリームと豆乳で飲食を済ませた後、車椅子を押して部屋から廊下に出た。季節が良ければ外まで連れて行き、スロープを上がった「ふれあい広場」から富士の頂を見せてやりたかったが、二月の風は冷淡である。

廊下を進んでエレベターの前に来ると、正面の壁に母の描いた絵が飾ってある。三号のキャンバスに描かれた赤い薔薇の油絵であるが、これは昨年、聖がホームに寄付した絵である。

母はその半生で、どれほどの絵を描いたのであろうか。確認したことはなかったが、かつて母が一人暮らしをしていた時には、マンションのクロゼット二つと庭に設置したプレハブの倉庫が一杯になるほどの数であった。五十号や百号といった大きな絵はなかった。一番大きなものでも二十号ほどであったが、数が多ければ当然、容量も膨大なものとなる。

母が施設で生活するようになってからは、聖が絵を引き取り、トランクルームを借りて保管していたが、せっかく描いた絵をいずれは処分することになると思うと気が重かった。そこで思いついたのが、今のホームに寄付することである。

聖の提案に、ホーム長の佐野は予想以上に乗り気であった。

「ちょうど予算カットで、飾っていた絵を撤去してしまったんですよ」

言われてみれば、以前は業者が入って事務所前に花を生けていたが、その業者の姿も見なくなってから久しい。

佐野にしてみれば、無償で殺風景な壁に絵画を飾ることができるわけで渡りに船であったのだろう。そして、聖にしてもそれは最後にできる母への孝行であった。

母にとっては自分の絵の個展を開くことが些細な夢であった。聖も一度は銀座辺りにギャラリーを借りて母の絵を飾ってやろうと考えたことがあった。しかし、多忙故に実現せず今に至っていることに忸怩《じくじ》たる思いを抱いていたのである。

ホームに母の絵を飾ることは無論、個展ではないが、多くの入居者や職員の目を楽しませることができるわけで、これは母にとって嬉しいことであろう。案の定、絵が飾られた当初のホームの入居者や職員からの反響は大きく、母は満更でもない様子であった。

一階の廊下には三枚の絵が額縁に縁取られて掲げてある。一枚は果物を描いた静物画であり、二枚目は花瓶に入った白い薔薇であり、三枚目は玄関を入ると正面に飾られている三宝寺池の睡蓮を描いた風景画である。

聖は車椅子を止めて、母にそれらの絵を観賞する時間を与えた。

「この絵、覚えてる？」

母は答えない。首を上げ黙って描かれた果物に見入っている。遠い過去に想いを馳せ、何かを思い出そうとしているのだろうか。

「あら？」

母が珍しく部屋の外に出ているのを見て、ヘルパーの杉本が声を掛けて来た。

「高木さん、元気になられて良かったですね」

母の肩に手をかけ、顔を覗き込む杉本と目を合わせ、母はにこりと頷いた。

「これ、リンゴなんですよ」

と重そうに腕を上げ、壁の絵を指差して言う。

「あ、そうなの。リンゴなんですね」

杉本は指差された先に目を移してから、聖を見て笑った。杉本は、下の名を栄子という。母の一番上の姉の名も同じであったことから、杉本のことを母は「栄子さん」と呼び、以前は会話を弾ませていたものであった。どういう素性かは詮索したことはないが、ママチャリで通勤してくるので、近所に住んでいることは推測できた。

杉本と別れて、聖は車椅子を押して食堂に入った。人の居ない時間帯である。食堂には計六枚の母の絵が額に入って飾ってあった。

小ぶりなキャンバスに描かれた薔薇の絵とコスモスの絵。少し大きめのキャンバスには、冬の三宝寺池と、夏の海辺、そして春の栗畑。一番大きな絵は、咲き誇る菖蒲の様である。

「この絵は、先生に褒められたのよ。池の深みがよく描けてるって。どうやったら僕もこんな深みが出せるんだろうって」

三宝寺池の絵の前で母が誇らしげに言う。

海辺の絵には、砂浜に上げられた漁船が描かれていたが、母は場所がどこであったかは覚えていなかった。栗畑は、どこか自宅近辺の農家らしい。そして、菖蒲は明治神宮であった。

聖は、キャンバスに向かい一心不乱に絵筆を走らせる若き日の母の姿を想像していた。夫に裏切られ、子育てが一段落した母が、唯一求めた心の拠り所。その結晶が、今、目の前に展開している。

菖蒲の絵に見入る母の横顔は、果てしなく満足そうであった。

長い間、病室にいると頭がボケるとはよく聞く話でもあり、また聖自身が祖母や父の入院を通じて体験したことであった。人の五感を長時間奪った状態にすると、人は様々な妄想や幻覚に襲われるそうであるが、五感を奪うという極端な手段を用いなくとも、同じ場所にずっと居るだけで気が少し変になるらしい。

どこかで聞き齧《かじ》った仮説によると、人の脳は絶えず刺激を求めており、外部からの刺激が途絶えてしまうと、脳自体が刺激の創造を始めるそうである。同じ居室に長期に渡って閉じ込められている母が、幻覚を見たり、時折おかしなことを言うのは、「老い」だけが理由ではないのであろう。どこまでを「認知症」と呼ぶのか、聖は知らなかったが、母に関して言えば一度たりとも聖が誰だかわからなくなるということはなかった。また、自分の名前がわからなくなるということもなかった。

昨年だったか、その前年だったか定かではないが、医師が認知症のテストをする目的で、質問表を母に手渡したことがあった。いくつかの質問に答え、その正確性に基づいて認知症かどうかを判断するテストであったが、その質問内容を見て驚いたことがある。

「これは認知症学会公認のテストなんですよ」

と医師は言っていたが、自分の住所や電話番号等がその質問内容に含まれていたのである。

ホームにいる母に、聖は住所を教えたことはないし、電話も引いてはいたが、番号を伝えたこともなかった。健常者でも答えられなくて当然である。勿論、だからと言って全ての質問が無効であると言うつもりはない。しかし、自分の住所がわからないということは一般的にはそれだけで認知症と呼べるものであっても、母のように当初から住所を教えられていないケースもあるということを医師は考慮に入れるべきであろう。

医師がこのテスト結果に基づいて認知症の薬を処方しようとしたので、聖はそれにストップをかけた。状況をよく理解せずに、定型的なテストで患者の容体を判断し、安易に薬剤を処方するやり方に疑義を感じたからである。

ちなみに聖は、「認知症予防協会」という団体がウェブ上で提供している認知症のテストを面白半分に受けてみたことがあった。時間制限があるテストかどうかはわからなかったが、結果は十問中、正解が八問、得点は八十点でぎりぎりセーフであった。

問題は、質問内容の不明瞭さである。立方体の箱がいくつか積み上げられていて、その箱の数を答えろと書いてある。ところが、見えている箱の数だけを数えて答えると不正解なのである。正解となるには、見えている箱の下に隠れている箱を「予想」して答えなければならない。

これは子供の「知能指数」のテストでも見たことのある問題であるが、本当に頭の良い子なら、見えている箱の下に箱があるとは限らないことに気が付くだろう。つまり、この質問は無効であると考えられるのである。

認知症に限らず、人間の頭脳や精神状態に関わる医学の分野には、科学的な検証が不十分なまま学問として認められているものが多い。医者からあなたは「鬱」であるとか「アスペルガー」であるとか「ADHD」だとかと診断され、人生を半分諦めてしまったり、要らない薬を処方されて薬物依存になってしまった人はどれほどいるのであろうか。

しかも、場合によってはこれらの診断が「適性検査」の名の下に、就職や職場の配属にまで適用されることがある。厄介なのは、医者や権威の言うことを「神のお告げ」のように信じ込み、患者自らがその「能力」に限界を感じてしまうことである。

医学の「専門家」から得られる情報のクォリティは、「科学的な検証」が徹底しているか否かによって、その分野によって大きく異なる。新型コロナのような未知のウイルスや感染症の場合、「専門家」ですら暗中模索であることが今回の騒動で判明しているのではないだろうか。

診断の全てが無意味であるとは思わないが、その多くが「いい加減」な定義や診断基準に基づいており、自覚さえあれば自助努力で改善するものなのだと聖は思うし、極端に言えば医療関係者の金儲けに使われていることに患者は早く気付いたほうがよいのではないだろうか。

三

二月十五日。ダイヤモンド・プリンセス号で軟禁状態になっている約三八〇人の自国民を救出すべく、遂にアメリカは特別機を手配するという決定に至る。これはアメリカ政府がダイヤモンド・プリンセス号を武漢と同等に考えているという証であり、日本政府の対応に「失格」の刻印を押したと考えて良いと聖には思われた。

アメリカ政府でなくとも、一連の時系列を追えば同じ感想を持つのではないだろうか。一般市民からはかけ離れた給料を、しかも税金から貰っている連中に国民の公僕であるという意識はなく、ことごとく実行力に欠けるという現実を日本国民は改めて突きつけられることとなっているのである。

「専門家」の見解として新型肺炎は来月にも収束に向かうというものもある。また、新型肺炎の弱毒性については多くの「専門家」が異口同音に唱えている。ただ、これらの「専門家」の見込みが正しいとしても、国民が多大な不安を抱いていることに相違はなく、マスクや消毒液の買い占めといった不届きな事象まで発生しているのである。

安倍総理はなぜテレビ等で国民に自らの立場や見解を説明しないのだろうか。今のような時こそ、国民は強いリーダーシップを求めているのではないだろうか。

元大阪府知事であり、弁護士でもある橋下徹によると、何か新たな対策を取ろうにも日本にはそれを正当化する法律がないという。しかし、ダイヤモンド・プリンセス号の乗客に下船させないということ自体が既に法で担保されない行為であり、これはつまり日本政府は都合の良い時には平気で法を犯すという解釈もできよう。

官僚は二言目には「訴訟リスク」を口にするが、訴訟しても延々と裁判が続き、挙げ句の果てにはろくな賠償も得られない国家にあって、訴訟リスクというのは金銭的なリスクではないだろう。寧ろ自らのキャリアに「訴訟」を起こされたという「汚点」が付くのを恐れているだけなのではないだろうか。

自治体の長は敗訴すると自腹を切ることになると聖は聞いていた。しかし、国会議員や官僚にはそのリスクはないということである。つまりこれは、危機的状況にあれば法の縛りを無視して様々な行動を起こせるということを意味しており、ダイヤモンド・プリンセス号はまさにその象徴なのではないだろうか。

法律が必要ならば国会でいくらでも制定できるはずであろう。それをせずに、国会議員は歴代の内閣総理大臣が毎年開催していた「桜を見る会」が法的に適切であったかただの安倍総理の「野次」だので大騒ぎをしている始末なのである。

この日、フランスのパリでは入院していた高齢の中国人旅行者が死亡しており、これがヨーロッパ大陸では新型コロナ感染症による初めての死者となる。またエジプトでも「外国人」旅行者の感染が確認され、これがアフリカ大陸では初の感染者となったが、この「外国人」の国籍については明らかにされていなかった。

二月十六日。政府肝煎りの「専門家会議」の初会合が開かれ、日本に於ける新型コロナウイルス感染症は、まだ早期にあるとの認識を示す。また、「専門家会議」の意見に基づき、翌十七日には厚生労働省が「帰国者・接触者相談センター」に相談する際の目安として「風邪の症状や三七・五度以上の発熱が四日以上続く」等の症状を提言する。

二月十八日。ダイヤモンド・プリンセス号の乗客のうち、米国籍の三二九人が下船を完了する。米政府から派遣された二機のチャーター便での帰国であるが、うち十四名の感染が確認されたとＣＮＮが伝える。感染の有無に関わらず、全ての乗客が二週間の隔離生活に入る。

　同日、厚生労働省は翌十九日から陰性と判明した乗客の下船を開始すると発表。報道によると、十七日までに乗客乗員全員の検体検査を終えており、陰性であれば下船しても良いと判断した模様である。下船者には、今後二週間の健康チェックが要請されるが、自宅に帰ることが許されており、隔離されることはない。


　ダイヤモンド・プリンセス号内における感染者の数があまりにも多いことに懸念と恐怖を感じていたのは聖だけではなく、誰しもが空気感染を疑うような事態に、論理的な説明を模索していたのも聖だけではない。その答えが、なんと内部告発という形で表面化する。

　二月十八日に厚生労働省関係者の許可のもとＤＭＡＴ（災害派遣医療チーム）の一員としてダイヤモンド・プリンセス号に乗船した神戸大学医学部の岩田健太郎教授が、おざなりな船内の管理体制を批判すべく、ＹｏｕＴｕｂｅに動画を投稿したのである。

　岩田教授はそこで、アフリカでエボラ出血熱や中国でＳＡＲＳに対峙した時以上の恐怖を感じたと論じ、杜撰な感染防止対策を問題視していた。

「アフリカにいても中国にいても怖くなかったが、ダイヤモンド・プリンセスの中はものすごく悲惨な状態で、心の底から怖いと思った」

　というのが聖が目にした岩田教授の直接的な談であるが、船内では、ウイルスの存在するエリア、そうでないエリアを区別するという基本的な対策が取られておらず、加えて乗員に対する医療用マスクの着用も徹底されていないことを指摘しており、また「熱のある人が自分の部屋から歩いて医務室に行くなどの行為が通常で行われている」とも述べている。

岩田教授によれば、船内に感染症の専門家は常駐しておらず「ときおり来たとしても何も進言できないし、進言しても聞いてもらえない」上に「やっているのは厚労省の官僚たちで、私も厚労省のトップの人に相談したが、嫌な顔をされて聞く耳持つ気はないと感じた」と手厳しい。

これが事実だとすれば、要は感染症のプロでも恐怖を覚えるような「いい加減」な管理体制が船内にあったということであり、注目に値する。武漢で起きていたことを日本では起こり得ないと言っていた専門家は、このありさまをどう受け止めているのだろうか。そして中国政府の隠匿体制を批判していた評論家は、この告発文を読んでどう思っているのだろうか。

この告発に関して菅官房長官は二月十九日の記者会見で「二月五日以降、乗員についてもマスクの着用、手洗い、アルコール消毒などの感染防御策を徹底するとともに、乗員の感染が確認された場合、同室の乗員も自室待機にするなど、感染拡大防止策を徹底して取り組んできている」と発言しているが、簡単に言えばどちらかが「嘘」をついているか、どちらかが無知・無責任なのである。そしてその「どちらか」は、岩田教授側に不純な意図でもない限り、政府側である可能性が高いと聖には思われた。

ちなみに岩田教授が行った内部告発は、その後、その内容の正当性を称える声がある一方、妙な体制擁護主義者からバッシングを受ける結果となっていた。「みんながんばってるのに、これはないだろう」とか「売名主義にすぎない」等々、内部告発者がよく受ける非難であるが、それがネットに集中していることに聖は奇妙な傾向を見ていた。非難の文章が似通っているのである。

これはもしかすると、政府筋が大挙して反政府的な活動や言論を妨害し抑制しようとしているのではないだろうか。だとすれば、これは陰湿な印象誘導や情報操作である。

聖自身、日本政府が中国政府ほど堕落していないと信じたかった。しかし、日本における既得権者の自己保身は異常なほどであり、国民が大人しいことを良い事にやりたい放題の実態には過去数十年に渡って大きな変化が見えないというのが聖の印象であった。

今回のコロナ騒動は、そのような実態を浮き彫りにしているのではないだろうか。致死率が低いと思われる新型コロナであるが故に、コロナが国家的な危機に発展する可能性は低いだろう。

しかし、これは原発事故の時も同様であるが、次も運が味方してくれるとは限らないのである。事実、太平洋戦争では日本が滅亡しても不思議ではなかった。あの時は軍部とそれを取り巻く勢力が既得権者であったが、今も似たような連中が国を牛耳り、甘い汁を吸っている構図に変化はないのである。

四

「私、配置替えになるんです」

副ホーム長の堀田が母の部屋に来て申し訳なさそうに言った。

「高木さんには、いろいろとお世話になったので」

「いえ、こちらこそ」

と聖は答えたが、咄嗟に「配置替え」の言葉の意味を理解できずにいた。

「まだ、一週間はこちらにいますけど」

笑顔を崩すことのあまりない堀田であるが、今日はその笑顔が歪んで見えた。

「どちらに移られるんですか？」

「保谷のほうなんです。って言ってもご存知ないですよね」

「いえ、知ってますよ。僕は石神井で育ってますから」

保谷までは、西武池袋線で石神井公園から二駅の距離であった。

「あ、そうなんですね」

堀田の家が、喜多見の隣町である狛江にあることは聞いて知っていた。大学生の息子と、高校生の娘を抱えたシングル・マザーである。

「せっかく狛江に住んでらっしゃるのに、保谷に通勤するって大変じゃないですか？」

「大変です」

狛江から保谷に行くとなると、小田急線を新宿で降り、山手線で池袋、池袋から西武池袋線と乗り継いで行くか、小田急線から代々木上原で東京メトロ千代田線に乗り換え、明治神宮前で副都心線に乗り継ぎ、更に小竹向原で西武池袋線に乗り入れる列車を使わなければならない。いずれにしても、優に一時間は掛かる行程であろう。

何とも非効率な話である。会社の内実は知らないが、介護職にはフットワークの軽さが求められる。いつ何時、入居者や被介護者が体調を崩し、急を要する介護が必要になるかわからないからである。狛江に住んでいれば、当然、喜多見へ駆けつけることは容易である。利便性を持っている堀田を、わざわざ遠くへ飛ばすことの正当性はどこにあるのであろうか。

「私も抗議したんですけど、サラリーマンですから」

自虐的に笑う堀田の顔を見ながら、聖は自らの経験を振り返っていた。聖も約四半世紀をサラリーマンとして過ごした人間である。その間、いったいいくつの「理不尽」と向かい合ってきたことだろうか。

普通、その「理不尽」は上役が現場を理解していないことに端を発している。現場を知らない管理職が、点数稼ぎのために何か新しい提案をしたり、大きなプロジェクトを立ち上げ、それを現場にそのまま投げるのである。

しかし、だからといって必ずしも会社組織が傾くとは限らないし、却って業績が上がることも考えられる。だからいかに上役の判断が「理不尽」であり非効率であっても、それが非難されることも問題視されることもなくまかり通ってしまうことが多いのである。そもそも、会社の業績は、社長や上役の能力よりも社会構造の変化や経済全体の動きに連動する場合がほとんどだと聖は理解していた。

「次の人は決まってるんですか？」

聖は尋ねた。堀田との相性が良かったので、後任にどのような人物が来るのかが気になった。

「はい、私と入れ替わりで配属されて来ます」

「男性ですか？」

「男性です。でも、とても良い方ですよ」

思えば、ホームに母の絵を飾る際に、手伝ってくれたのは堀田であった。椅子の上に上り、壁に釘を打ち、絵を掛ける作業をする聖を助手のようにサポートしてくれたのである。母が元気な時も、そうでない時も、親身になって母に話しかけてくれたのも堀田であった。

介護の仕事は、前もって与えられた職務だけでは片付けられない部分が多大にある。どんな仕事もそうであるが、前もって与えられた職務では片付けられないプラス・アルファを持っている人間は少ない。

しかし、運動選手が他人より多く練習することによって頭角を現すように、プラス・アルファを持っている人間は、どんな分野でも他人より先に進むものである。堀田は間違いなく、そのプラス・アルファを持つ数少ない人間の中の一人であった。

五

二月二十日。新型コロナウイルスによる中国に於ける死者が二一〇〇名を越え、韓国でも最初の死者が報告される中、ダイヤモンド・プリンセス号から下船して入院していた八十代の男女二人の死亡が確認され、日本で犠牲者は三人となる。

この時点で、ダイヤモンド・プリンセス号からは六二一人の感染者が出ており、これは乗客乗員三七一一人の17%という高い感染率となる。密閉された船内に「杜撰」と岩田教授から指摘された管理体制のもと、乗客乗員を約二週間に渡って隔離したことは政府の明らかな失態であると思われるが、これに関して菅官房長官は「後で検証する」とコメントし、安倍総理は二人の犠牲者への「お悔やみ」を表明した後に「重症化防止に全力で努める」と発言するに止まっている。

二月二十一日。韓国に於ける新型コロナ感染症の二人目の犠牲者が報告される中、同国の感染者数は一気に二百四人に膨れ上がる。その多くが「新天地イエス教会」の関係者であり、無防備な大規模集会の危険性がハイライトされる結果となった。

中国でも、刑務所から五百人を超える集団感染が報告されているが、日本国内では、前日に札幌の「雪まつり」に参加した男性の感染者が確認されている。また、未就学児童や小学生の感染も発生し、引き続き感染拡大が心配される新型コロナ感染症であるが、この時点で、ダイヤモンド・プリンセス号を除く日本国内の感染者数は百名を超えたばかりである。

この日、小池東京都知事は、都が主宰する大規模屋内イベントを向こう三週間中止か延期すると発表した。

一方、アメリカでは国内で確認された感染者数は十三名であるが、これに加えて武漢からの退避者のうち二十一名、ダイヤモンド・プリンセス号から帰国した三二九人のうち十八名の感染が確認されており、同国に於ける総感染者数は五十二名となる。人口三億三千万の米国からすれば、微々たる数字であるが、ロイター通信によるとCDCの幹部であるナンシー・メソニエは「米国ではまだ地域感染は確認されていないが、いずれそうした状況に陥る可能性は高い」と語っている。

何か、統計や報道からは読み取れない情報か分析結果でも掴んでいるのであろうか。

同じ日、イタリアでは十六名の新型コロナ感染者が出ており、国内の感染者が十九名となっている。このうちミラノのあるロンバルディア州が十四名と大多数を占めるが、いずれの感染者も中国への渡航歴はないということである。

同二十一日。ブラジルでは恒例のリオのカーニバルが開催される。約五日間の間に百九十万人の観光客がリオ・デ・ジャネイロを訪れるそうで、当局は警戒を強めているそうであるが、この時点で、ブラジルでの感染者の報告はない。

二月二十二日。聖は武漢で多くの医師が新型コロナ感染症に倒れているという報道を見る。李文亮医師のことは既に知っていたが、千七百人に及ぶ医療関係者が感染しているそうで、死亡者の中には二十代、三十代の若者も含まれているという。ここにも、年齢のファクター以上にウイルスの曝露量のファクターが大きく関与していることが窺われる。

同二十二日。「日本感染症学会」と「日本環境感染学会」が新型コロナウイルス感染症に関する公式見解を発表する。以下が聖が自分なりに纏めた「要点」である。

一、新型コロナウイルス感染症の潜伏期間は、一〜十二・五日であり、その後に発熱や呼吸器障害といった症状が現れる。ただ、無症状のまま経過する場合も多い。

二、発症後一週間しても発熱や呼吸器障害が改善しない場合には、医療機関に相談すること。ただ、一週間未満であっても、高熱や呼吸困難といった症状がある場合は、この限りではない。また、この場合には「帰国者・接触者相談センター」に相談し、帰国者接触者外来のある医療機関を受診すること。

三、新型コロナウイルス感染症は高齢者や基礎疾患のある人が重症化しやすく、小児に於いては重症例は少ない。重症化に繋がる基礎疾患や要素には「糖尿病」「心不全」「腎障害・透析患者」、「生物学的製剤」、「抗がん剤」、「免疫抑制剤投与患者」等が挙げられる。

四、ＰＣＲ検査には精度に限界があり、特に早い段階でのＰＣＲ検査は万能ではない。したがって、ＣＴスキャン等を併用し、症例を絞って検査を行うことが望ましい。

五、コロナウイルスは、新型コロナウイルスを含めて主に飛まつ感染により伝播し、現時点では空気感染の可能性はきわめて低い。ウイルスで汚染した手指を介して目・口の粘膜から感染が伝播される可能性にも要注意である。

二月二十四日。中国政府は三月五日から開催の予定であった全国人民代表大会の延期を正式に発表する。

一方、日本政府の「専門家会議」、正式名称「新型コロナウイルス感染症対策専門家会議」が厚生労働省のウェブサイトを通して「新型コロナウイルス感染症対策の基本方針の具体化に向けた見解」を公表する。

その中で会議は「一人一人の感染を完全に防止することは不可能」とした上で「感染のスピードを抑制することは可能」だとし、向こう一、二週間が「急速な拡大に向かうか、収束できるかの瀬戸際」と位置付けた。そして、今後取られるべき対策の最大の目標を「感染の拡大のスピードを抑制し、可能な限り重症者の発生と死亡数を減らすこと」と明示している。

その他の見解は、「日本感染症学会」のものと類似しているが、ことPCR検査に関しては「国内で感染が進行している現在、感染症を予防する政策の観点からは、全ての人にPCR検査をすることは、このウイルスの対策として有効ではありません。また、既に産官学が懸命に努力していますが、設備や人員の制約のため、全ての人にPCR検査をすることはできません。急激な感染拡大に備え、限られたPCR検査の資源を、重症化のおそれがある方の検査のために集中させる必要があると考えます」との見解を明らかにしていた。

武漢から中国全土に広がりつつある爆発的な感染拡大を念頭に組み立てられた見解であろうと思われたが、今後一、二週間が瀬戸際という文言に聖は身が引き締まる思いであったと同時に、この見解にいくつかの疑問を持ったのも事実であった。

まず、何故「感染を完全に防止することは不可能」としているのか。言うまでもなく新型コロナウイルス感染症は伝染病である。伝染病は人と人とのコンタクトを最低限に抑えることで撲滅可能なのではないか。無論、それは容易な行程ではないだろう。しかし、初めから「不可能」としていたのでは「やる気」すら起こらないではないか。

専門家会議が初っ端から「不可能」を強調しているのは、それが現実的であることよりも仮に感染が急拡大した時の責任逃れにしか聖には聞こえなかった。

また、PCR検査に関しては「全ての人にPCR検査をすることは、このウイルスの対策として有効ではない」と言った上で「既に産官学が懸命に努力していますが、設備や人員の制約のため、全ての人にPCR検査をすることはできない」と断っている。

「ウイルスの対策として有効でない」のなら、なぜ「産官学が懸命に努力している」のか。この文脈からは「設備や人員の制約」があるから「全ての人にPCR検査をすることができない」のであって、「全ての人にPCR検査をすることは、このウイルスの対策として有効ではない」

というのは真実ではなく、聖には言い訳としか聞こえない。

この「見解」の末尾に「風邪の症状や三十七・五度以上の発熱が四日以上続いている」か「強いだるさ（倦怠感）や息苦しさ（呼吸困難）がある」場合（高齢者や基礎疾患がある人は、このような状態が二日程度続く場合）には「帰国者・接触者相談センター」に相談せよとの「お願い」が書かれている。

実は「帰国者・接触者相談センター」は各都道府県の保健所内に設置された機関である。ただでさえ多忙な保健所の職員に、しかも新型コロナ感染症に関しては素人も同然の保健所員に、このような業務を満足に遂行することができるのかも聖には疑問であった。

これも要は「人手不足」の結果ではないのか。近年、日本では少子高齢化が進み、外国から労働者を受け入れなければ回らない業態も増えていたのが実態であった。このほぼ恒常的な「人手不足」が今回のコロナ騒動で顕在化しているのではないだろうか。だとすれば、思わぬところで少子高齢化を放置したしっぺ返しを国家や社会が受けていると言えるのかもしれない。

六

翌二十五日。加藤勝信厚生労働大臣は専門家会議の見解を踏襲した上で、同省内に於ける「クラスター班」の発足を表明。クラスター（集団感染）を未然に防ぐことによって、感染拡大を阻止する意図を明らかにする。

ただ、発表した国の対策基本方針は、「全国一律のイベント自粛要請はしない」とした上で、症状の重くない場合は自宅待機を要請している。経済や医療機関にある程度の配慮をした上での基本方針であることは想像に難くないが、その実効性に関しても、国民に事の重大性を周知させる意味でも「基本方針」は生温く、聖にとっては多くの疑問を残す内容であった。

例えば、専門家会議は向こう一、二週間が「急速な拡大に向かうか、収束できるかの瀬戸際」と位置付け、政府もその認識を共有している。もし「急速な拡大」が起きてしまえば、日本経済に対するダメージは測り知れず、また医療機関が疲弊するのも明らかなのである。

そのような事態の発生を止めるには、まず集会や人の集まるイベントを禁止することであり、通勤者や通学者のマスクと手袋の徹底、全ての駅構内、病院、学校、スーパーマーケットやコンビニにアルコール消毒液の常備を義務付けることだと聖は考える。数万の病床の確保も急務だろう。また経済活動が完全にストップしないように、時限的に消費税を撤廃することも必要であろうと思われた。

また、この時点で、日本は未だに感染拡大の続いている中国の大半の地域から観光客や渡航者を受け入れていた。これが「向こう一、二週間」を感染拡大か収束かの分岐点とする政府の見識だとすれば、もはや常軌を逸しているとしか思えなかった。

「症状が重くない人は自宅待機」という方針は表面上は理屈に合っているようにも取れる。しかし、自宅待機すれば家族に伝染するということを全く念頭に置いていない。それどころか、症状が重くなってからでは手遅れの懸念さえあり、まったく非現実的な要請であり、実行不可能なのではないだろうか。

このような「基本方針」を作成した人間の見識を疑うことは当然であったが、それをしたり顔で発表する加藤勝信とは何者なのか。経歴を読むと、東京大学を卒業し、大蔵官僚を経て衆議院議員に当選したエリートを絵に描いたような人物である。コロナ以前から政治不審に陥っていた聖であるが、新型コロナへの政府の一連の対応は、ここに来て新たに政府に対する懸念が増大する事由となっていた。

事の重大性を周知させる意味で、その逆を行っているのはWHOも同罪で、この日、テドロス事務局長はまだ「我々が目にしているのはエピデミックであり、パンデミックではない」との発言を繰り返す。この時、イタリアや韓国では感染が急拡大しており、イタリアの感染者は三二二人、韓国は九七七人、死者はいずれも十人となっている。

国の「対策基本方針」は案の定、野党その他の集中砲火を浴びる結果となり、それを受けて二月二十六日、新型コロナウイルス感染症対策本部を開いた安倍総理は、一転して「多数の人が集まるような全国的なスポーツ、文化イベント等については大規模な感染リスクがある」と発言、向こう二週間、全国的なスポーツや文化イベントの中止及び延期、規模縮小を要請する。

「この一、二週間が感染拡大防止に極めて重要」という認識を示したのは、言うまでもなく専門会議の認識を踏まえてのことである。また、韓国の大邱市及び慶尚北道清道郡に滞在歴のある外国人の入国拒否も同時に表明する。

韓国の新型コロナ感染拡大は大邱市の「新天地イエス教会」を源としており、この日のうちに感染者一一〇〇人を越える事態に発展していた。

同日、北海道の鈴木直道知事は新型コロナウイルスの感染拡大を受けて、翌日から三月四日まで道内の小中学校を臨時休校にすると発表する。この時点で、北海道で発覚した感染者数は三十九名であるから、鈴木知事が先手を打った形である。

二月二十七日。鈴木知事の決定に誘発されたのか安倍総理は全国の小中高を春休みまで休校にすると発表する。唐突とも思える発表に、決定は「全校を休校にする科学的な根拠がどこにあるのか」と批判の声が湧き上がるが、聖には安倍総理の決断は「英断」であり、至極妥当に思えた。

普通の風邪であれインフルエンザであれ、感染拡大は子供達が原因になることが多いのである。一般的に子供には大人のような分別がなく、その行動に自律や抑制を求めることはより難しい。インフルエンザの蔓延で、学級閉鎖になったり学校閉鎖になったりしたことは、日本人であれば誰しもが経験していることだろう。

新型コロナのような得体の知れない新規感染症が蔓延の初期段階にあるのは「緊急事態」で

あり、「緊急事態」に「科学的な根拠」を求めるのは、「科学」のなんたるかを理解していないからではないだろうかと聖は思った。

「科学的な証明」は時間のかかるものである。対して「緊急事態」は文字通り時間をかけてはならないものである。両者に矛盾が生じるのは当然であり、緊急な判断に「科学的な根拠」を求めるのはナンセンスであろう。鈴木知事や安倍総理の判断は経験則、あるいは「常識」に基づいた知恵の産物なのだというのが聖の意見であった。

七

三月四日に三ヶ月毎にスケジュールされている母の尿管ステントの交換を目前にし、聖は迷っていた。尿管ステントの交換は、往診でできるようなものではない。介護タクシーを雇い、母を東京医療センターに連れて行かなければならないのである。

迷いは、この時期に母を病院に連れて行くことが賢明かどうかということから生じていた。テレビやネットで見る武漢の医療機関の惨状は、まだ東京では起きていない。それどころか、累計でも東京都の総感染者数はまだ百人に満たない。

しかし、白鴎大学で教鞭を取り、感染症学を専門とする岡田晴恵教授によると、日本では既に万単位で新型コロナウイルスの感染者がいるだろうとのことである。この予想が正しいとすれば、同じく万単位の感染者が東京にいても不思議ではない。そしてその多くは、医療機関に集中している可能性がある。

東京の総人口は約千四百万人である。仮に二万人感染者がいたとしても、市中に於いては千人に一人いるかいないかのレベルであるから、感染リスクはかなり低いものになる。ところが場所が病院であればどうだろうか。買い占めによって、マスクや消毒用アルコールでさえ常備できない病院が増えていると聞く。東京医療センターは、新型コロナウイルスという未知の脅威に対して、どれほどの衛生管理で臨んでいるのであろうか。

もし万一、高齢の上に慢性心不全という基礎疾患のある母が新型コロナに感染すれば、ほぼ間違いなく死に到るであろう。一方、尿管ステントの交換を怠れば、再び尿路感染症を罹患する可能性が高く、そうなればこれも死刑宣告である。

両者を天秤に掛ければ、後者のリスクのほうが遥かに高いことはわかっていたが、専門家会議の言うように、今後の一、二週間で感染拡大の方向性がはっきりするのであれば、もう少し様子を見てからのほうが良いのではないか。

東京医療センターの小川医師は、三ヶ月という期間は厳密なものではないと言っていたが、そうは言っても四ヶ月、五ヶ月待てるというものでもあるまい。

東京医療センターの泌尿器科に架電すると、あいにく担当医である小川医師は外来の診察に出て留守だと言う。二時半にならないと戻らないと言うので、午後二時半を回った時点で再度入電すると出たのは午前中とは別の看護婦であった。

「ちょっとお待ちください」

聖が母の診察券番号を伝え、用件を手短に述べると、そう言って看護婦は電話口を離れた。てっきり小川医師と直接話ができるものと思っていたが、戻ってきたのは同じ看護婦であった。

「いつが宜しいんですか？」

答えが要領を得ない。

「いや、そうではなくて、来週以降になった場合に、ステント交換はどれくらい待てるかというのが知りたいんですが」

「一応、三ヶ月となっておりますので、あまり遅くなっても差し支えがあるかと思いますが」

予想した通りの答えである。

「わかりました。それでは三月十八日でお願いします」

「同じお時間でお取りして宜しいですね」

「はい」

専門家の見解では、新型コロナウィルスの潜伏機関は一〜十二・五日である。発症が確認され、PCR検査を受けてその結果が出るのに数日かかっても、感染後約二週間で白黒がはっきりする。巷でこれだけ騒がれていれば、皆、気をつけ始めるだろうし、病院のほうでも衛生管理をもっと徹底して来るのではないだろうか。聖が母のステント交換を二週間延期したのは、このような考えに基づいていたが、リスクは市中感染が更に拡大していることであり、二週間後には更に危険な状態になっていることであった。

第八章　安倍総理記者会見

一

二月二十九日。安倍晋三総理が日本に於ける新型コロナウイルス感染拡大以降、初めての記者会見を開く。台湾の蔡英文総統は一月下旬に同様の会見を開いているそうなので、安倍総理の会見には最初から遅きに失した感が付き纏う。

聖の手による安倍総理のスピーチの要約は以下の通りである。

一、新型コロナ感染拡大のスピードを抑制することは可能であり、これから一、二週間が急速な感染拡大に向かうか終息できるかの瀬戸際となる。したがって、これから二週間程度、国内の感染拡大防止のため、あらゆる手を尽くすべきである。

二、大規模感染リスクを回避するため、全国的なスポーツ、文化イベントは中止、延期、規模縮小を要請する。また、スポーツジムやビュッフェスタイルの会食等の換気が悪く、密集した場所や不特定多数が接触する恐れがある場所や形態での活動は当面控えてもらう。

三、全国の小中高、特別支援学校に春休みに入るまで臨時休業を要請する。未就学児童の預かり施設や支援に関しては、自治体を全力で支援していく。

四、全責任は私（安倍総理）にあり、二七〇〇億円を超える今年度予備費を活用し、第二弾となる緊急対応策を今後十日程度のうちに取りまとめる。
五、ＰＣＲ検査は現時点で一日当たり四千件を超える検査能力があるが、今後も民間検査機関や大学に試薬を提供し、検査能力拡大に務める。尚、来週中にＰＣＲ検査を保険適用とするため、保健所を経由せずとも検査が受けられるようになる。また現在、一、三時間を要する検査が十五分に短縮できる簡易検査機器の三月導入を目指す。
六、現在、全国には二千床を超える感染症病床があるが、それを五千へと拡充する。また、アビガン等の特効薬の開発にも力を入れる。
七、雇用調整助成金の特例を設け、非正規も含めて、休業となる人々への支援をしっかりと行っていく。
八、感染拡大防止に向けての具体策は待ったなしである。基本方針は既に示しているが、今後は必要とあれば国民生活への影響を最小限とするために立法措置を進めて行く。
スピーチの後、会見に出席していた記者との間で質疑応答の時間が設けられた。

その中で飛び出した安倍首相の発言の中には、習近平首席の訪日及びオリンピック・パラリンピックの開催に関しては、現時点で変更のないこと、反省はないかとの質問に対して、責任から逃れるつもりはないということ、入国拒否を中国全土に広げるべきではないかとの質問に対しては、二月一日から武漢を含む湖北省からの入国を拒否しており、十三日からは浙江省も追加されていること等が含まれていた。

安倍総理のこの記者会見を大変な違和感と共に見ていたのは聖だけではないだろう。歴代二番目に長い在任期間を誇る安倍晋三であるが、その経歴は守られなかった「約束」で彩られていたからである。

それは憲法改正から始まり、拉致問題、北方領土問題、少子高齢化問題、構造改革問題等々、努力の断片が見えないと言えば嘘になるが、どれも安倍総理が解決すると断言して解決を見ていない重要課題である。聖はかねてから、この政治家には大言壮語癖があるのではないかと疑っていた。

誰が総理をやっても結果は同じであったという意見は正論であるかもしれないが、北朝鮮が核ミサイルを開発していると思えばアメリカに泣きつき、国内の産業が衰退すれば中国に泣きつくといった情けない国に成り下がった日本を放置した罪は大きいと聖は思っていた。

今回の会見にしても、第一に、新型コロナ拡散を阻止すべく「あらゆる手段を尽くす」と安倍総理は言っていたが、その対策の内容はとても「あらゆる手段」とは呼べないものである。「あらゆる手段」であるのなら、中国からの渡航者をストップするのが最初に取られなければならない手段であろう。

そこを質疑応答で突っ込まれた安倍総理は苦し紛れに二月一日に武漢エリアからの渡航者を

禁止したと自画自賛していたが、春節は一月二十四日から一月三十一日までである。一月二十四日に国境を遮断していれば、今日のような状況は完全に阻止することはできないにしても、かなりの期間、遅延できたはずである。

聖が気になったのは、この初動の「不手際」に関して安倍総理から謝罪の言葉ひとつなかったことであった。中国共産党が初動の失敗を認めているのとは対照的である。「政府だけでは感染拡大を阻止できません。国民の皆様の協力が必要です」といった意味のことを言っていたが、ここまで状態を悪くしたのは政府の責任であろう。

安倍総理は好んでこの「責任」という言葉を使い、再三「責任は私にある」と発言しているが、いったい、彼にとって「責任」を取るとはどういう行為を指しているのであろうか。かつて武士は「責任」を取って腹を切り、場合によっては家督を奪われ家は断絶となったが、今の世では、政治家も官僚も頭を下げるか、最悪の場合でも「辞任」で終わりである。

安倍総理も然りであって、彼の「責任」の取り方は、総理大臣の職を辞することを意味しているのだろうが、だとすれば議員としての生活も収入も安泰であり基本的に痛くも痒くもないのである。失政の帰結として医療が逼迫し、患者が感染症で死のうが、人々が長年培ってきた生活の糧を失おうが、自分の生命や生活が脅かされることはない。そんな人間が、総理の座を退けばその責務を全うしたと思っているのだろうか。

現実問題として法的に政治家や官僚の責任を問うことが難しいことは聖も知っていた。しかし、だからこそ安倍総理も他の政治家も軽々しく「責任」という言葉を口にするのではないだろうか。

「大規模感染リスクを回避するため、全国的なスポーツ、文化イベントは中止、延期、規模縮小を要請する。また、スポーツジムやビュッフェスタイルの会食等の換気が悪く、密集した場所や不特定多数が接触する恐れがある場所や形態での活動は当面控えてもらう」

「全国の小中高、特別支援学校に春休みに入るまで臨時休業を要請する」

等々、全てが「要請」や「お願い」のレベルであって、強制性のない対策が羅列されているのにも聖は不満であった。

これに関しては、日本の場合、政府からの要請やお願いは、ほぼ強制に等しいという見方がある。確かに「右へ倣え」が文化である日本に於いては、これはある程度、正しい見方であろう。

しかし、同様に罰則や罰金のない要請やお願いでは、言うことを聞かない不埒者が居るのも日本である。路上喫煙が条例で禁止されてから久しいが、未だに喫煙をしながら道を行く者が後を絶たない現実がある。彼らに罰金や罰則を課すれば、このような事例は直ちになくなるだろう。

「換気が悪く、密集した場所や不特定多数が接触する恐れがある場所や形態」に該当する店舗や業態は限りなく多い。室内の遊興施設や風俗業などが例として挙げられるが、これらの業態の経営者が安倍総理の会見を聞いて「ああ、そうですか」と営業を停止するとは到底思えない。

「日本は法治国家だから強制はできない」

と言うのなら、そして実際に適用できる法律がないのであれば、立法すれば良いだけの話であり、事実、安倍総理自身も「今後は必要とあれば国民生活への影響を最小限とするために立法措置を進めて行く」と会見で明言しているのである。

ちなみに、緊急事態にあっては、政府が「法」の権限を越えて行動を起こすことは稀ではなく、また起こさなければならないだろうとも聖は思う。聖が知る限り、ダイヤモンド・プリンセス号に乗船していた外国人の上陸は入管法で阻止できても、邦人の上陸を阻止できる法律はなかったが、それを政府は強行したわけである。

「しかし、憲法が個人の自由を保証しているではないか」

という議論も的外れであろう。

法によって個人の自由が剥奪されたり制限されたりする例は多々あり、憲法十三条は、「公共性」があれば、個人の自由を制限することを認めているのだから。

母のいるホームからの帰り、小田急線喜多見駅で「感染予防に手洗い消毒をお願いします」というアナウンスがあった。ところが駅には消毒液ひとつ置いていないのが現状である。電車を降りるたびに何十人、何百人という乗客にトイレに行って手を洗えと言っているのだろうか。

今は携帯用の消毒アルコールさえ、店頭から姿を消しているのである。

運がよければ日本はこの危機を大きなダメージを受けずに脱することもできるだろう。しかし、その後で、またアメリカべったり、中国様々の政治を続けるのであれば、なんの教訓も学んでいないことになる。

多くの専門家は、このコロナウイルスが毎年のように人類を脅かすとも言っているのである。その度にサプライ・チェーンが遮断され、観光地が疲弊するのでは経済が拡大するどころか安定することすら望めないだろう。どこの誰が書いたとも知れない安倍首相のスピーチに、長期的な展望を期待するのは酷というものだろうが、少なくとも出席していた記者からはそこまで踏み込んだ質問をして欲しかった。

この日、大阪の吉村洋文知事は、大阪市内のライブハウスでいくつかのクラスターが発生したのを受け、参加者全員へのＰＣＲ検査を呼び掛けている。

二

母が退院して二ヶ月が過ぎようとしていたが、母を入院前の状態に戻すという当初の目標が、日を追って遠退いて行くことを聖は感じていた。ただ、それが流動食だけの生活が延々と続くことを意味しているのか、或いは半年後の母の死を意味しているのかは聖にはわからなかったし、おそらく誰に聞いても正確な答えは得られなかっただろう。

以前はヘルパーの提案を聞き、半熟卵や卵豆腐等を買い求め冷蔵庫に貯蔵していたが、最近の母はそれを口にしても吐き出してしまうようになっていた。

雨が降ろうが風が吹こうが、ほぼ定刻に母の元に参じるという聖の日課は続いていたが、修行僧のような気持ちに変わりはなく、自らの置かれた境遇に一種の自虐的な快感すら覚えるようになっていた。

朝、部屋のドアを開けると糞尿の臭いがツンと鼻を突く。オムツの交換は定期的に行われているはずであるが、時にはそれでも間に合わないことがあるのだろう。人生の最終段階に入っている母を糞尿の臭いの中に置いておくのは、心苦しいことであった。幸い、母は嗅覚が麻痺しているのか、それについて不満を言うことはなかった。

また、母が肉体的苦痛を訴えることもあまりなかった。入院前から右肩に酷い関節炎があり、湿布薬を塗って痛みの緩和を続けていたが、その痛みも最近はあまり言わなくなった。腹痛や頭痛を訴えることもなく、その意味では平穏無事な生活を送っているのである。

ただ、相変わらず躁と鬱が二、三日とも四、五日ともつかない周期で訪れる。手に負えないか、まったく反応がないかのどちらかであるが、いずれの状態でも聖が同じ部屋にいる意味はあまりない。聖にとって、ゴールデンタイムは母が比較的安定した状態にいる時であった。

安定状態にいる母は、普通に会話をし、思い出話を語り、時には聖と一緒にテレビを見ながら番組の内容にコメントするようなこともあるが、疲れやすいことも事実であって、三十分もしないうちに、車椅子に座ったまま頭を垂れ、眠ってしまうことがほとんどであった。

どれほどの余命が母に与えられているのかは神のみぞ知るであるが、もう数えるほどしか「正常」な時間を共に過ごすことがないのかと思えるからこそ、その限られた時間は聖にとって「ゴールデンタイム」であった。

食事は介護ベッドに半身を起こして援助することが多かった。その後で、

「椅子に座る？」

と訊くと、機嫌の良い時は、

「座りたい」

と言う。

朝、母の介助に入ったヘルパーがテレビを点けておいてくれたりすると、聖が部屋に入った時点でベッドに横になったままテレビを観ていることもあった。母が番組の内容をどれだけ理解しているのかは不明であったが、聖が得ていた新型コロナ関係の情報は、ネットからが90％、残りの10％は母の居室のテレビからの情報なのである。

映画や音楽を愛好する母であったので、入院前からＤＶＤプレーヤーとＣＤラジカセを部屋に持ち込み利用していた。往年の大女優であるグレタ・ガルボや原節子が好きで、以前は「グランドホテル」や「東京物語」のＤＶＤをよく観ていたものであるが、最近はそれもなくなっ

た。しかし、音楽は大した労力を必要としないので、今でも「ハワイヤン」や「シャンソン」といった母の好みの楽曲を聴きながら就寝することが多かった。

その日、食事を済ませた母と部屋でテレビを観ているところにホーム長の佐野がやって来た。

「ちょっと宜しいでしょうか？」

と遠慮がちに言う。微笑んではいるが、何か重要な用事だろうと聖は直感した。

「実は、新型コロナの影響で、当ホームでも外部からの出入りをできるだけ少なくするという方針が打ち出されまして、ほとんどのご家族の方には面会をご遠慮いただくようになったんです」

厚生労働省は二月二十四日に「社会福祉施設等における感染拡大防止のための留意点について」と題して国の指針を発表している。それによると「面会については、感染経路の遮断という観点で言えば、可能な限り、緊急やむを得ない場合を除き、制限することが望ましい。少なくとも、面会者に対して、体温を計測してもらい、発熱が認められる場合には面会を断ること」とされている。

聖の場合は、母の食事の介助をしなければ、母を死なせてしまうという大義名分があり、これを自分なりに「やむを得ない場合」と理解していた。

しかし、そうは言ってもこれはあくまで聖の独善的判断である。高リスクである高齢者が寝起きする高齢者住宅で、聖の理解に反する方針が決定されても何の不思議もないわけで、聖は身に降りかかるかもしれない不都合に身構えた。

「高木さんが、お母様のために一日に二度来ていらっしゃるのは存じておりますし、まったく来るなとは言えないのですが」

「わかりました」

聖は佐野の言葉を遮り、つかつかと入り口の靴箱の上に置いてある介護日誌のファイルを取って踵を返した。

「これ、ご覧になって下さい」

介護日誌には、ヘルパーが朝、昼、晩と何をどれだけ母に食事として与えたかが克明に記載されていた。日によってばらつきがあったが、カロリー計算で判断すれば、聖が与えている食事の量を八〇とすれば、ヘルパーが与えている量は二〇かそれ以下であることが瞭然であった。

佐野に名指しで直接言いたくはなかったが、ヘルパーの中にはほぼ恒常的に「水分少々」や「アイスクリーム一口」と記載して済ませている者もいたのである。

介護職にどれほどの技量が求められるのかは聖の知るところではなかったし、また母が聖にだけ素直に応じている可能性もあった。母が退院してすぐに招集されたミーティングでも、聖は食事の援助は主に自分の責任であると宣言していたことも記憶している。

しかし、「食事援助をする」ことはヘルパーの職務として「居宅サービス計画書」に明記されている事項である。そしてヘルパーによってムラがあるということは、努力しているヘルパーとそうではないヘルパーに大きな差があるということを意味していた。

「私が日に二度来ているから母がヘルパーさんから食べない可能性もありますが、これ、ちょっと酷いですよね。こんな状態で、私が来なくなれば母は死にますよ」

聖は語気を強めて言った。

佐野が優秀なホーム長であることに疑いはなかったが、四、五十人にいる入居者の状況を随時把握することは至難の技であろう。少し驚いたように介護日誌に見入っていた佐野であるが、顔を上げ、

「わかりました。対処いたしますので、ご理解ください」

と謝るように言うのを聞いて、聖も少し気の毒になった。

佐野はサラリーマンであるから、上からの指示は絶対である。しかし、事情がどうであれ、母の食事援助を怠っているヘルパーが存在していることにも非があった。いずれにせよ、これはブラックかホワイトかといった問題ではない。どこかでグレーゾーンを見出し、妥協する他に道はないのだろう。

「お願いします。改善して頂ければ、私も訪問回数を一日に一度にしますから」

佐野としてみれば、「一日に一度」とか、「三日に一度」という言葉を聞きたかったのかもしれない。聖としても、自分が感染源となってホームでクラスターでも発生すれば悔やんでも悔

みきれない事態である。

ただ、新型コロナに感染すれば真っ先に死ぬのは母であるから、聖にはヘルパーや出入りしている訪問医以上に外部から自分がウィルスを持ち込む可能性は低いであろうという自負があった。ここは佐野と自分の腹の探り合いであったが、それは言わずが花というものでもあった。

三

三月一日。この日、「ダイヤモンド・プリンセス号」の乗客乗員全ての下船が完了するが、海外からは感染急拡大のニュースが報道される。特に被害が甚大なのはイタリアとイランであって、一日時点で、イタリアでは千五百人を超える感染者数が確認され、イランでは約千人。死者もそれぞれ三十人、五十人超となっている。

いずれの国も、中国との経済関係が強く、最初の感染者が中国人であったこと以外に、文化的に人と人とが濃厚接触を好むという背景が感染拡大の背景にあると思われるが、驚くのは感染拡大のスピードである。

二月二十日時点で、判明していたイタリアの感染者数は十九名であり、イランではたったの五名であった。それが僅か十日間で約八十倍、二百倍に膨れ上がっている。感染者数に検査数が追いつくかにもよるが、この傾向が続けば、三月十日頃には両国で数十万人の感染者が確認されても不思議ではない。

三月二日には中国本土の感染者数が八万人を突破したが、その次に多いのが韓国の四三四九人、イタリアの一七〇四人、イランの一五一三人となっている。この時の中国で報告されている死者は二六五二人であり、これは新型コロナウイルス感染症による致死率が約３・３％であることを示していた。母数が大きい分、イタリアやイランのケースから算出される致死率よりは、より実態に近い数字なのではないだろうか。

三月四日。感染者数が二七〇〇人に達し、死者が百人を超える中、イタリアのコンテ首相が大学を含めた国内全校を三月十五日まで休校にすると発表する。

三月五日。日本政府は四月に予定されていた習近平国家主席の国賓としての訪日を延期すると発表する。日本国民が、そして世界が中国を名指しで新型コロナの感染源と非難している今、この決断は当然であろうが、日本政府が一方的にこのような決断を下すことは考えられず、おそらく中国外交筋との緊密な協議の上、もしくは安倍総理と習近平首席との直接的な対話の上のことだと聖は推測した。

同日、安倍総理は入国規制の対象を中国全土および韓国全土に拡大することを表明する。この時点まで中国全土からの入国拒否には否定的であった日本政府の豹変とも言えるこの方針転換は、明らかにそれまでの政策が習近平に配慮したものであったかを証拠付けるものと言えよう。

その意味では、中国に忖度して春節が終わるまで「緊急事態宣言」の発出を拒んだＷＨＯのテドロスと安倍晋三は同じ穴のムジナということになりそうである。

一方、韓国政府はこの日本政府の発表に不当であると猛反発し、対抗措置を発表する。この時の韓国全体の感染者数は中国に次ぐ世界第二位の五三二八人であり、日本はダイヤモンド・プリンセス号を勘定に入れても千人に満たない状況であった。

三月七日。米ジョンズ・ホプキンス大学の集計によると、全世界の新型コロナウイルス感染者数は、十万二千人に達した。

同じく米ハーバード大学の疫学者によれば、新型コロナウイルスは世界の人口の40％から70％に感染するだろうとのことである。その多くが無症状か軽症であろうということがせめてもの救いであるが、10％が重症化すると想定すれば、致死率3・3％として全世界で約二億三千万人が亡くなる計算になり、日本だけでも約四十万人の死者を出すことになる。

これは二十世紀初頭に流行したスペイン風邪に匹敵あるいは凌駕する数字であり、最悪なケースとなる世界的なパンデミックを仮定しての話にしても、この数字がいかに驚異的なものであるかを示唆するものであろう。

四

小田急線喜多見駅には急行は止まらない。新宿方面から急行や準急で来た場合には、成城学園前駅で各駅停車に乗り換える必要があった。その日、成城学園前駅のプラットフォームに降り立った聖は、次の各駅停車が発車する時刻まで約十分の猶予があるのを見て、喜多見まで歩くことにした。

成城学園前駅から母の居るホームまでは、ほぼ直線で道が繋がっている。普段は、母のホームから「ふれあい広場」を抜け、野川を渡り、国分寺崖線を駆け上って成城の街に出る行程を、逆方向に辿るのである。喜多見駅からホームまで歩いてほぼ十分かかることを考えれば、急いで行けばプラス十分で目的地に到達する計算であった。

成城学園前駅構内から外に出ると、午前中であったが日差しが眩しかった。そうは言っても三月の空である。風は春一番のように強く肌に冷たく感じた。聖はベンチコートの襟を立て道を急いだが、五分と進まないうちに汗ばみ始め、たまらずコートを脱ぎ、Tシャツ一枚になってしまった。

打ちのめすかのように、荒れ狂うかのように、強風は容赦無く聖の行く手を遮って吹く。その冷気は時に汗ばんだ肌に心地よく、時に身体の芯に届くかのように不快である。しかし、再びコートを着れば、Tシャツは汗でびっしょりになってしまうだろう。

国分寺崖線に亭々と聳え立つ木々の枝が強風に煽られ大きく揺れて凄く、吹き降りる風が顔面を直撃すると、聖はたまらず目を線にしてただひたすら歩を進めた。

聖が体調に異変を覚えたのは、その夜であった。倦怠感とともに身体の節々が痛むような感覚は、インフルエンザの予兆であるような気もする。体温計は三六・九度を指しているが、これは平熱の誤差の範囲であろうし、目に痒みがあり、涙や鼻水は出るが喉の痛みはない。

葛根湯とニンニク、ビタミンCの錠剤を呑み、その夜は早く床に就いたが、翌朝になると、軽い咳に痰が絡むような症状が出ていた。よもや新型コロナ感染症ではあるまいと思ったが、念のために新型コロナの症状を今一度調べてみる。

典型的な症状は発熱であり、咳である。それもドライな咳であると書いてある。全身の倦怠感も症状の一部であるが、ここまでは一般的な風邪やインフルエンザと大差ないように思われる。勿論、無症状や軽症の場合は症状だけで判断することは更に難しくなろう。

要はPCR検査を用いるか、CTスキャンで肺の画像を精査すること以外に、新型コロナであると確実な判断を下すことは困難なのである。

確率的に、自分が新型コロナ感染症に罹患している可能性を考えれば、それは限りなくゼロに近いと聖は思った。感染症は感染者と接触することによって罹患する。日本に於ける総感染者数は、ダイヤモンド・プリンセス号を除けば、五百人に届かないレベルである。

仮に、白鴎大学の岡田晴恵教授が推測するように、日本国内に既に数万人の感染者が存在するとしても、国民の総数に比すれば一万人に一人いるかいないかであろう。しかも、定年退職をして有閑となった身では、他人との肉体的な接触は、母に限られているのである。

それは母の褥瘡を予防するために、あるいは母にテレビを見せるために、日に一度はベッドから起こし、抱きかかえて車椅子に移動させる時であった。食事を与える時には、スプーンやコップを持って接近はするが直接的な接触はない。後は発熱の有無をチェックするために、手を握ってみたり、額に手を置いたりするだけである。肩の痺れや、脚の痛みを訴えることがある時は、簡単なマッサージを施すこともあったが。

従って、聖が新型コロナに感染するとすれば、最大のリスク源は母である。そして自力で部屋の外に出ることができない母が感染するとすれば、聖かヘルパーか、訪問看護師や薬剤師、あるいは訪問医からであろう。彼らは職務上、多くの入居者や患者と日々、接触しているのだから。

ただ、新型コロナ感染症の流行が懸念されるようになってからは、ヘルパーが入室する時には、必ずマスクとビニール手袋を着用するようになっていたし、訪問医や訪問看護師はコロナ以前からマスクとビニール手袋をしていたから、彼らからの感染も可能性としては小さいと思われた。

もし、聖が新型コロナに感染しているとすれば、残された感染源としての可能性は週に二回通っていたスポーツジム、外食先のカフェやレストラン、そして電車やスーパーマーケットだろうか。

しかし、スポーツジムには、一ヶ月ほど前から行っていない。春節で中国人観光客が聖が通っているジムに来ることを想定したからである。カフェやレストランでは、聖はいつも一人であったから、誰かと対面して食事をすることはなかったし、マスクをしていない従業員がいる店には入らないようにしていた。

マスクが店頭から姿を消してしばらくになるが、電車に乗ればほとんどの乗客がマスク姿である。それが花粉症のためなのか、新型コロナの脅威なのかはわからないが、いずれにせよ飛沫による感染は考えにくい。まして、聖が毎朝乗っている電車は、ラッシュアワーでもなく、また通勤客を乗せた電車とは逆方向に向かう電車であり、満員という状態からは程遠いのである。

接触感染にしても、聖は努めて車内の手摺りや吊革を握らないようにしていたから、これも可能性はほぼゼロであろう。心配なのは、エアロゾルまたは空気感染であるが、これだけ通勤電車が毎日ほぼ満員の状態で縦横無尽に走っていて、未だに車内で感染したという報告が一件も出ていないことを考えると、おそらくダイヤモンド・プリンセス号とは異なった状況なのだろうと推察できた。

菅官房長官によれば、「症状に不安がある際には、渡航歴の有無にかかわらず、まずは地域の相談センターに電話で相談していただきたい」ということであるが、どうせ電話は繋がらないか待たされるであろうし、繋がっても通り一遍の質問をされて「様子を見てください」と言われるのが目に見えていた。

あれこれ考えて、聖が自らの症状に関して到達した結論は「花粉症」であった。ただ奇妙なことには、聖は未だかつて「花粉症」を経験したことがなかったのである。

「どうも花粉症らしいんですが」

青山内科で聖はそう医師に告げた。

受付の看護師に「風邪を引いたらしい」と言ったので、高齢である野中院長は警戒してか聖には会わず、変わって松崎という若い女医が診察に当たってくれた。聖もマスクをしていたが、彼女もマスクとゴーグルという出立であった。松崎にも過去に何度か会っている。予防接種をしてもらう時には、大体いつも松崎であった。すらりとして聡明そうな女医である。

本来なら、花粉症かどうかは血液検査その他で判断するのであろうが、聖が風の強い日に杉林の中を歩いたと言っただけで、その症状は花粉症と診断された。

「コロナとかじゃないですよね」

恐る恐る尋ねた聖に、松崎医師は目で微笑んで、

「ご心配なら、保健所に相談してみてはいかがですか？　うちでは検査ができませんから。でも、症状からは花粉症だと思いますよ。花粉症で喉の痛みが出たり、発熱する人もいますから」

と教えてくれた。

第九章　スペイン風邪

一

青山内科で処方された薬が効いて、三日としないうちに聖の身体は復調した。また、ホーム長の佐野の言葉に嘘はなく、佐野と話した翌日からヘルパーが母に与えている食事量にも増加傾向が見られるようになっていた。これで一安心と言いたいところであるが、母を入院前の状態に戻すという命題は、未達成のまま宙に浮いている。そして新型コロナの脅威は、日を追って大きくなりつつあった。

新型コロナウイルス感染症とおよそ一世紀前に流行したスペイン風邪との類似性がマスコミでも取り沙汰されるようになったのをきっかけに、聖は自分なりにスペイン風邪について調べてみることにした。

主な情報源は「国立感染症研究所・感染情報センター（ＩＤＳＣ）」のウェブサイトであるが、その他のサイトも参考にした。大まかな調査結果は次の通りである。

スペイン風邪はインフルエンザ・ウイルスがトリガーとなった世界的なパンデミックであり、流行期間は一九一八年二月から一九二〇年四月とされる。流行の発端は、アメリカ（カンザス州およびニューヨーク州）ともフランス、ドイツ、イギリスとも言われているが、第一次世界大戦（一九一四年～一九一八年十一月）の真っ只中であったことを考えると、アメリカの兵士がヨーロッパから持ち帰るか、ヨーロッパに持ち込んだか、いずれのケースも考えられよう。

　また、大戦で徴用された中国の労働者からヨーロッパの兵士に伝染したという説もあり、新型コロナ感染症と比較する意味で興味深い。

「スペイン風邪」という命名は、大戦中ということもあり、戦争に加担していた国家では情報を隠匿する方針を取っていたため、中立国であったスペインに於ける感染拡大が大々的に報道される結果となったためである。

　ＩＤＳＣによると、一九一八年春、同年秋、そして一九一九年始めの冬の三回の流行を見たとなっているが、他の文献では一九一九年十二月から一九二〇年の四月にかけて第四波があったとされており、これがスペイン風邪が二年に渡って猛威を振るったとする論拠となっている。

　なにしろ百年前の事件とあって正確な数字の把握は難しく、感染者数、死者数ともに諸説紛々であるが、通説では感染者数は当時の世界人口の三分の一、約五億人が感染し、死者数は推定で一七〇〇万人から五〇〇〇万人、一説には一億人ともされる。

　仮に推定下限の一七〇〇万人が死亡したとすれば、致死率は３・４％となり、現時点での新型コロナウイルスによる致死率に類似した数字がはじき出される結果となる。

　日本での感染者数および死者数は、内務省の統計によるとそれぞれ約二三〇〇万人、三十八万人とされるが、他の推計では死者は四十五万人とも言われているようである。仮に死亡者が四十五万人としても、致死率は２％に満たず、世界水準からはかなり低い数字であることが窺われる。

スペイン風邪が新型コロナウイルス感染症と大きく異なるところは、重症者や死者の年齢層である。新型コロナウイルスによる重症者と死者が老齢者に集中しているのとは対照的に、スペイン風邪による死者は十五歳から三十五歳の若い年齢層に多く、死亡例の99％が六十五歳以下の年齢層であった。

この傾向の原因についても諸説あり、そのひとつが若年層のほうが免疫力が強いためサイトカイン・ストームという免疫過剰反応によって死に至ったのではないかというものであり、いまひとつの説は、若年層のほうが行動範囲が広く、また兵役に取られたのも若年層であるため、当時の貧弱な衛生環境によるバクテリアの繁殖によって命を落としたのではないかというものである。

しかし、サイトカイン・ストームによって若年層が病死したのであれば、同様のことが新型コロナで起きるはずであって、これは当てはまらないと聖には思える。衛生状態云々についても、当時、老齢者の多くは家族である若者と寝食を共にしていたはずであるから、若者だけが死んで老齢者が生き残るというのも妙な話に聞こえた。

聖にとって、もっとも信憑性のある説は、当時の老齢者がスペイン風邪以前の類似したインフルエンザに感染した経験があり、その免疫を保持していたというものであるが、この説に科学的な根拠があるか否かについては定かではない。

スペイン風邪のもうひとつの特徴は、第一波が弱毒性であったことに対して第二波が強毒性であり、第一波の十倍もの致死率があったという点である。通常、ウイルスの変異は強毒性から弱毒性に変わるとされ、その逆は起こり難い。なぜなら、強毒性のウイルスに感染した患者は直ぐに寝込んだり死んでしまったりするため、他者に感染させる手段も時間も少ないからである。

これは、他者に感染するのは弱毒性ウイルスであることを意味しており、ウイルスの変異が強毒から弱毒へと移行するプロセスを説明するものである。ならば、なぜ、スペイン風邪は第二波や第三波のほうが第一波より毒性が強かったのであろうか。

これには第一次世界大戦が関係している。弱毒性のインフルエンザに罹患した兵隊は比較的健康であったため前戦を離れる必要がなかったが、逆に強毒性に罹患した兵隊は、兵士として使いものにならないため、混雑した港から混雑した船へと移送され、そこから混雑した病院へ収容されたのである。結果として強毒性のインフルエンザが市中で蔓延することになったというのが結論である。

このような特異な状況は、新型コロナには不適合に思える。だとすれば、新型コロナの変異も、強毒から弱毒へと進むのではないか。それともこれは聖の希望的観測なのだろうか。

最後にＩＤＳＣは、オーストラリアに言及し、彼の国が早期に国境を閉鎖したためにスペイン風邪の被害が少なかったと論じている。これなどは、世界の多くの国家が、春節前に国境を閉鎖しなかったことが憂慮される前例として特筆されることであろう。

二

洋の東西で株式市場の暴落が止まらない。三月十日時点で、アメリカS&P500は二月十九日につけたピークから14・9%下落、日経平均も二月二十日の高値から15・4%の下落を見ている。

聖が現役であれば、ここからどこが買い時かを推測し、レポートに纏めていることだろう。否、むしろ株式市場はまだ下落するという予想を立てていたかもしれない。株式市場は不確実性を嫌い、今はその「不確実性」が更に増大すると思われるからである。

この日、武漢では公共交通機関の運行が二ヶ月ぶりに再開される。武漢入りした習近平首席が言うように、しかもあくまで中国が発表する「統計」に嘘偽りがないと仮定すれば、少なくとも武漢地域では感染拡大の勢いは鈍化している。これは同日、移動制限を国内全土に拡大したイタリアとは対照的である。

コロナウイルスが世界経済に与える悪影響については、現時点で先が見えておらず、中国における感染者の数が減少傾向にあること以外に明るいニュースはない。むしろアメリカや日本、そして欧州においてはこれから感染者が爆発的に増える可能性が大きく、その全ての地域で病床が足りないという事態に陥ることが想定されよう。その結果は武漢のような悲惨な状況になることも考えられ、阿鼻叫喚の地獄絵図が先進国でも起こり得るわけである。

アメリカの中央銀行であるＦＲＢは既に０・５％の緊急利下げに動いているが、懸念されるのはアメリカの政策金利は既にかなり低いレベルにあり、ＦＲＢの持ち弾が限られているということである。持ち弾が限られているという事態は日銀のほうが先輩であり、無論、中央銀行が金融緩和に積極的なことは概して株式市場にはポジティブであるが、ここで株を買うには余程の先見の明か蛮勇を要するのではないだろうか。

これには「欲望」と「恐怖」という投資に対する人間心理が影響している。「虎穴に入らずんば虎子を得ず」という諺はその人間心理を良く表しているが、個人差があるとは言え、一般的に人は「欲望」より「恐怖」に敏感に反応するのである。市場が下落局面にある時はまさに投資家が「恐怖」に囚われている時であり、それに打ち勝つには相当の理由が必要であろう。

猛威を奮っている新型コロナウイルスが中国で落ち着きつつあることは朗報であり、統計が正確であると仮定して、現時点での死者が三千人ほどに抑えられているのは奇跡的なことである。中国による断固たる抑え込み政策と医療関係者の命がけの努力が功を奏していると言えそうであるが、アメリカや日本で同様にコロナウイルスが抑え込めるのかと聞かれれば、現状の生温い対策を見る限り難しいように聖には思える。

日本には八十歳以上の人が一千万人いる。八十歳以上の人の感染者の致死率は中国の統計を見る限り20％であり、これはつまり、下手をすれば二百万人が日本で命を落とす可能性を示唆している。そのような悲劇が起こらないためにも、全国民が一丸となってこのウイルスを抑え込むことが最優先であろう。経済的理由によって人命を犠牲にするのであれば、それは殺人ではないだろうか。

中国では新型コロナ感染のピークは約一ヶ月前であったとの見解が発表されている。事実であるのなら、中国政府は曲がりなりにも新型コロナの封じ込めに成功したわけで、現在その脅威に晒されようとしている他国（日本も含めて）は中国の真似をすれば良いという結論に達する。「そんなこと言っても日本は法治国家だから」と馬鹿の一つ覚えのような反対意見が聞こえて来るが、法治国家なら法を作ればよいだけのことである。

その意味では日本政府が目下検討していると報じられている新法に基づく緊急事態宣言は、新型コロナ封じ込めへの第一歩として極めて重要であろうと聖の目には映った。ただ、宣言をした後の対策はまだ未知数であり、政府が緊急事態さえ宣言すれば何でもできるといったような状況は回避すべきだとしても、マスクも消毒液もない、ＰＣＲ検査もできない、ライブを禁止したり、感染拡大の震央となり得る店舗を閉鎖することもできないということでは、新型コロナを撲滅することは難しいだろう。

三

聖は今一度、ここで巷に出回っている「定説」や「誤解」について考えてみた。

まず、安倍総理がなぜ春節前に中国人の渡航を禁止しなかったかについて「そんな法的権限がないのだから、できなかった」という意見がある。安倍総理は、その後、中国全土からの渡航制限に動いており、このことからも明らかに「法的権限がない」という議論は間違いだと思われる。また、ダイヤモンド・プリンセス号の乗員、乗客を実質的に船上に隔離したのも日本政府であり、この期に及んで「法律が」と言うのは情報操作であり、初動の失敗を認めたくないからなのではないだろうか。

また仮に春節前に国境を封鎖しても、いずれ感染は拡大するのだから意味がないという意見にも聖は首を傾けざるを得なかった。確かにアメリカの例を見ても国境を完全に封鎖することの難しさははっきりしている。しかし、国境封鎖は感染拡大を起こさないことばかりが目的ではない。その効果は感染拡大のスピードを遅らせることにあり、感染拡大のスピードが遅ければ、それだけ対応に時間をかけることができるわけである。

マスクの効能に関しては、WHOの専門家などが科学的な根拠はないと言っているが、「科学的な根拠」があるのかどうか誰かが調べたのだろうか。根拠がないと言うのならその実験結果を見せてもらいたいものである。また、ウイルスのサイズがマスクのメッシュより小さいから効果がないというのも馬鹿げていると聖は思った。コロナウイルスは主に飛沫感染するものであり、飛沫のサイズはマスクのメッシュよりはるかに大きいからである。

若年層が無症状のまま感染を広げているとの見解が専門家から発せられている。しかも、最も感染しやすい場所は、多くの人間はひしめく閉鎖空間であるとのことである。これはクルーズ船「ダイヤモンド・プリンセス」を引き合いに出すまでもなく、妥当な帰結であろう。

しかし同じ「専門家」の中にも浅知恵をひけらかして非常識なことを言う連中がおり、彼らがテレビ等に登場して堂々と意見を言うのに聖は辟易していた。「子供は感染しても症状が軽いので、学校閉鎖は意味がない」と言う「専門家」の発言を何度も聖はテレビで耳にしたが、子供は子供だけで集団生活を営んでいるわけではない。まさに子供はこの「若年層が無症状のまま感染を広げる」に当てはまるわけで、子供から感染した親や祖父母の生命を危険に晒すことになるではないか。

ちなみに学校が閉鎖された多くの子供達は、学童保育に集まっている。子供が集まるから感染拡大が懸念され、学校が閉鎖になっているのに、その子供が学童保育に集まったのではなんのために学校を閉鎖したのかわからないではないだろうか。無論、働く親にとっては行き場のない子供をどうすることもできないわけで、これは親が責められるようなことではないであろう。政府の対策が片手間であり、ザル的であることの証拠なのだと聖は思う。

新型コロナウイルスのお陰で株価は暴落、企業活動はこれからさらに停滞し、経済はますます疲弊するだろう。ところがこんな状態になっても絶対安泰な連中がいる。彼等こそが税金や受信料で生活している既得権者たちで、聖の考えでは日本の構造問題の中心に陣取り、本来なら「国民」の活力となるはずの「富」を既得権を利用して寄生虫のように吸い取っているのである。

新型コロナによってこの寄生虫の存在が改めて浮き彫りになっているが、だからと言って国民が既存のシステムを変えようという気運は見えない。敵があまりにも大きすぎて、どこから手をつけて良いのかわからないというのが実情なのであろう。

世界にとっても今回のコロナ騒動は新たなシステムを構築する機会を与えてくれていると聖は思っている。分散投資ということがリスクを軽減するという意味では定石となっているが、グローバリゼーションによって世界はこの分散投資を忘れてしまった。

中国に商業的理由から生産拠点の多くを移築し、世界の人々の移動を簡素化してしまった結果、リスクは分散されず、世界は運命共同体となってしまったのである。疫病の流行にあまりにも脆弱で無頓着なシステムを構築してしまったわけである。

この意味で、その方法論に問題があったにせよ、アメリカのトランプ大統領が掲げた反中国の旗印と、アメリカ・ファーストによる反グローバリゼーションの動きは正しかったと聖は思わざるを得ない。無論、トランプ大統領が新型コロナの蔓延を予期していたわけではないことは明らかであるが。

ＣＯＶＩＤ１９感染拡大の着地点はまだ見えていないが、この騒動が落ち着いた時、日本は、そして世界は何かを学ぶのであろうか。それとも相変わらず誰も責任を取らない既得権者優先のシステムを日本は許容し続けるのだろうか。そして世界はリスク分散を忘れ、凝りもせず中国の顔色を窺い、グローバリゼーションに突き進むのだろうか。もしそうであるのなら、次に訪れるのは人類滅亡のシナリオなのではないだろうか。

四

ヘルパーが母に与えてくれる食事量が増えたので、ホーム長の佐野の希望に従って、聖の訪問回数は一日に一度となった。多くの高齢者施設では、既に面会謝絶となっているところもあると聞く。母の生命が掛かっているとは言え、聖は特別待遇を受けている身を理解していたし、感謝もしていた。

母を訪れる回数が減った代わりに、聖は母と過ごす時間を増やすようにした。母の生命の最後の灯火を、できるだけ共有したいと思ったからである。

母の語ることには、昔から聞いて知っている内容も多かったが、それまでに聞いたことのない話や、あるいは聖の記憶から欠落している事柄があり、それらは聖にとって素直な驚きでもあり珠玉の喜びでもあった。だから、聖もそのような話を能動的に母から引き出そうとしたし、貪欲に吸収しようと努めたのであった。

母が若い頃、女優の原節子に似ていると言われたという話は子供の頃に聞いて知っていた。全盛期の原節子が喜多見に豪邸を構えていたことは、聖自身、母が喜多見に来てから知った。そのことを母に伝えたのは昨年であったが、その時は理解したのかしないのか、母は頷いているだけであった。

「自分で女優になろうとしたことはなかったの？」

母の長姉は活発で派手な性格であり、運動神経も良かったので宝塚に入団するのが夢であったと聞いていた。また、母には友人としてドイツ人とのクォーターの姉妹がおり、その二人がモデルの仕事をしていたことも知っていた。

「私もモデルになれるかと思って聞いてもらったことがあるの。だけど、背が低いから駄目だって言われたのよ」

これは初耳であった。歌や音楽が若い頃から好きであったことは知っていたが、モデルに興味があったとは、やはり妙齢の女性ならではであろうか。

「私は数学が得意だったのよ」

というのも聖は初めて聞いた。

「特に勉強しなくても、答えがわかっちゃうの」

母は大学を出ていない。昔の高等女学校までの教育であるから、「数学」と言ってもおそらく微分・積分止まりであろう。しかし、それまで短歌を詠んだり、長じて油絵に熱中したりと

「文系」だと思っていた母の得意科目が数学であったとは驚きであった。世の人は、とかく「文系」と「理系」を持って生まれた素質のように扱いがちであるが、必ずしもそうではないことを母の例などが思い出させてくれる。

産まれてから二十過ぎまでを過ごした台湾の思い出を語る時の母は、特に饒舌であった。そのほとんどが、以前にも聖が耳にしたことのある話のリピートであったが、記憶の引き出しの奥にあって、それまで発掘されていなかったような話が昨日のように語られる時は、聖自身が母の故郷に帰り共に歩いているかのような気すらした。

「ホクトウに行きたい」

と母が突然言う。

「ホクトウってどこ?」

「近くに温泉があったのよ」

「台湾の?」

調べてみると「ホクトウ」とは「北投」であって、台北市から北部に位置する温泉地である。母は子供の頃、この地を何度も家族と訪れたと言う。それまで基隆や台南、嘉義といった名称を聞いたことはあったが、聖が北投という地名を知ったのは初めてであった。

「わかった。じゃ、元気になったら北投に行こうね」

母が自分の置かれている状況を把握していないことは、ある意味、天恵であった。自分の年齢すらわかっておらず、生きていれば一二〇歳になろうかという自分の母親が存命していると思っている。聖もまた、それを敢えて正そうとはしなかった。

母の年齢になって、肉親の死という悲しい出来事を改めて知る必要はない。また、いくつになっても希望があれば生きる活力も湧いて来るというものである。例え一瞬であっても、「北投」再訪の可能性が母に希望を与え、活力になってくれればと聖は願うのであった。

五

三月十一日。新型コロナウイルス感染症に適用すべく新型インフルエンザ等対策特別措置法改正案が可決される。同案によって「緊急事態宣言」の発出が可能となり、その目するところは感染拡大防止に向けた私的権利の制限である。

一方、米ジョンズ・ホプキンス大学の集計によると、現地時間三月十日時点でアメリカに於ける感染者数は九五九人、死者は二十八人となっており、感染者数の増加が顕著なニューヨーク州は一部の教会や学校の閉鎖に踏み切っている。

同三月十一日。イタリアのジュゼッペ・コンテ首相は、国内の食料品店と薬局を除く全ての店舗を閉鎖すると発表する。既に閉鎖されている学校や美術館、遊興施設にこれらの店舗が加わることになった。この時点で、イタリアでは一二〇〇〇人以上の感染者が確認されており、死者は八百人を超えている。

感染者数が減少傾向に入っている中国とは対照的であるが、現地時間で三月十一日、WHOが遂にCOVID19感染症をパンデミックと認定する。同機関の集計では、この時点で世界全体の累計患者数は十一万人を超え、死者は四千人余り、その70％ほどが中国の数字であるが、中国以外でも感染者数は四万人に接近し、死者は千人超、感染地域は百十三カ国に及んでいる。

WHOがどういう定義のもとでパンデミックを認定したのかは聖は知らないが、少なくとも感染を予防するという観点からは役に立たない定義であり、認定が遅きに失していることは明らかであろう。

ビル・ゲイツをして「百年に一度の病原体」と言わしめたウイルスと人類は戦っている。映画やテレビで何度か観た光景が、現実となって目の前に繰り広げられている。こんなことはSFの世界の話であり、文明と科学が発展した今ではあり得ないと聖は高を括っていた。仮にあったとしても自分が経験することはないだろうと。

リーマン・ショックは世界的な問題であったが、所詮は金融の世界の話であり、なんとなく着地点が見えていた。対して今回のこの事件は、現時点で着地点が全く見えていないのである。仮に自分が罹患しても、死ぬようなことはないだろうと聖は思っているが、他の人的被害がどこまで行くのかは未だに見えていない。もしかすると、聖自身が知らず知らずのうちに他人に病原体を移し、それが原因で多くの人が死ぬ可能性もあるのである。

中国では三千人を超える死者が出ているが、少なくとも公式には終息に向かっている様相である。しかし、世界各国が中国のような強硬的措置を取れるわけもなく、また医療機関も脆弱な場合が多いだろう。人口の多いインドやアメリカで、中国を超える死者が出てもなんら不思議ではあるまい。

そのような場合、世界経済は停滞し大恐慌に陥ることも想定できるだろう。そうなれば、コロナウイルスの犠牲者は病気によるものだけではなくなる。企業は次から次へと倒産し、就職口は枯渇し、国家の財政が破綻するケースも頻発するかもしれない。

アメリカでも日本でも株価は大暴落しているが、懸念されるのは、これもほんの序の口であろうと思われるところなのである。

第十章　ジョンソン首相会見

一

三月十二日。WHOのパンデミック宣言を受けて、イギリスのボリス・ジョンソン首相が会見を開き声明を発表する。この会見は首相の左右に主席医務官と主席科学アドバイザーを従えて行われたが、その中で、ジョンソン首相は「この危機は、我々の世代では最悪の公衆衛生危機であり、その脅威は季節性インフルエンザの比ではない」とした上で「英国民の多くは、最愛の人を失うことになるだろう」と警告した。

更に「我々の使命は、コロナウイルスを消滅させることではなく、感染のピークを押し下げ、感染の山を低くし、裾野を広げることによって流行のスピードを遅らせ、社会が感染症に上手く対峙できる時間稼ぎをすることである」という基本方針を明らかにする。

明言はしていないが、これは国民に「集団免疫」を獲得させるという方針であると解釈される。それを暗示するのが声明の中に組み込まれた「公共のイベントの中止や延期は要請しない」そして「学校は閉鎖しない」という下りである。これは、新型コロナで絶命する可能性が高い老齢者や基礎疾患を持つ人々には自身で身を守ってもらい、ロー・リスクである若者や学童には特に行動制限を求めないという考えを意味している。

聖は免疫学や感染症の専門家ではないが、ボリス・ジョンソンの演説を聞いて真っ先に思ったことは「イギリスは大丈夫なのか」ということである。

集団免疫とは簡単に言えば、全人口のどれほどの割合が感染すればそれ以上、その感染症が拡大しないかという目安である。その数値は基本再生産数（一人の感染者から一次的に感染する人数）に依存するが、仮に新型コロナウイルスの基本再生産数を2・5とすれば、左の方程式に当てはめて「集団免疫」は国民の60％ほどが罹患した時点で獲得される計算となる。

集団免疫率（％）＝（1－1／基本再生産数）×100

イギリスの総人口はおよそ六六〇〇万人であるから、これは四千万人近くが感染して達成されるゴールであり、致死率が3・3％であると仮定すれば一三二万人の犠牲者を出して初めて集団免疫が獲得され、新型コロナは収束するという結論に達する。

この数字は、もし基本再生産数が高ければ更に大きくなり、低ければ小さくなるわけであるが、仮に新型コロナの基本再生産数が季節性インフルエンザと同様の1・3だとしても、一五〇〇万人ほどが感染して、集団免疫が達成され、五十万人の死者が出ることになる。

無論、集団免疫獲得には時間があり、その間にワクチンなり特効薬が開発される可能性を考えての上の方針であろうと聖は推測したが、それにしても歴史的にコロナウイルスに対する免疫の獲得が困難なことは人が風邪に何度も罹患することからも明らかであろう。つまり、新型コロナウイルスの場合、「集団免疫」が獲得されるかどうかも眉唾なのである。

イギリスの専門家がどのような理論や数理モデルなりを駆使して捻出した基本方針なのかに聖は明るくなかったが、警鐘を鳴らしている割にはあまりに楽観的なシナリオを描いてはいないだろうかと思わざるを得ない。

三月十三日。中国国家衛生健康委員会の米鋒報道官が前日「中国での（新型コロナウイルス感染症の）流行のピークは過ぎた」と発言したのとは対照的にスペインが「非常事態宣言」を発表、次いでアメリカのトランプ大統領が「国家非常事態」を宣言する。

これによりイギリスを除く欧州全土からの渡米が禁止となる。また日本円にして五・四兆円を新型コロナ対策に投入するとの発表により、ダウ平均は大幅高となるが、これも長続きはしないだろうと聖は思っていた。

ＣＤＣによると、この時の米国内の感染者数は一六七八人であり、死者は四十一人となっている。

ボリス・ジョンソン首相が表明した基本方針は、案の定、科学者その他から批判の声を多く浴びることとなる。それは「集団免疫」を暗示する内容に対する批判であり、その概念をジョンソン首相に吹き込んだとされる主席科学アドバイザー、パトリック・バランス卿に対してであった。

批判の内容は、聖が予想したように「集団免疫」獲得の過程で犠牲になるであろう人々の数が夥しいこと、そして新型コロナの場合、「集団免疫」自体が獲得可能なのかという疑問である。「集団免疫」などといった絵空事を基本方針の中心に置くのではなく、人と人との社会的距離を徹底し、感染自体を防ぐことが先決であろうという提言が大合唱となる。

批判を受け、ジョンソン首相は方針転換とも受け取れる「感染症対策」を三月十六日に発表する。その内容は「集会や、パブやクラブ、劇場といった混雑する場所を避けること」「可能な人は全員、在宅勤務にする」「発熱や咳の症状のある家族がいる場合、家族全員が十四日間、家にとどまる」等々、社会的距離を取る方針のオンパレードであるが、目立つのは「強制性」の欠如である。

学校も「現時点では閉鎖しない」としており、この「強制性」の欠如と学校の閉鎖が発表されなかったことが、また批判の的となる。「強制性」がない理由として、強制すれば、政府による補償が発生するからであり、その補償を避けるために意図的に強制を拒んでいると解釈されたからである。

同日、アメリカではトランプ大統領が壇上に立ち、当初、四月には感染者の減少を予告していた考えを改め、非常事態宣言が夏以降も続く可能性を示唆する。同国の対策も、イギリスと似通っているが、こちらも「強制性」がなく、「要請」にとどまっているのが興味深い。

ホワイトハウスの新型コロナウイルス対策調整官であるデボラ・バークス医師は「アメリカ国民が、我々の要請に十五日間従えば、効果は甚大である」と発言しているが、これを逆手に取れば「要請に従わなければ、感染は拡大する」と言っていることになり、聖はこれを大いに懸念した。

ＢＢＣニュースによると、アメリカの対応は州レベルでかなりの差があり、非常事態を宣言している州は五十州のうち四十州にとどまる模様、そのうち、学校を閉鎖しているのは二十九州ということである。

また、ニューヨーク州、ニュージャージー州、コネチカット州は特に厳格であり、三州合同で封鎖措置を発表している。これによって、三州内全てのバー、レストラン、映画館、カジノ、体育館が十六日夜から封鎖され、その封鎖期間も期限未定という措置を講じている。

この日までに、アメリカの感染者数は四六〇〇人を超え、死者は八十五人となっている。一方、ジョンズ・ホプキンス大学の集計は、全世界で十八万二千人を超える新型コロナウイルスの感染者数を叩き出しており、死者は七一〇〇人以上、回復者は七九〇〇〇人以上としている。

同三月十六日。フランスのマクロン大統領はフランス全土に外出禁止令を発令。通勤や買い物は除くとしているが、違反者には罰金が課されるということで、「強制性」はイギリスやアメリカに比して高い。外出禁止令は欧州ではイタリアとスペインに次ぐ措置となった。

三月十八日。英国は国内全校の閉鎖を発表する。この時点で、中国を除く世界の感染者数はイタリアが四万四千人超でダントツに多く、次いでスペイン、イラン、ドイツ、アメリカ、フランス、韓国、スイス、イギリス、オランダとなっている。

特にイタリアが悲惨な状況になっていることが連日報道されているが、その要因としてG7国家の中では唯一、中国と「一帯一路」協定を結び、多くの中国人を定住者として受け入れていたこと、またミラノやベネチアといった観光都市に中国人観光客が大挙して押し寄せたこと、キスやハグといった「生活習慣」を国民が改めないこと等が挙げられていた。

ちなみに韓国では、徹底したPCR検査が行われていると報道されており、事実であれば、彼の国で発表されるデータは管理がより杜撰だと批判されている中国発のデータより信頼できると思われる。韓国によれば、三月十四日時点で感染者八〇八六人に対して死者は七十二人であり、これがおそらく現在わかっている一番科学的なデータではないだろうか。

無論、今後重症化する患者もいるかもしれないし、逆に無症状の人が検査から外れている可能性もあるが、このデータに基づけば致死率は０・９％となる。季節性インフルエンザの致死率は０・１％以下と言われているので、約十倍の致死率が現状における新型コロナウイルスの致死率と理解して良いのではないだろうか。

アメリカ国立アレルギー感染症研究所のアンソニー・ファウチ博士が「致死率はインフルエンザの十倍」と言っているが、このデータを基にした発言ではないかと聖は勝手に思っていた。

ただ、医療崩壊を想定すれば、この数字は武漢やイタリアのように跳ね上がる可能性がある。

そうでなくとも、百万人が罹患すれば、最低でも一万人が死ぬことになり、一億人が罹患すれば百万人が死ぬことになるのが現在わかっている新型コロナウイルスの真実の姿なのである。

二

その日、聖は昼前に母の居室を訪れた。午後三時半に尿管ステントの交換が予定されており、遅くとも三時には東京医療センターのロビーに立っている必要があった。介護タクシーを二時に手配してあるので、聖はそれまでに母の食事介助その他を済ませておきたかったのである。

外は春らしい日差しが注ぐポカポカと暖かい日であったが、母の体調は優れず、ヘルパーの記録によれば朝から食も進んでいなかった。

「今日は病院に行く日だよ」

母の口にスプーンでアイスクリームを運びながら聖はそう告げた。理解したのかしないのか、母はちょっと目を上げて聖の顔を見ただけであった。

「尿管ステントの交換だって」

そもそも、なぜ自分に尿管が入っているのかもわかっていない。先日も足元から下に伸びるビニールの管に目をやって、

「これ、何なの？」

と聞くから、

「何でもないよ」

と適当に答えておいた。

尿管ステントの交換は、外来で局所麻酔を施して行われる「手術」である。聖の手元には予約時に受け取った「手術説明書」があり、それには採血、検尿、経静脈的腎盂造影等々、手術および麻酔のための一式の検査が羅列されている。「適応」として「腎臓と膀胱にバイパスとしてのチューブ（ステント）を挿入または交換し、尿管狭窄による通過障害を改善させます。尿管狭窄の原因を調べます」と書いてあるが、以前、看護師から聞いた話では小一時間で終わる手術だということであった。

手術によって想定される不都合や副作用について仰々しく記述されているが、手術自体は入院時にも一度経験していることなので、聖はさほど心配していなかった。心配なのは、やはり新型コロナである。

報道によると、三月十五日時点の国内感染者数は、ダイヤモンド・プリンセス号からの感染者を除いて八百人超となっている。しかし、検査が遅々として進まない状況では、この数字より遥かに多い感染者がいると思うのが自然であろう。

一体、病院はどういう状況になっているのだろうか。

介護タクシーは時間通りに到着した。昨年の十二月にはインフルエンザを心配したタクシー搬送であるが、今回は新型コロナである。しかし、介護タクシーもそこは心得たもので、運転手はちゃんとマスク、手袋を着用しているし、聖が座る席の横には消毒用のアルコールが設置してあった。

車椅子が車内にしっかりと固定され、聖がその隣に座り込むと、タクシーがゆっくりとホームの敷地から滑り出て行く。車窓を流れるのは聖には見慣れた景色であるが、母にしてみれば未知の土地のような気がするのだろう。驚いたのは、それまで寝たようにしていた母が、目を見開き、およそ四十五分の道程を左右に首を振って春の訪れを告げる風景を楽しんでいるかのようにしていたことであった。

聖が更に驚いたのが、病院の有様である。武漢のような状況はもちろん想像はしていなかったが、新型コロナやそれに類似した症状を訴える患者で混雑したロビーを想定していた。ところが、ほとんど誰もいないのである。母のことで聖は何度もこの病院を訪れているが、こんな東京医療センターを見るのは初めてであった。そしてこれは、通常ならなんらかの理由で病院を訪れる人々が、新型コロナウイルスに感染することを恐れて二の足を踏んでいることを物語っていた。

診察券を自動受付機に通し、「案内」の女性に用件を告げると、文字通り奥の処置室に「案内」される。長い廊下を母の車椅子を押して歩くが、ここもゴースト・タウンのように静まり返っている。途中、別な受付があり、問診票を渡すと、更に奥へ進めと指示される。

進んだ先は廊下のどん詰まりに待合の椅子が並べられた殺風景で最果てのような場所であった。

ステント交換は、予定通りスムーズに終わった。術後に小川医師から、本来ならば手術をして母の腎臓から結石を除去するところであるが、高齢のためそれができないこと、術後に傷口から細菌が侵入する可能性があるので抗生剤を七日分処方したこと、そして三ヶ月後にまた来て欲しいとのことを告げられる。

「うまく行ってよかったね」

処置室から出て来た車椅子の母に、聖はそう声をかけた。

「ちょっと痛かったのよ」

と母は答えたが、思いの外、元気そうであった。

ホームに入所してから、ほとんど外に出たことのない母であった。特に退院してからのこの三ヶ月は、部屋から見える景色と定期的に部屋を訪れるヘルパーや聖以外には、外界との接触もない独房のような状態に置かれた身であった。

病院という味気ない、健常者ならあまり来たくはない場所でも、母にとっては楽しい経験であったのかもしれない。帰りのタクシーでは、さすがに疲れたのかほぼ眠ったままの母であったが、その眠りは決して苦しそうではなかった。

三

政府の有識者会議の予想は「夏になっても新型コロナウイルスがインフルエンザのように消え去ることはない」というものである。

一方、中国の中山大学の研究チームによると、気温八・七二度までは感染者が増加するがそれ以上になると感染者が減るという。一大学の一研究チームの発表なので、更なる検証が望まれるが、事実であれば四月あたりから感染者数が減っていくことにも希望が持てよう。

これに関しては、ウイルス学の世界的な権威とされる根路銘国昭博士なども「気温があがれば流行は収束に向かう」というようなことを言っていたのを聖は記憶していた。実際、世界の感染者数を見ると暖かい土地の感染者数は人口比率で考えても寒いところより遥かに少ないように見える。中国やイラン、イタリアといった特殊事情のある国が目立つので判別は難しいかもしれないが、聖が見る限り、赤道付近や南半球の感染者数が突出して低いように思えるのである。

事実として、武漢肺炎の流行は二〇一九年の年末から始まっており、北半球では冬の時期に感染が猛烈な勢いで拡大している。いずれにせよ、新型コロナに季節性があるかどうかは、時間の経過を待たなければ断言できるものではなかろう。

もちろん季節性があることを願うばかりであるが、仮にあったとしても感染者がゼロになるわけではなく、逆に南半球では増加する可能性がある。東京五輪を中止すべきか延期すべきかが取り沙汰されているが、それを考えると五輪を強行するのは蛮行として聖の目に映る。

第一に、他国で感染者や死者が増加しパニックに陥っている時に、オリンピックという「お祭り」の準備を進めるという無神経かつ非常識な行動が世界からどう見られるか考えたほうが良いのではないだろうか。感染者の増加が止まらないイタリアは既に武漢と同様の状態になっており、病院は野戦状態だと聞く。これはつまり医者が命に優先順位をつける状態ということで、治療を受けたくとも受けられない患者が次々に死んでいるのである。

第二には、資金や人材の振り分けの問題がある。日本でもこれから感染者や死者が倍増することが予想され、仮にそうならなくともそういった事態に全てを費やして準備するのが国家が取らなければならない行為なのではないだろうか。

オリンピックの準備にどれほどの税金や人材が費やされているのか聖は知らなかったが、今はお祭り騒ぎに費やす場合ではないだろう。もしオリンピック開催を国民が認めるのであれば、それは「平和ボケ」意外の何物でもなく、その弊害は測り知れないのではないだろうか。

「新型コロナとは共存して行くしかない」という考え方がある。経済的な理由からイベントの自粛や学校閉鎖などは「きちんとした対策」をした上で、徐々に解除して行くべきだというのがその趣旨であるが、まだ感染拡大の途上にある現在、これは早過ぎると聖は思った。また「きちんとした対策」に関しては、それができれば誰も苦労はしない。いったい政府がやったことで「きちんとした」ものがいくつあったのだろうか。

ＰＣＲ検査についても未だに「検査を充実させれば医療崩壊が起きる」と言う人々がいる始末である。彼等の言い分は「陽性になれば入院させなければならないから、医療機関がパンクする」というものであるが、この解釈は二月二十五日に発表された新型コロナに対する基本方針、つまり「症状の軽い者は自宅待機」という文面からも事実誤認である。

三月一日に厚生労働省から送られた指針にも、まさに「入院医療の提供に支障をきたすと判断される場合」と前置きした上で「高齢者や基礎疾患を有する方、免疫抑制剤や抗がん剤等を用いている方、妊産婦以外の者で、症状がない又は医学的に症状が軽い方には、ＰＣＲ等検査陽性であっても、自宅での安静・療養を原則とする」と明記されているのである。

日本の感染者数が欧米諸国に比べて異常に低いことは、検査が遅々として行われていないことにも理由があるだろう。しかし、それ以上に日本国民の生活習慣がより重要な要因であることを聖は疑わなかった。新型インフルエンザが数年前に世界に蔓延し、やはり多くの死者を出したが、日本における致死率は突出して低かったという事実があり、これも日本人の生活習慣と密接に関与していたと思われるからである。

これは人類史的に見ても非常に興味深い課題であろう。日本国民が過去の状況から何らかの集団免疫を獲得しているという説があるが、これには科学的な根拠が希薄であり眉唾だと聖は思った。むしろ、日本の特異性は新型コロナウイルスや他の感染症の性質そのものに起因しているのではないだろうか。

聖を含め一般人は、武漢の惨状やダイヤモンド・プリンセス号の一件があったため、このウイルスは物凄い感染力を持っているという印象を受けてしまった。しかし、どうもそうではないようである。空気感染をするとか、汚物から感染するとか、いろいろ言われているが、それが真実なら日本で、ましてや満員の通勤電車を利用している大都市住民の間で新型コロナが蔓延しているはずである。

事実がそうなっていないことを鑑みると、このウイルスはある程度の「濃度」に到達した時点で感染するのではないかという結論になる。ここに再び、曝露量の議論が登場する。つまり、新型コロナが感染するには、一定の「濃度」が必要なのではないかという議論である。

欧米人は何かというとキスをする。ハグもする。そしてイタリアや中国では大家族で和気藹々と食事をすることが知られている。核家族化した家庭で、夫婦や子供が別々に食事をすることが決して稀ではない日本とはかなり状況が違うことは明らかである。日本ではホームパーティに友人や親戚を招くということも特別なイベントを除いて行われておらず、また、日本国民は新型コロナが流行する以前から、花粉症対策その他でマスクを着用することを厭わない国民であった。

加えて日本には、世界に冠たる良好な衛生状態がある。最近の日本ブームで日本を訪れる外国人観光客が急増したが、彼等が異口同音に褒め称えるのが、清潔な日本の市街であり、飲食店であり、トイレである。

つまり今の日本はクルーズ船のような特別な状況を除いては「濃厚接触」が起きにくい土壌なのである。ただこれはあくまで「今の日本」である。百年前のスペイン風邪流行時には、日本人は狭い家に大家族で住んでおり、下水等の衛生状態も良くはなかった。スペイン風邪による死者が三十万人とも四十万人とも推計される道理がここにあると聖は思った。

諸事情により、新型コロナの日本における現状は「棚ぼた」的に好運なことだと言えそうであるが、現時点での新型コロナ感染症による致死率が４％近い数字となっていることには注視する必要があるだろう。なんとなれば感染者が爆発的に増えれば死者も激増することを示しているからである。

自民党の甘利明税制調査会長が「日本には人工呼吸器が三千器あるから十分だ」と発言していたが、これはつまり重症者が三千人を超えれば医療崩壊が起こると言っていることになる。医療崩壊が起きれば、イタリアのように致死率が９％を超えることも想定できるわけで、後手に回っている政府の対策が露呈しているとも言える発言ではないだろうか。

大規模イベントその他の「濃厚接触」が起こりやすい状況も、政府は自粛要請をするに留まっており「禁止」に踏み込んでいない。このウイルスが感染しやすい状況はかなり判明しており、その状況に当てはまらない場所である程度の経済活動を容認することは妥当であろうと思われる。しかし、その状況に当てはまる場所での活動を、ただ主催者や事業者の判断に任せることでよいとは聖には思えなかった。

四

「湾生」という言葉がある。日本による台湾統治中に台湾で生まれ、太平洋戦争終結後に日本に引き揚げた人々を指す言葉だそうで、「湾生回家」という映画が話題になった頃から広く知られるようになった。

ネット上の情報によると「湾生」は数にして二十万人となっており、その中に聖の母、高木彰子も含まれていたことになる。不思議なことには「湾生」という言葉を聖は母から聞いた記憶がない。また、母と同じ「湾生」であるはずの母の姉や、聖の母方の祖母である豊子との間の思い出話や会話からも「湾生」という言葉を耳にしたことはなかった。

母が元気だった頃に、母が台湾総督府で働いていた頃に知り合ったという老女に聖は紹介されたことがあった。彼女は「湾生回家」という映画を知っていたが、やはり自分達が「湾生」と呼ばれたこともなければ、そのような呼称すら映画で初めて知ったと言っていた。

だとすると「湾生」とは台湾人が戦前に台湾で生まれた日本人を指して使った言葉なのではないか。或いはごく一部の台湾生まれの日本人が使っていた言葉なのではないだろうか。

聖の母も祖母も、台湾時代のことはよく聖に話して聞かせてくれていた。しかしそれは、あくまで「植民地人」としての視点からであって、現地人を家政婦として雇ったりした以外にはあまり現地人との交流はなかったようであった。

台湾神社のことや、その下を歩いて学校に通ったという東門のことはよく口にしていたが、それ以外には土地勘を与えてくれる地名はほとんどなかったように聖は記憶している。だから先日、母が語っていた「北投」という温泉地の地名も、聖にとっては初耳であった。

台湾の原住民を「生蕃」と呼び、「首を取りに来るから怖かった」というようなことを母は話していたが、同時に彼等は勇猛果敢な兵士であり、日本軍に徴用されてからは目覚ましい働きをしたとも言っていた。台湾人の中に日本の統治時代の怨恨を語る人々が少ないのに対して、韓国人や朝鮮人の間では戦後七十五年が過ぎても日本への恨み辛みが当然のことのように思われていることは興味深い。民族性の違いであろうか。国政の違いであろうか。

妹の死、そして後の父親の死という悲劇を除いては、比較的平和な時代を父母と共に過ごした母の少女時代は、主に家庭内の出来事を中心に語られることが多かった。特に厳格な中に優しさを秘めた父親との思い出は、いつも笑顔で語られていたような印象を聖は持っている。

父親は由緒ある武家の末裔であり、立派な日本刀を時々抜刀しては手入れに余念がなかったとか、鳥籠にセキセイインコを飼っており、口移しに餌を与えていたとかといった他愛もない思い出であるが、残念なことにそれらのほとんどは書写されたものではなく、今や母の薄弱な記憶の中にその姿を止めるに過ぎないことである。

ついこの間、母に何か話のタネでもないかと段ボール箱に詰まっている手紙の類を整理していて、聖は「おじぎ草」と題された母の随筆を見つけた。おそらくワープロを覚えたての母が、面白半分に書いたのだろうが、それは珍しく台湾の思い出を書き残した次の文章であった。

「太陽が西に沈む頃、辺りの草木も赤く染まっていた。
五、六人のギナ（子供）達が、丘の上の草原でうずくまり、何かを見守るかの様に　うつむいて静かに歌いだした。
つうーつうーつうーなっぺ、べけんしゃう
次第に声を大きくして
ツーツーツーナッペ、ベケンシャウ
この歌はオジギ草を眠らせる子守唄だと後で聞いた。
私は単調では有るけれど、とても好きになり夕日を見ると、この時の美しい風景と、愛らしく優しい歌声を思い出しているのです」
台湾は聖にとって未だ見ぬ外国であったが、時が許せば是非一度訪ねてみたいと思わせる一節であった。

第十一章　蔓延

一

三月二十三日。イタリア政府は、イタリア全土の感染者を五万九一三八人、死者を五四七六人と発表する。致死率9・3%というSARSの致死率に匹敵する数字である。同日、アメリカの感染者数は三万人を超えた。

三月二十四日。日本国内のクルーズ船を除いた感染者数は、一一七六人となる。この日、国際オリンピック委員会（IOC）は、東京の大会組織委員会と共同声明を発表し、二〇二〇年に開催予定であった「東京オリンピック・パラリンピック」を二〇二一年夏まで延期すると告知する。

欧米諸国における感染爆発を見れば、これは当然の決断であろう。聖が疑問に思うのは、なぜもっとこの「当然」の決断ができなかったかということである。言うまでもなく、オリンピックのような国際イベントには多くの資金が投資されている。延期の告知直前まで店舗の修復やホテルの改築に資金を投じていた事業者がいたことだろう。彼らにしてみれば、決断は一日でも早いほうが良かったはずである。

現地時間の三月二十四日であるが、アメリカの代表的株式指数であるS&P500が10%近い上昇を記録する。理由は前日にアメリカの中央銀行であるFRBが無制限に量的緩和を行うと宣言したことにある。

新型コロナ感染症の流行は、リーマン・ショックより数段タチの悪い危機であるが、FRBが資金を「無制限」に供給するという姿勢はインフレ圧力となり、一般的に株式や不動産にはポジティブに働くはずである。その思惑が株式市場を押し上げたと考えられた。

三月二十五日。インド政府が新型コロナ感染症の拡散を阻止するため、向こう三週間に渡って同国全土を封鎖すると発表する。翌、三月二十六日には、タイ政府が非常事態宣言を発出。アメリカのジョンズ・ホプキンス大学の集計では、全世界に於ける新型コロナ感染者は四十五万人を突破し、死者は二万人となった。致死率4・4%である。

この日、アメリカ合衆国の感染者数が初めて中国のそれを上回るが、両国の非難合戦は続く。もともとの発端はトランプ大統領の「中国ウイルス」という発言かと思われるが、中国から世界に広がっているので「中国ウイルス」と呼んでどこが悪いのか聖にはわからない。

スペインが発祥元ではないのに諸事情で「スペイン風邪」と命名されたのは気の毒であるが、香港から伝播したのであれば「香港風邪」、旧ソ連から感染が広がったのであれば「ソ連風邪」と呼ばれても文句は言えまい。武漢から出たので有るから「武漢肺炎」でも良いように思われるが、こんなところにも中国の顔色を窺う世界の情勢が見て取れる。

中国が世界から知的財産を盗用し、スパイ網を張り巡らし、嘘をつき続ける嘘つき国家であることに疑いの余地はないが、聖が知る限りアメリカも決して「正直」な国ではない。これに関しては日本を含めた世界中の政府がある程度の科《とが》を負っていると思われるが、要は「程度」の問題である。

ただ、ウイルスは嘘をつかないわけで、このような禍難と戦う時には科学的に「真実」を追求する姿勢が肝要である。嘘つき合戦をやっている限り、人類の未来は暗いとしか聖には思えなかった。

三月二十七日。G20が共同で新型コロナによる経済的ダメージを緩和すべく五兆ドルに及ぶ資金を投入すると発表。現地時間で同日、アメリカ議会も二兆ドルの財政出動を採決し、中国の財政出動と相まって更に株式市場を押し上げる。

同じく現地時間で同日、イギリスのジョンソン首相が自らの新型コロナ感染を公表する。これが、世界主要国のリーダーで新型コロナ感染を発表した最初のケースとなった。

ジョンズ・ホプキンス大学によると、この日、アメリカの感染者数は十万人を超え、全世界では五十九万人超、死者は二万七千人を突破した。この数字から割り出される致死率は４・６％である。

アメリカの感染者数は三月十日時点で千人ほどであったから、僅か十七日間で百倍に膨れ上がった計算になる。

一方、アメリカや世界の比ではないが、日本では東京オリンピックが延期となった途端に東京都の感染者が急増している。延期が発表された三月二十四日までは、一桁やせいぜい十台の新規陽性者数であったのが、翌二十五日には四十一名、二十六日には四十六名、二十七日には四十名、二十八日には六十名である。

偶然にしてはあまりにタイミングが良く、やはりオリンピックのために厚労省や東京都が意図的にウイルス検査を遅らせていたと判断できるのではないかと聖は思った。ちょうど習近平の訪日が延期になった途端に安倍総理が中国からの渡航者を全面禁止にしたのと同様である。

国民の生命の安全よりも経済を優先させたということであれば、これは犯罪のレベルであろう。検査をすれば医療崩壊するというデマを垂れ流し、世論を誘導して感染者の実態を隠匿したのだろうか。

聖は常ならば陰謀論はあまり信じないほうであったが、今回はあまりにも偶然が重なりすぎ、まるで下手な推理小説を読んでいるような気になっていた。中国政府の隠匿を責めるのは当然であろうが、日本政府はどうなのか、聖の日本政府に対する不信感は増すばかりであった。

二

朝から雪であった。気温は十度に届かず三月末としては異例の寒気の中を聖はベンチコートの襟を閉じ母のいるホームへと急いだ。前日の東京は夏日に近い気温であり、野川沿いの桜並木は満開を過ぎ葉桜へと移行しつつあった時であったから、この寒暖差はさすがに身に堪えた。

ステント交換を終えてから数日間の母は、機嫌がよく食も進んだ。しかし、固形物が喉を通らないという嚥下障害から解放されることはなく「お寿司が食べたい」と言うので買って持って行っても、口に入れて全部吐き出してしまうという状態であった。

自分でもなぜ飲み込めないのかがわからないのだろう。悲しい顔をする母を聖は見るに耐えなかったが、いつかは食べられるようになるという淡い希望を捨てきれずにいた。

最近はしかし、食するものはほぼアイスクリームだけになっていた。ヨーグルトや半熟卵の黄身といった「固形物」とは言えないような食品も、喉を通らなくなっていたのである。

母の残された時間を、できるだけ一緒に過ごしてやりたいという思いで自分に課した日課であったが、テレビを点ければコロナ関連のニュースである。現況をできるだけ正確に把握したいと思っている聖にとっては、これはありがたかったが、母にしてみれば面白くもなんともないだろう。

「今、世界は大変なことになってるんだよ。恐ろしい伝染病が流行ってってね」

と報道番組を見ながら母に言ってみるが、母は、

「そうなの？」

と答えるだけで、反応が薄い。

そうかと言って、ゴールデンタイムに際限なく垂れ流される娯楽番組に興味を示すこともな

く、第一、世界がこんな状況の時にテレビ局は何をやっているのかと聖が不愉快な思いをするだけである。

その日も、母の部屋で朝の報道番組を見ていると、石橋というヘルパーがやって来て、

「今日もいらしてたんですか」

と半ば呆れたように言う。東京にしては大雪の中を、漕ぐようにしてやって来た聖に対する感嘆の言葉だと聖は受け止めた。

「寒いですね」

「洗濯物畳ませて下さい」

石橋は、女性ばかりのヘルパーの中にいて、唯一男性のヘルパーである。四十代であろうか、がっしりした体型なので、特に力の要る仕事であれば重宝されるのかもしれない。この施設では、ホーム長の佐野と堀田に代わって副ホーム長に就任した大木を除いて男性職員は石橋だけであった。

あくまで聖の経験の範疇であるが、高齢者施設に勤める男性職員には言葉は悪いかもしれないが「ろくな奴」がいない。母が以前にいたホームでは、若い男性職員に暴力を振るわれているし、その前の施設ではペットボトルを投げつけられ罵倒されている。それ以前も「体験入居」した施設のトイレでもたもたしていた母を押し倒したのも男性職員であった。

残念なことに、これらの「暴力行為」はカメラのないところで実行されており、証拠がない。

母の言葉を信じるだけであるが、逆に言えば母が嘘をつく理由もないわけである。

「俺がちゃんと言ってやるよ」

と聖は何度か母に進言したが、

「仕返しされるからやめてちょうだい」

と怯えられれば、なかなか積極的な対処を願い出ることもままならなかったのである。証拠がなければ「私はそんなことはしていません」と言われれば、上役も対応の仕方がないだろう。そうかと言って、聖が直接対峙すれば暴力沙汰になりかねず、そうなれば損をするのは母であり聖である。

これは聖の勝手な想像であるが、職員の中には老人を虐待することに喜びを覚えるサディスティックな連中もいるのではないだろうか。家族としては断腸の思いであるが、幸い、石橋は聖が見て来た男性職員の中にあって例外的な存在であった。

言うまでもなく、介護の仕事は激務であるし、報酬も良いほうではない。このホームでは夜勤が月に四、五回あり、慣れれば大したことはないとヘルパーたちは笑うが、体調管理にも細心の注意が必要だろう。

高科は「こんなに楽しい仕事はない」と言っていたが、石橋もそう思っているのだろうか。

聖は、喉まで出た質問を呑み込み、床に正座して黙々と母の洗濯物を畳む石橋の姿を眺めていた。

三

この週末は小池百合子東京都知事から「不要不急の外出自粛要請」が出た最初の週末であった。聖には母の食事介助という「不要不急」ではない用事があるため、外に出たが、街の様子は平時と全く変わっていなかった。何の用事があるのか中学生の一団がワイワイと騒ぎながら電車の駅に吸い込まれて行くのも見たし、高齢者の姿も多く街中で見かけた。

渋谷や新宿、池袋といった繁華街は閑散としているそうであるが、少なくとも東京の郊外の街に関して言えば「自粛要請」が無意味であることは明らかであった。

東京都知事も国会議員も黒塗りの車で通勤しているのだから、庶民の生活など肌感覚でわかるわけもなかろう。二言目には「日本には法律がないから」と外出禁止令も罰金、罰則も出さない政府であるが、裏を返せば緊急事態に対してなんの準備もしてこなかった議員達の責任なのではないのか。そして、緊急時に必要な法律を作らないのは自分たちが責任を負うのが嫌だからなのではないのか。

学校が閉鎖になり、卒業式ができないと感傷的になるのは結構だが、なぜこのような事態になったのかを問う姿勢を生徒たちに教えるのが大人の役目であるように聖には思える。これはコロナに限ったことではない。東京大空襲を風化させたくない、福島原発事故を風化させたくないと思うのは被害者なら当然のことである。しかし「何」を風化させたくないのかをよく考える必要があるのではないだろうか。

なぜ日本が無謀な太平洋戦争に突入し、敗戦が明らかになっても犠牲者を出し続けたのか。聖なぜ日本が過去の震災や津波の例を省みず、危険な場所に原子力発電所を作り続けたのか。聖にとって、その理由は単純で「既得権者」に膨大な権力を与えたからである。そしてそれに対して国民の多くは何も言わなかった。「あんなことがあって悲しい」「あんなことを繰り返させてはいけない」と思うのであれば、その悲劇の根本を正さなければならないのではないだろうか。

新型コロナウイルスに関して安倍首相がまた記者会見を行ったが、コロナ禍を「国難」と呼びながら、どうしてこの人は国民に対面して発言しないのだろうか。他国のリーダーはテレビカメラに真っ直ぐ向かい、自らの政策への理解を国民に求める。安倍総理は自分の政策に自信がないのだろうか。自分の発言が「嘘」であることを見抜かれるのが怖いのだろうか。それともこれは、日本の政治家が、そもそも国民の方を向いていないということの象徴であろうか。

アメリカでは感染者数が十万人を超え、制御不能な状態になりつつある。トランプ大統領は「中国が情報を隠匿したからだ」と責任転嫁に必死であるが、アメリカが中国からの渡航を禁止したのは春節の後である。しかも当時のトランプ大統領は「これはただの流行感冒だ」「四月になれば消えてなくなる」と豪語していたのである。

国家の長の危機感の欠如によって、ルイジアナ州ニューオーリンズでは二月二十五日、恒例のマルディグラが敢行され、それを契機として今やルイジアナ州はニューヨーク州に次ぐ感染の震央となりつつある。またスプリング・ブレークではアメリカ中の大学生がフロリダ州その他へと繰り出しパーティ三昧に明け暮れた挙句、新型コロナに感染してそれを自州に持ち帰るという最悪の事態になっている。

「ギリギリの線でまだ緊急事態宣言を出すレベルではない」と安倍総理は三月二十八日の記者会見で語ったが、そういう態度が危機感の欠如として国民に捉えられるのではないだろうか。今回の危機は世界でそれぞれの国家の本質を露わにしたが、同時にリーダーの本質も露呈させたと言えよう。

日本に於ける新型コロナ感染症による致死率は、クルーズ船を除いて、現時点で３％となっている。これは、季節性インフルエンザの約三十倍である。医療崩壊していない日本の高度な医療をもってしてもこの数字なのであるから、これから感染者が爆発的に増えればイタリアのような状態になってもなんら不思議はない。

感染者の爆発的な上昇を抑え、山を緩やかにしてその間に準備を整えるというのが政府の方針であったはずであるが、報道されている現場の話によると準備はまったくできていないとのことである。

必要な機材はもちろんのこと、なにしろ医療に従事する人材不足が深刻で、下手をすると病院を閉鎖するような事態になりかねないということらしい。今まで労働人口の減少を放置してきたツケがこんなところにも現れているとしか言えないが、一方、外出自粛要請が外食産業その他を直撃している。

年度末を乗り切れないという悲鳴はだいぶ前から聞こえていたが、もう年度末だというのに政府からの援助は滞ったままである。なにをモタモタしているのだろうか。

安倍総理の三月二十八日の記者会見から聖が特に気になった点が三つある。

一、消費減税。安倍内閣は消費税を社会保障の柱としているため、本年度の予算が通過した今、消費税は下げられないということであった。これには高等教育の無償化等が含まれているが、こんなものは優先順位から考えれば後回しでも良いのではないだろうか。どうしても後回しにできないと言うのなら、赤字国債で資金を調達し、消費税はゼロにすべきであろう。消費税に関しては、いったんゼロにしてしまえば、再度導入する時に経済に大きな打撃を与えるという議論がある。しかし、増税する時は景気が上向いているからするのである。いきなり10％に戻さない限り、景気上昇時の消費増税によるネガティブ・インパクトは限られると考えられる。

二、現金給付。全世帯に現金給付が難しいのであれば、コロナで被害を受けている業者や世帯に優先的にかつ手厚く給付すべきであろう。日頃から税金で生活している公務員や生活保護受給者、受信料で生活しているＮＨＫの職員などに給付するのは不当であり、また必要もないと思われる。

三、学校閉鎖。安倍総理は専門家会議に問うと言っていたが、常識で考えれば感染者が激増するかもしれない局面で学校を再開するのは無謀としか思えない。子供にいくら「手洗いをしろ」「友達に近づくな」と言っても聞くような連中ではない。だから学級閉鎖や学校閉鎖がコロナでなくとも頻繁に起きるのである。子を持つ親であれば、子供から風邪を移された経験が何度もあるはず。学校閉鎖は当面継続すべきであろう。

四

三月三十日。新型コロナウイルスに感染し、以前から容態が心配されていた志村けんの死が伝えられる。半世紀に渡りテレビで活躍していた日本の喜劇王の七十歳という早過ぎる死は、他人事とは思えず、聖は大きなショックとして受け止めたが、同時に春節前に中国からの渡航者をシャットアウトし、注意を喚起していればと思わずにはいられなかった。

注意の喚起という意味では、聖はテレビ局にも大きな問題があると思っていた。ネットが普及したとはいえ、テレビ局は情報源として強大な影響力を依然持っており、そのテレビ局がゴールデンタイムにバラエティ番組や大河ドラマをやっていたのでは、とても国民に注意を喚起することはできないであろう。

志村けんの死を悲しむことは国民の多くが共有する感情であろうが、同時に彼の死が、いままで「我関せず」と繁華街に出歩いていた人々の覚醒へと繋がってもらえればと聖は思った。そして政府はその政策の失敗を素直に認め、緊急事態宣言を即刻発表し、法整備が足りないのなら法整備を行い、最悪の事態に備えて欲しいと願った。それが日本ができる志村けんへの最大の弔いなのではないかと。

三月三十一日。小池都知事が再び記者会見を開き、都民に夜間の外出を自粛するように要請したが、同夜、報道によると新宿や渋谷の繁華街は普段通りの賑わいだったそうである。自粛要請が何の効力も持たないことがこれで明らかになったかと思うが、こういった情報は都知事や首相の耳には入らないのであろうか。

それとも要請はあくまでポーズであり、感染拡大阻止にはそれほど真剣に取り組んでいないという証拠であろうか。いずれにしても五輪が延期になっていきなり出てくる外出自粛要請など国民は真面目に考えていないのだろう。

日本で欧州やアメリカのような爆発的な感染拡大が起きるかはわからない。四月から気候も暖かくなり、もしこのウイルスに季節性があるのなら、自然に感染力が弱まる可能性もある。しかし、危機管理とは常に最悪のシナリオに備えることである。この時点で緊急事態宣言を出すことは象徴的な意味でも重要であり、緊急事態宣言を出しても法的に拘束力がないのなら法整備をすれば良いだけではないだろうか。

現行の法律に「強制力」がないのという主張も、聖は疑問に思っていた。デモ隊には集会の権利が憲法で認められているはずであるが、過去にはデモ隊が機動隊と衝突し、逮捕者も出ている。原発事故では汚染地域から「強制的」に住民が退去させられていることも記憶していたし、成田空港の建設に於いても、同様の措置が取られ、自らの土地に鉄塔を建てた住民には機動隊が介入しているではないか。

要は現行の法律をもってしても、その解釈しだいでは国家は国民の自由を剥奪できるのだと思う。仮に聖の理解が間違っているにしても、新規に法を制定することにそんなに時間はかからないだろう。他の国家ができることが日本は国家としてできないというのであれば、これはコロナ禍が終息した後でも重要な課題ではないだろうか。

極論すれば、北朝鮮の兵士が大挙して日本に押し寄せても、自衛隊以外に防御の方法はなく、国民が武器を持って自分の家族を守ることもできないということになる。もしこれが日本の実態であるのなら「平和ボケ」ここに極まれりであり、大変な問題だろう。

一方、明日からスーパーやコンビニのレジ袋が有料になる。こんな事態になり困窮している消費者が溢れているというのに、予定通りさらに消費者に負担をかける愚策を日本政府は実行するわけである。ちなみに環境省のホームページによると海洋汚染に占めるレジ袋の割合は1％にも満たないレベルだそうである。つまり政治家が点数稼ぎのために思いついたレジ袋有料化に日本の消費者は黙って追随していることになる。

また、東京都では、本日のコロナウイルスの感染者数は三月三十日時点で初めて九十人に達している。その多くは夜の繁華街で感染しているそうだが、相変わらずの「自粛をお願いします」という馬鹿の一つ覚えとしか聞こえない言葉以外に都知事の口から発せられる言葉はない。日本医師会は緊急事態宣言を出すべきと進言しているが、日本政府は馬耳東風である。「国民の生活に重大な影響を及ぼす」というのが緊急事態宣言を躊躇している理由らしいが、緊急事態宣言を出すことによって色んなことが可能になるというだけで、別にその「色んなこと」をしなければ何も影響は出ないだろう。

改めて政府関係者の頭を疑いたくなっているのは聖だけではないだろう。かつて鳩山由紀夫がルーピーと呼ばれ、その正気を疑われたものだが、安倍内閣も大差ないのではないか。「国難」と呼びながら緊急事態宣言も出さず、店舗や事業者には補償ひとつ出さずにただ自粛要請を出すのみ。本来なら感染源となっている夜の繁華街などは封鎖すべきではないだろうか。それとも学校は閉鎖できても夜の繁華街は閉鎖できないとでも言うのだろうか。

新型コロナの経験は、おそらく世界を大きく変えるだろう。それは国家のあり方かもしれないし、世界の人々のライフスタイルかもしれない。

しかし、聖には「絶対変わらない」と断言できるものがあった。それは日本政府とそれを取り巻く既得権者の群れである。彼らはこの危機が去った後も、税金に取り憑く寄生虫としてのうのうと生き延びていくだろう。

東京オリンピックが延期となったことを素直に残念であると思えないのはなぜだろうか。それは東京オリンピックが実は既得権者たちの利益のためにあり、アスリートも一般人も二の次であることを国民の多くが感じているからではないのだろうか。

五

聖が中空診療クリニックから電話を受けたのは午前中であった。

「お母様の熱が高くなっておりまして」

切迫した声の主は院長の中空医師であった。

「それよりも心配なのが、酸素濃度なんです」

朝方から母の体温は三十八度前後となっており、血液中の酸素飽和度を示すＳｐＯ２の値が85まで落ちていると言う。前日まで母の体温は安定しており、病院から貰っていた抗生剤が切れた後であったので、これなら「大丈夫」と安心していた矢先であった。

「尿路感染症ですか？」

「いえ、尿はそんなに濁っていませんので、肺炎が疑われると思います」

朝食を与えに入室したヘルパーが母のバイタルを取っていて発見し、連絡を受けた中空が直ぐに母の部屋に駆けつけてくれていた。

「肺の音が悪いんですか？」

「そんなに悪くはないですし、呼吸も苦しそうにはしていないんですが、酸素濃度が八十五まで落ちていますので、何らかの問題がある可能性が高いと思います」

肺炎であるのなら、誤嚥性肺炎なのだろうが、聖が食事を与えていて、それを母が喉に詰まらせるということは一度もなかった。そうかと言って、よもや新型コロナではあるまい。

「選択肢としては、このまま抗生剤を処方して様子を見るか、一度、大きな病院で検査をして貰うかなのですが」

肺炎の怖いところは、それが急激に悪化することである。そうなれば、肺が一気の機能不全となり死を招く結果となる。

「こんな時に病院で検査してくれるんでしょうか？」

市井の病院は、新型コロナで戦々恐々としていると聞く。そんなところに肺炎の疑いがある母を連れて行って大丈夫なのだろうかという懸念があった。

「それは私のほうで責任を持って手配しますから、大丈夫です」

聖は病院の手配を中空に一任し、自分の部屋の中を歩き回りながら連絡を待った。

「今、救急車を手配しましたので、もうしばらくしたら来ると思います。行き先は東京医療センターです」

数分後に連絡を受けた聖は、そのまま部屋を飛び出した。またあの病院かと思ったが、東京医療センターには優秀な医師がおり、また母の最新のカルテもある。一番、理に敵ったチョイスであろう。

外はあいにくの雨である。安倍首相は三月二十八日の記者会見で新型コロナ感染予防に向けて三つの「密」、「密閉」「密集」「密接」を避けるよう提言したが、雨の日のメトロは正に「三密」の体現化である。

幸い、ほとんどの乗客がマスクを着用していたが、それでも聖はできるだけ他の乗客からは距離を置いた位置に立った。

雨の日はタクシーが捕まらないので、聖は駒沢大学駅から走って病院へと向かった。救急外来の入り口から院内に入ると、救急車は既に到着しており、母は処置室の中へ運び込まれた後であった。

入り口近くのソファに座っていた長身痩躯の男性が、聖の姿を見て立ち上がった。一度紹介されて面識のあった新任副ホーム長の大木である。

「どうもお忙しいところありがとうございます」

聖は笑顔でそう挨拶したが、母の容体が気が気ではなかった。もし、新型コロナにでも感染していたら、一大事である。聖はもとより、母の居室に出入りしていたヘルパーや医療関係者、そして下手をすればヘルパーと日々接触している居住者の全てが濃厚接触者として隔離されかねないばかりか、感染者や死者すら出る可能性もある。

「今、処置室に入られたばかりなんです」

大木は心配そうに応えた。

堀田の後任ということで、どんな人物かと心配したが、四十代前半の腰が低く柔和な人柄である。母のことも気にかけてくれて、時折部屋に来ては介護日誌をチェックし、様子を見てくれているようであった。

「後は私が引き受けますので、どうぞお帰り下さい」

聖はそう言って大木が母の入院を想定して持って来てくれていた着替えや洗面用具一式が入った紙袋を受け取った。


救急外来の待合室は、聖の他には誰もいない空間であった。時折、防護服とフェースシールドに身を固めた看護婦が静かに目の前を通過すること以外は、死んだように静かな空間である。二週間前と同様に、新型コロナの恐怖が人々を病院から遠ざけているのだろう。

しばらくすると「先生からお話しがあります」と看護婦が呼びに来た。「そら来た」と身構えながら控え室に行くと、以前、救命センターで世話になった多田という医者である。

「どうも、覚えていらっしゃいますか」

と多田が言うので聖は頷いた。エンジのスクラブを着て、フェースシールドはしているが、マスクを外したその顔は確かにあの聡明そうな若い医者である。

「お母様の容態なんですが、肺炎じゃないです」

「あ、そうなんですか」

多田の言葉は安堵の言葉であるが、聖は同時に自分の中から空気が抜けていくような感覚に囚われた。

「CTも撮りましたし、血液検査もしましたが、特にご心配なさることはないと思います」

「入院しなくていいんですか」

このままホームに帰れれば、それに越したことはない。しかし、SpO2値が85まで落ちた理由はどこにあるのか。なぜ熱が三十八度まで上がったのか。答えがないまま、聖は母と帰路に着く。これで「三密」を冒してここまでやって来た聖がコロナにでも感染した日には踏んだり蹴ったりである。

ホームが手配してくれた帰りの介護タクシーは、東京消防庁から救急搬送に認定されているとかで、母が寝台のまま乗車できるようになっていた。運転手の男は以前、医療関係の仕事をしていたそうで、新型コロナウイルスに対してその有効性が云々されている治療薬アビガンについて興味深い話を聞いた。

運転手が言うには、アビガンは既に藤田医科大学で開発者の手によって治験済みであり、有効性が証明されている。あとは厚生労働省の承認を待つだけだそうである。

「厚生労働省には、薬品会社とか大学とか、いろんな利権が絡んでますから、中々承認が下りないんですよ」

また「利権か」と聖は思った。日本でPCR検査が一向に普及しないのも、厚生労働省内部の「利権」や縄張り争いが関係していると聞いた。聖はインサイダーではないから、何が真実なのかはわからない。しかし「何か」がPCR検査の進展を阻んでいることに間違いはない。

アビガンに関しては、新型コロナ感染症の初期の段階に特に有効だとされており、これはテレビの報道番組で岡田晴恵教授も一刻も早く承認すべきだと口角泡を飛ばして主張していた。しかし、同時に薬物には副作用の可能性もあり、その認証にはある程度の時間を要することも聖は承知していた。

「治験」とひとくちに言っても、そのプロセスは複雑である。簡単に言えば、有効性を証明すべき薬剤とプラセボを別々のグループの患者に与え、時間の経過を経てその薬剤が「効いた」かどうかを調べるわけであるが、日本のようにそもそも新型コロナの患者数が少ない状況で、まともな治験ができるのかがまず疑問であった。

しかも、新型コロナに感染し、重症化すれば死に至る可能性も高いわけで、そんな患者にプラセボを与えることが人道的に許されることなのだろうか。更に言えば、新型コロナ感染症患者の多くは無症状か軽症である。そんな患者にアビガンを与えて、回復がアビガンによるものなのか自然治癒によるものなのかをどうやって判断しているのだろうか。

「アビガンが承認されれば、新型コロナなんて普通の風邪と同じになりますよ」

運転手の言うことが、どこまで信憑性のあるものなのかは、聖の知るところではなかった。疑問は多々あったが、それを運転手に問い質してみても正確な情報は得られないだろう。

それよりも今は、白い掛け布団にくるまり、寝台で揺られている母が気になった。新型コロナ感染症や誤嚥性肺炎という取り敢えず最悪な事態を回避することはできた。それだけで万々歳と言いたいところであるが、実は元に戻っただけである。

今日は母も疲れただろうし、聖自信も疲労困憊していた。しかし、明日からまた母と聖の闘いが始まる。いつ終わるとも知れないが、いつかは必ず終わるその闘いの結末を、今は考えたくはなかった。

六

新型コロナウイルスは未知のウイルスである。従って、従来の知識や理解が100％通用しないことは十分想定できることであり、「専門家」と呼ばれる人々の予想が外れることもあろう。

しかし、発信される見解や意見に事実誤認があったり、それがあまりにも非常識であったりした場合には看過できる問題ではない。特にその間違った見解や非常識な意見がマスメディアを通じて大々的に報道され、その情報の発信者がインフルエンサーとして社会に影響を与える立場にいれば尚更である。

新型コロナ感染症に関して「日本での致死率はせいぜい1、2％であり、三大疾病のほうが余程怖いので、老人が恐慌に陥る必要はない」という意見を目にしたが、これなどは事実誤認の典型である。

まず、日本における致死率は分母である感染者の数が正確に掴めていないという問題点がある。仮にそれが、この意見のように1、2％だとしても、日本の全人口が感染すると仮定すれば、最低でも約一二〇万人が死ぬことになる。集団免疫が国民の60％が感染した時点で形成されると仮定しても、約七十二万人であり、これは三大疾病の年間の死亡者より多い数字なのである。

また、中国やイタリアから入って来ている統計は、八十歳以上の人が新型コロナに感染し死亡する確率は20％近辺であることを示唆している。高齢社会の日本では八十歳以上の国民は一千万人以上存在しており、この感染症を放置すれば致死率から逆算して二百万人の死者が出る可能性があるのである。

これは年間の三大疾病と交通事故による死者の数を遥かに上回る数字であり、「科学的」に見て、老人にしてみれば、新型コロナ感染症は恐れて当然の病だと結論できよう。

このような暴論とも呼べる「見解」の落とし所は決まっていて、それは新型コロナ感染症を過去のスペイン風邪と比較し、「抗体ができるまで泰然自若としているしかない」というものである。

新型コロナに抗体ができるかどうかもわからない、そしてできてもその持続性が疑問視されている今の時点で、このような意見は一体どこから出て来るのであろうか。

現在の世界の人口がスペイン風邪当時とは比較にならず、またグローバリゼーションによって感染拡大のスピードも格段に速くなっていることを考えれば、このような意見がいかに非常識であるかがわかりそうなものである。スペイン風邪では五千万人以上の人々が世界全体で死んだと言われているが、新型コロナ感染症を放置すればその十倍以上の死者が世界で出る可能性があるのである。

聖が納得できないのは、このような暴論や奇妙な意見が「専門家」と呼ばれる人々からも発せられることである。

例えば政府の専門家会議から出た発言で「学校の中で子どもたちの間で伝播が起こって流行が拡大しているというエビデンスが今のところない。多くは家庭内の伝播で起こっており、ここがインフルエンザとは相当違う点だ」というものがある。

常識的に考えて「エビデンスがない」のは全国で学校が休校になっているからだろう。このような発言は、学者らしからぬものであり、安倍内閣からのプレッシャーでもあるのではと勘ぐらざるを得ないものである。

一方、その安倍内閣からは、各家庭にマスクを二枚配布するという発表が四月一日にあったが、当初、聖はエープリル・フールのジョークかと耳を疑ったほどであった。家庭というものは三人であったり、四人であったり、それ以上の場合も多いのである。二枚だけ配布して家庭内で奪い合えとでも言うのだろうか。

世界を俯瞰すれば、新型コロナの脅威が収まったとしても、世界は新しい経済システムの構築を模索することになるだろう。中国主導の「一帯一路」が以前のような「繁栄の道」と同意になることはなく、おそらく「感染の道」として意識されることになるのではないだろうか。新型コロナウイルスを超える、恐ろしい病原体がまたいつ出現するかわからない今、これは人類にとっては良いことなのかもしれない。

二十一世紀は中国の世紀と呼ばれたが、中国の覇権野望には新型コロナによって終止符を打たれた可能性が高いと聖は思っていた。放火魔である中国がいかに火消に走ろうとも、世界が中国を同じ目で見ることはないだろう。

故意にウイルスを拡散させたわけではないにせよ、これは中国の過失である。ところが中国政府は未だに「謝罪」の言葉ひとつ口にしていない。それを世界がどう感じようが、聖には不可思議であり理不尽に思えた。中国政府が素直に過失を認め、世界に向けて「謝罪」の言葉のひとつでも発信していたら、中国や中国人に対する好感度は上昇していただろう。これは中国共産党の誤算であり、中国という国家の浮沈を決定づけるほどの政策ミスではないだろうか。

新しい経済システムの構築には当然ながら時間がかかる。しばらくは各国が国境開放に敏感になり、自由貿易はよりその自由度を失うことになろう。また生産拠点も多様化し、中国の天下は終わるのではないだろうか。

　コロナは自然災害であるが、台風や地震のようにそれが終わったからといって世界が元に戻るということには決してならないだろう。そして、貿易やインバウンドで経済再生を図ろうとしていた日本も、新たな枠組みを求めて長い道を彷徨うことになるのではないだろうか。


　四月三日。ジョンズ・ホプキンス大学の集計によると、世界全体の新型コロナ感染者は百万人となり、死者は五万人に達する。

　現地時間の同日、アメリカＣＤＣは、新指針でマスクの着用を国民に推奨する。トランプ大統領もこれに同意したが、自身はマスクを着用しないことを明らかにする。ＷＨＯもこの日、それまでの主張を逆転し、マスクに感染拡大防止の効果があることを公認した。

　一方、日本では新型コロナ対策としての緊急事態宣言は未だに政府から出ない。多くの「専門家」もなぜ出さないのか首を傾げるほど安倍政権の判断は不可解であり、聖もその首を傾げる一人であった。緊急自体宣言を出したからといって国民の生活が今以上に大きく制約されることはなく、地方政府ができることは「要請」か、せいぜい「指示」に留まることを考えれば尚更である。

　まさかとは思っていたが、やはり日本政府は「シン・ゴジラ」同様に危機管理のできない政府であった。平時ですらろくな政策も出さず、デフレと少子高齢化を看過してきた政府である。

拉致問題も、震災からの復興も、北方領土問題も、何ひとつまともに対処できずに税金ばかり上げて国民を苦しめてきたが、戦後最大の国家的危機に直面して、あたふたするばかりであった。コロナ終息後に予測できる世界の変化についていけず、その時に今まで通りの「観光立国」だの「インバウンド」だので経済を立て直そうとするのなら中国の属国にでもならない限り成功はしないだろう。

安倍首相は「前例に囚われない大胆な経済政策」を宣言していたが、それなら思い切ってMMT（現代貨幣理論）を実践に移してみてはどうだろうか。どうせ日銀はもうMMTに片足を突っ込んでいるのである。ここで全ての税金をゼロにし、財政を国債の発行とそれを日銀が買い取ることで賄えば、おそらく日本経済もその国力も大きく発展するのではないだろうか。

四月四日。本日、新型コロナ感染者数が東京都で初めて百人を超える。今後、さらなる増加が予想されるが、安倍総理は未だに緊急事態宣言を躊躇しており、東京都知事からの外出制限も自粛要請のレベルに留まっている。

専門家会議にアドバイザーとして参加している北海道大学の西浦博教授の数理モデルによれば、他人との接触を八割減らさない限り爆発的感染を防ぐことはできないそうである。法律がないならば立法すれば良いだけの話であり、ここはより厳格な外出制限を即刻実施することが求められるのではないだろうか。

安倍総理が緊急事態宣言を躊躇している最大の理由は、株式市場なのではないかと聖は思っていた。緊急事態宣言となれば、大都市のロックダウンが可能となり、そうなれば株式市場がさらに暴落する可能性がある。暴落すればＧＰＩＦや日銀のバランスシートが直撃されるばかりか、生保や銀行の資産価値も大きく減損することになる。つまり金融危機を引き起こしかねないのである。

以前から日本の政治家や官僚の報酬が高過ぎるという議論があった。報酬を減らせば有能な人材が集まらなくなるというのがよく耳にする反論であった。

今回の危機管理を見て、政治家や官僚が有能だと思う人がいるのだろうか。

日本人の性格や生活習慣が最大の要因となって、今まで日本は欧米のような医療崩壊を免れてきたが、専門家はほぼ異口同音に今後の医療崩壊を危惧している。そうなれば、日本からも何万、何十万という犠牲者が出ることになる可能性があると彼らは言う。金融危機も経済崩壊も、人の命があれば解決することのできる問題である。多くの人命が失われる事態は、何としてでも回避しなければならない。

しかし、聖がもっとも危機感を抱いているのは、日本よりもアメリカの状況であった。もし、アメリカの感染状況が制御不能になり、実際に百万単位の死者が出るようなことになったらどうなるのか。世界は恐慌へと向かい、アメリカは中国を許すことはないだろう。その結果として世界はどうなるのだろうか。大戦のような恐ろしい結果を招くのではないだろうか。

四月五日。東京では新型コロナの感染者が累計で千人を超える。同日だけで一四三名であり、感染から発症までの期間を考えると春分の日の三連休に感染した可能性が高い。

どういうわけか報道は銀座や浅草、渋谷といった都会の繁華街ばかりを映し出し「自粛要請が効いている」といい加減なことを言っているが、郊外の繁華街はこの週末も出歩く人でいっぱいである。犬を連れた老人同士がマスクもせずに談笑している。高校生の一群が一緒にジョギングしている。このような実態を都は把握しているのだろうか。

「政府を批判しても仕方がない、みんなでかんばりましょう」などと能天気なことを言う者がいるが、そんな掛け声で言うことを聞くならとっくに出歩く人はいなくなっているだろう。

「政府を責めてもしかたがない、みんなで児童虐待をやめましょう」と言っても虐待がなくならないのと同様に、罰則を設けなければ聞く耳をもたない連中も山ほどいるのである。「しかしそんな法律がない」とは言うなかれ。法律がないのなら立法すれば良いだけの話である。

七

東京医療センターから少なくとも肺炎に関しては「異常なし」の診断を受けてホームに帰った母は、その日から絶好調と思えるほど元気になった。長時間に渡って様々な検査に晒された高齢の身であるから、聖は母の過労を心配したが、そんな心配をよそに饒舌となり、「歩きたい」「家に帰りたい」と言って聖を困らせるほどであった。

「急に元気なったんですよ」

と訪問医の中空に聖は伝えた。

「介護タクシーの中でも、ずっと目を開けて外の景色を見てました。時々、外に出たほうが良いのかもしれません」

冗談半分にそう聖は言ったが、このまま順調に回復すると思うほど楽観的でもなかった。元気になった翌日は、死んだように眠るのがそれまでのパターンだったからである。

翌朝、そんな「死んだような」状態を予想して母の部屋のドアを開けた聖が目にしたのは、首をもたげ、テレビを見ている母の姿であった。

「おはよう」

と聖が挨拶すると、

「お寿司が食べたい」

と真っ先に母が訴える。

「朝からお寿司が食べたいって仰って、大変なんですよ」

と部屋に来たヘルパーの杉本が笑いながら教えてくれた。

「夜中もあまり寝ていらっしゃらないようです」

典型的な躁状態で、明日が思いやられたが、躁であろうがなんであろうが元気に越したことはない。

以前にも「食べたい」と言われた寿司を与えて、食べることのできない母の姿を見ていた聖には、それを繰り返すことへの躊躇があった。しかし、これほど元気になったのなら、「もしや」という気持ちも捨て切れなかった。本人が「食べたい」と言っているのだ。それを真っ向から拒否するのも残酷ではないのか。

その日、一日に一度と決めていた訪問プランを覆し、聖はスーパーで寿司の詰め合わせを買って踵を返した。昨年の入院前の母が、ほとんど一日置きに食していた握り寿司十個入りの詰め合わせで、エビやイカといった固いもの以外は、母が一人で完食していた。

しかし、「もう一度、あの日の母が見たい。食事を楽しめる母に戻してやりたい」という聖の望みは、またしても裏切られることになる。今回は、ネタの魚もシャリも小刻みにした上で割箸に挟み母の口に持って行った。母は大きな口を開けて咥《くわ》えつくのだが、二、三回噛もうとした後に吐き出してしまうのである。

同じことの繰り返し。進歩のない時間。聖は自らの中に生じている焦りと、そのもどかしさに対する怒りを打ち消すのに精一杯であった。

午後になって、気を取り直した聖は、母を車椅子に乗せて部屋から連れ出した。外に出ることで少しでも元気になるのなら、天候と母の体調が許す限り、できるだけ母を外気に触れさせようと思った。

ランチ時間が過ぎており、他の入居者に会うことはないと思ったが、聖は気を使ってビニールの尿バッグを紙袋に入れて隠し、それを車椅子のハンドルに引っ掛けた。万一、寒いといけないので、タオルケットを母の肩から掛け、膝には膝掛けを置いた。

例によって、ゆっくりと車椅子を押して歩く。母の重さを車椅子を押す手に感じながら、ゆっくりと歩く。一階の廊下には母の絵が掛かっているので、その前で足を止める。

途中、ヘルパーの倉田とすれ違ったので、

「ちょっと散歩に出ます」

と挨拶しておいた。

外は快晴である。気温も二十度近くあり、絶好の散歩日和であった。こうやって母を外に連れ出すのは、実に半年ぶりのことである。入院前の母であったなら、このまま車椅子を押して「ふれあい広場」まで連れて行っていただろう。しかし、風があるのが気になった。日陰に入ると途端に外気が冷たく感じるのである。

桜の季節は過ぎてしまっていたが、ホームの玄関を出た辺りには、鉢植えの花々が競うように咲いていた。パンジーがあり、ヒヤシンスがあり、マリーゴールドがある。

「綺麗だね。何ていう花だろうね」

聖はそう母に呼びかけたが、返事はない。

健常者ですら、日光に当たれば気分が上向くものである。アイスクリームや豆乳だけではおそらく栄養価も足りていないだろう。聖は普段から、ビタミン剤や整腸剤などを粉末に砕いて食事に混ぜて与えていたが、紫外線に当たれば体内でビタミンDが生成されることも知っていた。

「もう、お部屋に帰りたい」

十分も外にいただろうか。聖の意に反して、母は日向にいることが苦痛のようであった。走る自動車から見る景色には興味を示しても、座って動かない景色を見ることには執着がないようであった。

母の回復が見込めないのであるならば、少しでも母に残された時間を共に過ごしたいというのが聖の願いであった。しかし、そのオプションもコロナ危機が奪い去ってしまった。

いつホームが全面的な「面会謝絶」を聖に要請するかわからない。そうなった時に、聖はどうすれば良いのか。この期に及んで、母を自宅に引き取ることが可能であろうか。退去の手続き、引越し業者と介護用品業者の手配、訪問介護や訪問医療の依頼、煩雑な手続きを頭に浮かべるだけで、聖の気持ちは奈落の底へと沈んで行ったのである。

第十二章　緊急事態宣言発出

一

四月七日。安倍総理が対象地域を東京都、神奈川県、埼玉県、千葉県、そして関西の大阪府、兵庫県、九州の福岡県に限定した上で、緊急事態宣言を発出する。その理由として、医療体制が逼迫しており、時間の猶予がないとの見解が述べられる。

専門家会議の助言に基づいて安倍総理は特に東京で事態の切迫を強調しており、五日間で感染者が二倍になっている状況を憂慮。事態を放置すれば、二週間後には一万人、一ヶ月後には八万人を超える感染者が出るとの予想を示す。

その対応策として、緊急事態宣言に織り込まれたのが、北海道大学の西浦教授が提唱した「人と人との接触を八割減らす」という方法論である。

総理の言は「人と人との接触機会を最低七割、極力八割削減することができれば、二週間後には感染者の増加をピークアウトさせ、減少に転じさせることができます。そうすれば、爆発的な感染者の増加を回避できるだけでなく、クラスター対策による封じ込めの可能性も出てくると考えます」

というものであり、それに向けてテレワークや時差出勤の実施、飲食店などに於ける換気の徹底と客同士の距離の確保を「お願い」している。緊急事態宣言はまた、「密閉」「密集」「密接」の三密に改めて触れ、三密状態を避ける行動を徹底するように「お願い」している。

経済対策としては日本のGDPの二割に当たる一〇八兆円の支援を約束。一世帯につき三十万円を支給する他、事業主にも給付金を決定している。海外と比較して感染者が少ないことを踏まえて、皆が不要不急の外出を控える限り、都市のロックダウンは必要ないという判断も緊急事態宣言で明らかにされている。最後にアビガンに関しては、一定の効果が認められるとした上で、備蓄量を二百万人分まで拡大するということであった。

安倍総理の緊急事態宣言を聞いて、相変わらず聖が最も憂慮したのが全て「お願い」や「要請」ベースであることであった。安倍総理自身が「戦後最大の危機」と呼び「逼迫」や「切迫」「国難」といった言葉を使うコロナ禍である。そのコロナ禍を乗り越えるのに「お願い」や「要請」で済むものなのだろうか。

この点に関しては、ネット上で「憲法改正しないと『禁止』することは不可能であり罰金も罰則も設けられない」という意見を聖は目にした。なるほど、この解釈によると世の中にある罰則や罰金は全て「違憲」ということになる。

改めて憲法十三条を引き合いに出すまでもなく、公共の福祉は国民の基本的権利に優先するのであって、コロナ禍がこれに当てはまることに疑いの余地はないと聖は思っている。

また憲法二十五条は次のように規定している。

「すべて国民は、健康で文化的な最低限度の生活を営む権利を有する。国は、すべての生活部面について、社会福祉、社会保障及び公衆衛生の向上及び増進に努めなければならない」

これは国が国民の公衆衛生の向上や増進の義務を負っていることを意味している。法律の専門家でなくとも現行の憲法で「罰金」や「罰則」を設けることが可能なことが明らかなのではないだろうか。

ちなみに緊急事態宣言とは直接関係ないが、新型コロナで国民が苦しむ中、税金で生活している国会議員や官僚の減給について誰も触れないことに、聖は不満であった。それだけでも国会議員や官僚が特権階級であり、国民の公僕という本来あるべき姿から遠いことがわかるのではないだろうか。

都心の一等地に宿舎を与えられ、通勤の不便さを味わうこともなければ国民の身になって政治を行うことなどできるわけはないだろう。安倍総理は「聖域なき改革」を旗印に総理になった人物であったが、それが今や全く忘れられ、既得権者という聖域だらけの改革になってしまった。そのツケがコロナ関連の政策にもあからさまに現れているのではないだろうか。

緊急事態を宣言した記者会見のあとで安倍総理はテレビの報道番組に応じていたが、テレビが渋谷のスクランブル交差点を映し出し行き交う人の群れを見ながら「これなら八割減っているから」と満足げであった。彼は郊外の街に行っていない。郊外では贔屓目に見ても人出の減少は五割止まりである。

そして保育園には子供が溢れ、学校のクラブ活動は続いている。濃厚接触が前提となっている「夜の街」の営業もほぼ通常通りである。自粛要請では八割減は無理であり、これではいつになったらコロナが収束するのかわからないというのが聖の抱いた感想であった。

四月八日。武漢封鎖解除のニュースが報じられる中、東京都の新規感染者数が一四四人となり過去最多を記録。関西圏でも九十四人となり、この数字も過去最多である。緊急事態宣言は一都、一府、五県に対して出されたが、東京都知事から店舗その他に対する要請が出るのは今週末だそうで、その他の知事はいつ出すかも決めていないとのこと。聖にはとても緊迫感がある姿勢とは思えない。

ネックになっているのが閉店を要請すれば収入の補填をしなければ理解を得られないという問題で、地方政府には財政的に困難であり、国政に頼るしか方法がないということらしい。

コロナとの戦いは戦争であると威勢の良いことを言っているわりに、初めから足並みが揃わないのでは敗北は明らかだと聖は思った。国政も地方政府もいまひとつ事の重大さがわかっておらず、政治の長がこの体たらくでは、国民に危機感が伝わる由もないのではないか。

第一になぜ「理解を得る」必要があるのだろうか。仮にこれが本当の戦争であり、国民の生命を守るために店舗の閉鎖が必要となった場合にもいちいち損失補填して理解を得るのだろうか。

四月十日。ジョンズ・ホプキンス大学は、新型コロナウイルス感染症による死者が全世界で九万人に達したと発表。四月三日に五万人であったから、一週間で約二倍に膨れ上がった計算になる。その60％がアメリカ、イタリア、スペインからの死者である。同日、ロシア政府は、国内の新型コロナ感染者が一万人を超えたと発表した。

日本国内のこの日の感染者は累計で六二二七人となり、死者は一二二人である。またこの日、緊急事態宣言を出した政府と本当に緊急事態に直面している小池東京都知事が合意に達し、東京都は店舗等の対象を絞って休業要請を出す運びとなる。

「二週間待って欲しい」というのが西村経済再生担当および新型コロナ対策担当大臣の要望であると報道されていたが、西村大臣が折れた形になったようである。緊急事態を発令しながら「二週間待って欲しい」とは何事かと聖は思ったが、これはおそらく安倍総理の意向を伝えただけなのだろう。相変わらずチャランポランな政府である。

結果として、休業要請からは理髪店や居酒屋を含む飲食業が除外されており、これで他人との接触を八割減らすことができるのか、疑問に思うのが当然であろう。一方、医療の現場はますます緊迫しており、医療従事者は疲労困憊していると聖は聞いた。このままでは医療崩壊は必至であり、死者の数も鰻登りになるではないだろうか。

腐ったリンゴがひとつでもあると樽の中のリンゴは全て腐ってしまうそうであるが、国政がやらなければならないことは政令に強制性を持たせることによってその腐ったリンゴを排除することではないのだろうか。ほとんどの国民が外出を自粛し登校を諦めていようとも、どこかの不埒者が性風俗店やガールズバーに出かけたりすることで国民全体に多大な被害が出る可能性があるのである。

安倍総理は他人との接触を八割減らせと言う。小池都知事は密閉、密集、密接を避けよと言う。ところが居酒屋も喫茶店もレストランも床屋も営業している。他の業態にしても「要請」のレベルであるから休業するとは限らないだろう。

日経新聞電子版トップに「人工呼吸器、参入に規制の壁　非常時対応に海外格差」という記事が掲載されたが、それによると政府が人工呼吸器の増産を促していてもメーカーの規模が小さすぎて需要に追いつかないであろうということである。そして、海外では自動車メーカーが人工呼吸器の増産に携わっていても、日本には様々な「規制」と「参入障壁」があり、実質的にトヨタやホンダが人工呼吸器を生産することは困難であるという内容の記事であった。

ここにもまた平時における「規制」が有事の対応の邪魔をするという由々しき事態が起きているのである。平時においてすら日本の政治家や官僚の打ち出す政策に聖は義憤を覚えることが多かったが、有事にあっては単に無能と罵って済む問題ではない。我々の命がかかっているのである。

安倍晋三の総理としての経歴を振り返るといつも「断固たる決意で」とか「過去に例のない」とか大風呂敷を広げておいて実行が伴なっていない印象があった。今回もその様相が強いように思えてならない。

日本にはいまだに士農工商が生きており、士である政治家や官僚が特権階級として頂点に君臨している。彼らは税金で生活しているにもかかわらず、国民の公僕であるという意識を持たず、都心の一等地に宿舎を構え、政治家に至っては通勤電車を使うこともない。

なぜ都心の一等地に宿舎が必要なのかと問われれば、有事の時にすぐに登庁できるようにしてあるという答えが返って来るが、有事の時に彼らが役に立たないことは、東日本大震災の時も、今回のコロナ危機にあっても同様に証明されているのではないだろうか。

「国民が一丸となって」とはこの危機を乗り越えるためのスローガンになっているが、政治の頂点にたっている連中が減給にもならず左団扇で高みの見物をしていたのでは国民はシラけるばかりであろう。

一ヶ月後、日本がどういう状態になっているのかはわからないが、どんな状態になっても政治家は絶対に責任を取らないと聖は確信していた。昔の武士は責任を取って腹を切ったが、今の政治家にはそもそも「責任を取る」という概念が欠如しているのだと思う。そして士農工商は鉄壁の社会機構として延々と続いて行くのである。

二

緊急事態宣言がどれほど感染拡大阻止に役立つのかは未知数であったが、それによって母のいるホームは事実上、面会禁止となった。正面玄関の扉には、その旨を周知すべく張り紙が貼られ、それまで合鍵一つで入館できたところが、いちいちフロントに用件を伝えて入館が許可されるようになった。入り口のテーブルに手指消毒用のアルコールが置かれているのは以前からであったが、マスク着用が義務付けられ、検温をしてから奥へ進むことが許される。

面会禁止であるから、消毒も検温も出入りする業者や医療担当者のためであるが、唯一の例外は特別な事情が認められていた聖であった。無論、その背景には聖とホーム長やホームのスタッフとの間に、母の入居以来築かれた信頼がある。聖もまた、その信頼を裏切らぬよう、自らの感染予防には細心の注意を払っていた。

このホームに母が入居してから、約二年が経つ。入居してからの半年間は、一週間に一度行くか行かないか程度の頻度で聖は母を訪れていたので、ホームの職員にしてみれば、入居者の家族の中にあって、その他大勢の一人であったと思う。

しかし、それからの一年は、母の最初の入院と聖が定年を迎えて退職したこともあって、ほぼ一日置きに聖はホームに姿を見せていた。そうなるとヘルパーとの会話を交える機会も増え、必然的に親近感が湧いてくる。もちろん、どんな人間関係にも相性というものがあり、いつまで経っても距離感の縮まらない職員もいるし、中には意図的に距離を置いている者もいるのかもしれない。

介護職は医療行為の有無を別にすれば、看護職に似ている。大きな違いは、一般的に看護職が病人や怪我人を相手にしているのに対して、介護職はほとんどの場合、老人を相手にしているということである。

共通して言えることは、看護あるいは介護の対象者の「死」と向き合わなければならないことが多々あるということだろう。言い換えれば、対象者に同情または感情移入することの危険性を共有しているということである。多くの患者や被介護者と向き合う必要のある者が、その一人一人の命運に感傷的になっていれば、生身の人間であれば身が持たないのは容易に想像がつく。

看護師や介護師が、意図的に患者や被介護者、そしてその家族と一定の距離を保とうと努める一つの理由は、自己防衛の手段であると言えよう。

その日、聖が急行を成城学園前駅で降り、次の各駅停車を待っていると、

「こんにちは」

と言って笑顔で近付いて来る人影があった。

「あ、こんにちは」

母の入所当時から時折世話になっているヘルパーの柴崎である。

年の頃はアラフィフだろうか。ガタイの良い女性で、介護職には向いている体型であるが、どこかの農家のおかみさんのような風貌に反して、渋谷の出身だと聞いて驚いた記憶が聖にはあった。

「成城にお住まいなんですか？」

「いいえ、上祖師谷なんですよ」

上祖師谷からバスで成城学園前まで来て、電車に乗り換えて喜多見に行くのだと柴崎は説明した。

上祖師谷という名前には覚えがあった。二〇〇〇年に発生した世田谷一家殺害事件の犯行現場が上祖師谷であり、その家族が当時居住していた家屋の取り壊しが延期になったというニュースを今年の始めに聞いていたからである。両親とその幼い子供二人が皆殺しに遭うという残虐な殺人事件は未解決であり、長く国民の記憶に留められている。

「私の家の近所なんです。子供をよく隣の公園で遊ばせてました」

何でもないかのように、柴崎は言った。

二十年前の殺人事件と、今ここである種の接点が生まれた。考えてみれば、人間の人生など偶然と数奇な出会いの連続である。

明日の命もわからない母を通じて、ここでこうして柴崎と会話を交わしている自分は、ちっぽけな将来への開けぬ展望と狭まる視野の中で生きている。同時に、聖は新型コロナという世紀の疫病の恐怖と脅威に揺れている世界の住人でもある。

九十四年と数ヶ月の人生を送ってきた母は、もう多くを語ってはくれない。しかし、偶然に偶然を重ねてきた人生のお陰で、今の聖はあるのである。柴崎と肩を並べ、電車を待っている自分という存在の不思議に、聖は今一度思いを馳せていた。

三

四月十一日。ジョンズ・ホプキンス大学の集計によると四月十日のアメリカにおける武漢肺炎による死者が二千人を超え、一日の死者としては最多となる。アメリカCDCのレポートによると、コロナによる入院患者の90％が何らかの基礎疾患を持っているとのことである。これは以前から中国でも言われていたことで何ら驚きではないが、アメリカの場合で特筆できるのはその基礎疾患に「肥満」が含まれていることであろう。

アメリカの全人口の肥満率は40％と突出して高く、イタリアの10％、中国の6％を遥かに上回っている。アメリカの感染者あたりの致死率はまだ特に高いわけではないが、死亡者の数はもうまもなくイタリアを抜いて世界一になるだろう。これにも国民の「肥満」が大きく寄与しているのではないだろうか。

また、最近の統計では、黒人やヒスパニック系住民の死者に占める割合が高いそうである。黒人やヒスパニック系の住民が肥満率に占める割合も高く、しかも多くは貧困層である。貧困層の多くが小さなアパートに大家族で生活していることも死者が多い要因として指摘できるのではないだろうか。「他人と距離を取れ」と言われてもできない人々が多いのである。

四月十二日。新型コロナ感染症によるアメリカ国内の累計死者数が一万八八六〇人となり、世界最多となる。現地時間でこの日、新型コロナに感染し、容態が心配された英国首相、ボリス・ジョンソンが退院。

この頃になると、中国を除くアジア諸国に於ける新型コロナ感染症の死者の少なさに注目した説が飛び交うようになっていた。四月十一日時点で、人口百万人あたりの死者数は、スペインが最多で三三八・八、イタリアが三二一・七、フランス二〇二・一、アメリカ五六・七であるが、日本ではそれが僅か〇・六九なのである。

アジア人、特に日本人には遺伝子的に特別な免疫が備わっているのではないか、という日本人特殊論がネットで云々されているが、聖はこれには懐疑的であった。

第一に、百万人あたりの死者数を比較することが変である。何故かと言うと感染者の数がそもそも違うのであるから。事実、死者を感染者の総数で割った致死率は、医療崩壊が起きていると思われるスペインやイタリアを除けば、日本と欧米諸国では大きく異ならない。日本人が感染し難いのではないかというなら話はわかる。しかし、これもPCR検査が全く普及していない現在、感染者の絶対数もわからないわけで、結論は出ない。

第二に、日本人が遺伝子的に感染し難い、または重症化し難いと言うのなら、外国に住む日系人にも同様のことが言えるはずであるが、そのようなデータは今のところ確認されていない。敢えて予想するなら、肥満と重症化はほぼ比例しているので、日本人や日系人に肥満が少ないことが要因として挙げられよう。

諸説入り交じる中で、聖が最も興味深く感じたのが、結核予防に使われるワクチン、BCG

の影響である。日本では結核の発症率は先進国並みであり、年間の死者も少ないにも関わらず、BCGの接種率が国民の98％に及ぶのである。これはBCG接種が慣行的に行われていない欧米諸国と大きく異なる状況である。

BCG接種が新型コロナに有効であるという論拠として、接種によって人の持つ自然免疫が強化されるのではないかというものがある。これは、実際にBCG接種によって結核以外の呼吸器感染症の死亡率が減少するというデータに基づいたもので、そのデータの正確性が信頼できるものであれば、まんざら眉唾だと片付けることはできないように思える。

ただ、聖が疑問に思うのは、自然免疫の強化はサイトカイン分泌の増加を意味しており、だとすれば、サイトカイン・ストームの原因になるのではないかということである。

いずれにしても、BCG接種の有効性はまだ仮説であって、結論は今後の臨床試験の結果を待たなければならないことは言うまでもないだろう。

四月十四日。トランプ大統領がアメリカのWHOへの資金拠出を当面の間、停止すると発表する。理由はWHOのあからさまな中国贔屓であり、それがアメリカを含む世界の新型コロナウイルスへの対応の遅れに繋がった疑いがあるからである。

この発表は、WHOの活動を鈍らせるものとして、またトランプが自己の責任逃れのためにやっているとしてアメリカ国内でも批判の的となるが、聖の目には至極当然な決断だと映った。

ＷＨＯのテドロス事務局長が中国の意向に配慮したことは、時系列的に見ても明らかであり、このような人物がＷＨＯの長として君臨していることに納得できなかったからである。

四月十六日。緊急事態宣言の適用地域が日本全国に拡大される。四月七日に出された緊急事態宣言が、一都、一府、五県に限られていたため、千葉県のパチンコ客が大挙して茨城に押し寄せるといった不都合なエピソードが後を絶たず、散々批判された上での決断である。

同日、政府は国民一人当たりにつき、十万円の支援金を所得制限なしで支給すると発表する。コロナ禍で減給になったり職を失ったりした者にとっても、金持ちにとっても別な意味で雀の涙であるが、即効性を考えて単純な全国民支給に決定したとのことである。

これらの政策は、いずれも評価されるべきものであると聖は思ったが、首を傾けざるを得ないのは、そこに至るプロセスである。最初から緊急事態宣言を全国に出さなければ、緊急事態宣言が未出の地域へ人が移動する「コロナ疎開」のような現象が起きることは充分想定できたであろう。

また当初、安倍総理が記者会見で明らかにした世帯当たり三十万円給付の仕組みがあまりに複雑かつザル状態で、まともに機能しないことがわからなかったのであろうか。

いくらコロナ禍が前代未聞の大事件であっても、その対策に為政者が右往左往しているのは目に余るものがある。安倍総理を始め、この国の政治家は皆、頭が悪いという印象を受ける。政治家の経歴を読むと、それなりに高学歴の人間が多いが、学校のお勉強ができても実践では使えないということをコロナ危機は改めて教えてくれたのではないだろうか。

そもそもが、自分の名前を連呼するだけで政治家になれるようなシステムが日本の政治である。そんなシステムで、国民の意思が政治に反映されるとは、聖には到底思えなかった。

日本の民主主義は既得権者が決して損をしないように国民の意思が反映しにくいように作られているのではないだろうか。だとすれば、今回のことがあったからといって「皆で選挙に行きましょう」などと言っているのはあまりに短絡的な発想である。

仮にここに政治理念も実績も人格もしっかりした候補がいるとする。その人に投票して当選させても、その人は単純計算で七一〇分の一の力しか持っていないのである。同様の資質を持った議員が七百十名もいることはあり得ない上に、仮にいたとしても他の選挙民がその人に投票するとは限らないだろう。

つまり、現行の選挙システムで国政を変えることは不可能に近いのである。もし、国民がその総意を国政に反映させ、国の方向性を変えたいと思うのであれば、国民投票によってリーダーを選ぶ方法、つまり大統領制に移行する他に道はないのではないだろうか。

四月十八日。日本国内の累計感染者数が初めて一万人を超え、死者は二二一人となる。一方、海外からは香港警察が違法なデモに参加した疑いで、民主派の有力者を逮捕したとのニュースが入る。中国政府が、新型コロナのドサクサに紛れて民主派の弾圧を始めているとの見方が大勢である。

四月二十一日。ジョンズ・ホプキンス大学によると、世界の新型コロナ感染者は累計で一四五万人に達し、死者は十六万人を超えた。聖が特に注目したのは、シンガポールで感染者が急増しているというニュースであった。

シンガポールはこれまで感染抑制に成功した国リストの上位にランクインしていた国であった。ところが今や、累計感染者数は九千人に達している。数字自体は日本のそれとトントンであるが、日本の人口が一億二七〇〇万人あるのに対し、シンガポールは五七〇万人である。

また、シンガポールの感染者の95%が移民労働者だということである。移民労働者の労働環境は不衛生であり、複数が狭いタコ部屋のような場所で寝起きしていると聖は聞いた。これは、濃厚接触の機会が増えれば、日本でも同様の状況を覚悟しておいたほうが良いということへの警鐘であろう。

四

「毎日、大変ですね」

「お体を大切に」

とは聖が良くホームのスタッフから耳にする労いの言葉である。

「いいえ、どうせ暇ですから」

「ありがとうございます」

と応えながら、聖は「この人たちは、余程俺のことを孝行息子か、マザコンだと思ってるんだろうな」と後ろめたい気持ちになっていた。

過去のいきさつと物事を中途半端で片付けることのできない偏狂的な性格があって、聖は毎日、母の元へ通っている。それどころか、頑なに食事を拒む母に業を煮やし、一度となく、母に怒鳴り散らしたこともあるのである。

それは特に、母に投薬をしなければならない時に酷くなった。抗生剤は毎日、一週間に渡って呑まなければならない処方である。錠剤では呑めないので、薬剤師が粉末に砕き、それを小分けにして袋に入れたものを用意して貰っている。

朝、昼、晩と呑む便秘薬その他の薬は、また別に用意してあり、それらと共に、経口で服用させるのであるが、ヘルパーに一任して事が済めばよい。

しかし、そうではない時には、聖が粉末をアイスクリームに混入させ、母に与えるという作業をすることになる。その際に、母が一度口にしたものを吐き出してしまうようなことがあると、聖は只ならぬ怒りに我を忘れてしまう。

「どうして呑まないの？」

「どうして食べないの？」

「呑まないとまた具合が悪くなるんだよ！」

「食べないと死んじゃうんだよ！」

抑制を忘れた怒号が、何度この狭い部屋の中に響いたことであろうか。それは決して正当化できる行為ではない。母の過失でもなければ、責任でもない。

理性はそう聖に教える。そして、その度に、聖は自責の念で身の置き場がないほど悲しく、苦しくなるのである。

それだけ怒りを爆発させても、母に暴力を振るったことは一度もなかった。しかし、アイスクリームのスプーンを振り向きざまに洗面台のシンクに叩きつけたことは幾度もあった。そして、その数分後には、

「ごめんね」

と母に謝っている自分を見出して、聖は愕然とする。

これはよく聞く「虐待」の典型ではないか。虐待者が暴力を振るい、その度に相手に謝る。そしてそのパターンが延々と繰り返される。それが典型的な虐待の構図であり、その構図に自分が陥っていることの恐ろしさに、聖は震撼するのである。

一般に言う介護施設のスタッフが老人を虐待する例は世に後を絶たない。時には死に至らせしめ、ニュースとなって日本中を駆け巡る。介護疲れした夫が妻を殺し、妻が夫を殺す。子が親を殺し、親が子を殺す。

そんな状況とは、そんな行為とは、自分はまったく無縁であるとかつて聖は思っていた。し

かし、こうやって数ヶ月も先の見えない介護に従事してみると、自分の中にも親を殺める可能性があることを認めざるを得ない。

幸いなことに、母が肉体的な苦痛を訴えることはほとんどなく、また聖が叱りつける時は、母の意識が朦朧としている場合が多いので、どれほどその辛辣な言葉が母の精神に届いたのかも判然としない。

もし、そうでなかったら。もし、苦痛と絶望が、繰り返し数年も続くようであるならば。似て異なる衝動を、聖は一度経験している。死に至る病に倒れた父の病床に立った時のことである。末期癌で痩せ細り、ほとんど意識のない父の傍に立ち、聖はこの人を殺すべきではないかと思った。これ以上の苦しみを味わわせるべきではないのではないか。

もちろん、聖はその衝動を行為に移すことをしなかった。ただ、行為に移さなかったことが、正しい選択であったという自信はない。そして、今も、自分の選択で母が生きていることが、正しいことなのかどうか、聖にはその問いに満足に答えられる自信はなかった。

第十三章　バベルの塔

一

今回のコロナ騒動で旧約聖書にある「バベルの塔」の逸話を想起したのは聖だけではないだろう。太陽に届くような塔を建造しようとする人間の思い上がりに怒った神が、そのようなことが二度と起こらないように、塔を突き崩し、人々の言語をバラバラにしてしまったという逸話である。この話があまりにも今の状況を象徴しているように思えて、聖はその先見性に畏怖すら感じていた。

金の亡者となった人類が中国に資源を集中させ、結果として恐ろしい疫病が全世界を覆うことになる。かつてはSFでしか考えられなかったことが実際に起きているのが今なのである。

中国に全ての罪があるわけではないだろうし、また中国人全てが悪質だとも聖は思ってはいない。商業主義に乗っかって一儲けしようとしたアメリカも、日本も、欧州諸国も反省するところが多いであろう。ただ、中国の人権やモラルを度外視した商業主義が今回の悲劇を招いたことも否定できない事実だと聖は思っていた。

節度のない発展主義により、各国は競って高層建築物を建て、高速道路を張り巡らせて大地と太陽の息吹を止めてしまった。その弊害が環境破壊であり、地球温暖化であることは言うまでもない。

そして際限のない人の動きと、グローバリゼーションという「言語の一致」が今回のコロナウイルス騒動の重要な要素であることを忘れてはならないだろう。これはまさに二十一世紀に起きた「バベルの塔」であり、神の人間に対する戒めであり、大自然が我々に送った警告なのである。

昨今の高層マンションブームも聖の記憶に新しいところである。洪水や地震による地盤の液状化問題があるというのに人々は高層マンションへと群がり、それが今度はコロナウイルスによる直撃を受けている。高層マンションのエレベーターが密閉空間であり、感染症には危険な環境であると言われているからである。そうかと言って、地上十階以上の建物に住んでいて階段を使うというのも非現実的であろう。あれも文字通り「バベルの塔」なのではないだろうか。

国民一人一人に一律十万円を支給する方針が固まったが、この十万円で一件落着だと思っている人はいないだろう。仮に早期に緊急事態宣言が解除されても、特効薬やワクチンが開発されない限り、人は三密を避けるような行動を取り続けなければならない。飲食店やクラブ、接客業で生活をしている人々には苦難の時代は終わらない。

ただでさえ緊迫していた日本の財政はどうなるのか。そして世界の人々の怒りはどこへ向かうのか。大恐慌はファシズムの台頭へと人類を向かわせたが、今回もそのような状態になるのではないか。「バベルの塔」の教訓は永久に消え去ることはないのである。

米国スタンフォード大学がシリコン・バレーを中心に行った抗体検査によると、新型コロナウイルスの感染者数は報告されている例の五十倍から八十倍に上るそうである。それだけ無症状あるいは軽症の感染者が多いということで、これは新型コロナの致死率が通説で言われているインフルエンザの二十倍ではなく、実際は二倍ほどであることを示唆しているように聖には思われた。同様の調査結果はボストン市からも公表されており、これを受けてニューヨーク州は感染者の実態を把握すべく大々的な抗体検査を実施すると発表した。

抗体検査はＰＣＲ検査よりはるかに簡易であり、正確度も高いと聞いたが、スタンフォード大学やニューヨーク州ができることをなぜ日本ができないのであろうか。ここにも厚生労働省のハードルが立ち塞がっているのであろうか。

新型コロナ感染症に対するアビガンの有効性については、既にいくつかの治験から肯定的な結果が出ているが、聞くところによると厚生労働省はノロノロと治験を続けており新型コロナの特効薬として承認されるのは早くとも七月だということである。その間に感染者が爆発的に増加し、仮に０・２％の致死率だとしても何万人もの死者が出る可能性がある。

麻生太郎副総理・財務大臣は「国民と一体になるような政策が必要だ」と言ったが、一体になりたいならなぜ給料を返上しないのだろうか。野党もこれを機に政権を奪取したいのなら、なぜ自らの給料を五割なり八割なりコロナ危機が終息するまで受け取らないと宣言しないのだろうか。痛みを分かち合わずして国民と「一体」になることなど不可能であろう。

四月二十一日時点で、ひとつの光明を挙げれば新規の感染者数が日に日に倍増するような事態にはなっていないことであろう。通説によるとなんの規制もかけずにウイルスの拡散を野放しにしていれば、新規感染者数は三日で倍になるそうである。検査数が足りない日本での統計がどれほど信用できるかは疑問符が残るが、検査数が足りないのは今に始まったことではなく、むしろ現在は検査数が増えていることを踏まえると、やはり日本では爆発的な感染者数の急増は起きにくいのではないだろうかと思われた。

無論、緊急事態宣言が奏功していると言うこともできるだろう。しかし、もともとのマスクと手洗い文化が感染者数を抑えていると見るほうが妥当だと聖は思っていた。というのも街に出ると感染リスクにかなり無頓着な人々を見るからである。まずは他人との距離をあまり気にしていない人々が多い。電車に乗っても窓も開けず、携帯に見入っている乗客も相当数いる。また、街角で立ち話をしているお年寄りの姿も見かけるし、若者が徒党を組んで出歩いている姿も稀ではない。

このような状態が継続していても新規の感染者数が激増しない理由はなんなのか。実は、ほとんど全ての人に共通するのがマスクなのである。欧米では他人との距離を二メートル以上取ることが推奨され、日本もそのガイドラインに従っているようであるが、これは飛沫感染を憂慮してのことである。お互いがマスクをしていれば、おそらくこの距離はもっと近くても感染しないのだろう。

しかし、そうは言っても徒党を組んでいる若者も、同僚とランチに出るサラリーマンも飲食をする時はマスクを取るわけで、感染拡大がこの辺から始まる可能性は高いのではないかと聖は懸念していた。

四月二十二日。新型コロナウイルスによる感染が著名人の中でも顕著になってきているが、同時に回復、退院する例も多く心強い限りである。年齢的に心配されていた俳優の石田純一も解熱を報告しており、回復傾向にあるようであるがやはり聖が注目したのは、アビガンの投与により解熱したという報道であった。

これは宮藤官九郎も同様の報告をしているため、ますますアビガンの有効性が脚光を浴びることになろう。安倍総理も記者会見でアビガンの使用をできるだけ拡大したいと明言しており「観察研究」の名目の下、現在でも使用できるそうである。

「観察研究」という意味は、患者が希望し、かつ病院の倫理委員会で認められれば投与が可能ということであるが、現時点でアビガンは錠剤であり、口径摂取する薬であるため、人工呼吸器を装着してしまってからでは摂取することができない。したがって、感染者の早期治療が必要となるわけである。

倫理委員会の審査がどれだけ時間がかかるかは病院によって異なるが、患者としてみれば、のんびり待っているわけにはいかないだろう。既にアビガンを使用している病院を探すことが急務になるが、ネットで探しても判然としない。

ただ、日本感染症学会のウェブサイトから過去にアビガン（正式名称：ファビピラビル）を使用した病院名を知ることはできる。東京もしくは東京近郊の病院では「東京慈恵会医科大学葛飾医療センター」「独立行政法人地域医療機能推進機構船橋中央病院」「東京品川病院」「杏林大学医学部付属病院」といった名前を聖は見つけることができたが、リストはもっとあるだろう。

もし厚生労働省がこれらの病院の名前を公表していないのであれば、即刻リストアップし、国民に周知させることが急務なのではないだろうか。この要望を聖は厚生労働省宛にメールで送信したが、未だに返答はない。

二

聖にとって親子というものは、常に「近くて遠いもの」そして「遠くて近いもの」であった。自我の存在すら知らない幼少期は別にして、物心ついてからは、同居する親は物理的に近い存在であっても、精神的には乖離した存在であった。

世の中には親に「何でも話せる」子供もいるのかもしれない。親友のような親を持つ子供もいるのかもしれない。聖はそうではなかった。

自分の中に秘めた性衝動や恋愛感情を、どうして親に話すことなどできようか。思春期に特有な鬱積した不安や漠然とした恐怖を、親に話したところで解決することなどできようか。これらの精神的な揺らぎは、時間と共に軽減はするかもしれないが、未だに聖が引き摺っている問題である。

否、「問題」と呼ぶこと自体が間違っているのかもしれない。それらがあるからこそ、聖は聖であり、ユニークなのだから。

海外の大学に進学してからは、親は「遠くて近いもの」となった。物理的には離れていても、常に精神のどこかに潜んでおり、インターネットなどといった便利なもののない時代であったから、手紙や国際電話などで多くても一週間に一度ほどの頻度で辛うじて繋がっている存在であった。

そうかと言って、両親が常に「懐かし」かったわけではない。夢に溢れた若者にとっては、両親は時に障壁である。大金を叩いて進学させてもらい、何を理不尽な、と今になれば思うが、誰かが言ったように親の愛は究極の片想いなのである。

聖にとって、特に母親は「邪魔」な存在であった。成人してからも長らく自らの母親と同居していた弊害なのだろうが、精神的に未熟な母は、その心の拠り所を遠く離れた息子である聖に求めたのである。その傾向は、聖の父親の「最後」の不倫が発覚してから以前にも増して顕著になり、大学院で学業に追われている聖に、次々と「泣き言」を並べた手紙が届くようになる。

聖の父も祖母も、そのような手紙を母が書き送っていることなど知らなかったに違いない。

「私の人生はもう終わったの」

「死んでしまいたい」

「誰も私を救うことはできない」

聖が冷淡な人間であったのなら、あるいはもっと強い人間であったのなら、母からの悲観的、絶望的な言葉の羅列を無視することができたのかもしれない。結果から言えば、聖は手紙を受け取る度に返信を書き、母を精神的に支えようと努めたのである。

最終的に聖は辛うじて学位を修めることができた。そのお陰で、良い就職先を見出すこともできた。しかし、学問で大成したいという聖の野望は、道半ばで頓挫することになった。

自らの挫折を他人のせいにしたくはないが、聖の祖母が死に至るまでの数年間、多くの時間と労力が、学業から離れ、母親の精神的、肉体的なサポートに費やされたことも事実なのである。

聖は「弱い」母を恨んだ。しかし、それ以上にその「弱い」母に屈服した自分を憎んだ。「親」とはいったい自分にとって何だったのか。答えの見つからぬまま年月は過ぎ、今では怨恨や憎悪の感情は遥か遠いものとなった。

目の前にいる今の母は、もうあの頃の母とは別人である。時が汚れた砂を洗い流し、後には美しい砂絵だけが残っている。「時間は癒しの達人だ」とは誰が言った言葉であっただろうか。

ヘルパーの高科が「お幸せですよ」と言った意味が、最近になって漸くわかるようになってきていた。

三

四月二十三日。「岡江久美子、新型コロナに死す」のニュースが日本列島を駆け抜ける。女優であり、長年、朝の情報番組で司会を務めていた彼女の死の衝撃は、改めて新型コロナの恐ろしさを国民に印象付けることになる。

聞くところによると四月三日に体調を崩し、自宅で待機していたところ、六日に急激に症状が悪化しＩＣＵで人工呼吸器による治療を開始。その時点で新型コロナへの感染が判明したそうであるが、こと既に遅く帰らぬ人となったとのことであった。昨年十二月に乳癌の手術をしており、放射線による治療も今年二月まで続いていたとのことで、免疫力の低下が死に繋がったのではないかとの声明がある。

報道の中で白鴎大学の岡田晴恵教授は、体調不良を訴えた時点でＰＣＲ検査を実施し、判明しだい即座にアビガンを投与していれば助かった命であった可能性があるという見解を示す。高度な医療体制を誇る日本で、なぜこんな単純なプロセスが確立されていないのだろうか。

先日、聖は埼玉県の五十代の男性が軽症で自宅待機を要請され、息苦しさを訴えるも入院を拒まれそのまま自宅で死去したとのニュースを見たばかりであった。これは人災ではないのだろうか。

アビガンは既に新型インフルエンザでは承認されている薬品である。その薬を新型コロナ向けに承認することになぜこんなに時間がかかっているのだろうか。聖は二百万錠が備蓄されていると聞いていた。ならば、それを直ちに解放し、日本中の医院や病院で処方できるようにすべきではないのか。アビガンは特に感染初期から中期にかけて有効とされる薬であり、これを使うことによって、多くの命が救われることとなるのではないだろうか。

四月二十四日。ニューヨーク州の大々的なＣＯＶＩＤ１９抗体検査の暫定的な結果が発表される。それによると三千人をサンプリング後、州民の14％が既に抗体を持っていることが判明したとのことである。

これは州全体で約二七〇〇万人という数字になり、現時点でニューヨーク州での致死率とされる５・９％が０・５６％に下がる可能性を示唆している。より不確実性の高い数値であるが、慶應大学病院がその入院患者から不作為に選んだサンプルは都民の６％が感染しているという結果を出している。こちらは抗体検査ではなく、ＰＣＲ検査の結果あるから、実に八十四万人の都民が感染源になり得るということになる。

もちろんサンプル数が小さいこと、慶應病院が新宿区という過密区にあること等を考えるとおそらく実態はもっと少ないのであろうが、それでも数十万の都民が感染している可能性は否定できない。仮に八十四万人が無症状だとすれば、東京の致死率は0・01％となり、これは季節性インフルエンザの致死率と同等か、下回る数字となる。

これを安心材料と見るべきなのか、懸念材料と見るべきなのかは聖にはわからなかった。ただ、アメリカやイタリアで発生している多くの死者を見れば、新型コロナの致死率が季節性インフルエンザより遥かに低い数字であるわけはないのであって、どこかに見落としている要素があるのだろうと思わずにはいられなかった。

一方、フランスからは喫煙者のほうが非喫煙者より武漢肺炎に罹り難いという研究結果が出て来ている。喫煙が重症化のリスクであることは既に判明しているから、この研究結果にどれほど科学的な根拠があるのかは研究者自体が「さらに研究を進める必要がある」と言っている通りなのであろう。

ただ、研究機関がパスツール研究所という世界に名だたる機関であることを考えると、あながち無視して良いデータでもないように聖には思える。研究者はニコチンが何らかの形でウイルスの侵入を防ぐのではないかと思っているようだが、そこで興味深いのが日本のパチンコ店の状況である。

東京都のパチンコ店は確か四月一日から全店禁煙になったと記憶しているが、それまでは自由に喫煙できる環境であった。パチンコ店は三密の象徴のように言われているが、現時点でコロナ感染のクラスターが発生したという報告はない。換気が十分されているとか、客がお互いに会話をしないからだとか理由はいろいろ挙げられているようだが、もしかすると喫煙率が高いことが感染を防いでいた可能性もあるのかしれないと聖は思った。

橋下徹元大阪府知事・大阪市長が十万円の給付金は税金で生活している公務員等には給付すべきではないという発言をし、論争を巻き起こしている。聖もコロナで生活に困ることのない公務員やＮＨＫ職員、生活保護の受給者などには給付する必要はないという意見であったので、論争の行方を興味深く見ていた。

同時に聖は、日本の全世帯に月々十万円の給付を十ヶ月続けるべきだとも思っていた。この二者は矛盾しているように見えるが、実はその真意は前者は「何が公平か」を目的としており後者は「経済対策」を目的としているという前提の違いにある。

橋下徹の意見は明らかにこの「公平性」あるいは「公正性」の着眼点としており、責められるものではないだろう。一方、経済の救済を目的としているのなら、全国民へ十万円も悪いアイデアではないと聖は思った。しかし、問題は、おそらく十万円では焼け石に水になるのではないかという点であった。

コロナウイルスの影響は、今後も当分は続くであろうし、生活様式が変われば、コロナウイルス前に営業していた業態が一気に廃業を迫られる可能性もあるだろう。日銀が赤字国債を無制限に購入するという荒っぽい財政を実施しない限り、我々は将来、かつてない増税を覚悟する必要があるのではないだろうか。

四月二十五日。大阪府が休業要請に応じないパチンコ店名を公表したことで、そこに普段以上の客が集まっているという報道を聖は見た。これで休業要請に応じないほうが儲かるという構図ができ上がったわけで、他の業態にも良い手本になるのではないだろうかと聖は事の皮肉に苦笑した。

この際パチンコを違法にしろという意見があることも聖は知っていた。パチンコ屋が店の外に景品換金所を作り、それを別会社にすることで賭博法を迂回していることも周知の事実である。これを黙秘しているのは性風俗店同様、司法と行政の怠慢であり、日本の汚点なのではないかとも思っていた。

コロナを機にこれらの業態が日本から消え去っても国民の大半は異議を唱えないであろうし、これは一度、国民投票でもしてみてはどうだろうか。おそらく、ほとんどの国民が、自分の街にパチンコ屋やキャバクラの店舗があることを好ましく思っていないであろうから。

聖が理解に苦しむのは、このような議論をすると必ず従業員の生活の補償ができるのかとか、特定の業態をターゲットにするのは不公平だとかといった反対意見が出ることであった。

補償、補償と言うが、営業を続けていてそこからクラスターが発生した場合の社会的、人的コストはどうなのだろうか。危険な遊具を放置しておいて子供がそれで怪我をすれば賠償責任は遊具のメーカーやそれを販売した店、そして公園であればそれを放置した行政にあるだろう。

国には国民の生活や生命を守る義務があり、そのためには一部の業態を違法化することも必要なのではないだろうか。

また、スーパーの入店規制も休業要請も結構であるが、風俗業や接待業を除いておそらく最大の感染源は勤め先における同僚との会話ややり取りだと聖は思っていた。

工事現場などでもよく作業員達がかなりの至近距離で一緒に作業をしているのを見るが、マスクをしていない例を多く見かける。街中でサラリーマンや学生が友達と一緒にランチに行く姿もよく見かける。いくらマスクをしていても、食事の時にはマスクを取るだろうし、会話もするだろう。仕事の話をするにも、資料を見ながら至近距離で同僚と話し合うことも多いのではないだろうか。

最近、医療機関内での感染が増加しているが、そのどれだけが、同僚とのランチ等で発生しているのだろうか。患者に向き合う時は防護していても、同僚とのランチで防護している医師も看護師もいないだろう。いずれにしてもこの行動パターンを制限しない限り、他者との接触はなくならない。

思い切ってロックダウンのような措置を取れば、一ヶ月でコロナは収束すると専門家会議が提言しているにもかかわらず、政治家は動かない。法律がないならそれを作るのが政治家の役目であろう。そして現行の憲法でそれは可能である。幸いにも日本の状況はまだ爆発的な感染拡大には至っていないし、そこまで行くのかも疑問である。しかし、医療崩壊は現実問題であり、感染者も死者も増え続けていることも事実なのである。ここで止めなくてどこで止めるのだろうか。

四

練馬区下石神井に居を移してから、聖の母は自動車の運転免許を取得している。新居は「石神井ハイツ」という名前はハイカラであるが、実態は当時、東京都各地に建造された都営木造平屋建住宅街の一角にあり、申し訳程度の庭と小型車一台を駐めておくほどのスペースがあった。

西武池袋線の石神井公園駅までは、自宅から歩いて十分とかからないので車を聖の父の通勤で使用したわけではない。また、母も専業主婦であったから、自らの勤めのために自動車が必要だったわけでもない。聖の祖母も、まだ六十代で足腰はしっかりしており、出掛ける時はほとんど電車かバスであった。

それを考えると、時に買い物や所用で使うことはあっても、自動車の購入は母の趣味の範疇と解釈して間違いはない。材木にニスを塗っただけの家屋が多かった中、いち早く新居を白いペンキで色付けたのも母の発案であったと聞いた。その白い家は、幼少期の聖にとって文字通り白眉であった。

朝食は決まってトーストと卵、時にベーコンやコーンスープ、子供には牛乳やヨーグルトが与えられ、大人はコーヒーを飲むというのが習慣であり、聖は幼い頃から父母を「パパ、ママ」と呼ぶように仕付けられた。

地元の公立小学校に上がった頃に、クラスで親を何と呼ぶかと聞かれ、「パパ、ママ」と答えたのは聖ともう一人の子供だけだったことを考えると、かなり「モダン」な家庭や教育を聖の父母は目指していたように思う。

ただ、三度の食事に困るということはなかったにせよ、家庭が裕福であったという印象はなかった。聖の父親は大学を出ておらず、就職先も非上場企業であったから、収入レベルでは中の下くらいだったのではないだろうか。聖はつぎはぎのあるズボンで走り回っていたし、聖の小学校入学当時の集合写真を見ると、他の母親は皆「和装」で写っているのに対して、洋服を着ているのは聖の母親だけである。

引き揚げ者は財産を全て没収され、ほとんど着の身着のまま帰国しているので、「着物」の類は所持していなかったのだろう。一生に数回あるかないかの祝い事のために新たに高価な「着物」を新調するよりは、より実用的な自動車を月賦で購入したのかもしれない。

クリスマスであったか、池袋の西武デパートに出掛けた折、聖はショーケースに大きな象の縫いぐるみを見つけて「あれが欲しい」と駄々をこねたことがある。大卒の初任給が一万円ほどだった時代に八千円ほどの値札がついており、聖の家族に手の届くような代物ではなかったが、その後、どこからかボロ布を集めて来た母がミシンを器用に操ってショーケースの中の象よりも大きな象の縫いぐるみを作ってくれたことがあった。貧しくとも工夫次第では豊かな生活が送れる例として、深く聖の心に刻まれた出来事であった。

　また、母が油絵に忘我する以前に、家事以外の時間の多くを費やしていたのが電気治療器を使った疾病や怪我の治療であった。今でこそ一般に市販され、また多くの整骨院や整体院なども取り入れているが、聖が子供の頃には世にほとんど知られておらず、母は看板を掲げて建て増しした自宅の一室を治療室に当てていた。その意味では、先駆者的な存在であったと言えよう。「物理療法」とも呼ばれる治療法で、電気や熱を使って人間の持つ自然治癒力を高めるというのがその意図するところである。具体的には「低周波」「超短波」そして「静電」を症状によって使い分け、疾病や怪我に対応する。

　母がどこでそのような治療法を知ったのかは判然としないが、電気治療器を製造・販売する企業にパートタイムの販売員として出入りし、販売した器械の価格や数に比例したコミッションを受け取る仕組みであった。少なかった聖の父親の収入を補完する意味もあったと思われる。治療室の開設は一部その器械の宣伝が目的であったが、その効能についてはあくまで証言ベースではあるが「奇跡的」なものがあり、多くの患者が母の元を訪れては感謝して帰って行ったのを聖は幾度か見ている。

　器械は決して安価なものではなかったが、聖の家族はその効能の信望者であり常用していた。しかし、今にして思えば「自然治癒力を高める」であれば、放っておいても自然に治るような場合に有効なのであろう。運動などによって新陳代謝を高めることができれば、同様の効果が得られると思われるが、身体の具合が悪ければ運動自体が困難となるわけで、そのような場合には物理療法が特に有意なのではないかと聖は解釈している。

問題は、その効果が場合によっては「劇的」であるために、汎用性があると勘違いしてしまうことである。事実、聖の父は、長期に渡る体調不良の改善を電機治療器に頼り、医療機関で診断を受けた時には既に手遅れの胃癌であった。

医療行為を行えば、当然その評判を聞いて難病患者や不治の病を抱えた患者もやって来る。対人で行う業務であるから、当然、情が移ることもあったに違いない。それについて聖は詳しく母の話を聞いたことはなかったが、おそらくそこに治療者としての限界と辛苦を感じ、看板を掲げることを止めたのではないだろうか。

五

四月二十六日。新型コロナに対して適切な対応をしていると思われる台湾や韓国、ドイツなどでは経済活動がかなり平時に近づいているという報道を見て、いつまでもチグハグな政策で感染者数がダラダラと伸びているのを眺めている日本との差が見えて来ているという印象を聖は持った。

緊急事態宣言をいつ解除するのかが論じられているが、時期尚早なのは明らかだろう。のろのろしていないで、思い切った政策を打ち出し、短期決戦でとりあえず感染者数を抑えることが国民の多くが望んでいることなのではないだろうか。

懸念されるのが長期的な影響である。新型コロナウイルスに長期的な免疫が確保されるという保証はなく、ワクチン自体ができない可能性を専門家の多くが指摘している。これはつまり、今、仮に収束を迎えてもまた冬が来れば第二波、第三波と継続する可能性があり、その時点で再び緊急事態宣言を出すようなことになりかねないということである。しかも、これは世界的な事象であり、日本だけの問題ではない。

厚生労働省が承認にモタモタしているアビガンですら、重症患者には有効性が認められていない現在、本当の意味での特効薬はなく、それができるまで人類は新型コロナウイルスの脅威と戦い続けなければならないのである。

「握手」という習慣は、中世の騎士が右手に武器を持っていないということを示すために始まったと聖は聞いた。その五百年にも及ぶ歴史が、新型コロナのために消え去ることも考えられる。これなどは些細な例であるが、少なくともグローバリゼーションだの「一帯一路」などといった政策もその意義を深刻に問われることになるだろうし、問われなければならないだろう。

四月二十八日。小池都知事によると休業要請にも関わらず延々と業務を続け、中毒者の娯楽を増長していた都内のパチンコ店が全て休業する。

これでもパチンコが賭博法に反していると決定が下るのは、国会議員の給料を削減するのと同様に難しい。なぜならパチンコホールの業界団体である「パチンコチェーンストア協会」に「政治アドバイザー」として与野党の国会議員四十名が名を連ねているからである。無論、これには国会議員が国民の声を聞かないという根本的な理由がある。そして、聞かない理由は、国民が政治家や官僚の責任を問わないからだと聖は思っている。

現地時間のこの日、ジョンズ・ホプキンス大学の集計によると、アメリカの新型コロナ累計感染者数が百万人を突破し、死者は五万八千人超となる。ここから計算される致死率5・8％は、季節性インフルエンザの五十八倍である。

四月二十九日。報道は国立感染症研究所が日本における現在の新型コロナ感染は欧州で流行しているウイルス株であり、武漢からの第一波やダイヤモンド・プリンセス号で検出された株は国内では検出されていないと結論付けたと伝える。

この発表を受けて、ネットはお祭り騒ぎになっているが、その内容は「武漢からの流行はクラスター潰しによって完全に抑え込んだことが科学によって判明した」「感染者数の増大が三月に始まっているのがこれでわかった」「どうりで死亡者が増えていると思った」といったものである。

国立感染症研究所の調査がどのような方法論によって行われたのかは聖の知るところではない。またこのような研究所では優秀な科学者が研究・調査を担当しているから、結果に落とし穴があるといったこともないのかもしれない。しかし、結果だけで判断すれば、過去の解析との整合性が取れていないように聖には思える。

四月十日に朝日デジタルに掲載されたドイツとイギリスの研究チームによる遺伝子解析の結果によると、新型コロナには三タイプある。

Aは中国・広東省や日本人、武漢滞在歴のある米国人、そして米国や豪州で多く見つかったもの、Bは武漢市を含む中国や東アジアに多いタイプで、Cは欧米が中心であるほか、香港、台湾、韓国でも見つかっているタイプで、中国では見つかっていないとのことである。報道自体が不正確である可能性があるが、この報道と今回の発表との整合性を保たせるには、今、日本で流行しているタイプはタイプCということになる。

聖が腑に落ちないのは、春節の際に大量の中国人がほぼ無チェックで日本に入国し、その結果として国内に感染者が生じているのに、そのウイルス株である、タイプAとBが全く国内に残っていないという結論である。

タイプCだけが感染力が強く、致死率も高いという結論があるのであれば、感染者や死者が多いイタリアと少ないドイツの違いに納得が行かない。むしろ武漢とアメリカ（それもニューヨーク州）やイタリアが似ているのではないだろうか。

国立感染症研究所の調査はPCR検査に基づいていると思われるが、日本に於けるその数は全体の感染者数から推測するに微々たる数であり、そのような限られたサンプルから導き出された研究結果を鵜呑みにして良いものなのだろうか。

国立感染症研究所が安倍政権に配慮して調査結果を捏造するとは思いたくなかった。しかし、同時に、聖はこの調査結果はピア・レビューを受けた後のものなのだろうかと訝しんだ。穿った見方をすれば、春節前に国境を封鎖しなかったという政府の政策が、失政ではなかったということを強調するために敢えて作り上げられた調査結果である可能性もあるのではないだろうか。

四月三十日。政府が全国一律で緊急事態宣言を一ヶ月延長すると聖は聞いた。これでまた経済的コストが増大することに間違いはないだろう。専門家会議で人的接触を八割減にすれば一ヶ月で事態が収束するとの提言があり、それに基づいて緊急事態宣言は発令されたはずであるが、少なくともそれは実現しなかったということである。最初から中途半端なことをやっているからいつまでたってもこんなことをやっているのだろう。

一部の店舗に休業要請を出し、他の店舗が通常通り営業していれば、そこに客が集まるのはバカでもわかることである。定食屋や美容室が開いていれば、商店街から人がいなくなる道理もない。

あげくの果てにはクラブ活動だ、大相撲だと接触するような機会が野放し状態では、感染源を放置しているようなものだと聖は思った。こうなってくると季節性や新薬といった逆に政府などないほうが良いようなファクターに頼るしかなくなりそうである。

その間に医療の現場は疲弊し、患者は検査もしてもらえず死を迎えることになる。いったい誰が責任を取っているのだろうか。医療従事者は拍手などして貰わなくても結構だと思う。彼らが必要なのは感染を防ぐマスクであり、防護服であり、患者を収容できる病室であり、患者を救える新薬や人工呼吸器であろう。口だけでは病床をいくつ確保したとか、検査数をこれだけ増やすと言っていても現場では回っていないのが実情であり。電話もつながらない状態なのである。

報道によると、文科省は小一、小六、中三の登校を先行させるそうである。具体的にどれだけ先行させるのかがはっきりしないが、それらの学年の子供達やその親が感染しないというデータでもあるのだろうか。またここでも中途半端なことをやって、感染者数が増えるようなことになった場合、大臣や役人はどう責任を取るのだろうか。

最近、聖は集団免疫という言葉をまたあちこちで聞くようになった。スウェーデンなどでは市民活動にあまり規制をかけず、集団免疫によって新型コロナを抑え込むという政策を取っているようであるが、おかげで死者数はノルウェーの十倍に及んでいるそうである。

第一に、新型コロナ感染症である程度長期的な免疫ができる保証はないというのが、CDCやWHOの見解である。第二に仮に集団免疫ができるとして、それまでには国民の50％とも60％もいわれる人々が感染しなければならない。仮に致死率が2％だったとしてもこれは一二〇万人の日本人が死ぬ計算になるわけで、聖にはとても許容できることとは思えなかった。

第十四章　統計の地域格差

一

五月一日。新型コロナに関してはデマや噂、そして「専門家」と呼ばれる連中のいい加減な見解等、不正確な情報に翻弄されることが多いが、この日、聖は新型コロナの感染力を検索していて信憑性があり、かつ有用と思われるコラムに遭遇した。

執筆者は片山泰輔というクリニックの医師であり、医師のコラムであるから、新型コロナ以外のトピックにも言及しているが、新型コロナ関連はシリーズになっており、専門性が高い上に、示唆に富む内容となっている。

ただ、新型コロナは感染症として出現してからせいぜい半年ほどのウイルスであり、特に先進国での流行の歴史は浅い。不十分なデータやサンプルの中にあって推測の海を泳いでいるという点では、聖も片山医師も同様であった。

コラム内で、片山医師は三月三十一日時点のアメリカCNNの推定として、新型コロナの致死率０・６６％を挙げている。またオランダで行われた抗体検査の結果を参考にして、０・５８％という致死率をはじき出している。ＷＨＯの見解が２％であるから、それに比べるとかなり低い数字となる。

留意しなければならないのは、インフルエンザとの安易な比較である。なぜならインフルエンザの致死率は予防接種の割合や抗インフルエンザ薬の使用度等によって、大きく変わるためで、例えば日本やアメリカの場合だと0・1％以下が通説となっているが、他国ではもっと高い致死率が報告されているのである。

また、新型コロナだけに議論を限定し、死者の数はある程度把握できたとしても（超過死亡による不確実性は残るものの）、感染者数（検査陽性数）に国によって差異があるため、致死率、つまり（死亡数／検査陽性数）にバラツキが生じるという問題があるという点は、聖が以前から理解していた通りである。

オランダに関しては、0・58％という致死率はあくまで抗体検査からの推計であって、実際にPCR検査やCTスキャンなどで新型コロナに感染していると判断された感染者数をもとに計算された致死率は10％と高い数字になっている。つまり、それだけ無症状あるいは軽症である感染者が多いということになるが、これもサンプルの偏りや抗体検査自体の正確性にも依存しており、決定的なことは言えないようである。そして、日本では抗体検査もPCR検査も意図的と思えるほど増えていないので、統計的には何も言えないのが現実なのである。

致死率は国別に考えるべきだという片山医師のスタンスは、聖にとって眼から鱗であった。ただ、聖はもう一歩踏み込んで致死率を考える必要があると思った。なぜなら、致死率は明らかに地域の医療制度や感染者の年齢層、健康状態等に依存するからである。そして状況は刻一刻と変化しているから、ひとつの国家の中に於いても、致死率が変化しても何ら不思議ではない。

それを考えると、各国を十把一絡げにして致死率がX％だという議論は、あまり意味のない議論だということになりそうな気がする。ただ、大きな傾向として、死者の絶対数は、その国の感染症対策の有効性を判断する意味で十分に有意義であろう。

片山医師はまた「超過死亡」の概念についても簡単に説明している。「超過死亡」とはもともとインフルエンザの死亡数を推定する際に用いられた概念のようで、簡単に言えば、インフルエンザが初因となっていても直接の死亡原因が脳症や心不全などの場合には、診断書にはインフルエンザと記されないわけで、それを「超過死亡」としてインフルエンザの死者数に含むという考え方である。

つまり「超過死亡」を導入すると、かなり死者数、従って致死率に幅が生まれることになることがわかる。中国の統計には、この「超過死亡」がかなり含まれているのではないかということが議論になったが、武漢のように医療崩壊していた現状で、患者一人一人にPCR検査やCTスキャンを施していたわけはなく、何が理由で死んだかわからない者も「新型コロナによる死者」として分類されていた可能性は高いだろう。

片山医師のコラムでは、降圧剤と新型コロナ感染症の関係についても述べられており、高血圧症があり、日頃から降圧剤を服用している聖には興味深い内容であった。降圧剤の種類にもよるが、それがACE阻害薬を含有している場合、ACE2受容体を増やす作用があり、それが新型コロナ感染症の重症化に繋がるという仮説があると片山医師は書いている。

ＡＣＥ２受容体というタンパクについては、新型コロナ以前からコロナウイルスとの関係性が研究されており、この受容体を媒介としてコロナウイルスが人細胞に侵入することが確認されている。つまり、ＡＣＥ２受容体が増加すれば、それだけ新型コロナに感染しやすくなり、また重症化もしやすい。

降圧剤と新型コロナの関係はしかし、片山医師も強調しているが、あくまで現段階で仮説であり、決定打には至っていないようであった。

二

新緑の季節になり、目の覚めるような青葉がそよ風に揺らぐ中、喜多見「ふれあい広場」の木々の枝からも、彼方の国分寺崖線の森の中からもウグイスの声が渡るようになっていた。母と過ごす数時間を終えて、聖の足は雨でもない限り、ほぼ決まって野川を越え、国分寺崖線へと向かう。

昨年の今頃は母の具合も良く、聖の足取りは初夏の喜びに満ちた足取りであった。今年は天地が逆転したかのように違う。食の進まないことが多くなっている母に、やっとの思いで食事を与え暗澹たる思いで帰路に従く。母が思ったより良く食べれば、取り敢えず一安心である。

食べなければ明日への不安で気が滅入る。

　これ以上のことを、自分は母にしてやることができないのか。これが母の寿命であり、それ以上のことを望むのは、母のためにも自分のためにもならないことなのか。自問自答は終わらない。

　副ホーム長の大木が母の部屋に来て、

「いかがですか？」

　と心配そうに尋ねる。

「まあ、なんとかやってます」

　と聖は作り笑いで答える。

　大木はよく母の様子を見に来てくれる。ヘルパーの手が足りない時もあるし、母の状態をより深く理解するためにという意味もあるのだろう。食事その他の介助を、大木自らの手で行ってくれている時もあるようであった。

「私もやってみましたが、大変ですよね」

　と以前、大木に言われたことがあった。

　母の食事が喉を通っている間は、施設で面倒を見て貰うことができる。しかし、食が喉を通らなくなるような事態になれば、転居を求められることは暗黙の了解になっている。

　聖が母をできるだけこのホームに居させてやりたいと思っていることは、ホーム長の佐野も副ホーム長の大木もよくわかっている。そして、彼等が同情的であることも聖は痛いほどわかっていた。しかし、佐野も大木も、所詮はサラリーマンであり、ホームの規則には従わなければならない。そして、上からの命令は絶対なのである。

「私、あっちこっちの施設で勤務したことがあるんですが」

眠っている母の顔を横目に大木は言った。

「胃瘻をするような状態になった方もたくさん見て来ましたし、看取っても来ました。でも、お母様のような状態になられて、こうやって生きていらっしゃるのを見るのは初めてです。奇跡的なことだと思いますよ」

本来なら、もうとっくに死んでしまっている人間を、聖とヘルパーが共同作業で生かしている。その良し悪しは別にして、聖は大木の言葉をねぎらいの言葉として受け止めた。

毎日欠かさずホームに通って来る聖に「とてもできることじゃないですよ」とヘルパーの高科は言ったが、大木の言葉にも自分に対する敬意を感じて聖は恐縮した。数知れない老人の死を見て来た介護のプロからの、この上ない褒め言葉である。

「そうか、俺は奇跡を起こしているのか」

自分は簡単に諦めない。それが今までの聖の生き様であり信条であった。そして、その生き様は、学業や仕事だけではなく母の介護に関しても揺らぐことはなかった。

国分寺崖線を登り切ったところに、かつて樫尾俊雄が住んだ家がある。株式会社「カシオ計算機」の創業者の一人であり、音に聞く発明家であるが、奇しくも生まれは聖の母と同じ年である。

言うまでもなく、彼の功績は世界的なものであり、聖が続けている小さな行脚とは似ても似つかぬものであったが、今は「樫尾俊雄発明記念館」となっているその家の傍を通る度に、聖は形容し難い「安心感」を覚えるのであった。

それは世界大戦というコロナ禍以上の大禍を乗り越え、一大企業を立ち上げた人生への畏敬の念であったのかもしれない。そして「自分のやっていることは決して無駄にはならない」という信念にも通じるものであったのかもしれない。

母はやがて死ぬ。自分はその後も生きて行く。疑いの余地のないその構図を目の当たりにして、聖は明日も明後日も、その後も、めげることも嘆くこともなく、この道をまた帰って行くのである。

三

「ジョーズ」という映画がある。スティーブン・スピルバーグ監督の初期の名作であるが、映画の中でサメの脅威に海岸を閉鎖するか、経済を優先させて通常通りの営業を許すかが議論される。当初は経済を優先させるという市長の意見が通るのであるが、それが更なる犠牲者を出し、結局、海岸はサメが退治されるまで封鎖ということになる。

新型コロナウイルスをサメのように退治するわけにはいかないが、国民の安全を優先させるのか経済を優先させるのかが議論になっていることは同じである。日本政府は中国政府への配慮からか、春節の観光客を呼び入れるためか、はたまた東京オリンピック開催への腐心からか、当初は経済を優先させていた。

結果は今ある通りである。ただ、幸いにも心配された爆発的感染拡大は起きておらず、専門家会議の面々も「感染拡大が減少傾向にある」と認めるに至っている。

五月二日。京都大学ウイルス・再生医科学研究所の宮沢孝幸という方がツィートでコロナ収束への提言を行なっているのを聖は見た。ウイルス学の専門家であり、准教授という肩書きもあり、その主張は多大な影響力を持っていると思われる。実際、ネットのリアクションを読むとそのほとんどが「正論だ」というものばかりであった。

問題の宮沢教授の主張は「20％ほどの人が感染すれば集団免疫ができるので、高齢者や免疫の低い人を隔離し、五十歳以下の人にはできるだけ外に出てもらって感染してもらう」というものである。

宮沢教授は同時に感染を避ける方法も提唱しているので、どちらが本音なのかはわからないが、もしこの発言が本音だとするならばとんでもない暴論だというのが聖の思ったところであった。

年寄りや低免疫者を隔離するという意見は他からも聞いたことがあるが、その人たちの面倒を誰かが見ていることを知らないのであろうか。一人で生活ができない高齢者がほとんどであり、複数の人間の介護や看護を受けてやっと生活しているのである。そしてその「複数の人間」はほとんどが若い人達である。彼等が感染すれば、当然、高齢者も低免疫者も感染するのが見えているだろう。

更に言えば「20％で集団免疫が達成される」という前提が不確実なものである。集団免疫の計算式から明らかなように、集団免疫は基本再生産数の関数であって、基本再生産数自体が流動的なのであるから、集団免疫も流動的なのである。つまり「20％で集団免疫が達成される」保証はどこにもない。

ちなみにイギリスでは新型コロナの致死率が33％に及んでいるそうである。死者の年齢の中央値が八十歳ということであるから、ほとんどが高齢者である。

イギリスも当初ボリス・ジョンソン首相が「集団免疫」とつけさせるとコロナの脅威を放置したために、このような多くの犠牲者を出す結果となったのである。「集団免疫」の考え方がいかに危険なものであるかを物語る実例ではないだろうか。

五月三日。安倍総理が憲法に「緊急事態条項」を加えることを提案しているというニュースを聖は読んだ。自らの失政の責任を憲法の不備に転嫁するつもりであろうか。「新型インフルエンザ等特措法」で十分対応できるものをわざわざ「新型コロナウイルス特措法」の立法に時間をかけたのは安倍総理である。憲法が問題なのではないだろう。

最高裁は憲法十三条の「公共の福祉」を盾にＮＨＫに個人の契約の自由を踏みにじることを許している。それだけ「公共の福祉」という言葉は強いのである。新型コロナに関しても「公共の福祉」を盾に現行の憲法でもっと強行的な措置は取れるだろう。

全国のマクドナルドが店舗内での飲食を休止しているが、聖は飲食休止発表の数日前に喜多見のマクドナルドの店舗の状況が密になっており、クラスターの発生源となり得ることをマクドナルドにメールしていた。その二日後にマクドナルドの広報から店舗名を聞かれ、本部に通達するとの返信があったが、全国の店舗の飲食休止がそのメールによるものかどうかは聖の知るところではない。

また、マックにメールした数日後に、聖は小田急電鉄にもメールし、車内の窓開けが徹底していないという苦情を書いた。「窓開けにご協力ください」という張り紙があっても、乗客のほとんどはスマホに夢中であり、協力していない現状を見たからである。小田急の社員が始発前に換気を徹底してはどうかという内容のメールであったが、これにも二日後には小田急広報から善処するとの返答があった。

ほぼ同時期に聖は厚生労働省に投書し、アビガンを患者に使ってくれる病院のリストを持っているのか、そうであればリストを公開してくれないかと頼んでいる。政府のホームページには国民の窓口のような投書箱があり、国民の皆様の要望・質問をお知らせくださいと書いてあるからである。想定はしていたが、二週間後になっても厚労省からは無しの礫である。

　その後に聖は東京都の同様の窓口にも投書し、同僚や友達との食事に都知事の口から警告を発して欲しいと書いている。この投書に対しても東京都から何の返信もない。

　忙しいのは政府で働く者も、企業で働く者も同じだろう。違いは企業が顧客を大切にしているのに対して、政府の人間は税金で生活しているにも関わらず、国民の意見や要望などどうでもいいと思っているのではないかということである。大名商売とはこのことではないか。

　国民が政治家や官僚に責任を取らせるようなシステムを要求しない限り、この国の政治家も官僚も延々と責任を逃れ、また同じようなミステイクを繰り返すのである。これは構造上の問題であり、選挙に行けば解決するという問題ではないと聖は思っていた。


「The buck stops here」という言葉がある。元々はアメリカのトルーマン大統領が「最終決定権は私にある」という意味で使った言葉であるが、転じて今では「最終責任は自分にある」という意味で使われる。最高責任者の言葉である。

　安倍総理は「総理としての責任で」という言葉をよく使うが、「責任」という言葉を理解しているのだろうかと聖は思う。失敗すれば腹を切るくらいの覚悟があるのだろうか。コロナウイルスによる一連の禍を安倍総理一人の責任にするのは酷であろうが、彼が日本のリーダーであり、最高責任者であることは事実なのである。

その日、聖はアベノマスクをして散歩に出た。先日、郵便受けに入っていたのをそのまま放置していたのであるが、試しに使ってみたくなったのである。着用して驚いたのが、そのサイズであった。

聖は顔は小さいほうなのだが、それでも鼻と口を覆おうのが精一杯で、子供のマスクかと思うほどの大きさである。マスクのサイドはスケスケで、これでは相手の飛沫からは身を守れないという印象である。加えてガーゼ生地なので、歩いていると鼻や口の周りが痒くなる。もし手指にウイルスが付着していれば、このマスクをしたお陰で却って感染リスクが増すではないだろうか。これに政府は四六六億円を費やしたそうであるが、またもや税金の無駄遣いと思ったのは聖だけではないだろう。

明日、政府は緊急事態宣言の延長を正式に発表するそうである。同時に一定のガイドラインを設けた上で段階的な経済の再開も視野に入れていると聞く。

欧米でも同様の動きが出始めているが、日本を含め決して感染者数が激減したわけでもない国が多いにも関わらずである。一方、イギリスのオックスフォード大学からは有効なワクチンの候補が報告されている他、同じ英国では武漢肺炎から生還した患者の血漿を使うことによって、肺炎患者の劇的な回復例が出ている。

レムデシビル、アビガン、血漿療法と、希望の持てる治療法が次々と報告されてはいるが、現段階で経済活動を再開させるのは特に欧米の場合には時期尚早ではないかと聖は思った。一歩間違えれば世界は今より遥かに多い死者数を記録することになるだろう。新型コロナを甘く見ているのではないか。

五月四日。昨日の東京都における新型コロナ感染者数は九十一人だそうだが、そのうちの七割は感染経路が不明ということである。これだけ外出自粛が要請されているのに、自分がどこで飛沫感染あるいは接触感染したのか全くわからないという人がいるのだろうか。聖は母のホームと自宅との間を往復していること以外は普通に生活しているほうだと思っているが、だいたい自分がどこで誰と接近したのかくらいはわかっているつもりであった。

皆が皆というわけではないのだろうが、この七割のうちのどれくらいが水商売や性風俗店から感染しているのか、東京都はもっと本腰を入れて調べなければならないのではないだろうか。

ネット情報によると、キャバクラやピンサロといった風俗業の多くは休業要請を無視し、いまだに営業を続けているそうである。パチンコ屋を吊し上げることも結構だが、パチンコ屋より遥かに感染率が高いのが風俗業であることは明らかである。まさか反社会団体に配慮していることもないとは思うが、いわゆる「夜の街」をストップしない限り、感染症はモグラ叩きのようにいつまでたっても収まらないだろう。学校を休校にしているのに、ふしだらな業態が営業継続を許される社会など、言語道断ではないだろうか。

世界では経済再開が次々と発表されている。中にはいまだに感染拡大が続いている地域もあり、これは大変危険な賭けだろう。米国の都市のあちこちでマスクもせず、他人との距離も取らずに外出している人々の姿をテレビ等で見るにつけ、聖はアメリカ人の良識を疑わずにはいられなかった。

自業自得と言えば容易いが、コロナは他人に死をもたらす可能性があるのである。なぜ自戒しないのだろうか。おそらく抗体検査の結果から推計される０・５％ほどの「低い」致死率に賭け、自分は大丈夫と思っているのだろうが、全米三億三千万人が感染すれば、それでも単純計算で一六五万人の死者を出すことになるのである。

医療崩壊すれば、それよりももっと多くの死者を出すことになるだろう。そうすれば今以上に経済は壊滅的な打撃を受けることとなる。トランプ大統領がするべきことは、新型コロナに宣戦布告し、マスクの着用やソーシャル・ディスタンシングを武器と呼んで、全米国民に協力を訴えることではないのだろうか。

「アメリカは偉大な国家である。アメリカ国民も偉大な国民である。国民が一丸となれば新型コロナを撃退することも可能であることを世界に見せようではないか」と呼びかければ、今よりもっと多くの米国人がマスクをし、他人と接近するような活動を自粛するのではないだろうか。

四

同居していた母親や夫の死を境に、六十歳を過ぎてやっと「成長」したかのように聖には思えた母であったが、こうしてほとんど寝たきりになった高木彰子という人の人生を振り返れば、決して「泣き言」ばかりを並べ立てる「弱い」人間ではなかったことがわかってくる。

　聖が幼い頃には、まだ珍しかった女性ドライバーとして自動車の運転免許をいち早く取得したのも母であったし、家計の助けになるかと「物理療法士」として働いたのも母であった。

　しかし、同時に気の強い友達に嫌味を言われて、泣きながら帰宅した母を聖は覚えているし、時折見せる「夢見る少女」のような言動を遠目に見ていたのも聖であった。長い間、聖にとっての「母親」は我が儘でありながら、女手ひとつで一家を支えてきた彰子の母、聖の祖母であったのである。

　逆説的な話かもしれないが、そんな微妙な母子関係が「正常」に修正されたのは聖の祖母が死に、続いて父が死んだことがきっかけで聖と聖の母の間に一定の距離ができてからであった。会社員としての生活が多忙を極め、母のことを日常的に気遣う余裕が聖になかったことと、母が漸く「親族」の束縛から解き放たれ、六十代の「青春」を謳歌し始めた時期が、偶然にも合致したことが幸いしたのかもしれない。

　母の安否を気遣って週に一度の電話は欠かさないようにしていたが、それ以上は聖も母の生活にあまり干渉しなかったし、母も時折小遣いをせびること以外に聖の生活を詮索しようとはしなかった。親子関係であれ、夫婦関係であれ、友人関係であれ、互いに気楽にしていることが良好な関係を長続きさせることの秘訣なのだろう。

聖の母の世代の多くが、欧米の文化に感化されたように、母も若い頃から欧米文化に強く傾倒していた。音楽はシューベルトの「未完成交響曲」やカーペンターズを飽きるほど聴いていたし、老いてからは「歌の会」でシャンソンばかりを歌っていた。油絵を始めてからは印象派に夢中になり、ルノワールやセザンヌ、モネやゴッホの画集を買い漁っていた。

映画はやはりアメリカ映画が主流であり、グレタ・ガルボ、イングリッド・バーグマン、ゲーリー・クーパー、ジェームス・ディーン、ユル・ブリナーといった固有名詞を聖が最初に耳にしたのは母からであった。日曜の朝には「ルーシー・ショー」や「奥様は魔女」を観るのが聖にとっては「普通」であったし、夜は「ディズニー・ランド」や「日曜洋画劇場」が定番であったのも母の影響である。

母が入居した施設や入院した病院の先々で聖は、

「モダンな方なんですね」

とヘルパーや看護婦に言われたことが何度かある。

練馬区の都営住宅で生まれ育った聖には、意外な言葉であったが、確かに母の嗜好にはそのような側面があったのかもしれないと思うようになっていた。

ただ、財務に関してはお世辞にも長けていたわけではなかった。世代的に「株」という言葉が「博打」と同義語であった時代である。今でも本質的に両者は同義であると聖は思っているが、それ以上に「株」や「不動産」には「まとも」な人々は手を出さないという風潮があったのである。

　聖の父親である夫が呆れるほど財務形成に欲がなったということも一因であっただろうし、また聖の祖母が猛反対したということも母からは聞いていた。いずれにせよ、聖の家族が漸く「持ち家」を購入したのは聖が成人してからで、それも埼玉県所沢市の奥という辺鄙な場所であった。

　最寄りの鉄道の駅から徒歩だと聖の足でも二十五分もかかる立地で、購入当時はバスの便もなく、聖の父の通勤には、母が毎日車で送り迎えするという状況であったが、それでもバブルの頃には地価が高騰し「先見の明があったね」などと喜んでいる始末であった。

　もちろん「売り抜ける」などといった発想はない。そのままバブル崩壊を迎え、地価が雪崩のように下落するのをただ指を咥えて見ていたのである。

　インターネット・バブルの際には、聖の勧めで株を買い大儲けをした母であったが、バブル崩壊前に利益を確定しておきながら証券会社の営業マンの口車に乗って聖の許可なくボロ株を掴まされ、結局は確定した利益の大半を失ってしまった母でもあった。

　聖は「富」が人の幸せにとって絶対条件だとは思ってはいないが、ある程度の「富」がなければ、やりたいこともできないのが現実である。母の生涯は「富」とは無縁であったから、いくら欧米文化が好きであっても、母にはそれを「生」で見る機会が与えられてこなかったのである。

五

緊急事態宣言の一ヶ月延長を安倍総理が記者会見で正式に発表したが、聖が気になったのは依然として「強制性」のない政策を推進していることであった。「我が国では罰則を設けることはできない」と言っているが「できない」のではなく「しない」わけで、それをやっていれば今頃は緊急事態宣言を解除できていた可能性が高いのではないかと聖は思っていた。

専門家会議の提案する経済再開に向けての「新しい生活様式」にも、要は「三密」を避けること以外に目新しいものはなく、問題はそのどれにも「義務化」という言葉が抜けていることである。店舗に入る際、公共機関で移動する際にマスクを義務化することがそんなに難しいことなのだろうか。

まさか、ここにも憲法だとか個人の自由の議論をするわけではないだろうと聖は思ったが、そんな議論が成立するならば、道路交通法も刑法も全てが違憲になってしまうだろう。

「新しい生活様式」は一般市民に向けたものであるが、「上級国民」と巷では呼ばれる既得権者層にも「新しい生活様式」を提案してはどうかと聖は思った。「上級国民」が一般市民の目を持たないことが、コロナ感染拡大防止の障害になっていると思うからである。「上級国民」とは国の特別な図らいや、構造的に特別な権利を付与され、一般的には経済状態が悪くなっても収入の減少をほとんど心配することのない連中を指すと聖は理解している。彼らは国会議員であり、官僚であり、ＮＨＫの職員であるが、ネットでは民放テレビ局の職員や電通の社員なども含まれているようである。

新型コロナウイルスが我々に新しい生活様式を要求しているのなら「上級国民」も当然変わらなければならないだろうが、そんな声は政府の中からは全く聞こえて来ない。税金その他で甘い汁を吸っている連中であるから、当然と言えば当然であろう。

五月八日。この日、聖は「やっぱり中国は隠している『新型コロナ』感染拡大はこうして起こった」という挑発的な記事を目にした。内容は、アメリカの新聞や情報誌に掲載された記事の受け売りであるが、同時にウイルスの遺伝子の系譜から最初に新型コロナの患者が中国で発見されたのは十二月一日であり、その後に中国政府から正式に発表された十二月末との間に「失われたリンク」があることに疑問を投げかけている。

聖はこの記事で引用されている遺伝子系統図や記事を精査する立場にはいないが、この情報が「ガセ」であろうがなんであろうが、根本的な問題は、中国という国家から発表される情報がコロナ以前から既に「信用できない」という印象を世間一般が共有していることである。

聖とて例外ではない。「ウイルスは研究所からリークしたものではない」と言われて「ああ、そうですか。素晴らしい管理体制ですね」と手放しで賞賛するほど聖は馬鹿ではないつもりだ。政治家はどこの国の政治家であれ、基本的に嘘つきであるし、人が管理している限り、どこかに不注意や作為的な行為があっても不思議ではないのである。

同日、評論家であり、橋本首相の補佐官でもあった岡本行夫が新型コロナで死亡する。享年七十四ということで、ハイ・リスクではある年齢層であるが、新型コロナによって才ある人々が多く亡くなっていることは残念な限りである。特にテレビ等に出演していた人々の感染や死去が人口比で考えると突出しているように思われるが、これには他人との接点が多いという職業病的な側面もあるのだろうか。

聖の個人的な印象であるが、マスコミ関係者には喫煙者も多く、時間的にもルーズな人々が多いような気がする。報道の場面をよく目にするが、出演者が互いに至近距離で会話をしていたり、カメラと音声担当者が接近して仕事をしていたり、また以前はカフェのような場所でたむろして打ち合わせをしていたりという光景もあった。

岡本行夫とは対照的に無事退院したアナウンサーの赤江珠緒が、現状におけるアビガン服用の難しさを報告し話題になったが、岡本行夫の場合も入院後急激に容体が悪化し、帰らぬ人となっており、なぜアビガンを投与しなかったのかとの声が上がっている。

岡本行夫が受けた治療についてはアビガンが投与されたのかどうかすら報道されておらず、推測の域を出ない批判であろうが、実際に投与されていなかったのであれば、それが何故なのか報道関係者にはもっと突っ込んだ調査をして欲しいと思う。

「アビガンで回復したという芸能人がいるが、プラセボだったかもしれない」「アビガンには副作用があるのに、投与して危険なことになったらどうするのか」といった意見を聖はネット上で多く見たが、その論調があまりにも似通っているので、厚生労働省が絡んでいるのではないかと勘ぐりたくもなる。

いずれにしても、これらの意見は非常識ではないではないだろうか。アビガン使用には患者本人の承諾が必要である。承諾を受けて投与しているのにわざわざプラセボを使うだろうか。また命に関わる病を患っている人が、いちいち副作用を心配するだろうか。

五月九日。新型コロナウイルス感染症が厚生労働省により指定感染症に認定されてから三ヶ月以上、WHOにパンデミックと宣言されてから二ヶ月が経過しているが、日本政府の迷走は続いていた。

PCR検査の基準として「三十七・五度以上の発熱が五日以上続く」という項目があったため、検査を拒否された感染者が死亡するという「事故」があった。慌てて政府はこの基準を取り下げたが、加藤厚生労働大臣によるとこの基準には「誤解があった」とのこと。「誤解」で人の命が失われたのではたまったものではないが、聖の目から見れば、この検査を保健所に丸投げした時点で失態である。

電話もつながらない状態で、しかもほぼ素人の所員がどうやって対応するのか考えればわかりそうなものだろう。重大な責任問題だと思うが、どうせ誰も責任は取らない。国民も誰にも責任を取らせない。

太平洋戦争で何百万という人々が亡くなっても、昭和天皇はその責任を問われることもなく、アメリカが原爆で数十万人の市民を殺害しても、日本人はアメリカにその責を問うことをしなかった。コロナごときと言えば語弊があるが、今回も政府責任者は誰も責任を取らない。責任の取り方をもう忘れてしまっているのだから。

聖はまた、テレビ、ネットを問わず、似非専門家のような人々が無知な情報を流すことにも辟易していた。それがまたマスコミに取り上げられ神の言葉のように崇められることにも。これは場合によっては非常に危険なことだろう。聖は感染学の専門家でもなければ、法律学者でもないが、常識で考えれば明らかに間違っていることが事実かのように伝えられているのである。

おおたわ史絵という医師が「日本でPCR検査が増えないのは軍隊がないからだ」という論調でSNSに投稿し、それを大阪府の吉村知事がピックアップしたためにこれが「神のお告げ」のように報道されている。論点は、医師が感染を恐れてPCR検査をしないから日本ではPCR検査数が伸びないのであり、それは医師が軍医のような訓練を受けていないからだというものである。

それならば、PCR検査が進んでいる国では、医者がみな軍医のようなトレーニングを受けているとでも言いたいのだろうか。また、ロサンゼルスなどではドライブ・スルーでPCR検査が行われており、そこに医師は全く介在していないことを知らないのだろうか。

ロサンゼルスでは検査を受けたい人が自分で綿棒を鼻や口に挿入し、体液を採取してそれを検査に出しているのである。つまり、同じ方法を取れば、医師が訓練を受けていないからという議論は全く成立しない。

ただ、日本の政治家に危機管理の能力が欠如していることに関しては、日本が軍隊を持たず、社会が常に臨戦態勢にないことが一因であろうと聖は思っていた。つまりよく言われる「平和ボケ」なのである。無論、だからと言って、軍隊があれば感染症に適切に対応できるというものでもないことは、アメリカの例を見れば明らかだろう。アメリカが新型コロナに対応できていない理由は「平和ボケ」以外のところにあるのである。

検査数が伸びない理由に関しては、安倍総理も記者会見で「わからない」と言っている。これが最高責任者の言葉かと聖は耳を疑ったが、同時に今の日本の政治家の姿を象徴しているように思えてならなかった。

六

脚を骨折し、入院とリハビリを余儀なくされた母がそれ以前に暮らしていたのは杉並区荻窪にあるマンションであった。聖の父が亡くなったことを契機に、所沢の戸建てを売却し、その資金で荻窪に小さいながらも庭のあるマンションを購入したのである。

長年、石神井で暮らした母にとって、荻窪は車であれば十五分で到達できる街であり、土地勘のあるエリアでもあった。また、隣接する病院と提携関係にあり、診察が容易に受けられること、購入当時はまだ母は自家用車を所有していたが、マンションの目の前にバス停があることなどが母が購入を決めた理由であった。

母が一人暮らしを始めてから、聖も一ヶ月に一度、行ったか行かなかったほどの頻度ではあるが、母を訪れるようにしていた。閑静な住宅地にあるマンションであったが、物を捨てることのできない母がただでさえ狭い部屋を足の踏み場もないほどにしてしまっていたので、聖が宿泊できるスペースはなかった。母もまた、友人を呼んだり、歌の会に出かけたりとアクティブなソーシャル・ライフを送っていたので、聖に長居しろとは言わなかった。

おかしなもので、週に一度、母と電話で話し、月に一度、母を訪れていても、どんな会話をしたのかが全く思い出せない。おそらく聖が子供の頃の他愛もない思い出話しや、親戚の噂なのだろうがそれもほとんど印象に残っていない。

聖が若くしてアメリカに渡ってしまったことも一因かもしれないが、これはそれまで同居していた聖の祖母との場合も同じであった。今にして思えば、祖母は若い頃に当時、日本で数十万人の死者を出したスペイン風邪を経験しているのである。

祖母は宮城県の出身であり、十代の半ばで家族とともに台湾に移住しているが、それでもスペイン風邪の惨状は知っている筈であった。親戚の誰かがスペイン風邪で死んでいても不思議ではないのである。しかし「何某が肺病（結核）で死んだ」という話題は、よく祖母と母の間でも思い出話しとして交わされており、結核の恐ろしさは聖の脳裏に刷り込まれていたが、スペイン風邪という言葉を聞いたことすら聖は覚えていない。

そんな「恐ろしい」結核が故に、日本では未だにBCG接種が続けられているわけで、もし本当にそれが新型コロナ感染症に対して効果のあるものであるのなら、これも運命の皮肉と呼べるのかもしれない。

聖が会社員になってからの母との電話の会話の中で、はっきり覚えている事件が三つある。一つは一九九五年三月二十日に東京で起きた、後に「地下鉄サリン事件」と呼ばれるオウム真理教による同時多発テロであり、記録によると死者は十四人、負傷者は六三〇〇人に及ぶとされる大事件である。

この時、聖は地下鉄日比谷線を神谷町で乗車して通勤しており、神谷町の駅からも多くの負傷者が運び出されるのを報道で見て、慄然とした記憶がある。仕事の必要性から、聖は朝七時半には出社しており、犯行時刻が午前八時であったために危うく難を逃れたからである。この事件を最初に知ったのは、母からの電話であった。

「大変なことになってるのよ。あなた大丈夫なの？」

と言われても、ニュース・ソースとしてのインターネットが普及していない時代には、それをチェックする術すらなかった。

二つめの事件は二〇〇〇年三月八日の「日比谷線脱線事故」である。この事故は、午前九時頃に起きた事故であり、死者五名、負傷者六十三名を出している。中目黒駅の手前ということで聖には直接的にも間接的にもあまり影響のない事故であったが、この事故も聖が最初に知ったのは心配した母からの架電であった。

三つめの事件は二〇一一年三月十一日の「東日本大震災」であり、この時には聖は丸の内のオフィス・ビルの中で激しい揺れを経験し、その直ぐ後に母に電話を入れた。携帯電話は不通になってしまっていたが、固定電話はまだ使えたのである。

「大丈夫だった？」

という聖の問いに、

「お部屋の中でヘルメット被ってたのよ」

という母のなんでもないような返答があった。

世間を揺るがすような大事件でもない限り、覚えていない母と子の会話である。それが当たり前のことなのか、聖にはわからない。しかし、老いた母にそれまでの苦労に報いてあげたいという意思が自分にあったことは間違いなかった。

聖がアメリカで仕事をしていた時には、二度、母をアメリカに招いていたが、ヨーロッパはまだであった。シューベルトや印象派が好きだった母にヨーロッパを見せてやりたい。それは聖にとっても貴重な母との思い出になるのである。

七

五月十日。国内における武漢肺炎の感染者数が減少傾向にあることを受けて、早期の緊急事態宣言解除が模索されているという報道を聖は読んだ。感染の確率の低い業態が経済活動を再開することに異論はなかったが、そうではない業態は憲法二十九条に基づいて廃業させるのが得策だというのが聖の意見であった。専門家の多くは、コロナ感染の第二波、第三波を予測しており、それを食い止めるには国内の感染者数を継続的にゼロにするしか方法がないと思ったからである。

この日にナショナル・ジオグラフィックに掲載された各国のコロナ対策と、実効再生産数の比較は、ロックダウンという「ソーシャル・ディスタンシング」の徹底が、実効再生産数を急激に減らしたことを示していた。

日本の場合は、これが緊急事態宣言に相当するわけであるが、要は濃厚接触の機会を無くさない限り、この疫病は去らないのである。集団免疫は有効なワクチンでもできない限り膨大な死者数に繋がることになり、多くの犠牲者を許容しない限り現実的ではない。

そうであれば、現時点でできる最善の策は、接待業や風俗業のような濃厚接触をともなう業態に廃業してもらうしかないと聖は思っていた。韓国ではナイトクラブのような業態の休業命令が発出されている。これには罰金がともなっており、日本のような牙のない要請ではない。そうしないと一度減った感染者数がまた増加するからであり、日本もこれに倣うのが賢明だろう。さもなければ、第二波、第三波によって大変な数の犠牲者をまた出すことを覚悟しなければならないのではないだろうか。

「強制的な休業措置や廃業措置は、現行の日本の憲法下ではできない。ロックダウンもできない」という意見を散見することが多い昨今であるが、これは事実誤認であると聖は思っていた。憲法十三条や二十五条は十分にこのような措置を担保していると思われるし、また憲法二十九条下でも可能だというのが聖の認識であった。憲法二十九条は以下の通りである。

一．財産権は、これを侵してはならない。
二．財産権の内容は、公共の福祉に適合するように、法律でこれを定める。
三．私有財産は、正当な補償の下に、これを公共のために用いることができる。

休業要請や営業禁止を議論する際に、一般的に注目されるのが二十九条の中の一であり三である。つまり、業者には財産権があるわけだから、これを侵してはならないと言う。そして、侵すような場合には、補償をしなければならないという議論である。

聖は憲法学者ではないが、この場合、重要なのは一や三ではなく、二なのではないかと思う。否、そうでなければならないだろう。ここにも「公共の福祉」というキーワードが登場しているからである。

簡単に言えば、憲法二十九条は「公共の福祉」に適合しない場合には、国が財産権を侵害しても是であるということを規定しているのではないか。つまり「違法」な財産は没収されても文句は言えないわけである。税金を払わなければ私有財産を差し押さえるという国の強権もこの条文を読めばなるほどと頷ける。

また、過去にこの条文が適用された判例として、一九六三年の「奈良県ため池条例事件」というものがある。この事件は、奈良県がため池決壊を未然に防止するためにため池の土手における農耕を禁じたところ、これを財産権の侵害であると農耕者が訴訟を起こしたことが発端となっており、その際に最高裁は「公共の福祉」を理由にこの訴訟を棄却しているのである。

今回の新型コロナについても同様の判断ができるだろう。疫病の蔓延を未然に防ぐためであれば、一部の遊興業や風俗業は補償がなくともその財産権を奪われて当然なのではないだろうか。

五月十三日。経済再開への気運の世界的な高まりを受けて、アメリカ感染症研究所のアンソニー・ファウチ博士が時期尚早として深刻な懸念を表明する。現時点で感染者、死者ともに比較的に少ない日本であるが、決して油断できる状況ではないと聖は思っていた。

政府専門家会議は「新しい生活様式」として指針を発表したが、それには何の強制力もなく、有効性には懐疑的にならざるを得ない。気温の上昇につれてマスクを着用していない人の数は増加しており、それが通勤電車等での感染拡大に繋がることが心配されるのである。

また、店舗やレストラン等も次々と営業を再開しているが、聖が見た限りでは、感染症予防に十分な対策を取っている業者が存在する反面、多くの店舗やレストランがコロナ以前と大して変わらない営業スタイルであり、いったい何を学んできたのか呆れざるを得ないのが実情である。政府は緊急事態宣言解除前に強制性のある（つまり罰金、罰則をともなった）指針を作成、発表すべきではないのか。

聖は感染予防対策をしているタイの飲食店の写真を見たことがあるが、全てのテーブルやカウンターがビニールやアクリルのパネルで仕切られていた。同様の対策を日本の全ての飲食店に義務付ければ良いのではないか。

義務付ければ、それをしない店舗は食品衛生法に基づき、保健所が営業ライセンスを剥奪することが可能となる。言うまでもなく、その際には違法行為であるから、補償は不必要である。罰金を伴ったマスク着用の義務付け、そしていわゆる「夜の営業」の全面的な違法化と封鎖等を断行すれば、経済を十分回しながら、コロナの感染者をゼロにすることも不可能ではないというのが聖の思うところであった。

八

覚醒していても妄想と現実が入り混じることの多い母と、聖が意思の疎通を図ろうとすれば、過去に帰ってそれを母に思い出させることが最短の方法であった。しかし、脚の骨を折ってからの母の生活はいばらの道であり、聖自身もあまり思い出したくはない事象の連続であった。

母と過ごした最後の「楽しい」思い出は何だったのかと問われれば、それはヨーロッパ旅行の二週間であったと聖は答えるだろう。それはある意味、聖の最後の親孝行であり、母の人生が最後に輝いた時間であった。

「シューベルトのお家に行ったの覚えてる？」

「モネの庭に行ったね」

「シャンソン歌ったの覚える？」

「また一緒に行こうね」

そんな聖の言葉に微かに頷く母を見ながら、聖の思いは遠くあの日のヨーロッパの地へと飛翔して行くのである。

母が人生で初めてヨーロッパの土を踏んだのは、オーストリアの首都ウィーンであった。かつてはモーツァルトやベートーベンが闊歩した言うまでもなくヨーロッパ最大の音楽の都であり、シューベルトとクラッシック音楽が好きな母にとっては最高の贈り物になると聖が思ったからである。

脚が弱くなっていた母が観光バスを乗ったり降りたりする一般的なツアーに参加することは

難しかったので、聖は市の中心部に位置するホテルに二部屋確保し、そこからハイヤーを駆って観光名所を廻るという方法を取った。

季節は初夏である。到着の翌日、早々に向かったのは「ウィーン中央墓地」であった。ここはベートーベンやシューベルト、ヨハン・シュトラウス父子、ブラームス等の著名な音楽家の墓所があることで知られており、また映画「第三の男」の名ラストシーンに登場したことで世界に広くその名を轟かせることとなった墓地である。

広大な墓地であり、残念なことに例の名ラストシーンに登場する墓地内の長い一本道を確認することはできなかったが、歴史に名を残す音楽家たちの墓標は墓地の一角に寄り添うように建てられており、観光名所にもなっているとのことで見つけることは容易かった。

中央にモーツァルトの記念碑があり、その後塵を拝するようにベートーベンとシューベルトの墓が飛車角の如く左右対称に控えている。少し歩けば、シュトラウス一家、ブラームスその他の墓碑を拝むことができるが、それぞれそれなりの風格を留めているとは言え、大作曲家たちの墓にしては質素な印象を聖は受けた。

周囲に聳え立つ王侯貴族や資産家の墓が余りにも仰々しいからであろうか。どんな業績を残したのか知らないが、今にその功績を讃えられる大作曲家よりも、身分の高かった王侯貴族や金持ちが死して尚、威張り散らしているようなその佇まいに、聖は思わず微苦笑した。

母には王侯貴族の墓など目に入らなかったに違いない。ベートーベンとシューベルトの墓の前で記念写真を撮り、相好を崩してご満悦であった。

　ホテルのレストランで軽い昼食を摂り、午後は再び母を連れてハイヤーに飛び乗った。行き先は「ウィーンの森」である。ワルツ王、ヨハン・シュトラウス二世の楽曲に「ウィーンの森の物語」という美しい旋律があるが、聖も一度その「ウィーンの森」を見てみたいと思っていた。

　ハイヤーの運転手に聖の母がシューベルトが好きなことを伝えると、

「それなら良いところがある」

と気を利かせてくれて途中にあるシューベルトの生家に連れて行ってくれた。

よく欧州の田舎に見る漆喰造の大きな二階家である。その威容からシューベルトは豪農の生まれかと思ったが、実はここはかつて集合住宅であり、学校の教師をしていたシューベルトの父親が間借りしていた場所らしい。中は博物館になっており、シューベルトが実際に使っていたピアノや眼鏡などが展示されていた。

　シューベルト好きを自認していた聖の母であったが、展示物にはあまり興味がないようなので、聖も長居せずに外に出た。博物館の入り口に、等身大のシューベルト人形が置いてあったので、俗っぽいと笑いながらも、その隣に母を座らせて写真に収めたのは収穫であった。

　一方「ウィーンの森」は流麗な楽曲「ウィーンの森の物語」からは想起できないほど壮

大な森林地帯であった。否、森林地帯と呼ぶよりはどこから始まりどこで終わるのかがわからないほど大きな山である。道はどこまでも続き、緑はどこまでも青く、森はどこまでも深い。

樹木は一瞥には軽井沢辺りで目にする類と似ているような気がするが、あんなに整然とした森ではない。雑然と伸び放題に枝を張った木々が、嵐のような風に揺れていた。

「もう一件、寄り道しませんか」

そう言って運転手が聖と母を連れて来てくれたのはハイリゲンシュタットであった。この街はガイドブックに載っていたので、名前には見覚えがあったが、ウィーンの森の一角に位置していることを聖は失念していた。

ベートーベンが交響曲第六番「田園」と第九番「合唱」の一部を作曲した場所として知られる街である。そう言われれば納得できるほど田園風の田舎町である。温泉のある保養地であり観光地でもあるから街並みは整然としているが、ベートーベンが生きていた頃は、今に輪を掛けて田舎だったのだろう。

聖と母はハイヤーを降り、付近を散策してみた。森の中に小道があり鳥が鳴いている。もう少し行くと小川が流れている。この音を聴きながらベートーベンは「田園」を創作したのであろうか。そんなことを想起しながら聖は歩を進め、母は杖を頼りに後に従ったが、森は小ぶりで何か物足りない印象を受ける。交響曲「田園」の壮麗が、この森から生まれたとは聖にはどうしても思えなかった。

九

五月十四日。二十八歳という若さで勝武士という力士が新型コロナの犠牲者となる。前途洋々とした若者がこのような形で命を落としたというニュースを聖は断腸の思いで聞いた。

発熱したのが四月の初旬とのことである。すでに濃厚接触をしないようにとの警告が発せられた後のことであるが、稽古は続けていたのだろう。大相撲に限らず、スポーツ選手には日頃からのトレーニングが欠かせないが、「ぶつかり稽古」や「乱取り」といった複数の相手との身体的接触を必要とするトレーニングをすることは危険であろうし、それを強要するような体制は批判されて当然だろう。

こんなことは「常識」の範疇だと聖は思っていた。しかし、新型コロナは「非常識」を量産しており、過去のような行動や習慣が感染リスクを倍増させている場合が多いのである。

感染症拡大第二波、第三波の脅威は、国内感染者の数を継続的にゼロにすることを求めているというのが聖の見解であり心情であった。七月、八月と感染者がゼロであれば、九月に感染者が出る可能性はほぼゼロである。つまり第二波も第三波も起こり得ないことになる。

感染者ゼロにする方法論はいくらでもある。加えてＰＣＲ検査あるいは抗原検査を徹底的に拡充し、陽性者はすぐに隔離すること、海外からの渡航者を全員二週間隔離することが求められよう。

ＰＣＲ検査については専門家がいないとか、誰も検査をしたがらないとかの議論があるが、ロサンゼルスで実施しているようなドライブスルー検査であれば、検査員は必要ない。日本政府もこの様式をすぐに日本に導入すれば良いと聖は思っていた。

「自粛警察」と呼ばれる民間による「取り締まり」が社会問題になっているが、行政が厳しく取り締まれってくれれば誰も「自粛警察」などしないだろう。コロナ危機があっても、日本政府は厳格な法律のひとつも立法しない。法律があっても、それを使わないといった「怠慢」が「自粛警察」を生むのである。

以前から聖は日本の刑法の「甘さ」に不満を感じていた。罪のない相手を私利私欲のために苦しめたり殺したりするような連中が、死刑になることもなく、懲役で下手をすれば二十年未満で世に復帰する。それを是とする日本の司法は糺弾されて当然であり、改善の余地が大きいと思ってきた。

本来なら私刑団が国に変わって犯罪者を罰しても無理もないような状況がずっと続いているのである。「自粛警察」が感染拡大防止に向けて動くのも、国の対応が「甘すぎる」からだろう。

緊急事態宣言が三十九県で解除される運びとなり、安倍総理は「引き続き三密が重なるような場所への出入りは控えていただきたい」と発言する。いわゆる接待や濃厚接触をともなう「夜の街」へ行かないようにお願いするということであるが、お願いして行かないような連中ではないだろう。パチ屋の前に行列していた依存症患者の群れを安倍総理は見ていないのだろうか。いったいどういう生活をしていれば、ここまで盲目になれるのだろうかと聖は首を傾げた。「なんでも政府に依存するもんじゃない」という声も聞こえてくるが、政府でなければできないことが特にこのコロナ危機に関しては山ほどあるのである。

いくら善良な市民がマスクを着用し、濃厚接触を避けても、一握りの人間が夜の街を出歩き、娼婦と関係をもって感染し、帰宅すれば、職場の人間や家族にも感染はあっと言う間に広ってしまう。このような感染をストップできるのは政府しかないのである。

学校を閉め、医療関係者を疲弊させ、多くの死者を出しながらもこの政府は相変わらず生温い対策しか打ち出さない。検察庁は人質司法のような人権を無視した司法を続け、金融庁は強権をもって裁判もせずに金融機関に業務停止を命じることができる。税務署も同様である。ところが厚生労働省は国民の生命や安全がかかっている重要な時期に、なにひとつ強制力のある法案を出すことができない。聖にはこれは明らかな矛盾に思える。

安倍政権の体たらくを露呈させたコロナ危機であるが、投票すればそれが解決すると思っている国民が多すぎるのではないだろうか。自民党に投票しなければ、どこに投票しろと言うのだろうか。立憲民主などは民主党の成れの果てであろう。彼らが東日本大震災の時に見せた無策をもう忘れたのだろうか。

日本の政治家は誰がやっても同じなのだと聖は思った。そして、これは霞ヶ関の官僚にも言えることであると。平時においてすら国政を任せられない連中に、どうして危機管理を期待できるのだろうか。

日本の政治は根本からその構造を変えなければ改善しないだろう。国民投票によってリーダーを選べば、少なくとも責任の所在は明らかであり、またやり甲斐のある仕事としてもっと有能な人材が立候補するのではないだろうか。

今のように地方から選出された一国会議員が、与党内で強大な権力を鼓舞し、実質的な大統領として君臨したり、党内のしがらみをコネや世襲で要領良く渡り歩いた人間が、老人になってから総理大臣になるようなシステムとは根本から異なる政治が可能になるのである。コロナ危機は「新しい生活様式」だけではなく「新しい政治」を作りあげる機会を与えてくれているのではないだろうか。

第十五章　ファクターX

一

　五月十五日。例によって聖は電車に乗って母のところへ向かったが、午前九時ちょっと前の小田急線代々木上原駅は反対方向の都心に向かう乗客でいっぱいであった。東京ではまだ緊急事態宣言解除とはなっていないが、宣言以前の状態にもう戻っているという印象を聖は持った。見た限りではほとんどの人がマスクをしていたようであるが、気温の上昇とともにマスク着用者も減ることだろう。安倍総理は「テレワークや時差出勤を引き続きお願いしたい」と言っていたが、どれだけの企業がそのような対策を取る余裕があるのか、確認したのだろうか。

　責任を企業に丸投げし、俺は知らないよと言っているように聖には聞こえる。安倍総理は富ヶ谷の屋敷を出て、代々木上原から通勤電車に乗ってみれば良いだろう。これは他の議員や都心の一等地の宿舎で暮らしている霞ヶ関の役人にも言えることである。一般市民の生活がわからないから、愚にもつかない政策を打ち出し、却って市民の生活を困窮させるのではないか。彼らは国民の公僕であって、支配者ではない。

　新型コロナ感染症に関して現時点で判明していることは、その感染力が最低でも季節性インフルエンザほどあり、場合によってはその数倍に及ぶということ。そして致死率は、インフルエンザの五倍から十倍に及ぶということである。今の状況で、国民が安心して外食し、スポーツジムに行き、旅行ができるとは聖には思えなかった。

幸いにも日本では大きな医療崩壊は起きていないが、第二波、第三波が来れば、今の医療体制では持ち堪えられない可能性が高いだろう。統計として人口十万人当たりの死者数がよく持ち出され、日本の死者数が少ないから日本は対策に成功したと解釈されている。

聖も対策がまったく不成功であったとは思っていない。しかし、死者数が少ないのは単純に感染者の数が少ないからである。これは韓国や台湾、香港の例を見ても明らかなことである。

アジア人に遺伝子的な優位性があるのかは判明していないが、わかっているのは東アジアの人々は文化的に他人との濃厚接触を嫌うという側面である。この文化的背景が崩れるようなことがあれば、感染者数が欧米並みになる可能性があり、死者の数も激増することだろう。なんとしても、第二波、第三波の襲来を阻止することが急務だというのが聖の感じるところであった。

安倍総理は記者会見で日本のコロナ対策が成功を収めていると発言し、また専門家会議の尾身茂副座長も同様の認識を示していた。もともとアジア全体における感染者や死者の数が欧米とは桁違いに少なく、これには「ファクターX」という未知の要因が働いているのではないかという生理学・医学の分野でノーベル賞を受賞した山中伸弥教授の仮説を受けて、マスコミが仰々しく言及するようになっていた。

「ファクターX」の候補者としてBCG接種であるとか、遺伝子が取り沙汰されているが、もっと単純に考えてマスク着用への従順な態度、濃厚接触が生活習慣になっていないこと、そして肥満率の低さが主要因だと聖はかねがね思っていた。日本の現状を見て、対策が成功したとかマスコミが騒ぐような「ジャパン・ミラクル」を宣言するのは短絡的なのではないだろうか。

具体的な証拠を見ればこれは当然の帰結である。全体の検査数が少ないことが統計の正確性を阻んでいるが、五月十六日時点のジョンズ・ホプキンス大学の集計に基づいた日本における新型コロナ感染症の致死率は4・49％である。対して韓国では2・36％、台湾では1・59％、香港では0・38％、タイでは1・85％、ベトナムに至っては0％である。あれほどコロナが猛威を振るった中国本土ですら、この数字は5・59％なのだ。日本が東アジア諸国の中では決して優等生ではないことが明らかだろう。

感染者数がわからないので人口十万人あたりの死者数を比較しなければ意味がないという反論もあり得よう。ならば人口十万人あたりの死者数を比較したらどうであろうか。日本ではこの数値は五・七人である。対して韓国は五・一人、台湾〇・三人、香港〇・五人、タイ〇・八人、ベトナム〇人、中国本土三・二人という数字になる。

これでも日本の対策は「成功」したと言えるのだろうか。ジャパン・ミラクルなのだろうか。むしろ反省しなければならないのは、日本の対策の遅さ甘さによって、防げた感染者や死者が生じてしまったということなのではないだろうか。

尾身副座長は報道で、第二、第三の感染の波が来るだろうと発言していた。この発言に、聖は義憤すら感じていた。第二、第三の波が来ないような提言をするのが専門家会議の役目ではないだろうか。今後、ほとんど何の対策も取らずに商店や飲食店が営業を再開する。聖はその時を恐れた。第二波、第三波が来た時に、母は、そして自分は大丈夫なのだろうかと天を仰いだのである。

二

ウィーンは一大観光都市である。旧市街全体が、「歴史地区」として世界遺産に登録されている事実からも明らかであるが、ハプスブルク家を始め多くの帝国の帝都として栄華を極めた歴史があり、その名残はシェーンブルン宮殿、ベルベデーレ宮殿、シュテファン大聖堂といった世界有数の建築物に見て取れる。

また、一九四九年に製作されたイギリス映画「第三の男」も少なからずその存在感を主張しており、ホテルのフロントに並べられている「『第三の男』ツアー」のパンフレットには、目的地として「ウィーン中央墓地」と並んで大観覧車のある「プラーター公園」がリストしてあった。

夜にはヨハン・シュトラウスの楽曲を中心にしたコンサートが控えていたので、聖は体力の温存を考えて母をホテルに残し、一人でこれらの観光名所を廻った。「プラーター公園」を除けば、徒歩で行ける距離である。

宮殿というものは、歴史マニアや美術ファン、もしくは建築家でもなければ、あまり興味の湧かないものだと聖は思う。歴史を振り返ることに聖はやぶさかではないが、そのためにわざわざ実物を見ることもあるまいというのが正直な感想であった。言うなれば有名な「何々宮殿に行った」という既成事実を残したいだけなのかもしれない。

寺院や聖堂というものにも似たようなところがある。無論、宗教心があれば、それはたいそう意味のあるものであろう。しかし、聖は元来、無宗教な人間であった。

「プラーター公園」へは例の観覧車を目当てにタクシーで向かった。オーソン・ウェルズ演じるハリー・ライムがジョセフ・コットン演じるかつての親友、ホリー・マーティンスと再会し、会話を交わす場面に登場する観覧車である。

今でこそ巨大な観覧車が世界中で見られるようになったが、一九世紀末に建造された当時は世界最大であったそうだ。特徴としては、十五ある客車の大きさであろうか。二十人は収容できるほどの大きさで、内部にテーブルを設置し、簡単な宴会の席にすることも可能であると聞いた。

映画「第三の男」では「イタリアではボルジア家が統治していた三十年間、戦争と恐怖と殺人と流血が続いたが、ミケランジェロとレオナルド・ダ・ヴィンチとルネッサンスが生まれた。

スイスは兄弟愛の国で、五百年に渡って民主主義と平和が続いたが、その結果、何が生まれたと思う？　鳩時計だよ」

というオーソン・ウェルズの有名なセリフがこの場所で語られるのである。

翌日、聖は母とともにドナウ川を下る「ドナウ川クルーズ」に参加した。メルク―クレムス間をクルーズ船で下る二時間ほどの旅である。「クルーズ」と銘打っているので堅牢な船着場を予想したが、行ってみると木造の掘立て小屋のような建物である。そこで二人分のチケットを買い、でこぼこした草地を母の手を引きながら歩いて桟橋に向かう。それまで他の乗客の姿が見えないので不安になったが、桟橋に来てようやくまばらな人影が見えた。

クルーズ船は、眺望が良く直射日光と風をまともに受ける屋上のアッパーデッキとテーブルとソファを備えたガラス張りの室内からなる階下のローアーデッキの二層構造になっていた。室内が良いと言う母をローアーデッキに残し、聖は鉄製の梯子を上がってアッパーデッキに出た。

水中から水面に浮上したかのように一気にパノラマが開ける。聖がそこに見たのは、「ウィーンの森」の実物がシュトラウスの「ウィーンの森の物語」とはかけ離れて壮大であったのと似て、「美しく青きドナウ」からはかけ離れて不透明であり豪快なドナウ川の光景であった。

護岸整備や治水工事の跡もなく、人工を拒んだ大河が日の光を背にゆっくりと流動して行く様は、さながら黄泉の国から降臨した大蛇のような風格すらある。欧州というと積み木細工のように整然とした街並みを想像するが、ここにはこんなに手付かずの大自然が残されていると いう象徴のようでもあった。

いったい、シュトラウスという人間は、この風景のどこからあのような美麗な旋律を紡ぎ出したのであろうか。「ハイリゲンシュタット」のベートーベンといい、「ウィーンの森」や「ドナウ川」のシュトラウスといい、聖には逆立ちしても追い付けない何かがあるのだろう。

船は途中、デュルンシュタインという千年の歴史を誇る城塞都市に寄港する。脚の悪い母を一人で船に残すわけにはいかないので、聖は宮崎駿の映画に登場するようなこの街の外観を眺めていただけであったが、改めてオーストリアという国の懐の深さに聖の心は童心のように踊っていた。

三

五月二十日。昨日の東京における新型コロナ感染症の新規感染者数は五人、隣の埼玉県では〇人となる。大阪府でも〇人という数字が報告されており、東京都でもいずれは〇人となる可能性が高いと思われる。これらの数字からは色々なことが読み取れるだろうが、間違いなく言えることは新規感染者数をゼロにすることが可能だということである。これからの課題は、いかに新規感染者数を継続してゼロにするかということであり、その他のことは極論すればノイズでしかない。

聖が異論を唱えたいのは、世の風潮がまるで感染第二波、第三波は既成事実であり、それを止めようと専門家会議も政府も真剣に対策を考えていないことに対してであった。常識の範疇だと思うが、感染者が継続的にゼロになれば、第二波も第三波も起こり得ない。

感染者ゼロは、単純に言えば濃厚接触が必須になっている業態の営業を時限的に違法化し、そうでない業態の営業には感染防止策を徹底させ、ＰＣＲ検査や抗原検査を全国民に拡充し陽性者を隔離、そして海外からの渡航者を二週間強制隔離することで達成できるのではないだろうか。

ＰＣＲ検査に関しては「そんなことできるわけない」という批判の声を聖は何度も耳にした。しかし、これは韓国を含め諸外国では日本の数十倍の規模で既にやっていることである。「できない」わけがないだろう。

また「そんなに厳しい措置を行えば経済が疲弊する」という意見も聖は見て知っていた。そしてそれは逆だろうと思っていた。新型コロナ前と後で何が違うかと言えば、消費者の行動である。

消費者が感染を怖がっている限り、経済は元には戻らない。ならば感染者数をゼロにしてしまえば、消費者はまた居酒屋にも行くだろうし、カラオケ屋にも戻るだろう。安心して通勤電車にも乗るだろうし、あちこちへと旅行もするだろう。しかも日本が安全ということになれば、今まで海外旅行に出ていた国民の多くが、国内旅行に回帰するのではないだろうか。「できない」のではなく「やらない」からいつまでたってもコロナウイルスと共存しなければならないことをもっと認識したほうが良いのではないだろうか。

スペイン風邪流行当時も日本政府の対応は生温く、それが結果的には国内で四十万人近い犠牲者を出すことになったことはネットにも書いてあることである。家族全員がスペイン風邪に感染した作家・与謝野晶子は、一九一八年十一月十日に「横浜貿易新報」に掲載された「感冒の床から」と題された寄稿文で次のように述べている。

「政府はなぜいち早くこの危険を防止する為に、大呉服店、学校、興行物、大工場、大展覧会等、多くの人間の密集する場所の一時的休業を命じなかったのでしょうか。そのくせ警視庁の衛生係は新聞を介して、なるべくこの際多人数の集まる場所へ行かぬがよいと警告し、学校医もまた同様の事を子どもたちに注意しているのです。社会的施設に統一と徹底との欠けているために、国民はどんなに多くの避らるべき、禍を避けずにいるかしれません」

現状の対策を見る限り、日本政府も日本国民も百年前の過ちから何も学んでいないのではないかと聖は思わざるを得ない。

夏の甲子園が中止になり、多くの高校球児が涙を飲むことになったが、学校を閉鎖し、甲子園を中止してもパチンコ屋やホストクラブを強制的に閉鎖することもできない国家が日本である。

いったい我々はどんな顔をして子供たちの未来を語ることができるのだろうか。どんな顔をして、責任感を持った大人になりなさいと言えるのだろうか。どんな顔をして正しい道を歩きなさいと教えることができるのだろうか。新型コロナは多くの隠れた事実を白日の元に晒してくれたが、残念なことに聖にとって日本の明るい未来は、そのひとつではなかった。

五月二十一日。関西圏で緊急事態宣言解除の運びとなる。一方、現地時間のこの日、ジョンズ・ホプキンス大学の集計によると、世界の新型コロナウイルス累計感染者数が五百万人を超える。死者数は三十二万八千人に及び、この統計に基づく致死率は6・6%という高い数字になっている。

死者の国別では、アメリカが最も多く九万三千人、ついでイギリス三万五千人、イタリア三万二千人となっている。聖が呆れるのは、これほどの数字を突きつけられても、未だに「新型コロナはただの風邪だ」あるいは「新型コロナは存在しない」などと言う連中がいることである。

真実を直視することは、時に勇気の要ることだろう。しかし、真実を知らなければ有効な感染対策もワクチンの開発もおぼつかない。言い換えれば真実のみが自らを、そして人類を救う道なのである。

五月二十四日。東京都における新型コロナウイルス新規感染者は十四名となり、政府は明日にも全国的に「緊急事態」解除に動くと報道される。なんの強制性もないガイドラインだけ作成して緊急事態解除とする対応に聖は疑問符を打たずにはいられなかった。

海外からは日本の生温い対策が武漢肺炎制圧に「成功」したと称賛の声が上がり、山中伸弥教授なども日本にはファクターXがあるとの見解を示すに至って、日本政府はそして日本国民は「慢心」しているのではないだろうか。

日本でコロナの死者数が少ないのは、おそらく単純に感染者数が少ないことが最大の要因である。そして感染者数が少ないのは、東アジアの文化圏全体が日頃から濃厚接触を嫌う文化であったからだというのが引き続き聖の見解であった。

無論、それ以外のファクターXを追うことに異論はない。しかし、ここでそのファクターXをいたずらに強調し、国民を安心させるのが非常に危険なことであることは、隣の韓国の状況を見れば明らかだろう。韓国ではライブハウスの営業を許可したがために、追跡困難な感染者が全国に広がるという状況になっているのである。

ちなみに現時点で、日本における致死率はほぼ5％に達しており、これは決して自慢できるような数字ではない。

今後、また感染者数や死者数が急増するような事態になれば、また緊急事態宣言が発出されるだろう。そうなれば今度こそ、経済は持たないと思う。そんなことになる前に、罰則を伴った厳しい措置を講じ、感染者数を継続的にゼロにすることが急務なのではないだろうか。

安倍政権にも霞ヶ関にもこの危機を管理、制御する能力はない。自らの命は自らで守ることが肝要であるが、学校が再開され、マスクもせずに電車に乗ったり、店舗に行ったりする国民が増えれば、自分だけではどうしようもないのである。

聖はまた一般に「常識」が欠けていることにも驚いていた。厚生労働省や国立感染症研究所が「一定の距離で予防策なしに十五分以上会話しないこと」を指針として出しているため、ネット上では十分なら大丈夫だろうとか、秒単位なら感染しないと言っている人々が多々いるのである。

インフルエンザを考えてみればわかるように、罹患者が目の前で咳をしただけで感染するのである。劇場に座っていて背後で罹患者が息を吹きかけただけで感染する。今のような「甘過ぎる」対策では、第二波、第三波が壊滅的なダメージに繋がる可能性が大きいことを想定しておくことが大事だろう。

五月二十五日。予定通り明日午前〇時をもって「緊急事態宣言」を全国的に解除すると安倍総理が記者会見で発表する。強制性のないガイドラインだけで、なんとかやり切れると思っているのであれば、随分と楽観的に見ているのだなと思わずにはいられない。

経済と命のバランスを取ることには反対はしないが、もともと要所要所を締めていれば、飲食店や劇場等も通常の営業を止める必要はなかったと聖は思っていた。逆に要所要所を締めずにいれば、どんな対策を取ろうと感染拡大を防ぐことはできないのである。

今回の緊急事態宣言で聖が非常に不思議に思ったのが、外出自粛によって国民が大変なストレスを感じているという報道であった。外出自粛と言われて、誰がずっと自宅に篭っていたのだろうか。ほとんどの人は商店街や公園に出歩いていたではないか。困窮していたのは旅行業会や飲食業界であるが、これらの業態は感染者ゼロ政策を実施することでV字回復するだろう。

安倍総理が記者会見を終えたが、特別給付金の十万円すら未だに受け取っていない国民がほとんどなのである。聖は未だ実際の書類を見ていなかったが、聞くところによると「十万円は要りません」というチェックを入れるボックスがあり、それに間違ってチェックを入れて書類を提出してしまう人が後を絶たないそうである。いったい、どこの誰がこんな「馬鹿」な書類を作成するのだろうか。そして誰が責任を取るのであろうか。

一月二十日時点で、アメリカの感染者はワシントン州で報告された一人だけであった。四ヶ月後、アメリカの感染者は百万人を超え、死者は十万人になろうとしている。このまま行けば、第二波、第三波によって、死者がこの数倍にも達するだろう。

日本がこのような状態になることは文化的な背景、国民の健康状態等を考えるとあり得ないことだろうが、油断は大敵である。今回の緊急事態宣言解除を見る限り、この「油断」を体現化するような内容だと聖は危惧していた。

四

ウィーンの次に聖が旅の目的地として選んだのは、同じオーストリアのザルツブルクであった。人口十五万人ほどの小さな街であるが、世界遺産に登録された歴史あるエリアである。モーツァルト出生の地として、クラッシック音楽の愛好家には聖地のように言われるザルツブルクであるが、聖が最初にこの街の存在を知ったのは映画「サウンド・オブ・ミュージック」のロケ地としてであった。

ウィーンからザルツブルクへは列車で三時間ほどの旅である。海抜四百メートルの高地にあるので、列車がザルツブルクに近づくに連れてオーストリアの田園風景が山岳地のそれに変わって行くのを見るのが楽しい。

ホテルは「ミラベル庭園」にほど近い場所に取ってあった。「ミラベル庭園」こそが「サウンド・オブ・ミュージック」の中でマリアと子供たちが「ドレミの歌」を歌うあの庭園である。

ホテルに荷物を置くと、聖は早速、母を連れてミラベル庭園へと向かった。それほど大きな庭園ではない。それでも石材に彫刻を配した噴水があり、マロニエの並木があり、蔓薔薇のトンネルがあり、花壇や妖精の像すらもある幾何学的でありながらおとぎ話のような優しさ感じさせる庭園である。

木陰のベンチでくつろいでいると、どこからともなく人が集まり、即興のような演奏会が開かれる。金銭の授受を見ないから、商業目的の演奏会ではないのだろう。音楽の街という意味では、ウィーンにも増してその名に相応しいような気もする。時折、彼方の建物からタキシードとウェディング・ドレスに身を包んだカップルが姿を現すところを見ると、結婚式場としても常用されているらしい。

ただ、少し歩いてすぐに気がついたのだが、この街は足の弱い老人には難しい観光地である。市街地にはバス通りもあり、タクシーも走っているが、車からでは楽しめない路地や坂道が多すぎるのだ。由緒ある教会や修道院なども、そのほとんどが急な坂道を登った先にあり、健脚者でも息が切れるほどである。

ザルツァッハ川を見下ろすカフェで、聖は母と軽食を取ったが、母と相談して川向こうの丘の上にその白亜の威容を誇るホーエンザルツブルク城への登城は諦めることにした。代わりに聖が提案したのは観光馬車でザルツブルクの市街を廻ることである。

二頭立て馬車に揺られて行く古都は、路面のほとんどが敷き詰められた石材で固められており、ローマ帝国の時代に舗装されたというから半端ではない。狭い路地に左右から迫るように建てられた住居も、数百年の歴史を持っているというから、かつてはこの同じ道を、モーツァルトも馬車に揺られて往来したのだと思えば自ずと感銘が湧いてくる。

土産物屋が軒を並べ、観光客が右往左往している表通りよりも、やはり風情は人影のない裏通りにある。聖の経験から、これはどこの観光地に行っても同様に言えることであった。

観光ガイドを自任する初老の御者の英語は、ドイツ語訛りが強くてほとんど聞き取れなかった。しかし、このような風光の中にいる時には、言葉などは必要ない。母もそれを体感しているのか、鼻歌を小声で口ずさみ馬車の心地よい揺れに身を任せていた。

二泊三日を過ごし、聖と母はパリへ向かうべくザルツブルクを後にした。列車をミュンヘン駅で乗り換え、夜行列車でフランス国境を越える。夜行はシャワー・トイレ付きの個室であり、テレビや小型の冷蔵庫も完備して、ビジネスホテルさながらの快適さであった。

ミュンヘン中央駅を午後十時四十二分に出発。目的地パリの到着時間は翌朝午前九時過ぎの予定である。夜の車窓を過ぎ行くドイツの街の明かりを夢枕に、いつのまにか寝入ってしまった聖であったが、朝、目が覚めるとそこはパリ郊外であった。濃霧に包まれて外はほとんど何も見えないが、車窓を飛び去る標識は明らかに列車がパリ郊外を走っていることを教えてくれていた。

聖は簡単に身支度を済ませると、自分の個室を出て母の部屋のドアをノックした。聖にとっては二度目、母にとっては初めてのフランスである。印象派に倣い、シャンソンに勤しみ、往年のフランス映画を愛し、名優ジャン・ギャバンのファンを公言していた母には特別な思いがあるに違いない。一刻も早く、フランスに居ることを知らせてやりたかった。

ドアを開けた母は着替えを終えていたが、興奮して良く眠れなかったと聖に告げた。

「もうすぐパリだよ」

聖の言葉に、母の目は輝いた。

パリでは機動性を考えてルーブル美術館のすぐ傍のホテルを予約していた。エレベーターがガタガタと揺れる古いホテルであったが、大理石とマホガニーを基調にした十九世紀風の内装には格式があり、道ひとつ隔ててルーブルやパレ・ロワイヤルというのが何よりも利点であった。

ホテル近くのカフェでランチを済ませ、そのまま母とルーブルへと向かう。元来、フランス王家の宮殿として使用され、今は世界遺産の一部であるその建造物は荘厳かつ巨大であり、いくつものウィングに分かれているので、とても数日間の滞在で廻り切れるような代物ではない。

幸いにも母が好きな印象派の作品の大半はルーブルではなく、オルセー美術館の所蔵ということなので、ルーブルでの目的はただ一つ、モナリザであった。

ルーブル宮の外壁に大きな垂れ幕が下がっており、その中でモナリザが微笑んでいた。モナリザの展示されている場所が変わったことを知らせる宣伝広告のための垂れ幕らしい。

ダ・ヴィンチが点描という精緻な画法をもって十年をかけて製作し、生涯肌身離さず持っていたという、その知名度では世界美術史上比類なき作品であるが、実物を見る機会はなかなかないものである。

ただ、美術館の入り口を潜ってからも、モナリザは遠かった。途中、ところどころにベンチや椅子があったので、そこで母をしばらく休め、また出発する。母にとっては山登りであるが、「モナリザはこっち」というサインがいたるところにあるので、道に迷う心配はなかった。

数知れない人々の歩みを支えて来たであろう重々しく摩耗した大理石の階段を上り、絢爛たるフランス絵画の大作が左右両壁に居並ぶ大ホールを抜けた先に、モナリザの肖像は人目を避けるように飾られていた。

「やっと来た」と聖は歩を早めた。展示場所は「人目を避ける」ようなところかもしれないが、フランスでＬａ　Ｊｏｃｏｎｄｅと彼女のラストネームで呼ばれるその絵画の前は溢れるような人だかりである。

映画スターに向けられるかのようなカメラの群れと、時折、無遠慮に不用意に光るフラッシュ。冷たいガラスケースの中で微笑む彼女はしかし、確かに「山」を登って来るだけの価値があった。

実物は小さくてつまらないという感想を聖はよく耳にしていたが、そんなことはなかった。確かに小さな絵画である。しかし、その中に描かれた女性の眼差しに、聖は魅了され、そんな自分に少なからず狼狽していた。そこに得も言われぬエロティシズムを見たからである。荒涼とした風景をバックに熱を帯びた眼差しでこちらを見詰め、口元を微かに緩めている彼女は、何を語ろうとしているのだろうか。

無論、母の目は、違った意味の「美」を捉えていたに違いない。数世紀という時を超えて初めて対面した友人を見るかのように、無言のままモナリザの眼差しと微笑みの前に杖をついて立ち、いつまでも佇んでいる母の後ろ姿を聖もただ無言のまま見つめていた。

五

「赤信号、みんなで渡れば怖くない」という「標語」があるが、今回の緊急事態宣言解除を象徴するような言葉だと聖は思った。各県の対策や業界のガイドラインを見ても科学的には突っ込みどころが満載であり「行き当たりばったり」の印象を受ける。

感染者の数は減っていても、継続的にゼロにできなければ第二波、第三波は必ずやって来る。そうなればまた政府は大盤振る舞いをするのだろうが、財源はどこにあるのだろうか。

コロナ以前で既に日本政府は財政問題を抱え、消費税を10％にしたのである。国内の産業は衰退し成長性を中国に求め、観光立国をぶち上げた結果が今回のコロナ禍である。これからどうするのだろうか。そういった長期のビジョンも示さずに、政治家はあたふたと目先の対策に浮き足立っている。

今後、半恒久的に財政難が日本を襲うことになるだろう。政府は無策だから、またその大波を食らうのは国民だろう。大増税の時代が来る可能性は大きいと聖は思っていた。

そうなった時に、相変わらず左団扇で高みの見物を決め込むのが、政治家であり、霞ヶ関の官僚であり、ＮＨＫの職員といった特権階級であることは目に見えている。

安倍総理をルイ十四世に喩えた国会議員がいたが、上級国民と呼ばれる日本の既得権者たちを聖はまさに日本のベルサイユ宮殿の住人、ベルサイユ族だと思っていた。

日本の国会議員は、世界一の高給取りだそうだが、国民の生活が困窮する中、富と主権を国民の手に取り返すことが最重要課題なのではないか。そして、コロナ禍は「新たな生活様式」だけではなく「新たな政治体系」を日本国民に促しているのではないだろうかと。

五月二十七日。緊急事態宣言が全国的に解除となり、WHOが日本の成果を称えたことで一件落着といった雰囲気が漂っている。しかし、肩を叩きあって「よくやった」と言うのには少なくとも一年早いと聖は思う。本日の東京の感染者は十一名ということだが、全国では十二名が死去している。そして致死率はついに5％を超えているのである。日本の感染対策の成績は、同じ文化圏、同じ人種のアジアの中では決して優等生ではないことを思い出す時ではないのだろうか。

「八割自粛」を主張し、それを繁華街で実現させた北大の西浦教授は、結果を見る限り正しい判断を下したと評価されるものだと聖は思う。彼は新型コロナウイルスとの闘いを野球の試合に例え「まだ一回裏が終わったばかりだ」と言っている。聖もその通りだと思う。闘いの火蓋は切られたばかりなのである。

五月二十八日。新型コロナ感染症による死者がアメリカでは遂に十万人を超える。ベトナム戦争で死亡した兵士の数を遥かに超え、第一次大戦の死亡者に迫る勢いである。

理由はいくらでもあるだろうが、やはり最大の理由はリーダーシップの欠如なのではないだろうかと聖は思った。アメリカがもっと中国のような強行的な措置を早い段階で取っていれば、こんな惨劇を見ることはなかったのではないだろうか。

第二の理由は、肥満率を含めた国民全体の健康状態であり、第三は接触を好む文化であろう。第四の理由は、これも文化的な理由であるが、アメリカ人は一般的に能動的な国民であるという事実ではないかと聖は推理した。攻撃的と言い換えることができるかもしれない。

これは、多くのアメリカ人にとって、トラブルは積極的に解決するものであり、じっと家に籠って解決するようなものではないという意味である。「家にいることで命を救う」と言われてもピンと来ないのではないだろうか。

一方、日本人はどちらかと言うと受動的な国民である。これに関しては一冊の本が書けるほどだろうが、おそらく古くからの農耕文化や禅の思想も関係しているのではないだろうか。

第五の理由としては、おそらく情報不十分か情報過多があるのだろう。この両者は相反しているように思われるかもしれないが、ここでは情報過多になることによって重要な情報が国民に浸透せず、結果として情報不十分になることを指している。

アメリカのマスコミにどれほどのフェイクニュースがあるのかは聖の預かり知るところではなかったが、大統領がマスコミの情報はフェイクだと公言し、科学者の意見と異なることを国民に訴えていたのでは、国民は迷い戸惑うばかりであろう。いったい、何を「真実」として行動すれば良いのだろうか。

六

パリでの二日目は、オルセー美術館から始まった。この美術館は、もともと一九〇〇年のパリ万博の際にオルレアン鉄道が駅舎兼ホテルとして建造したもので、大きな時計台が目印である。聖たちのホテルからはカルーゼル橋を渡ってセーヌ川の対岸まで行かなければならず、年寄りの脚には結構な距離であるが、母が歩くと言うので異論は唱えなかった。

列に並んで切符を買い、ガラス張りの正面玄関から内部に入ると、一世紀以上も前の建造物には似合わないほどの前衛的な内装である。美術館は三層のフロアから成るが、ルーブルのように巨大ではないからゆっくり歩いても一日はかからないだろう。

しかし、ここへ来た目的は印象派である。聖は案内カウンターでもらったパンフレットを手に、迷わず印象派と後期印象派の作品が展示されている三階へと母を連れてエレベーターで上がった。

三階は、伝説の美の饗宴であった。一歩進むごとに、教科書やテレビの美術番組でしか見たことのない美術史を飾る名作、傑作が競うようにその姿を聖たちの目の前に現して来る。ルノアールの「ムーラン・ド・ラ・ギャレット」がある。ゴッホの「星の降る夜」がある。そしてモネの「日傘の女」の連作があり、ドガの「踊り子」の連作がある。

絵画を生で鑑賞することの素晴らしさのひとつは、画家の筆遣いの一筆一筆を目で追うことができる点ではないだろうか。鑑賞者はそこに時空を超えた画家の息遣いや、情熱すら想像することができるのである。絵心のない聖ですら、感動を覚える作品群の前で、母は何を思ったのか。

「素晴らしいわね」

と溜息と共に漏らした一言の中にどれほどの感情が込められていたのだろうか。母は画家として大成しなかった。大成したいという欲求すら口にしなかった。しかし、絵の仲間と共同で銀行のロビーや、野外展示場に自分の絵を出展し、それが高い評価を受けたり、買い手が現れたりすると喜びを隠しはしなかった。

無論、オルセーに作品が飾られている大画家たちの足元にも及ばないことは母自身がよく知っていただろう。しかし、絵を描くことは母にとって迸る情熱の捌け口であり、趣味以上の意味があったのである。

聖は母が「石神井絵を描く友の会」で知り合い、親友と呼べるまでの間柄になり、今は故人となったある女流画家のことを思っていた。彼女はゴッホの熱狂的なファンであり、ゴッホの絵見たさに、パリ滞在中、毎日オルセーに通ったそうである。

連日ゴッホの絵を前にして、涙を流す彼女を見兼ねて、美術館がフリーパスをくれたというエピソードを聖は母から聞いていた。母もまた、亡き親友の面影を「星の降る夜」の前に探していたのかもしれない。

その夜はキャバレー「ムーラン・ルージュ」でショーを観る予定になっていた。ムーラン・ルージュがあるモンマルトル付近は、治安が悪いと聞いていたので、聖と母は早めにホテルを出た。ホテル前でタクシーを止め、先にエッフェル塔へ廻って記念写真を撮り、シャンゼリゼを通って凱旋門、北西に舵を切ってモンマルトルに到着した。

タクシーを降りるとムーラン・ルージュの赤い風車がすぐに目に入ったが、ショーまではまだだいぶ時間があるので、やはり観光名所となっているサクレ・クール寺院の聳える丘まで登ってみることにした。丘の上までは階段がずっと伸びているが、母の脚では無理なので、ケーブルカーを利用する。

パリの白眉とも呼べるサクレ・クール寺院の麗姿に象徴される標高一三〇メートルの丘であるが、寺院の足下に広がるテルトル広場には土産物屋や大道芸人、似顔絵師などがところ狭しと店を出しており、大変な人出である。日本人観光客の姿も多く、典型的な観光スポットという意味では、京都の清水寺のイメージかもしれない。

ここに母を連れて来たのは、かつてここに多くの芸術家が居住し活動していたからである。そのリストたるや、ピカソから遡って、マティス、ユトリロ、ドガ、ロートレック、ルノワール、ゴッホ等々、近代ヨーロッパ美術の先駆者となった錚々たるメンバーであり、先刻、オルセー美術館で目にした作品の多くも、言うまでもなく、これらの画家の手によるものである。

丘の下は場末の雰囲気があるが、丘の上は高級住宅街だそうで、とても貧乏芸術家の住めるような場所ではないと聞いた。おそらくテルトル広場に集まっている「芸術家」たちも、商売目的でもっと遠いところから通っているのだろう。それでも、広場に面したカフェは、ルノアールの絵画に見るような享楽主義的な雰囲気を残しており、テーブルに席を取ってエスプレッソを啜るだけで、全盛期を忍ぶに十分な迫力があった。

「ムーラン・ルージュ」ではディナー・ショーを予約していた。入場時間は午後六時四十五分からとなっていたが、その時間になってもパリの空はまだ昼間のように明るかった。

「ムーラン・ルージュ」のシンボルである赤い風車であるが、近くで見ると、それがまた感動を呼び起こす。何度も映画や写真で見ている風車が、実際に存在しているという当たり前のことに不思議と胸がときめくのである。

暗い店内をテーブル席に案内され、贅沢なフランス料理とワインにしばし時を忘れていると、いよいよショーの開幕である。筆舌に尽くし難いものはこの世に多くあるが、本場のキャバレーのショーとはこういうものかと聖は思わず膝を打った。

絢爛豪華である。出色耽美である。ここで踊る若い踊り子たちには、いずれも飛び抜けた美貌が求められるとガイドブックに書いてあったが、なるほどその通りである。それもほとんどのダンスナンバーが美しい胸を恥じらいもなく露出したまま繰り広げられる。ここならばロートレックでなくとも通いたくなるだろう。

聖はしかし、母の反応が心配であった。目は興味深そうに半裸の女性の踊りに向けられていたが、心中穏やかではなかったのではないだろうか。少なくとも、ムーランルージュは成人男子が母親と来るような場所ではないことは確かであった。

七

五月三十日。本日放送の「池上彰のニュース　そうだったのか！」では日本のコロナ対策の「成績」をアジアの他国と比較し、決して日本が優等生ではないことを明らかにしていた。このような放送が国民の胸に届き、今後の対応を改めて考える材料になってくれればと聖は願ったが、この番組で見落としてならないのは感染者をゼロにすることは不可能ではないということである。最近は第二波、第三波が既成事実のように報道されており、また国民も最初から諦めムードのようであるが、そんなことはない。

　経済を優先するか、命を優先するかとまるで二者一択のように語られているが、経済活動をほぼコロナ以前の状態に戻し、さらに失われる命を最小限に抑えることは可能だと聖は思うのである。

　優等生ではない日本と、優等生である台湾やタイ、韓国、ベトナムといった諸国との差はどこにあるのか。それは、政府の行動の早さであり、厳しさだと思う。政治家も国民も、いい加減「日本モデル」の賛美は止めて現実を見つめるべきだろう。そして、今後、我々が取らなければならない対策は何なのかを考え実行に移すことが今できる最善のことではないだろうか。これ以上の犠牲者を出さないためにも。

　六月一日。報道によると、東京都の直近コロナウイルス新規感染者の半数以上は「夜の街」で感染しているそうである。案の定であるが、相変わらず政府は何の対策も取っていない。

西村新型コロナ対策担当・経済再生担当大臣の「濃厚接触をしないようにお願いしたい」という発言を聞いて、小学校の校長かと聖は呆れてしまった。この大臣は、本当にこれらの店舗で顧客と接待者がどのような行動を取っているのかを知らないのだろうか。性風俗店に限らずいわゆるガールズバーやキャバクラ、ホストクラブといった業態も「濃厚接触」が前提で客は訪れるのである。

どこまで信憑性のある情報かは知らないが、聖の聞くところによると、これらの店舗の多くの経営権を握っているのは反社会的組織だという。これが真実なら、そもそも存在すべからざる「ふしだら」な業態のために、多くの真面目に経営している店舗や業態が犠牲になろうとしているのが実状なのではないか。

客と客との間にアクリルやビニールの仕切りを設けるだけで居酒屋やバーを含むほとんどの店舗がコロナ以前の営業を続けることが可能だと聖は思っていた。感染者を継続的にゼロにすることによって、国民は国内旅行に回帰するだろうし、それだけで多くの倒産や廃業をストップすることができるだろうとも思っていた。

真面目に「きちんと」した営業を行なってきた店舗や企業がコロナのために倒産、閉業することは聖にとって見るに耐えないことであった。また、その経済全体に与える悪影響も計り知れないだろう。憲法二十九条は「公共の福祉」に適さない業態の違法化を可能にしてくれている。違法化すれば補償を払う必要もない。いい加減「ふしだら」な業態を優遇することを止め

「きちんと」した業態を救ってはどうだろうか。

またこれは、ＮＨＫのような特権企業にも言えることだと思う。聖は新型コロナが流行してから今まで、いろんな報道番組を見てきた。ＮＨＫにも為になる番組はたくさんあった。しかし、そうではない娯楽番組が圧倒的に多く、これが果たして最高裁をして言わしめた「公共の福祉」に適合しているのかどうか甚だ疑問であったし、少なくとも民放以上にＮＨＫの報道情報番組が優れていたとは聖には思えなかった。ならばＮＨＫにも「普通」の企業のような営業をさせてはどうだろうか。

今後、財政難が予想されるに当たって、政府が取れる最良の策は官から民への富の移動であると聖は思っていた。世界一の報酬を得ている国会議員や、都心の一等地に格安の家賃で暮らしている高級官僚などから、減税によって、その富をもっと一般市民へと移行することが得策なのではないだろうか。

そして、その手始めに消費税をゼロにしてはどうだろうか。もちろん日本経済はその活力を世界経済に依存しており、日本だけで盤石の経済を作り上げることは不可能だろう。しかし、富が官から民へと移動する兆候を見ただけで、世界の投資家は日本への膨大な投資を開始すると聖は思っている。もしかすると、それだけで日本経済は画期的な復活を遂げる可能性があるのではないか。そして、世界に誇れる本当の「日本モデル」を構築するのは「今」なのだと。

八

パリの三日目は、ツァー・バスでパリ郊外のジベルニーとベルサイユ宮殿を廻るプランを選択した。ジベルニーはクロード・モネが晩年を過ごした村として知られ、有名な「モネの庭」を題材に多くの傑作を残した場所である。

グループと行動を共にするので拘束時間は長くなるが、聖たちのホテルの近くにツァーの集合場所があり、入場料はもちろんのことランチも料金に含まれているという利便性とコスト・パフォーマンスの良さが魅力であった。

バスはセーヌ川に寄り添う形で北上し、一時間ちょっとで目的地であるジベルニーに到着する。パリ郊外に出ると、のどかな田園風景が広がるのが楽しく、また都会の川として知られているセーヌの緑溢れる下流を目の当たりにするのも新鮮であった。

「モネの庭」は日本庭園にヒントを得てモネ自身が自宅に造成した庭園で、彼の「睡蓮」の連作を知っている者であれば、この「庭」がその全ての原点であることが一目瞭然であった。中央に大きな池を配し、睡蓮はもとより池の周囲は蒸せ返るような花盛りである。聖は池に架かる太鼓橋を背景に、母の写真を撮ったが、観光客が行列を成して池の周囲を歩いており、残念ながら人の姿の入らない写真は撮れなかった。

ここで母はしかし、アクシデントに見舞われた。池の周りを杖をつきながら歩いていて、庭石に躓きうつ伏せに転倒してしまったのである。眼鏡にヒビが入るほどの衝撃であったから、痛みも尋常ではなかったであろう。

「病院に行かなくて大丈夫？」

しばらくして母の体を起こし、近くの椅子に座らせて聖はそう母の顔を覗き込んだが、母は気丈にも旅の続行を希望した。聖が驚いたのは、母の転倒を見て、誰も手を差し延べる人間がいなかったことである。

ほとんどがおそらく外国から来たツーリストであろうが、これがアメリカやイギリスであれば、多くの人が手助けに駆け寄ったことだろう。こんなことで母のフランスへの印象が悪くなるのは残念であったが、聖も少なからず義憤を覚えたのは事実であった。

ベルサイユへの道程は、母の体調を心配しながらの道程であった。ツァー・バスは宮殿の門外で停まるので、そこからは徒歩になる。母とバスに残ることを考えたが「せっかく来たから中が見たい」と言うので、聖は母の手を引いてバスを降りた。

宮殿への入り口は、コの字型に配置された両ウィングの奥にあり、また石が敷き詰められた路面がゴツゴツとして杖をついた老人には歩き難い。やっとのことで入り口に到達したが、ここからまた階段を幾重も上り、この巨大な宮殿の中を散策することは母には無理であった。

結局、宮殿入り口近くの部屋に母を残し、聖はいくつあるとも知れぬ部屋部屋と煌びやかな装飾で彩られた回廊を一人で廻った。しかし、ルイ十四世が贅の限りを尽くして建造したとされる世界遺産であり、音に聞くベルサイユ宮殿であるが、ここにもウィーンのシェーンブルン宮殿と同様の感想しか聖は持たなかった。

世界一豪華な宮殿という触れ込み通り、内部は贅の極みであるが、だから何?という感想しか湧いて来ない。多くの民の犠牲の上に構築された、虚栄と傲慢のシンボルであり、そこに歴史的な価値は認めても、畏敬の念は全く浮かんで来ないのである。

「祇園精舎の鐘の声、諸行無常の響きあり。沙羅双樹の花の色、盛者必衰の理をあらはす。奢れる人も久からず、ただ春の夜の夢のごとし。猛き者も遂にはほろびぬ。偏に風の前の塵に同じ」

遠いフランスの地で、月並みではあるが「平家物語」の冒頭の件を思い出す。しかし考えてみれば、これはこの豪奢無類な宮殿で人生を送ったルイ十四世やマリー・アントワネットに限って言えることではない。有為転変。全ての人生がそうなのだということを思い出させてくれるだけでも、ベルサイユに来た価値があったのかもしれないと聖は低く笑った。

第十六章　「夜の街」

一

日本全国で社会生活が徐々に再開されるにつけ、感染防止に向けた企業や人々の努力に聖は頭が下がる思いであった。ただ、肝心の感染源である「夜の街」は相変わらずの営業を継続しており、それに対して政治家は依然動く気配すらない。

学校が再開され、子供達もマスクをしたり互いの席に距離を取ったりと苦労をしている姿が報道されているが、休み時間になればそこは子供。いくらマスクをしていても濃厚接触は避けられないだろう。そこで懸念されるのが「夜の街」に出歩いた親から子が感染し、学校で感染を拡めることによって生じるクラスターである。

学校のあちこちでクラスターが発生したとなれば、また学校は閉鎖になるだろう。同じ過ちを繰り返さないためには、感染源を徹底して抑え込む他に道はないのではないだろうか。

家族連れが海岸に行くことで感染が拡がるとは思えない。友人同士で川に釣りに行ったり、ゴルフやボウリングをして感染する可能性もマスクを着用していればほぼゼロに近いだろう。また通勤電車にしても乗客全員がマスクを着用し、会話をしなければ感染の確率は極めて低いと思われる。問題はやはり「夜の街」なのである。

一つの業態を廃業に追い込むことが可能なのかという問いには、過去に何度もやっているとしか聖には言えない。売春防止法が施行された時には「赤線」がそっくりそのまま廃止されている。また故中曽根康弘は、総理大臣の時代に風営法を改正し、風俗業の取締りを強化、そして多くの風俗店を廃業に追い込んでいる。これにはやはり感染症であるエイズ蔓延への懸念が大きな影響を与えたのである。

エイズが脅威であったのなら、新型コロナはもっと脅威ではないか。中曽根元総理はリーダーとしての決意と自覚をもって断固たる措置を取ったのであり、少なくともこの件に関しては立派な政治家であったと聖は思う。

それに比べて今の政治家はどうだろうか。全てにおいて優柔不断であり、全てにおいて「うすのろ間抜け」なのではないだろうか。バブルの頃の日本人にはもっと覇気があったのかもしれないが、もし今の政治家の体たらくが国民の意思の総意であるのなら、国民自体も自らを省みる必要があるのかもしれない。

六月二日。経済活動が段階付けて再開されている中、東京都内で新たに三十四人の感染者が確認されたとし、東京都は初の「東京アラート」を発出する。誰の考えか知らないが、レインボーブリッジを赤くライトアップし、都民の注意を喚起するという主旨であるが、アラートが出たからといって特に政府が何かするわけではない。言ってみれば小池都知事のスタンドプレイである。

安倍総理も小池都知事もコロナ感染防止には「三密」を避けることを再三、国民に要請してきた。またマスクの着用もその効果を強調し、アベノマスクまで全世帯に配布したほどである。ところが「緊急事態宣言」が解除になり「三密」業態が次々と感染者を排出しても、有効な対策を取ろうとしないばかりか、マスク着用の義務付けさえ実施していないのが現状だ。業務上過失致死という刑法上の罪状は政治家には適用できないのであろうが、日本の政治家にはこれに値する人間が多いのではないだろうか。

要所を抑えた対策を取れば、経済と命を両立させることはまったく可能だと聖は思っている。濃厚接触が必須条件になっているような業種には廃業してもらうことが得策であると思っている。

感染者が増えれば、また医療機関の状況は逼迫するだろう。医療機関の中にはコロナ患者を受け入れたがために経営難に陥っているところもあると聖は聞いた。また、未だに防護服等が欠品し、ゴミ袋を代用している現場のニュースも目にしている。

日本の国会議員や霞ヶ関官僚といった人々は、聖の目にはベルサイユ宮殿に住む「ベルサイユ族」であり、「貴族」である彼らには巷のこの現実が目に入らないのだとしか思えない。野党の議員にしても、本当に国政を握りたいのなら、自分の給料を五割削減し、削減したぶんを医療機関や医療従事者に充当してみてはどうだろうか。国民はそれだけで野党に投票するだろう。

麻生太郎副総理が日本のコロナ死者数が少ないのは日本人の民度が高いからだと発言したと

いうニュースを聖は読んだ。ということは韓国人やタイ人、ベトナム人や台湾人の民度は日本国民よりはるかに高いことになるのだろう。現時点で日本におけるコロナの致死率は5％を優に超えているのである。

高度な先進医療を誇る日本のこの数字は、非常に憂慮される数字ではないだろうか。医療崩壊なしで5％を超えるということはイタリアやニューヨークのような状況になれば、10％以上になる可能性があるということである。感染者削減に今こそ、最善を尽く時ではないだろうか。

二

ベルサイユから帰った夜に、聖は母を連れてモンマルトルを再訪した。目的は「ラパン・アジル」というシャンソニエである。「ムーラン・ルージュ」同様にガイドブックに載っている有名なバーであり、ピアフやモンタンも歌ったというモンマルトルの高台にあるそのシャンソニエは、創業一八六〇年というから老舗であるが、聖の母のようにシャンソンを愛する者にとっては聖地と呼んで然るべき店らしい。

ただ、この評判は日本国内の話のようで、ホテルの中年のコンシエルジエもその名を知らなかったし、タクシーの運転手もまったく見当がつかないありさまで、モンマルトルの坂道を散々連れ回されたあげく、辿り着いた時には既に時計は九時半を廻っていた。

幸い、五月のパリは日没が午後十時を廻る頃なので、外はまだ明るかった。「ラパン・アジル」は石畳の急な坂道に沿って建てられており、例によって杖をついている母の足元に細心の注意を払いながら歩いたが、十九世紀の建造物らしい漆喰の白壁と梁のような太い木材からなる古民家風の建物であった。

重々しい堅木の扉を押し開けて中に入ると、薄暗いカウンターがあった。迎えに出た長身の男に予約があることを告げると、すぐに奥の部屋に案内された。

段を上ったすぐ上が広間になっており、中央の長方形の大きなテーブルを囲んで、五、六人の歌手が座している。入り口近くの壁に向かって配置された骨董のようなアップライトのピアノの前に白髪の男が座り、すでに鍵盤を叩くような音を奏でていた。

四方の壁伝いにもテーブルが並び、客が歌手達を囲むようにして座っている。低い天井から吊された赤色のランプ以外には照明らしいものはなく、聖は目を凝らしたが壁一面に掛けられた絵画の数々が誰の手によるものかを判別することはできなかった。おそらくこの店に出入りしていたという有名な画家の手によるものなのだろう。ピカソやユトリロ、モリジアニといった画家の作品すらあるのかもしれない。

そうこうしているうちに一人の歌手が歌い始め、ウェイトレスがドリンクを運んで来た。聖は小さなグラスに入ったワインを取り、母はミネラルウォーターを注文した。

歌われているのは、いずれも聖ですら聞き覚えのあるシャンソンの名曲である。無論、歌詞は全てフランス語であるが、巻き舌で歌われる歌唱法が、パリの下町の雰囲気にマッチして酒がなくとも酔わせてくれる音色である。

前方のベンチに座っていた母が、曲に合わせて日本語の歌詞を口ずさんでいると、母の声が聞こえたのだろうか一人の女性歌手が微笑みながら立ち上がって母の隣に腰掛け、肩を組んで一緒に歌ってくれた。

これで午前中に「モネの庭」で経験した不親切は帳消しだ！　母と母に寄り添ったフランス人歌手の黒いシルエットを背後から眺めながら、聖はそう心の中で叫んだ。

三

ジョンズ・ホプキンス大学の集計によると、現地時間の六月七日時点で、新型コロナウイルス感染症による世界での死者が累計で四十万人となる。最多死者数はアメリカの十万九千人であり、次いでイギリスの四万人、ブラジルの三万五千人、イタリアの三万三千人である。

六月八日。世界の新型コロナウイルス累計感染者数が七百万人を超えるが、中国からは依然として謝罪の言葉が聞こえないばかりか、ウイルスの発祥を他国になすり付けようとする姿勢まで打ち出している。どこまで厚顔無恥なのだろうか。ただ、中国は台湾やタイ、ベトナムなどと並んで新型コロナの封じ込めに現時点で成功している国家であり、見習わなければならない点は多いと聖は感じていた。

一方、中国の「国家安全法制」の香港導入を巡り欧米諸国が批判声明を発表したが、それに日本政府は参加拒否を表明する。どのような経緯であったのかは聖の知るところではなかったが、自由と民主主義を主張、信望するのであれば、中国の方針はその真逆を行く方針であり、非難されて当然であろう。

それを日本政府がしないということはどういうことなのだろうか。ここにも親中派の先鋒と言われる二階俊博がその影響力を行使しているのだろうか。ネットの反応を見る限り、日本国民の大多数は反中国であり、ここに聖は日本政府と日本国民の乖離を感じていた。

新型コロナが「夜の街」から拡散していることに関しても、多くの国民はホストクラブやガールズバーといった業態に否定的であり、食品衛生法等の下、営業免許の剥奪にも言及している。ところが東京都も日本政府もこれらの業態で働く従業員の定期的検査でお茶を濁そうとしているのである。

定期的検査が全く効を成さないとは言えないが、それならばこれらの店を訪れた客をどうするのだろうか。ホストやホステスが感染していれば、利用者も感染している確率が高いのは歴然であろう。利用者をどうやって追跡するのであろうか。

ここでも政府と日本国民は乖離していると聖は感じた。極端な見方をすれば、日本政府に政治を任せるよりは、付け焼き刃的に誰かを代表として選び、その人たちに政治を任せたほうが日本の為になるのではないだろうかとすら聖は思っていた。

それほど今の日本の政治家には能力や常識が欠如しており、尚且つ国民の方を向いていないように聖には見える。政治家は国民の代表であり、民主国家に於いては国民の大多数の意見を優先するのが当然であろう。もっと謙虚に国民の声に耳を傾けてはどうだろうか。

麻生副総理が言うように、新型コロナの被害を最小限に抑えられたのが日本人の「民度」のお陰なら、中国の政策に反対し、「夜の街」に脅威を感じているのも日本人の「民度」である。ならば政府は日本人の民度にもっと敬意を払うべきだろうと聖は考える。

そして、日本の政治は国民の総意を代表するには不適切な形態を持っているのだと聖はつくづく思うのである。国民投票で国家の代表を選出できるように政治の形態を変えない限り、政治家は国民の声を軽視し続けるであろうし、「ベルサイユ族」の手によって国家は衰退の道を進むばかりなのではないだろうかと。

四

二週間に渡る母との欧州旅行で、聖が最終目的地として選んだのは南仏の街、カンヌであった。言うまでもなく映画祭で有名であり、ジャン・ギャバン、アラン・ドロン主演の「地下室のメロディ」を始め多くの映画のロケ地にもなっている街である。

カンヌへはパリから陸路で入ることにする。例によってそのほうが地方の景色を楽しむことができるからである。ＴＧＶでパリ・リヨン駅を午前十一時五十分に出ると、午後五時前にカンヌ駅に到着する。

鉄道はフランスの東半分をほぼ縦断する形になり、ワイナリーのブドウ畑が点在するブルゴーニュの田園風景や、セザンヌの絵画を連想させるローヌ・アルプやプロヴァンス北部の山々や丘陵地帯が、その肥沃な大地と豊かな自然を物語るように現れては通り過ぎて行く。

「セザンヌの山だね」

と聖が言うと、母は感慨深そうに頷いた。

五月末の南仏の太陽は真夏のそれのように熱く明るかった。初めて見るカンヌの海はコバルトブルーに輝いて、湖と見間違うほど静かに凪いでいた。ナプル湾岸線に沿って東西に長くクロワゼット大通りが走り、海に面して高級リゾートホテルやカジノがずらりと並ぶ。

ちょうど映画祭も一週間前に終わり、ホテルの部屋を取るのに苦労はしなかった。ホテルにチェックインしたのは夕方であったが、空はまだ昼のように明るい。カンヌといっても母をカジノに連れて行くわけにはいかないので、翌日はサント・マルグリット島へ遠足することにして、夜は近くのレストランで済ませることにした。

表通りをバス停の方角へと歩くと右手が桟橋、左手にはレストランやカフェ、土産物店が肩を寄せ合っている。

小さな石造りの噴水で子供達が足を洗っている。濡れた水着のままの若者達が焼けた素肌も誇らしげに歩道を闊歩している。白いサマースーツに身を包んだダンディな老人がプードルを連れて歩いている。

パリのいくぶん堅苦しい雰囲気とは打って変わって、やはりここはコート・ダジュールだ。肌を出して歩いても刮目されることはない。メインストリートからちょっと奥まった路地にシーフードのレストランがあった。

翌朝、聖は六時に目を覚ました。時差ぼけがまだ抜けないのか、観光地に来て精神が興奮しているのか、ヨーロッパに来て熟睡した記憶がない。昨夜は食事から帰って母をホテルに残し、聖は街へ散策に出た。

坂の多い街である。高級リゾート地の名に相応しい高級住宅街がある。そしてその表の顔とは趣を異にした古く貧しい住宅が連なる裏の顔がある。どこの街に行っても、人は見上げる空と踏みしめる地面を持っているのである。

サント・マルグリット島へ行く船の出航時間は午前十時であるから。まだ時間がある。聖が支度をしてホテルの外に出ると、向こうから杖をついて歩いてくる母の姿が目に入った。

「なんだ、まだ寝てるのかと思ったよ」

「お散歩に行ってたのよ」

なんでも近くのマルシェまで歩いて帰って来たのだと嬉しそうに言う。

「見たことないような大きなお魚とか、綺麗なお花を売ってるの。名前聞いたけどわからなかったわ」

母が辛うじて話すことのできる外国語は、進駐軍から会得した英語である。カンヌの商人と会話が成立したとは考え難かった。

午前十時。予定通り聖と母はサント・マルグリット島へと向かう定期便に乗った。船長二十メートルほどの船であるが、二層のデッキはほぼ観光客で一杯であった。ほんの十五分の船旅である。豪華客船が停泊している海原は今日も深い群青を懐に秘めて静かに煌めいていた。日差しは既に強く暑い午後を予期させるに十分であったが、潮風はあくまで柔らかく心地良い。船上から眺めたカンヌの街は白く波間に浮かぶ蜃気楼のように美しく幻想的ですらあった。

サント・マルグリット島はそのほとんどが鮮やかな緑で覆われた丘陵地帯である。ユーカリや松の林が鬱蒼と生い茂り、ブーゲンビリアは家々の二階、三階まで背伸びして咲き乱れ、辺りは極彩色の花々に彩られている。

南フランスにおけるカトリック教の中心地としての歴史は四世紀に遡るというから半端ではないが、今はその自然美故に多くの観光客が海水浴やピクニックに訪れるというのもなるほどと頷ける。

その割には荒らされた形跡がまったく見えないのも、観光客のマナーの良さを物語っているのだろうか。時折聞こえてくる艶やかな野鳥の声と誰かが振るう鎚の音の他は、静寂がこの島を支配していた。

栈橋から東西両方向に延びる一本道を東に進むと古い要塞がある。石造りのその要塞にはかつて牢獄があり、ルイ十四世の命によりその双子の兄弟である鉄仮面の男が投獄されていたという薄気味悪い歴史がある。

小さな島ではあるが貧しい島ではない。大邸宅ではないが、通り過ぎた住居はすべてそれ相応の門構えをしていた。静けさを好む金持ちの別荘などもあるのだろう。

道の右側には住居の石塀が続き、左側には木々の間から海が見える。思い出したように観光客相手のカフェやレストランがのんびりと南国的な風情を現すが、時間が早いせいか客の姿はなかった。

翌日、聖と母は空路でパリに舞い戻り、元のホテルに「帰宅」した。途中、母の転倒というアクシデントに見舞われたが、幸い大事には至らず、二週間の旅は終わろうとしていた。後は明日の便で帰国するばかりである。

その夜の聖の希望は、少し高めのフランス料理で旅程完了の祝杯を上げることであったが、母が「日本料理が食べたい」と言うのでホテルの近くの日本料理店でパリ最後の晩餐を終えることにした。パレ・ロワイヤル近辺は日本料理店が多く、大衆食堂のような店もある。

母にとっては一生に一度になるであろう記念すべき欧州旅行を、パリの日本料理屋でカツ丼を食べて終える。意外な結末であったが、これはこれで良い思い出になるのかもしれないと、聖は割り箸を割り、味噌汁を啜りながら運ばれて来たトンカツに舌鼓を打った。

五

「職業に貴賤なし」とは世で普遍の真実のように言われる言葉である。実際は、士農工商という身分制度があった江戸時代に庶民のイメージ向上のために使われた言葉だそうで、言ってみれば武士の「高い」地位が脅かされないように庶民を宥めることを目的に広められた言葉らしい。

つまりはご都合主義的な言葉なわけである。この言葉、本当なのだろうか。聖はそうは思えなかった。ほとんどの人もそう思ってはいないのではないだろうか。だからこそ、一生懸命勉強して「高い地位」に就こうとするのだろうし、他人を見下したりもするのではないだろうか。

聖は他人を見下すことは好きではなかった。しかし、「貴い職業」と「賎しい職業」はあると思っていた。コロナ感染者を救うべく日夜努力を続けている医療従事者は貴いと思うが、感染源になる可能性が高いとわかりながら警告を無視して営業を続ける「夜の街」の連中は賎しいと思う。ただ、ここで「夜の街」という言葉を使う場合、聖あくまで濃厚接触を前提とした職業や業態を想定していた。

自分に子供がいたとして「職業に貴賎はない」と教えるのだろうか。それとも「職業には貴賤がある」から貴い職業に就きなさいと教えるだろうか。ほとんどの人は後者ではないだろうか。無論、何が貴くて何が賤しいかは主観的な価値観の問題である。聖にとって「貴い職業」とは収入や教育レベルで測れるものではない。「貴い職業」とは世のため他人のためになるような職業である。「夜の街」の人々がコロナ禍の中にあって、世のため他人のためになっているだろうか。答えは否であろう。

また聖は、政治家にも貴賤があると思っていた。「貴い政治家」は世のため他人のために自らの地位や次の選挙を顧みずに「正しい」ことを遂行しようとする政治家であり、「賤しい政治家」は八方美人的に都合のいいことを言い、私利私欲のために世の中を上手く立ち回る政治家である。日本の政治家には後者が多いような気がする。

西村大臣はコロナが「夜の街」でクラスターになっていることに関して「夜の街が悪いわけではない。夜の街で働いている人が悪いわけではない」と発言した。そうではないだろう。これに関しては「夜の街」が悪く「夜の街」で働いている人々が悪いのである。

なぜ悪いものをはっきり悪いと言い、それに規制をかけたり、罰したりしないのだろうか。憲法上はこれらの業態を違法化することは可能であり、そして違法化してしまえば、補償金を出す必要もないのである。食品衛生法に反した飲食店の営業免許を停止する場合、保健所は補償をする必要はない。食品衛生法なり風俗営業法なりを改正し、直ちに「夜の街」をシャットダウンするのが今はベストだと聖は思う。そして、ほとんどの国民はそれを支持するだろうと。

無論、「夜の街」を違法化すれば職を失い生活の糧を得ることのできなくなる人々が多く出るだろう。彼等はもともと犯罪者ではないのだから、路頭に迷うようなことがないように政府が別な業態で再就職できるように便宜を図るのは当たり前のことである。大して意味のない補償金などを大盤振る舞いするよりは、再教育、再雇用、再就職に向けて税金を使ったほうが遥かに健全なのではないかと聖には思えるのである。

六月十日。アメリカの新型コロナウイルス感染者が二百万人に達し、死者は十一万人を超える。同国では、感染検査キットや医療用具の不足が深刻であるとの報道を聖は読んだ。

国内では東京都の新型コロナウイルス新規感染者は十八人だそうで、そのうち七人は「夜の繁華街」関係者だそうである。また、十人は感染経路がわからないというが、性風俗店で感染しましたとは言えまい。前日の感染者の多くは、空港の検疫で引っかかったそうであるから、これでだいたいどこを潰せば感染者ゼロが達成できるのかがわかりそうなものである。

一方、ソフトバンクが四万人超を対象に行った抗体検査によると陽性率はたったの０・４２％とのことである。抗体検査の正確性に多少の疑問があっても、この結果から、ほとんどの日本国民はコロナに感染した形跡がないという結論が導き出されそうである。

つまり、日本に於ける死者の少なさは、以前から聖が思っていたように単純に感染者の少なさに起因していると言ってよいだろう。これは裏を返せば、下手をするとまだまだ感染者が増える可能性があり、比例して死者も増える可能性があるということである。幸いにも全国の数字または東京都の数字を見る限り、三日毎に感染者が二倍になるといった状況には陥っておらず、やはりこれは日本人の生活習慣が感染症に強いからと考えるのが妥当だと思われる。

ちなみに抗体検査による陽性率は、イタリアのベルガモで57％、ロンドンで17％、ニューヨークでは25％だそうである。死者の多さが感染者の多さにほぼ連動していることがここでもわかる。ベルガモ市では集団免疫がほぼ達成されているようであるが、そこに行くまでには大量の犠牲者が出ている。

もともと生活習慣が違うアジア諸国で同様の状況になることは考え難いと聖は思っているが、感染者がゼロにならない限り、国民は安心して経済活動に参加することができないだろう。ゼロにするのは不可能だのとやってもみないで諦めるのは劣等生のすることではないだろうか。

六月十二日。東京都の新型コロナウイルス新規感染者数は二十五人と発表されたが、昨日、都は東京アラートを解除、休業要請も全業態がほぼ通常通りの営業となる。転じて、岐阜市では性風俗に勤務する一人の女性から二十人以上が感染したとの報道がある。

感染症は一人の患者からネズミ算式に患者数が増加することが報告されており、現状を考えるととても全ての業態で通常通りの営業を許すなど狂気の沙汰としか聖には思えなかった。

一方、アメリカでは警察による組織的人種差別に抗議して多くの市民が感染の危険を顧みずにデモに参加しており、これが感染者数を倍増させるのではないかと懸念される事態になっている。黒人の生命の尊さを訴えるデモで、自らの命や他人の命を危険に晒したのでは元も子もないだろう。これはこの感染症の恐ろしさが、未だにアメリカ社会に周知されていない証拠なのではないだろうか。

他方、この感染症の恐ろしさを知りながら、風俗営業を規制しようとしない日本政府には無知、無頓着は言い訳にはならないだろう。国民の命を軽視しているのは日本政府であり、東京都であるということに国民はもっと積極的に抗議してもよいのではないだろうか。

六

五月の中旬頃から、東京の天気は下降気味となり、六月に入ってからも優れない日々が続いていた。聖の母の体調も、天候に呼応するかのように下り坂になって行った。

「眠られている時間が増えていらっしゃるようですよ」

とヘルパーの石橋が教えてくれたが、確かに聖の印象もそれに違わなかった。

母が躁の時は厄介であるが、ずっと眠っているよりは安心である。しかし、その躁状態も日増しに減って来ているように思えた。

「今朝はお元気でした」

というヘルパーの言葉に勇気付けられ聖は毎日を送っているが、そのヘルパー達も母に食事を与えることが日を追うごとに困難になってきているのは、介護日誌を見れば明らかであった。

緊急事態宣言が解除になったことを受けて、そして母の状態から判断して、聖はまた訪問回数を一日に二度に増やしていた。そうすることによって、午前中に母の調子が悪くとも、午後にもう一度トライすることができるわけであり、またその逆のケースもあるからである。

例によって訪問医の中空は二週間に一度、母の健康状態をチェックしてくれている。話をすると、それほど母の摂食状況は心配していないようであった。ただ、水分補給については懸念材料であるとして、一日の水分摂取量が４００ｍｌを切るようであれば、点滴で水分を補うことを提案してくれていた。

それよりも更に懸念事項として指摘されたのが、睡眠時間の増加によって身体を動かす頻度が減り褥瘡が発生する可能性である。今まで通り、ヘルパーが数時間毎に体位を変えてくれるというオプションを取るか、自動的に体位を変えてくれる介護ベッドを導入するかのどちらかであったが、聖は迷わず後者を取ることにした。

なんでもエアーマットレスが機械式に空気の調節をして、自動的に寝ている人間の体位を変えてくれるという便利なものである。しかし、偶然なのか起きるべくして起きたことなのか、介護ベッドを変えた翌日から母の食事量は更に減り始めた。

母の食事は、以前は車椅子に座らせて摂らせることが多かったが、今は上体をベッドに起こして行っていた。新しい介護ベッドはマットレスがエアマットレスであるため母の体重分、身体が下方に沈み易くなり、それが母の胃を圧迫して食事が摂り難くなっているのではないかと聖は推測した。

だいぶ前から、逆流性胃炎を指摘されていた母であり、また老齢者の典型として横隔膜が腹部の上方に移動し、それが摂食困難に関与することもあると聖は聞いていた。褥瘡を予防するために食事が摂れなくなったのでは何の為に介護ベッドを取り替えたのかわからない。

「偶然かもしれませんが、ベッドを新しくしてから母の食事量が減ったと思うんです。また前のベッドに戻してくれませんか」

ベッドを交換してから一週間後に、聖は佐野にそう催促した。

後になった聞いたことであるが、褥瘡予防に開発されたベッドは、継続的にマットレスが変動しているために船酔いに似た症状を引き起こすことがあるそうである。しかし、これは聖のように至近距離で母の状態を観察していたからわかったことであり、そうでなければ単なる体調不良で済まされていたかもしれない事例であった。

誰を責めるわけでもなかったが、介護の難しさを改めて聖は感じていた。

七

六月十三日。北九州市の小学校で新型コロナのクラスターが発生したとの報道があった。感染者はいずれも小学生であるから、軽症か無症状なのだろうが、聖にしてみれば想定内の出来事である。

安倍総理が全国の学校の閉鎖を指示した時には、その指示に科学的な根拠がないという批判があったが、常識で考えて「科学的な根拠」など必要はない。インフルエンザの蔓延を防ぐためにも「科学的根拠」を待たずして学級閉鎖や学校閉鎖は頻繁に行われていることなのだから。ましてや、新型コロナのような得体の知れない感染症の流行期にあっては、安倍総理の迅速な判断は英断であったと聖は今でも思っている。

問題は、今後もこのようなクラスターが全国で発生する可能性が高いと思われることである。子供から突然コロナが発症することはない。特に小学生は徒党を組んで繁華街に出歩いたりはしないわけで、子供は家庭内で大人から感染していると考えるのが妥当だろう。つまり、大人が職場や繁華街からウイルスを持ち帰らない限り、学校でどんなに子供達が接近しようとも、集団感染は起こらないのではないだろうか。

この意味するところは、「夜の街」を閉鎖しなければ、またこのような集団感染が起こるということである。そうなった時にまた学校を閉鎖するのだろうか。外出や営業の自粛を要請して、真面目に対策を取っている人々を再び困窮の中に陥れるのだろうか。

政治家には国民の生活と生命を守る義務がある。そのために我々は高い税金を払い、その使い道が不透明、不効率であっても我慢しているのである。我々がどんなに頑張っても制度的なものの法律的なものは立法府に委ねる以外に方法はない。

もし「夜の街」の営業を違法化し規制することができないのであれば、直ちに立法し、それができるようにすることが賢明な対策であると聖には思われた。北京ではクラスターの疑いが出た市場を直ちに閉鎖し、厳戒態勢を敷いている。

日本が民主国家であるから、そんなことができないというのは真っ赤な嘘であり、やる気になればいくらでもできることは過去の事例を見れば明らかだろう。経済と生命を両立させるには「けじめ」のある政策を断行し、クラスターの発生する疑いのある場所や機会を徹底的に潰していくしか道はない。

六月十四日。東京では四十七人の新規コロナ感染者が判明したが、そのうちの十八人はホストクラブの従業員だそうである。残りはホステスだろうか、性風俗店の常連だろうか。

東京における感染者数が増加傾向にあることに疑いはなく、その感染源もほとんどわかっている。ところが政府も東京都も未だにガイドラインなどといった子供騙しに終始している。もともとガイドラインなんかに従う連中ではないことは中学生でも知っているだろう。

アメリカでも経済再開で感染者が急増している。アメリカ人の多くはマスクもせずデモに参加したり、議論をしたり、ハグしたりと麻生大臣なら「民度が低い」と言いそうな言動を繰返しているが、少なくとも彼らの「動機」は人種差別に抗議するという大義名分に基づいている。

それに比べて日本の「夜の街」の「動機」は単なる快楽主義の助長ではないのか。そしてそれを放置しているのが日本政府なのである。

一般店舗の多くはファミレスも含めて感染予防に大変な努力をしている。そのためにコストをかけ、客数が減っていてもがんばっている。そのような店舗が損失を出し、なんの対策もしていない店舗や業態が利益を出すようなシステムが正しいシステムなのだろうか。正直者がバカを見るような政治が正しい政治であるわけはなく、あってはならないと聖は思っている。

「夜の街」が日本経済に占める割合がどれだけあるのかは知らないが、多く見積もっても数%のレベルだろう。この数%をシャットダウンし、感染者をゼロにすれば、残りの経済は復活する。国民が安心して出勤し、飲食し、観劇し、映画や旅行に行ける社会を取り戻すことができるのである。

経済と生命を天秤にかける必要はなく、そしてそれができるのは政府であり国会なのである。今回のコロナの顛末が、日本とアメリカの民主主義の敗北と、中国共産主義の勝利ということであれば、これこそ今世紀最大の笑えないブラックジョークとして末代まで語り継がれることになろう。

八

介護ベッドが元に戻されると、母の食欲は聖の思惑通りに向上した。しかし、それは旺盛とは程遠いレベルであった。常人であっても毎食のようにアイスクリームを口に運ばれれば嫌になるだろう。だからと言って他の物を吐き出してしまう母に生存して貰うには、フレーバーを変えたアイスクリームを与え続ける他に方法はなかった。

覚醒している時間が短くなっていた母と過ごす時間は、聖にとってより一層、貴重な時間になっていた。何とか母の記憶を呼び覚まそうと、様々な質問を試みた。それに対して、

「なんでそんなこと聞くの」

と母は抗議の声を上げることもあったが、思い出そうとして思い出せない事柄も多々あった。また聞かれもしないことを、ふっと思い出して話すこともあり、「大屯山」の話もその一つであった。

「みんなで滑って転んで可笑しかったのよ」

と小学校の遠足で登った大屯山のことを母は昨日のことのように楽しげに語った。

「そんなに滑ったら危なかったでしょう」

「それが可笑しいのよ。みんなで笑い転げたのよ」

大屯山とは台北市北西部に位置する標高千メートルを超える山である。写真を見る限りなだらかな山であるが、東京の高尾山の標高が六百メートルほどであることを考えると、小学生の足にはかなりの登山であったことが想像できる。

九十四歳になる母が、小学校の頃の記憶を辿り、昨日起きた出来事かのようにケタケタと笑う。自分の年齢も、ほぼ寝たきりになっている境遇も、母の目には見えていないのだろう。見えているのは、小学生の自分であり、その頃の友達であり、一緒に登った大屯山の光景なのである。

母がこのように楽しそうに笑うのは久しぶりであった。昔から、ドライなユーモアのセンス

を持っており、それが得てして他人の気持ちを害するような言動に表れる母であった。そして、それが原因で反発に遭い、嫌味を言われることも一度や二度ではなかった。

無邪気と呼べばそれだけであるが、無頓着、無神経と呼べば弊害である。それが故に聖と衝突することも数あったが、今となってはそれは聖の心の古傷となって微かに疼くばかりである。

「私の靴はどこに行ったの？」

と母が聞く。

「どの靴？」

「私の靴よ。こないだまで履いてたブーツよ」

夢と現実の間を行き来している母が訴える。言うまでもなく、そんなブーツは存在しない。

「ここにはないから、今度買いに行こう」

「今から買いに行ってちょうだい」

「今はもうお店が閉まってるからね」

「隣のお部屋にあるんじゃない？」

「隣の人に私の靴がありますかって聞きに行くの？」

聖の返答が可笑しかったらしく、また母がケタケタと笑う。母との楽しい会話は、もうあと何度もないだろう。

死というものは、絵を飾る額縁のようなものだとある老物理学者が言った。死があるからこそ、生が美しく見えるのだと。その頃、聖は若く親の死も知らない年代であった。「そんなものか」と聞き流した言葉であったが、避け難い母の死を目前にしても、それを母の生を飾る額縁だと思うことができるのか聖には自信がなかった。

九

六月十五日。ジョンズ・ホプキンス大学の集計によると、現地時間のこの日、世界の新型コロナ感染者数は八百万人を超えた。死者数は四十三万人で、ここから計算される致死率は５・４％と依然として侮れない数字である。感染者、死者とも最多がアメリカ、次いでブラジルとなっている。

いずれの国も、大統領が根本的な感染対策に消極的であることが指摘できるだろう。感染症は言うまでもなく、人から人へ感染しているのである。無防備な経済活動を続ければ、感染が爆発的に拡大して当然である。

東京における新型コロナ新規感染者数は四十八人となり、ギリギリのところで持ち堪えている印象を聖は持った。例によってこの四十八人の多くが「夜の街」関連であり、しかも積極的に検査を受けた者ということであるから、検査を受けていない連中を含めれば、この十倍は感染者がいても不思議ではない。

また新宿ばかりが報道されているが、池袋や渋谷、六本木や赤坂といった繁華街を含めれば、数千人の感染者が出ていてもおかしくはないのかもしれない。

つまりもう第二波は始まっているわけで、今頃になって東京都は対策チームを発足させているが、まさに「うすのろ間抜け」の面目躍如であり、小池百合子は都知事失格だと聖は思った。

他に候補者がいないのかもしれないが、小池知事に東京都を任せていたら、爆発的な感染者の拡大は必至だろう。一方、聖の目から見て、もう一人の「うすのろ間抜け」は安倍総理であるが、こちらも今頃になって罰則をともなった法改正に言及している。遅くともしないよりはよいかと思うが、あまりに呑気ではないだろうか。

また、ネットの意見に目を通していると、一般人の認識不足にも唖然とする。

「何が不要不急かは個人の価値観の問題なのだから、夜の街だけを標的にするのは間違っている」といった書き込みがあり、それに多くの賛同者がいるのを聖は目にしたが、「夜の街」を封鎖に追い込めと言っている理由は「夜の街」が不要不急だからではない。「夜の街」が危険であり、社会に害を及ぼす可能性が大きいからである。また「満員電車のほうがよほど危険だ」という意見も聖は見たが、満員電車からはクラスターは報告されておらず、またマスクの着用を徹底すれば飛沫感染の可能性は「夜の街」と比べれば圧倒的に低いのである。

奇妙な認識は一般人に限らず、専門家と呼ばれる人々からも飛び出している。感染者の統計を見て「これは二週間前に感染した人の数ですから」という言を何度も聖はテレビで耳にした。

聖が知る限り、これは間違いである。国内外の研究・調査の結果を見ても、感染から発症は早ければ一日、多くは五日以内である。ＰＣＲ検査の結果がわかるのに一週間かかるというのも過去の数字であり、事実はＰＣＲ検査の結果は数時間から一日で判明するというのが聖の理解であった。

つまり感染から感染判明まで二週間という数字は、かなり過去に言われていた数字であって、現状にはマッチしない数字なのである。こんな古い数字を持ってきて、緊急事態宣言が発出した時には既に感染者の数がピークに達していたから、緊急事態宣言そのものが意味がなかったなどという議論がまことしやかにされている。

仮にピークが緊急事態宣言前にあったとしても、それは多くの国民が緊急事態を懸念して行動パターンを改めた結果論であって、緊急事態宣言自体に意味がなかったという結論は導き出されないだろう。肩書きばかりが立派な人が、このような論理の欠陥を無視し、自己主張に走っているのを見ると、改めて情報操作の恐ろしさを痛感せざるを得ない。

六月十六日。厚生労働省が全国規模で行った新型コロナの抗体検査の結果を聖は報道で知った。それによると東京で０・１％、大阪で０・１７％といずれも低い数字となっている。サンプル数が例えば東京では二千人未満であり、陽性者が一人増えただけで０・１％が０・２％にも０・３％になってしまうから、厳密な数値に大きな意味はない。しかし、先日、ソフトバンクが行った抗体検査でも０・４６％の陽性率が出ているから、日本における感染者数が極めて低いことが今回の結果からもわかる。

仮にこの数字を０・５％として計算すると、日本全国で六十五万人が感染したことになり、ＰＣＲ検査で判明している累計感染者数の約四十倍という計算になる。これは「超過死亡者」が新型コロナの被害者である可能性はとりあえず無視するとして、現時点での日本における致死率が０・１４％ということを表している。

「超過死亡」を計算にいれるとこの数字は約十倍になるから、当初から言われていたように、新型コロナ感染症の致死率は季節性インフルエンザの数倍というのが妥当な数字なのではないだろうか。

ただ、これは医療崩壊が起きていない時の数字である。これから患者数が増え、医療崩壊が起きれば、東京がニューヨークやロンドンのようになることは容易に想像できるわけで、依然として予断を許さないと言えるのではないだろうか。

アメリカでは経済解除を急いだことが要因で患者数が再び増加傾向を見せている。専門家の中には最終的には集団免疫を獲得しない限りアメリカにおける新型コロナは終息しないという悲観的な意見が出ている。これは有効なワクチンや特効薬が開発されない限り、アメリカで数百万人の死者が出る可能性を示しており、惨憺たる状況を覚悟しなければならない。

日本でもこのまま感染者数の増加を放置すれば、集団免疫が国民の60％が感染することによって達成されることを前提とし、致死率０・１４％を適用して、最終的には十万人以上の犠牲牲者が出る計算になる。無論、ここでも医療崩壊が起きれば、犠牲者は百万人を超えるだろう。政府は「夜の街」の営業を禁止しないことによってこれだけのリスクを国民に課していると言っても過言ではないのではないか。

十

六月十八日。聖と聖の母にとって、二度目になる尿管ステント交換の日が来た。三ヶ月前の前回と比べて、母の体力が落ちていることは明らかであったが、ステント交換をしないという選択肢は聖にはなかった。

今度、尿路感染症で入院するようなことになれば、母の死が確実になるばかりか、再び身体中に管を通され母が苦しむことに疑いはなかったからである。それは重力に抗い、落下物をできるだけ軟着陸に導くようなプロセスであり、虚しい負け戦であった。せめてもの救いは、二度目とあってそのプロセスが比較的スムーズであり、母を外気に触れさせることのできる数少ない機会を提供してくれるということであろうか。

介護タクシーの運転手も慣れたもので、母を車椅子ごと車内に取り込み固定させ、聖が隣の席に乗り込めば出発進行である。感染症対策として、窓が少し広めに開けられている他には前回と大きな違いはない。

「寒いようでしたら、仰ってください」

とエアコンに気を使ってくれるが、車内温度は快適であった。

世田谷通りに出て、野川、仙川の順に橋を渡り、大蔵団地を経て環八から馬事公苑に出る道筋も前回と同じである。外はあいにくの曇り空であったが、新緑を過ぎた街路樹の緑が色鮮やかで、母の心はこれから向かう病院のことではなく、その色彩の妙に囚われているようであった。

東京医療センターは以前にも増して厳戒態勢であった。玄関口には消毒用アルコールの容器に加えて検温器が設置され、外来患者にはマスク着用が義務付けられていた。母にもマスクを着用させたが、すぐに嫌がって剥ぎ取ってしまうので、受付に言って特別に免除してもらったが、そもそもマスクの必要性が疑問なほど外来患者がいない。緊急事態宣言は解除されたが、まばらな人影は前回以上であった。

勝手知ったる長い廊下を車椅子を押して進み、前回通りレントゲン室の前で待っていると、しばらくして看護師が母を迎えに来る。車椅子の母の姿が鉄の扉の後ろに消えると、聖はほっと息をついた。

次はまた三ヶ月後である。その三ヶ月後があるのかどうか。母は最後の力を振り絞って命にしがみついているように見える。それは健気でもあり、一生懸命に応援もしたくなる。しかし、実際にはそんな意識は本人にはないのだろう。聖が与える食べ物を食し、飲み物を飲む。習慣になっていることを何も考えずに繰り返しているのかもしれない。

否、それでよいのである。自らが置かれた境遇が鮮明にわかっているようであれば、母は恐怖と苦痛で七転八倒するかもしれない。神はその慈悲を持って母の意識を混迷させているのだと思えば、これは天恵なのである。

時間に少し遅れてスクラブを着た小川医師が現れ、聖に目で挨拶をすると処置室に入室した。二十分ほどして、小川医師が部屋から出てくる。

「無事終わりました」

いつも通りの聡明な、自信に満ちた明るい顔である。

「いいえ、そんなことはありません。何も無事ではないのです。母の命はもう風前の灯なのです。何とか助けてやってください」

という言葉が喉まで出かかって聖は飲み込んだ。将来の展望が全く開けない母の容態を、小川医師に訴えたところで何ができよう。彼は泌尿器科の医師として最善の処置を施しているのであって、それ以上のことを望むことはお門違いであり、非現実的であることは聖が一番よく知っているのだ。

会計処理が終わるまで、母にはロビーで待ってもらった。喉が渇いたと言うので、自販機でオレンジジュースを買い与えたが、途中で飲み込むことができなくなり、吐き出してしまった。

小川医師が言った通り、処置は無事に終わったが、聖にとっては何も終わってはいない。母が衣服に吹き出したオレンジジュースをタオルで拭き取りながら、聖は絶望と戦っていた。

第十七章　持続化給付金

一

　この日、母を病院からホームに無事送り届け帰宅した聖は、持続化給付金に関する暴露記事を目にした。決してメジャーなメディアが突っ込まない日本という国家の暗部・恥部に焦点を当てた記事であるが、記事の書き手が大村大次郎という元国税調査官であるから、「いい加減」な記事ではないだろう。

　元来、持続化給付金というものは、コロナ禍によって経営の悪化を余儀なくされた事業主にその悪化の度合いに応じて国から給付される金銭のことである。

　中小法人で最大二百万円、個人事業主で最大百万円が給付されるシステムであるが、つまりこれは税金である。

　しかし、大村の記事によると、このシステムを利用して金儲けをしている連中がいるということなのである。この点については、テレビや大手の新聞でも「電通と総務省の癒着」として昨今大々的に報道されていたから聖も何となく知っていたが、その全貌を教えてくれるのは、この記事が初めてであった。

　記事は、持続化給付金事業が「サービスデザイン推進協議会」という団体に七六九億円で委託され、その委託費から二十億円が「中抜き」された挙句、更に電通その他の企業に再委託されたことを指摘する。その上で、「サービスデザイン推進協議会」が実は「天下り」の巣窟であることを告発している。

大村の言は次の通りである。

「サービスデザイン推進協議会の理事の中には、天下り官僚はいません。さすがに、国から莫大な委託費を受け取っている団体に、天下り官僚などがいれば世間から叩かれるのはわかっているので、官僚たちはそんなヘマはしないのです。が、サービスデザイン推進協議会に名を連ねている企業が、天下りの代表的な受け入れ先なのです。サービスデザイン推進協議会は、電通、パソナ、トランスコスモスなどによってつくられた団体です」

日本人であるならば、霞ヶ関官僚の「天下り」が過去数十年に渡り問題視されながら、一向に改善が見られないことを知っているだろう。聖はその実態の全てを把握しているわけではなかったが、「天下り」が膨大な税金の無駄遣いに関係していることは聞いていた。

コロナ禍という国難にあっても、そこから給付金という名目の国税から利益を上げようとする連中がいるのであれば、これは城孤社鼠の類であることに疑いの余地はない。

大村は、そもそも持続化給付金事業を「サービスデザイン推進協議会」に委託する理由はなく、国税庁がその事業を請け負うべきであったと論じている。国税庁がその事業を請け負えば、持続化給付金にまつわる不正を見抜くことも容易であったろうし、より効率的な給付ができるはずであると喝破する。なぜ「サービスデザイン推進協議会」とその関連企業に委託したのか。理由はただ一つ、天下った元官僚たちの懐を潤すためである。このような「天下り」による税金の横流しとも言える行為は、この例に限ったことではない。

大村は続ける。「本来、国がやるべき仕事を別の団体に委託し利権を確保するという手法は官僚の常とう手段でもあります。今回の持続化給付金の委託問題については、新型コロナという世界的な災厄でのことであり、世間が関心を持っていたので『発覚』ということになりましたが、国の事業ではまだ発覚していない『委託問題』が腐るほどあるのです。たとえば、『国民年金基金連合』という団体があります。これは、自営業者向けの公的年金である『国民年金基金』を取り仕切る団体です。そもそも、自営業者の公的年金を扱うのならば、厚生労働省が直接行えばいいはずです。なのに、なぜ『国民年金基金連合』という団体をかませるかというと、天下り先を確保するためなのです。そして、この『国民年金基金連合』は、『国民年金基金』だけではなく『確定拠出年金』にも携わるという形を取り、国民の社会保険料から手数料という名目で莫大なピンハネをしているのです。現在、国のあらゆる業務に関して、こういう利権が張り巡らされているのです」

無論、このプロセスに法的な「不正」はない。このようなことを法的に禁じるような立法を国会議員も霞ヶ関官僚も許さないからであって、つまりは法的に「不正」ではないことが問題なのである。この記事を聖は憤然として読んだ。事実であれば、これに怒りを覚えない国民がいるのだろうか。

しかし、虚しいのは憤然としても国民が何もしないし、できないことである。聖とて、例外ではない。

「天下り」に反対するのであれば、国会議員の過半数以上がそのような立法に前向きである必要があり、そのような志を持った人材を集めなければならない。大統領一人の力で国政が大きく動くようなシステムが日本にはなく、また聖の考えでは、そのようなシステムの構築を利権を握る既得権者が阻んでいるのである。

そして、その利権の闇は、子供の頃に「従順」を叩き込まれる教育から始まって総務省が管轄するテレビ局による国民の洗脳にまで及んでいる。大村が言うように、利権の網は、社会のありとあらゆる細部に渡って「張り巡らされている」のである。

六月十九日をもって都の休業要請がほぼ全面的に解除され、日本全国でも都道府県をまたぐ移動の自粛が解除される。これで経済活動に関してはコロナ以前に戻ったことになるが、依然として東京都では連日四十人以上かそれに近い数の感染者が判明している。

小池都知事は三月二十五日に外出自粛の要請（実施は二十八日から）を発表しているが、当時と比較して現在の感染者数が改善したとは言い難いことがわかる。

聖は経済再開には賛成であった。むしろこの厄介なウイルスの特性はだいぶ前からわかっており、全面的な経済活動の停止は必要のない措置であったと思っていた。このウイルスの最大の特性は、飛沫感染が主な感染ルートであるということであり、ただ接触感染も可能性はゼロではないということである。

つまり飛沫が飛ぶような濃厚接触を避ける限り、新型コロナウイルス感染症は阻止できるのである。そして現時点で、そのような状況を作っているのが「夜の街」であることに疑いはなかった。

ノーベル賞学者である山中伸弥教授が日本人の感染者数や死亡数が欧米と比べて少ないことにファクターXという要因を提示したおかげで猫も杓子もファクターXは何かと血眼になって探しているのには聖は滑稽すら感じていた。一般の風邪や結核といった病にもそれに罹り易い人とそうではない人がいることは知られており、遺伝子的な何かがあることは否定しないが、欧米と東アジアの違いの最大の要因は濃厚接触の有無であると言っても過言ではないと聖は思っているからである。

要は濃厚接触の機会をゼロにすれば新型コロナ恐るるに足らずなのだと。ところが国も都も一向に「夜の街」を規制する姿勢すら見せない。もしかすると、ここにも「天下り」利権が絡んでいるのだろうか。「夜の街」の接待によって、官僚や政治家の懐が潤っているのだろうか。

いずれにせよ、かつて中曽根総理が「風営法」を改正し、風俗業を廃業の瀬戸際まで追い詰めたのとは大違いである。今の政治家に国や都の政治を司る力量があるのか。都知事選挙が迫っているが、鼎の軽重を問う時が来ていると聖は思っていた。

六月二十三日付の「ダイヤモンド・オンライン」に「給付金スキャンダル」の記事が掲載されていた。大村大次郎元国税調査官が指摘した「天下り」問題を踏襲する記事であり、電通やその他の企業による持続化給付金の「中抜き」や「横流し」疑惑を暴露する朝日新聞経済部の内藤尚志記者が書いた記事であった。

長年、日本という国家の構造問題として脚光を浴びて来た「天下り」であるが、結局この記事も無気力な国民には馬の耳に念仏となるのだろうというのが聖の抱いた読後感であった。

六月二十四日。東京都における新型コロナ新規感染者数は五十五人となり、緊急事態宣言解除後としては最多となる。多くは職場のクラスターや相変わらず「夜の街」関連であるが、政府は全く動かない。

アメリカなどでは、マスクもせずにデモや政治的ラリーに参加している連中の姿を見るが、ここまでくると良識以前に知能指数に問題があるのではないかと聖は思わずにいられなかった。日本では「マスク警察」なる人々が出没し、マスクをしていない人に注意を喚起してようであるが、これは正義感から出たものでなく自己防衛から出たものだろう。政府が義務付けないのなら、自己防衛のために自警団のような組織ができてもなんら不自然ではない。

昨日も聖は街を歩いていて職場の同僚と思われる連中がマスクもせずにテーブルを囲み会食

をしているのを目撃したが、これも頭の中を疑う行為である。北海道は小樽で昼カラオケのクラスターが発生したそうであるが、年齢を見るとほとんどが七十代以上の高齢者である。何を考えているのだろうか。

ネットを見ると、相変わらず「補償できないから、規制できない」などといった意見が散見される。違法化すれば補償など必要ないというのが聖が再三思っていることである。隣の韓国では、感染者数、死者数ともに日本を大きく下回っているにもかかわらず「第二波」宣言を出したそうであるが、この危機感の違いはどこからくるのだろうか。韓国では大統領が国民投票で選ばれるからだろうか。それともそもそも政治家の「責任感」が違うのだろうか。

先日、聖はホーム長の佐野と言葉を交わしたが、国内の感染者が減らないためにコストのかかる作業を続けなければならず、加えて入居者に十分なサービスを提供できないとぼやいていた。小池都知事も安倍総理ももっと医療現場や介護現場を見回った方がいいではないだろうか。そして、お友達の「夜の街」利用ばかりに気を使うことなく、都民ファースト、国民ファーストの政治を行ってはどうだろうか。

二

聖の母の摂食状況は、日を重ねて悪くなっていた。ステント交換から帰って数日は、調子の良い日もあったが、それでも以前の食事量と比較すると70％以下に落ちていた。

覚醒している時間が短くなっているのも一つの要因であった。朝行って覚醒していなければ、午後に行く。それでも寝ているようであれば、部屋のテレビを見ながら覚醒するまで二時間でも三時間でも待った。時々、思い出したように母は目を覚ます。

「よく寝てたね。何か食べる？」

と聖は言って、有無を言わせず豆乳や牛乳の紙パックにストローを刺し、母に手渡して飲ませておきながら、アイスクリームに細かく砕いたビタミン剤や整腸剤を混入させて母の口に運んだ。

もっと元気な時は、２００ｍｌを短時間で軽く飲み干したものである。しかし今は、その半分も飲めば良い方であった。

「コップに入れてあげようか？」

と残った液体をコップに移し替えれば、また少し飲んだり飲まなかったりである。飲み物も、常に豆乳や牛乳では上手くいかないので、それを野菜ジュースやオレンジジュースに変えてみたり、緑茶のような喉越しの良い飲料物にしてみたりした。液体介護食をほとんど口にしなくなった今、栄養価を考えるより水分補給が主目的になっていたからである。

様々なフレーバーを試みたアイスクリームも同様で、小分けにしてやっと小カップ一つを食べ切るかという日が多くなっていた。一カップで二五〇キロカロリーほどであるから、日に最低でも二カップを食さなければ、体力が持たなくなるのが目に見えていた。

だから、午前中も午後も摂食不良の場合には、夜になってから聖は母の居室を訪れた。ヘルパーが夕食を与えるのが六時頃であるから、時間を置いて八時か九時頃に聖はホームに到着する。

一日中寝ている時は、夜に目を覚ましていることが多いからである。暗い部屋の電気をつけて、母が覚醒していれば飲み物と食事を与える。そうでなければ無理をせず、翌日に希望を託して来た道を帰るだけである。

頻繁ではなかったが、聖の努力が報われ、母がアイスを大カップにして三分の一、小カップにして全部を完食したような夜には、口笛を吹いて帰りたくなるほど聖の足取りは軽かった。人影のない暗い道を歩いていても、空を見上げれば、月も微笑んでいるかのように見える。

現実的に考えれば、母が入院前の状態に戻る可能性はゼロであった。しかし、それが正しいことなのかどうかは別にして、母がこのまま一年でも二年でも生きていてくれるのなら、聖は日々の努力を止めるつもりはなかった。苦痛がない限り、母を生かしておくことが、自らの生き甲斐になってしまっていたのである。

ある夜、いつも通過する駅の自販機のライトが、三三七拍子と点滅しているのを聖は発見した。おそらく早朝や夜間の通勤者を応援する意味で、誰かがこのような点滅をプログラムしたのだろうが、世間で話題にもなっていないところを見ると、多くの人は知らないのだろう。

「洒落たことをする奴がいるもんだ」

その点滅を見詰めながら、これは見ず知らずの人の三三七拍子でもあり、母にとっての三三七拍子であるのかもしれないなと聖はふと考えた。

三

六月二十五日。前夜、ＮＨＫで放送された「クローズアップ現代」はコロナに感染し、生還した人々の肉体的および精神的な後遺症に焦点を当てた番組であったが、聖が疑問に思ったのは「夜の街」に話題が移った時点で、三人のゲストが同様に「夜の街」ありきの議論を展開していた点であった。

ＮＨＫは曲がりなりにも公共放送を看板に掲げ、最高裁からお墨付きを貰って半強制的な受信料で営業を続けている組織である。ならば、放送内容の「公正性」は必須のはずであり、反対意見を提示するのが当然だろう。

ところが、連日のように四十人以上の新規感染者が出ているにも関わらず、何もしない政府の方針を正当化しているとしか思えない放送内容に、改めてＮＨＫその他の放送局による「情報操作」を聖は感じていた。

一般的に、放送局を含むマスコミは「反政府」であるというのが通念になっている。聖の目にはこれも国民をはぐらかすために意図的に広められた「通念」に映る。なぜなら全ての放送局は総務省の管轄下にあり、総務省、つまり「霞ヶ関」の逆鱗に触れるような報道をすれば、放送免許を剥奪される可能性を秘めているからである。これが放送利権問題として日本の民主主義を阻害していることは知る人ぞ知る構造問題であるが、例によって「ベルサイユ族」の既得権に関わる問題であるから一向に是正される様子はない。

一方、「夜の街」肯定派の議論の肝は、「夜の街」の人々にも生活があるというものであるが、そんなことを言えば暴力団にも生活があり、半グレにも生活があるという議論になろう。もし彼らの業態が、明らかに「公共の福祉」に反するのであれば、違法化するのが当然であると聖には思える。麻薬の栽培は違法化されているが、それに関して麻薬栽培者にも生活があるのだからと反論する人間はいないだろう。

憲法十三条は「公共の福祉に反しない限り」、個人の自由と幸福と追求する権利を国政が最大に尊重すべきであると規定している。従って「公共の福祉に反しない」という条件の基での生活は最大限守られるべきであろうが、「夜の街」が公共の福祉に反するような事例が頻発する中で「生活があるから」という理由は的外れであるように聖には思えてならないのである。

コロナ関連の議論や投稿を見ていて聖が特に感じることは、理論的な思考の崩壊であった。そしてこの傾向は素人ばかりか、重要な情報の発信者として専門家と呼ばれる人々にもあることを危惧していた。

「濃厚接触した方は、家に帰ったら居間に行かずに真っ先にシャワーを浴びてください」と日本医師会の要職にいる人物がテレビの報道番組で言っているのを聖は耳にしたが、これなどは「トンデモ論」の代表格だろう。

濃厚接触が疑われるのであれば、自己隔離するのが当然ではないだろうか。シャワーを浴びて家族を感染から守ることはできるのなら感染爆発など起こりはしないのである。

六月二十八日。世界における新型コロナ感染者が累計で一千万人を超えた。最多は依然としてアメリカで、その数は二百五十万人と全体の四分の一を占めているが、二位という不名誉な記録に到達したのがヨーロッパを抜いた中南米である。

一方、東京都における新規感染者はついに六十名となり、増加傾向が顕著になっている。どこでクラスターが発生しているのかがかなり明らかになっているわけであるから、まともな政治家なら、そこを閉鎖するなり規制するなりするだろう。

これに関してはネットで「行政に頼るのは間違い」だとか「自治体に頼らず個人が行かなければいい」などといった意見が多く、その考えの浅はかさに聖は閉口していた。問題は、自分が行くか行かないかではなく、他人が行くことによってそれが子供や配偶者を通じてそういう場所に行かない人に感染することである。なぜこんな単純な構図がわからないのだろうか。

久米宏が「日本人が浅慮になった」と発言しているが、日本人に限らず、これはネット社会の弊害なのかもしれないと聖は思っていた。ネットによって情報が迅速に拡散されるようになり、それがフェイクなのか真実なのかを調べる間もなく次の情報に晒される。結果として、人は熟慮することを忘れ、真実を追求せず、信じたいものを信じるといった安易な道を選ぶようになっているのではないだろうか。

六月二十九日。現地時間の昨日をもって新型コロナウイルスによる死者が世界で五十万人を突破したというニュースを聖は読んだ。死者の数を累計感染者数で割った致死率は5％と依然として高い水準である。六月のデータだけで計算すると、一月で七万八千人が死亡しており、これはエイズによる六万四千人、マラリアによる三万六千人を上回っているそうである。

七月一日。東京都の新型コロナウイルス新規感染者数は六十七名であるが、そのほとんどが相変わらず「夜の街」関連ということである。しかも進んでPCR検査を受けた者だということであるから、受けていない感染者を含めれば、公表された数字の数十倍感染者がいてもおかしくはない。

濃厚接触を伴う「夜の街」店舗は歌舞伎町だけで二百あり、それに渋谷や池袋、六本木、五反田、赤坂等を加えれば、千店舗は超えるのではないだろうか。つまり、実質的に六万七千人の感染者がこの日だけで発生していても不思議ではないだろう。彼らが通勤電車を使い、公共トイレを使っているのであるから、市中感染がいつ爆発的に伸びるのか、不安に思っている都民は多いのではないだろうか。

聖が読んだこの日付の「読売新聞」の記事によると、五月二十五日に緊急事態宣言が全面解除されて以来、ホストクラブやキャバクラといった「夜の街」で新型コロナに感染した従業員を含めた感染者の数は、東京都だけで四四六人に及んでいる。これに他の大都市や地方都市を足せば、千人を優に超えることは想像に難くない。

ネットの投稿を見ると「夜の街を封鎖しろ」という声が圧倒的に多くなってきている。ところが相変わらず政治家は市民の声には耳を傾けようとはしない。それはそうだろう。政治家は何もしなくとも何千万円という報酬が懐に入って来るのであるから。

日本経済に「夜の街」が占める割合など微々たるものである。それどころか、この業態を廃止すれば、一般市民は安心して経済活動に参加できる。ホストクラブやキャバクラのような場所で就業する人間もいなくなり、より建設的な仕事に労働力は向かうだろう。つまり「夜の街」廃止は、人命を守るばかりか経済再興にも繋がる一石二鳥であるように聖には思えるのである。

四

憂鬱な毎日が続いていた。言うまでもなく、梅雨による天候不良ばかりがその理由ではない。新型コロナの脅威は止むことなく継続しているし、母の摂食不良にも明るい兆しは見えなかった。

母の容態は介護日誌や訪問看護師を通じて逐一「中空診療クリニック」の中空医師に報告されており、栄養状態をチェックするための血液採取も時折行われているようであった。不意の発熱は最近見なくなった。血中酸素飽和度の指針であるＳｐＯ２値は88から92を行ったり来たりしている。

摂食不良に加えて聖が気になっていたのは、母が時々背中の痛みを訴えることであった。姿勢を変えてやったり、背中に湿布剤を塗ってやると楽になるようであるが、翌日にはまた背中の中央部に鈍痛を訴える。

「心臓じゃないんでしょうか？」

ヘルパーの高科は心配そうに聖にそう言ったが、母に慢性心不全があることを思えば、それも可能性として否定できなかった。

しかし、だからと言って自分に何ができると言うのか。聖は言葉に詰まった。

心臓の検査をするとなれば、また母を入院させることになるだろう。コロナ禍にあって母を入院させれば、聖の面会時間は限られてしまい、母に栄養を与えることを病院の看護師に一任することになる。それはおそらく母の死期を早めることになるだろう。

また、仮に検査の結果、心臓に疾患があった場合はどうなるのだろうか。今の母の健康状態では手術は十中八九無理である。毎昼に服用しているアスピリンに替わって別な薬剤が処方されるかもしれないが、そもそも摂食不良である母には経口で薬物を服用すること自体が難しくなっているのである。

八方塞がりの状況下にあって「寿命」の二文字が聖の頭の中でますますその存在を大きくしていた。このまま聖がギブアップすれば、母は枯れるように死んで行くのだろうか。それとも聖がギブアップしたことによって、何か新たな苦しみが母を待っているのだろうか。そんな母を黙殺できる強さが自分に残されているのだろうか。

中空医師の話によると、点滴による水分補給は月に二十日間は保険適用になる。点滴でできる栄養補給は限られているので、根本的な解決にはならないが、少なくとも水分補給に多大な労力と時間を費やしている聖の労苦の軽減にはなるだろう。

問題は、どのタイミングで母に点滴の処置を行うかであった。経口で水分が摂れているのであれば、点滴はあまり意味がないし、看護師の手間も省けるというものである。

「どうでしょうか、お母様の状態は息子さんが一番わかっていらっしゃるでしょうから、午前中にいらっしゃって水分が十分摂れていないというご判断であれば、午後に点滴にお伺いするというのは」

中空の提案に、

「それではそのようにお願いします」

と聖は賛同した。

点滴が、一時的な「気休め」の意味しか持たないことはわかっていたが、今はそれ以外に方法が見当たらなかった。

　その日から、点滴実施のための看護師来訪を聖が必要に応じて電話でリクエストし、ホームの事務所にはその旨を通知するということで話は決まった。しかし、同時にそれは、聖にとって母の死へのカウントダウンが始まった日でもあったのである。

第十八章　迷走

一

七月二日。東京都で新たに百七人の新型コロナ感染者が確認されるが、百人を超えるのは二ヶ月ぶりということである。

連日「夜の街」を震央として新型コロナウイルスの感染者が増加傾向にあることは周知のことであるが、小池都知事は臨時記者会見を開き、何をするかと思いきや「東京都は『感染拡大要警戒』にある」とフリップを見せた上で「夜の繁華街」への外出自粛を呼びかけたに留まった。「夜の街の方々はPCR検査を積極的に受けていただくようお願い申し上げます」と言うだけで、対策はゼロである。

アベノマスクもエープリル・フールのジョークかと耳を疑った聖であったが、こうなって来ると安倍と小池のどちらがより笑えるネタを出すのかを競っているかのようである。政府が何もしなければ自警団のような団体が「夜の街」を焼き討ちにでもしない限り、感染者は増える一方なのではないだろうか。

報道番組などでは誰に遠慮しているのか「夜の街が悪いわけではない」といった意見が主流のようであるが、誰も「善悪」の区別がつかないのかと聖は唖然とするばかりである。

無論、厳密には善悪とは主観的なものである。しかし、より通念的には「善」とは他人のためになるような行いであり「悪」とは他人に迷惑をかけたり危害を加えたりする行いであるということを我々は小学校で習う。その範疇では「夜の街」の連中がやっていることは「悪」以外の何物でもないだろう。

以前の専門家会議が解散させられ、今になって「日本モデル」が失敗しただの、厳しすぎたといった批判が噴出しているが、これなどは明らかな情報操作ではないだろうか。「日本モデル」を称賛したのは誰あろう安倍総理ではないか。聖は旧専門家会議の意見は１００％ではないにしてもかなり的を射たものだったと思っている。

八割の接触減を提唱し、実際に東京の繁華街などでは人出が八割ほど減少していた。それにまったく効果がなかったとは誰も言えないだろう。逆に、せっかくの提言が政府の及び腰がために厳格に実行されなかったのが聖には残念であった。

また、現状を見て「検査数も以前とは違うし、入院患者数も、重症者数も少ないんだから、マスコミに煽られる必要はない」と鬼の首を取ったような意見も聖は散見した。陽性になっている連中の大多数が二十代、三十代の若者なのだから、入院患者数や重症者数が少ないのは当たり前だろう。また検査数が多かろうが少なかろうが、実際の数字は一日当たり百人を超えているのである。この伝染病が無症状のまま他者を感染させるということを知らないのであろうか。

現状がどうであれ、百人の感染者が市中に出回れば、重症化するような人々に感染させる可能性は多いにあるのである。現状だけを見て、心配ないと言うのは、かつてトランプ大統領が犯した過ちと同じであることがわからないのだろうか。

聖が呆れるのは、このような事態になっても国政が何もしないことであった。安倍総理はどこにいるのだろうか。西村新型コロナ対策担当大臣はまだ「緊張感を持って見守っている」のだろうか。


七月三日。東京都の新型コロナ新規感染者数が再び百人を超えるという報道を聖はテレビで見たが、最近、やたらと発表が早い。これは夕方まで待てば二百人を超える可能性があるからではないかと勘繰らずを得ない。そうなれば、週末の都知事選挙に影響が出る。ここに作為的なものを感じたのは聖だけではないだろう。

このまま何の対策も打たなければ、来週、再来週には二百人、三百人と感染判明者が増えていくことを聖は危惧していた。「夜の街」を放置しているがために、まともな業態の人々がまたとんでもない苦難を強いられることになるわけで、事実、渋谷のパルコは感染者が出たために一時閉鎖となっている。このような事態がこれから連鎖的に起きてくることは覚悟したほうがよいだろう。

聖はコロナに関してマスコミの罪は重いと思っていた。朝の番組で警鐘を鳴らしたからではなく、ゴールデンタイムにもっと警鐘を鳴らし、注意を喚起するのが仕事だと思うからである。電車に乗ると、依然として換気をしていない車両を多く見かける。またマスクをしていない乗客も一定数いる。

冷房が入っていれば、換気ができていると思っているのだろうか。実験結果を見る限り、冷房だけで換気をしなければ、ウイルスは車内に蔓延する。これはダイヤモンド・プリンセス号の事例を見れば明らかである。

また先日、一人暮らしの老人が「熱中症が怖いけど、換気をしないとならないから窓を開けて生活している」と言っている報道番組を聖は見た。一人暮らしで、誰も家に呼ばないのなら、換気など特に必要ないことをこの人は知らないのである。

あくまで自己責任であるにせよ、適切な情報を提供するのがマスコミの仕事だろう。マスコミが国家権力の手先になっている限り、既得権者の地位は安泰である。コロナによって変わらなければ、日本はいつ変わるのだろうか。次の疫病を黙って待つのだろうか。核ミサイルの着弾を待つのだろうか。

七月四日。明日は東京都知事選挙である。新型コロナ対策が最大の焦点であるが、連日の感染者増、そして連日の無策を見る限り、小池都知事は知事として既に失敗しており、再選される資格はないと聖は思っていた。

当初から、オリンピック優先であったことは北海道の鈴木知事や大阪の吉村知事が次々と対策を取って来たにも関わらず小池都知事が無言・静観を続けたことからも明白だろう。その間にどれほどの人が感染し、亡くなったのであろうか。今になって連日の新規感染者が百名を超えているにもかかわらず「検査数が増えているからだ」と嘯いている始末である。

「検査数が増えているからだ」とはアメリカの無責任な政治家が言っている言葉と全く同じである。確かに検査数が増えていることが一因であろうが、百名超というのは実際の感染者であり、他者に感染させることのできる人数なのである。

これについて「専門家」と呼ばれる人々が「陽性率が下がっているから大丈夫」といった内容の発言をしていることにも聖は首を傾げる。今、仮に一千万人検査して、十万人の感染者が出れば陽性率は1％である。過去に五百人検査して、五十人の感染者が出れば陽性率は10％である。今のほうが陽性率が低いから安心だと言えるだろうか。こんな稚拙な議論を「専門家」や一部のマスコミがしているのである。

また未だに「新型コロナは季節性インフルより怖くない」と公言している連中も少なくない。いったい、どの統計を持ってくればそのような議論ができるのだろうか。現在までの国内累計感染者数は一九〇六八人である。死者は九七六名である。算数ができれば致死率が5・1％だとわかるはずだろう。

仮に無症状者が有症状者の十倍いても（そういう確固たる統計はない）致死率は0・5％となり、季節性インフルエンザの致死率とされる0・1％以下をはるかに上回っているのである。

今後、もし感染者数が激増し、医療崩壊につながればイタリアのように致死率が10％を超えてもなんら不思議ではない。

二

一ヶ月のうち二十日間は点滴を利用しても保険適用になると聞き、聖の肩の荷は幾分軽くなった。しかし、これが負け戦であることに変わりはなく、母の延命の為に栄養補給を聖の手で行わなければならないことは以前と同じであった。いかに母を苦しめずに、そして自分を苦しめずに母の最後を看取ってやることができるのか。それが課題であった。

梅雨に入って降雨の日が多くなっていたが、その日は曇天であったので、母を車椅子に乗せて部屋を出た。外気に触れさせることで、少しでも体調が良くなってくれたらと最近は食事が終わると天気の良い日にはベランダに抜けるガラス戸を開け、外の景色を見せるようにしていたが、梅雨に入ってからはそれも叶わない日が増えていた。住宅の屋根しか見えないつまらない景色であるが、これが母が見る最後の景色になるのかもしれないと思うと、何か特別な意味があるような気もしたのである。

車椅子を押して駐車場をぐるりと周るだけの簡単な散歩をして部屋に戻ると、母が寝入ってしまったので、聖はその足で深大寺に向かうことにした。深大寺は調布市に所在する由緒ある仏閣であるが、喜多見にほど近く、一度再訪してみたいと思っていたからである。

「再訪」というのは他でもない、聖が小学校の頃に母と訪れた記憶があったからである。その時は深大寺が最終目的地ではなかった。聖が漫画家・水木しげるのファンであることを知った母が、調布市に在住していた水木しげる宅に聖を車で連れてきてくれた帰りに立ち寄った場所であった。

深大寺を知らずとも「深大寺蕎麦」を知らぬ人はいないのではないか。聖もその「深大寺蕎麦」を林の中の一軒家のような蕎麦屋で食したことを朧げではあるが覚えていた。

喜多見の隣駅である狛江で小田急線を降り、そこからバスに乗り継いで調布に到着、調布駅でバスを乗り換えて深大寺という行程であるが、鬱積した思いを吐き出すには良い気分転換になった。

深大寺に着いてみると、土曜日ということもあってか結構な人出である。バスの乗客同様、ほとんどの来訪者がマスク姿であったが、老人同士や親子連れが大きな声で喋っているのを見て、聖は肝を冷やした。

「東京都の感染者は、まだ日に百人程度のレベルだ。無症状者がその十倍いたとしても千人に一人いるかいないかに俺は神経質になりすぎてるのかな」

気を取り直して蕎麦屋に入ると、店先には手指消毒用のアルコールが設置してあり、また席にもソーシャル・ディスタンスが保てるような配慮がしてある。従業員はもちろん、マスクと手袋をしての応対である。

感染予防の努力をしているのは、この店舗に限ったことではないことを聖は見て知っていた。政治家がだらしがなくとも、完璧とは言えないまでも日本のプライベート・セクターは頑張っているのだ。

東京都や厚生労働省に投書をしても返事すらよこさない政府と、直ぐに返答をしたマクドナルドや小田急電鉄の違いは一方が税金で安泰な生活しており、もう一方が利益を出さないと生活に困窮するということに尽きる。

日本が感染症対策に成功しているのだとすれば、それは民の努力が実を結んでいるからであって、官の体たらくはそれを阻んでいるに過ぎないだろう。アメリカ人のように個人の権利を主張して他人の生命を危険に晒すような行動も疑問であるが、それにしても日本人は大人しすぎると聖は思った。

帰りがけ「延命観音」という幟を見つけて行ってみると、何やら由緒ありそうな祠の中に石が祀ってある。昭和四十一年に泰安されたと説明文に書かれているが、石自体には慈覚大師自刻の延命観音が彫られているそうである。普段ならばこんなものは馬鹿にして見向きもしない聖であったが、その日は気持ちが弱くなっていたのだろう。聖は黙って母の安らかな延命を祈って手を合わせた。

生死という人間の力ではどうしようもない事象と向き合った時、人は神仏に頼る他に道はないのか。負け犬のように尻尾を巻いて退散するのか。それとも顔を上げ、迫り来る死を毅然と見つめ返すのか。聖は後者でありたいと思っていたが、そうなれる確信はなかったのである。

三

「他山の石」という言葉は他人の過ちを参考にするというような意味であるが、人生修養にあって基本的な姿勢だと聖は思っている。韓国がナイトクラブの営業を許可して、多数の追跡困難なコロナ感染者を出したことは記憶に新しいところであるにも関わらず、東京都も日本政府も何の対策もないまま「夜の街」のような場所の営業再開を許してしまった。その結果が今日の感染拡大である。

他人の過ちや自己の経験から学ばない人間は経営者として成功することは決してないだろう。ビジネスの世界は実力の世界であるから。ところが政治の世界はコネや既得権の世界であるから、学ばない人間でも知事や大臣になってしまう。日本型民主主義の欠点なのではないだろうか。

西村新型コロナ対策担当大臣・経済再生担当大臣が専門家会議を廃止し、新たに「新型コロナウイルス感染症対策分科会」なるものを組織したが、聖は悲観的に見ていた。まず西村大臣が担当している時点で失敗することはかなり間違いないだろう。また、この会の会長は以前の専門家会議で副座長を務めた尾身茂であるが、この人も最初から「感染者数をゼロにすることは不可能なのでつきあって行くしかない」という弱腰であった。

北京のような大都市でも数十日に渡って感染者はゼロであった。またベトナムは日本に匹敵するほどの人口を抱えているが、感染者ゼロを長期に渡って達成している。要は「やる気」なのである。

そしてその「やる気」があれば、経済と感染防止は比較的簡単に両立する。新型コロナが感染症であることを踏まえ、まさに「濃厚接触」の場を奪ってしまえば、誰も感染しなくなるのである。こんなことは当たり前なことで、それを誰も法的に実行しないことが聖には腹立たしいばかりであった。

新たな分科会のメンバーの全てを精査したわけではないが、この「会」から濃厚接触八割減を提唱し、見事に成功させた西浦教授の名がないのは象徴的なのではないはないかと聖は思った。

また最近､聖は「夜の街」を取材した記者の記事を読んだが､「夜の街」をホストクラブやキャバクラに限定していることに疑問を覚えた。ホストクラブやキャバクラより数倍危険なのが性風俗店であり、デリヘルといった業態だからである。感染経路不明の感染者が多いのは、そういった場所や機会で感染しているからだろうと思っているのはネットの投稿を見る限り聖だけではない。

七月七日。聖は昨日、西村新型コロナ対策担当大臣・経済再生担当大臣が招かれていた報道番組を見たが、やはりこの人は駄目だという印象を新たにした。例の新しい専門家会議の合意内容が新型コロナの感染状況を把握する新しいデータベースの構築だそうで、そのデータを専門家の方に分析してもらい、対策を練っていくと得意げに語っていたが、この人は正気なのかとその表情を何度も確認してしまうほどであった。

データベースができるのは八月かそれ以降になるそうである。新型コロナの感染状況は日に日に変化している。連日百人を超える感染者が東京都だけで出ており、地方でもクラスターがあちこちで発生しているばかりか、家族間の感染も報告されている。これは「緊急事態」であろう。そんな時にのんびりとデータベースを作り、さらにそれを分析してもらってから対策を練るなどとまったく話にならないではないか。

またピンポイントで営業停止にすることにも西村大臣は否定的で、その理由は「従業員が他の店に移ってしまう」からだそうである。ならば業態全部を営業停止にするか違法化すれば良いではないかと聖ならずとも思うだろう。

「そうすれば地下に潜ってしまうことも考えられる」「今は夜の街のみなさんにも協力していただいているので」と西村大臣は続ける。賭博法で博打は「違法」である。事実、地下に潜って賭博をしている連中もいるが、彼らは摘発され、罪過を負う結果となっている。同じことを「夜の街」にもすれば良いではないか。

また「協力している」夜の街の連中がどれだけいるのだろうか。「ご協力をお願いします」と言って協力するような連中ばかりではないことをこの人は知らないほど「お坊ちゃん」なのだろうか。平時ですら違法性のあることを平気でやっているような連中も多いのである。

西村大臣は最終的には「ガイドラインを設け、それに従っていただくようお願いする」と都知事同様、相変わらず悠長なことを言っていたが、心からその見識の欠如を疑わざるを得ない。聖は現状を放置すればとんでもないことになる可能性があると思っている。

都民は消去法的に小池都知事を再選したが、危機感はどこにあるのか。海外からはより感染力の強い新型コロナウイルスの出現も報告されているのである。下手をすれば、西浦教授が予見したように、数十万に及ぶ死者が出るかもしれないこの伝染病に対して無策な政治家が指揮を取っていたのでは社会は壊滅しかねないだろう。

七月八日。アメリカで新型コロナ感染者が三百万人を突破したというニュースを聖は見た。全人口の約百人に一人が感染者ということであり、また死者も十三万人に及ぶという。致死率にして4・3％であるが、これでも新型コロナは脅威ではないと言うのであれば、あまりにも無知であり無神経ではないだろうか。

欧米の数字を見れば、言葉は悪いが日本などまだ可愛いものであるが、同時に欧米の統計は警鐘として受け取らなければならないと聖は思っている。懸念されるのは、感染が大阪、鹿児島、京都、埼玉等々、東京以外にも拡がっていることで、今のうちに要所を潰しておかないと手が付けられない状況になってしまうことである。

「若い人は重症化しないから大丈夫だ」といった政治家の意見が気になるが、退院した人たちの「その後」を追ったデータがあるのだろうか。海外からの報道によると、若い感染者でも退院後に肺機能の低下やその他の後遺症に苦しんでいる人が多いと聞く。日本ではどうなのだろうか。また子供にも川崎病に似た症状が出ていると海外からは報告されている。今後、子供への感染が心配されるが、日本は大丈夫なのだろうか。

もうひとつ興味深い海外のデータとして血液型がA型の人はより重症化しやすいという報告を聖は読んだ。日本人の約40%はA型であるが、この辺はどうなのだろうか。入院患者がこれほど出ているのだから、調べようとすれば簡単に調べられるだろう。なぜ血液型とコロナ感染を関係付けるデータが日本からまったく出てこないのだろうか。

七月九日。東京都における新型コロナウイルス新規感染者数が二二四名となり、この感染症の流行が始まってからの最悪レベルを更新した。小池都知事の言は相変わらず検査数が増えているからだということであるが、この発言、トランプ大統領の発言と全く同じことであることに気がついていないのだろうか。

裏を返せば、今年の四月や五月の数字は検査数が少なかったからだということになり、それならばその数倍から数十倍の感染者がいたのかという疑問に繋がるだろう。そしてその数倍から数十倍の感染者がいたのであれば、なぜ緊急事態宣言が解除され、東京都は段階的に警戒緩和に踏み切ったのだろうか。

また、安倍総理は緊急事態宣言解除時点で「日本モデル」の成功を強調していたが、それが検査不足による蜃気楼のようなものであったことになるではないか。このような発言の矛盾に気がついていないのだろうか。

さらに呆れるのが、仮に今の状態が検査数が増えたことだけに起因するのであれば、検査をしていない新宿以外の「夜の街」には今の数十倍以上の感染者数がいることになる。これはもはや国家的な危機のレベルではないのだろうか。

それなのに西村新型コロナ対策担当相・経済再生担当相は「緊張感をもって見守っている」の発言を繰り返すばかりである。この発言、どこかで似たような発言を聞いたと思ったらよく北朝鮮がミサイルを発射するたびに菅官房長官が言っている「断固抗議する」「断じて看過できない」というのと同じではないか。つまり「口だけ」なのである。この国の政治家は失政しても辞任するだけで責任を負わない。天下りでもして悠々自適の生活を続けるだけなのである。

今、この感染拡大をストップしなければ、一日の新規感染者はまもなく千人を超えるだろう。

そしてそれを止めることができるのは残念なことに政治家しかいないのである。憲法二十九条は政治家に「国民の福祉」のために厳しい立法措置を取る権利を与えている。

アメリカの独立記念日にマスクもせずにパーティをしている連中を見て「馬鹿につける薬は

ない」と批判した医師がいたが、「夜の街」を放置し、市中に感染拡大を許している日本国民が同様に批判されぬよう、断固たる措置を取ることを聖は切に望んでいた。

四

「母を入院前の状態に戻してやる」という意気込みで母のホームでの生活を介助してきた聖であったが、希望は日に日に薄れて行き、今は絶望という残骸の中で四苦八苦している現実があった。

昨年の今頃は、母は高齢者なりに元気を取り戻し、ホームで開かれていた歌の会などにも参加していたことを考えれば、一年という時間は高齢者にとっては長大である。無論それは、世界情勢についても言えるわけで、武漢肺炎ウイルスが瞬く間に世界中に拡散し、多くの犠牲者を出すとは誰も想像すらしていなかったわけである。

療養生活を送る中では、ＱＯＬ（生活の質）という概念が重要視されるが、今の母にそれがあるとは思えない。「仕方がない」と思うことによって、聖の心は幾分か軽くなるが、「もっと自分にはできることがあったのではないか」「今、自分は正しいことをしているのか」という自責、自問は絶えず聖を悩ませていた。

朝、聖が母の飲食介助に曲がりなりにも「成功」すれば、点滴の依頼は必要ない。七月になってからは、いかに点滴の回数を減らすことができるかが聖の使命になっていた。そのためには、母が飲む飲料を豆乳から牛乳、牛乳から野菜ジュース、野菜ジュースから緑茶、緑茶から水、水からまた豆乳と取っ替え引っ替え試すのが日課であった。

アイスクリームの替わりにヨーグルトを試したり、ヨーグルトを豆腐に替えてみたりと小分けにしながら栄養分にも配心した。母が自分の母親、つまり聖の祖母や、「牟田のおばさん」と呼んでいる台湾で親戚付き合いをしていた女性が同じホームに住んでいると思っていることを良いことに、聖は時折、声色を使って母の食事を促した。

「お婆ちゃんが、食事をしなさいって言ってるよ」

「牟田のおばさんが、ちゃんと食べてって言ってるよ」

そう言うと辛うじて目を開ける母の口にアイスクリームを乗せたスプーンを持って行く。

「彰ちゃん、ちゃんと食べないと駄目よ」

「彰ちゃん、ちゃんと食べてください」

母が十分な水分や栄養を摂った時には、聖は母の手を握り素直に感謝した。

「たくさん食べてくれてありがとうね」

また、母の死期が迫っていることを悟られないようにしながら、息子としての感謝の気持ちも努めて伝えるようにもした。

「良い母親でいれくれてありがとうね」

聖の言葉が通じて母は微笑むこともあったが、放心したようにボーッと聖の顔を見ていることもあった。少しでも自分の気持ちが伝わればいい。そう思いながらも自らの努力が独りよがりである側面を聖は否定できなかった。

「お前がやっていることは、母親のためではない。自分のためではないか」

と非難されれば、反論はない。しかし、所詮、我々がやっている全てのことは自分のためなのだという一種の諦観が聖を自己肯定に動かしていたことも事実であったのである。

五

七月十日。東京都の新型コロナウイルス新規感染者が二四三人となったことを受けて、西村経済再生担当相・新型コロナ対策担当相と小池都知事の協議が開かれたという報道を聖は目にした。協議の結果は以下の三点である。

一．ＰＣＲ検査を「夜の街」中心に積極的に行っていく。

二．ガイドラインに従わない店舗の利用を控えてもらう。

三．保健所への人員の拡充。

一に関しては、確かにＰＣＲ検査をすることによって陽性者をあぶり出し、隔離できればこんなに素晴らしいことはないだろう。しかし、問題は実効性である。ＰＣＲ検査に関しては、最近になってやっと増えて来たが、それでもそれを使って陽性者の全てをあぶり出すには程遠いレベルである。

　また西村大臣は「ＰＣＲ検査にご協力いただいている」と呑気なことを言っているが、いったいどれほどの業者が協力しているのだろうか。自分が業者ならＰＣＲ検査などまっぴらごめんだと聖は思った。陽性が判明したら営業停止になるからである。

　また、アメリカなどではＰＣＲ検査は日本より遥かに大々的にやっているが、感染者は増加の一途を辿っている。これはＰＣＲ検査によってコロナ感染拡大を防ぐことの限界を表しているのではないだろうか。

　二に関しては何をか言わんやだろう。ガイドラインに従っていない店に行くなと言われて行かないくらいなら「夜の街」からの感染者は今のように出てはいない。

　三に関してはまた保健所かと呆れざるを得ない。保健所の職員は、また我々かと天を仰いでいることだろう。要は西村大臣も小池都知事も現場を見もせずに空論を並べているのだという印象を聖は受けた。

　七月十一日。現在の新型コロナ新規感染者の激増に関して、さかんに政治家が「火消し」に必死になっているのが聖の鼻につく。ネット上でも組織的な情報操作が行われているようで重症者が少ないから安心だとか、医療機関には余裕があるとかいう意見が多いのが懸念される。

　背後にあるのが、政府が主導するＧｏＴｏキャンペーンである。税金を使って観光客に割引料金を提供し、疲弊した観光業界にカンフル剤を打つというのがこのキャンペーンであるが、その裏で「全国旅行業協会」会長の二階俊博自民党幹事長が糸を引いていることを聖は疑わなかった。これでもし感染が更に拡大しても、誰も責任を負わないのが日本の政治である。

また「新しい日常に踏み出したのだから」と小池都知事は笑みを浮かべて言っていたが、「夜の街」の連中が「新しい日常」を送っているのかと聖は問いたかった。街の居酒屋が「新しい日常」で営業しているだろうか。聖が見た限り、多くの店舗は以前とほとんど変わらない状態で営業を続けているのである。

「コロナと共存する」としたり顔で言う人々がいるが、その「共存」とは何であろうか。まさかこの期に及んで集団免疫のことではないだろう。新型コロナに長期的な免疫ができる可能性はまだ確認されていない。仮にできたとしてもそれが獲得されるまでには、数十万人の死者を覚悟しなければならないというのが統計から導き出される結論である。

自動車は危険な乗り物であるが、我々はそれと共存している。しかし、同時に自動車社会には厳しい規制と罰則が設けられている。新型コロナと共存するのであれば、新型コロナにも厳しい規制と罰則があって当然だろう。「夜の街」の営業を無対策で許すのは、ブレーキのない自動車の走行を許すようなものだと聖は思っている。

今の政治家の無責任をしっかり心に留めておくことが重要である。そして、その無責任によって不利益が生じるのであれば、その責を問うて当然である。太平洋戦争では何百万人もの国民が死に追いやられた。しかし、その責を問うたのは日本人ではなく、進駐軍だったのである。

「ポツダム宣言」という名称を聞いたことない国民は少ないだろう。太平洋戦争終結に向けて、連合国側から日本政府に提示された降伏の条件である。宣言の発出は七月二十四日、実際に日本政府が受託したのが八月十四日であり、この二十日間に原子爆弾が広島と長崎に投下され、多くの市民がその命を落としたのが歴史的な経緯である。

この経緯に関しては「日本のいちばん長い日」という東宝映画で聖は学んだ。映画が時系列的に正確であるとすれば、多くの教訓に富んだ内容であった。

当時、日本の敗戦は誰の目にも明らかであり、即刻の降伏が望ましかったのであるが、軍の一部では徹底抗戦を主張する者がおり、また天皇制存続という条件に拘ったがために受託が二十日遅れたというのが通説である。天皇という究極の特権階級の護持のために、数十万人の国民が亡くなっているわけであるが、もちろん究極的に「悪い」のは原爆を投下した米国であるという議論もできるだろう。しかし、結果が全てと言うのであれば、間違いなくポツダム宣言受託の「遅れ」がとてつもない悲劇をもたらしたことが事実なのである。

「ポツダム宣言」とコロナ禍との間に聖は類似性を見ていた。今回は犠牲者はまだ千人に届かないが、日本政府の対応の「遅れ」や「甘さ」がなければ、その多くは救える命であったと聖は思っていた。そしてその「遅れ」や「甘さ」は実はベルサイユ族のような特権階級の利権を守ることに起因しているのだとしたら。

春節でおびただしいほどの旅行者が中国から日本に入ったことは周知の事実である。そして東京オリンピックを開催したいがために、東京都はオリンピック延期が決まるまで、コロナ対策を怠っていたのも事実である。その裏に私利私欲に走る利権があることは容易に想像できよう。

今も昔も一部の既得権者のために、多くの国民が命を落とし、命の危険に晒される。生活を脅かされ、生活の場すら奪われる。この構図をすっかりすげ替えない限り、太平洋戦争級の危機がまた訪れるだろう。もしかすると「今」がそうかもしれないと聖は思っていた。

七月十三日。ＷＨＯのテドロス事務局長が記者会見で「多くの国が間違った方向に向かっている。感染を抑制するには、より包括的な対策が必要である」と発言する。世界がこんな事態になった責任を自覚していない、恥知らずがここにも一人いると聖は思った。

あるいは自覚しながら、スルーしているのだろうか。今更、自分が何を言おうが、説得力を欠いていることに気が付いていないのだろうか。ＷＨＯに関しては資金供出を停止すると宣言したトランプ大統領に聖は与していたのである。

六

「聖は私が食べないと怒るから」

と母がポツリと言った。

努めて怒りを見せないようにはしていたが、母の食が進まないことで自分の言葉が荒くなってのかもしれないと聖は思いがけない失態にはっと息を呑んだ。

この期に及んで聖が感情的になったところで、母にとっては辛いだけである。わかっていながら事態が望む方向に向かっていないことに苛立ちを隠せない自分を恥じた。

「そんなことないよ。怒ってないよ」

「最近、褒めてくれないじゃない」

「褒めてるよ。たくさん食べてくれてありがとうって言ってるよ」

鬱と躁の状態を行ったり来たりしているように、母は「正気」と「狂気」を行ったり来たりしている。「狂気」でいれば、話はほとんど通じないが、辛いことも悲しいこともあまりないようなので、聖はある意味、安心である。

しかし、母が「正気」の時は聖の感情の起伏や言動に敏感になっているので、聖は母を傷付けまいと余計な神経を使わなければならない。

「足が痛い」

「背中が痛い」

と体の痛みを訴える回数も増えていた。

コロナの影響で、訪問マッサージが来なくなってからもう四、五ヶ月が経とうとしていた。

マッサージ師は母の足首や膝といったところを中心にケアしてくれていたので、それがないことが母の脚の関節を硬直させてしまっているようであった。

代わって聖がマッサージをしてやると、楽になったと喜んでくれる。痩せ細って活力を失った足首であった。変に力を入れて骨折でもしては大変だと、おっかなびっくりのマッサージであった。

背中には湿布薬を塗ることで痛みがだいぶ緩和されるようであったが、老いて肌がなめし皮のようになってしまった母の背中に手を触れることは、聖には辛いことであった。まるで異次元の生物に触れているような気がして湿布薬を塗る手が止まってしまうこともあった。その度に気を取り直し、これは母の背中なのだと自分に言い聞かせながら作業を続ける。

親子の絆というものを、それまで聖はあまり意識したことがなかった。生まれて間もないひよ子に風船を見せると、ひよ子はそれが親だと思ってついて回るという研究結果を読んで、親子などといったものはそんなものなのだろうと思っていた。

成人して親子関係に悩んでいる者を見れば、自分はあんなふうにはならないと自負していた。「親はなくとも子は育つ」の諺通り、一度生まれてしまえば別人格である。無論、聖は親に育てられた環境にいたわけであるが、子を育てるのは産んだ親の当然の義務だと踏んでいたのである。

しかし、それは聖にとって机上の空論であった。実際に母親が今のような状態に陥ってしまうと、それまで自分には欠けていたと思っていた感情が湧いてくる。

この人が死ねば、自分の幼少時代を知る人がいなくなり、自分の過去の一部が消去されてしまうという虚無感と、曲がりなりにも親子として共有していたなんらかの感情が、ブラックホールに吸い込まれるように消滅してしまうことへの恐怖に聖は襲われていた。天涯孤独という言葉の意味を、聖は生まれて初めて知ったのかもしれなかった。

七

七月十四日。聖は「山中伸弥教授『コロナ死者十万人も』発言に見る政策立案の機能不全」という記事を「ダイヤモンド・オンライン」で読んだ。

山中伸弥教授と西浦博教授の対談を題材に上久保誠人という立命館大学の政策科学部教授が起こした文章であるが、主張するところは専門家と呼ばれる学者の提言に科学的な根拠がないにもかかわらず官邸が振り回され、指揮系統がはっきりしないまま国民が混乱しているから、首相の権限を強め、縦割り行政をやめないとコロナのような感染症とは戦えないといった内容である。

縦割り行政の弊害については今に始まったことではなく、多くの人が指摘して来たにもかかわらずほとんど何も変わっていない。これは既得権者集団の団結が強固であるということの表れに他ならないわけで、これを淘汰するには国民投票でリーダーを選出する他に道はないと聖は思っている。しかし、そもそも法律を作る官僚や議員がベルサイユ族（既得権者）なのであるから、そこには山のように高い障壁が立ちはだかっているわけである。

それよりも聖が気になったのが、西浦教授や山中教授が言っていることに、「科学的な根拠が示されていない」という上久保教授の見解であった。「何も対策を打たなければ四十万人の日本人が死ぬ」という西浦教授の言や「今後、十万人の犠牲者が出る」という山中教授の分析は、集団免疫が構築されると仮定して感染を放置した場合の感染者数に現在の致死率を掛ければ単純計算で出て来る数字であり、今更「科学的根拠」を問う必要はないと聖は思うからである。

ただでさえ感染症学などといったものは「正確」な数字が出し難い学問である上に新型コロナにはまだ端倪すべからざる点が多いのである。四十万も三十万も、十万も二十万も、多くの仮定に基づく大雑把な数字であり、要は大変な数の犠牲者が出るとだけ理解しておけば良いのだというのが聖の意見であった。

言い換えれば、この記事は世に蔓延る「トンデモ記事」の類だと聖は一蹴したわけであるが、この記事で言及されているＹｏｕＴｕｂｅ上の西浦教授と山中教授の対談は、大変示唆に富んだものとして、この記事以上に興味深く拝聴した。

対談の中で、西浦教授は脅迫電話や脅迫メールを多々受け取ったと語っているが、これはアメリカのファウチ博士も多くの脅迫を受けており、共通するところである。山中教授も同意していたが、科学者が政治や世論の影響や脅迫を受け、正論を発表できないような状況は大変に危険である。今のような困難や危機に直面した時にはできるだけ「正確かつ正直」な情報が必要不可欠であるからである。

科学を理解しない人間が多いアメリカの現状を見れば、今の惨劇がなぜ起きているのかが理解できるだろう。コロナ危機は、多くの課題を人類に突き付けているが、人間の無知の淘汰もそのひとつと言えるのではないかと聖は考えていた。

八

七月に入ってから、母の点滴を中空診療クリニックに依頼するのは四度目であった。二十日分は保険医療として扱われるということなので、取り敢えず七月中は余分なコストは生じない。中空医師によれば、保険適用されない場合でも、一日五千円で点滴を請け負ってくれるということであったので、それが十日になっても五万円という計算になる。それくらいならば何とかなると、聖は胸算用していた。

合意した通りに、必要に応じて午前中に聖が電話を入れる。

「本日は点滴をお願いします」

そして午後に聖が母の部屋に戻ってみると、点滴のビニール袋が壁のフックから下げられているという段取りである。点滴の量は、一日に５００ml。それ以上にすると心臓に負担がかかり、肺に水が溜まることになりかねないというのが中空医師の判断であった。

また、本来ならば静脈に針を通して行う点滴であるが、これも母の身体に負担がかかるということで、皮下輸液という方法を用いて行うという指示があった。当初は手の甲に針を刺していたが、母が嫌がって抜いてしまうので、二度目からは脚からの点滴となった。

皮下輸液は時間がかかるので、母は一日に四、五時間ほど点滴のチューブに繋がれた状態になる。常人であれば、外してくれと叫びたくもなる試練であるが、母がほとんど寝ている状態であったのは、非の中に是ありといったところであろうか。

聖は、祖母が「老人病院」に入院していた時のことを思い出していた。その悪いイメージから、今は「老人病院」という名称は使われなくなっているようであるが、要は回復の見込みのない高齢者を受け入れている医療機関全般を指す言葉であると聖は理解している。

聖の祖母の場合は、何度か死線を彷徨い、何度か生還しているが、同室になっていた老人の中には、延々と点滴のチューブに繋げられ呻き声とも泣き声ともわからぬ声を発しながら辛うじて生きている者も多かったのである。

考えればぞっとする光景であるが、あの時、献身的に聖の祖母の面倒をみていた母は今、それとさほど遠くない状態にあるのである。そして、いつかは聖自身も、自らの命を絶つようなことをしない限り、この無慈悲なミュージカル・チェアに参加しなければならない。

無論、新型コロナ感染症が重症化し、人工呼吸器やＥＣＭＯに繋がれている患者の悲惨はこの比ではないだろう。仮に回復したとしても、そのプロセスが肉体に及ぼす影響は計り知れず、若者ならまだしも高齢者ならば完全な回復はほぼ不可能に近いのではないだろうか。

海鮮市場のコウモリから出たのか、武漢の研究所からリークしたのか、聖は知らないが、これほど恐ろしい病原体が二十一世紀の世界に潜んでいたのである。そして、それを侮る人間の愚かさよ。

人類は今まで、災害や戦争を乗り越え、飢饉や疫病を克服して繁栄を手にしてきた。新型コロナもいずれは克服するだろう。しかし、自らの愚かさばかりは克服できるとは聖には思えなかった。母の未来に絶望を感じていた聖は、同時に人類の未来にも絶望していたのである。

第十九章　ＧｏＴｏキャンペーン

一

七月十六日。東京のみならず、全国各地で新型コロナの新規感染者数が記録を更新する事態になっている。ＧｏＴｏキャンペーンからは東京の除外が発表されたが、その他は政府はほぼ無策と言って良い状態が続く。

過去の過ちから何も学ばず、無責任を突き通すこの姿勢は日本の政治家の真骨頂であるとの印象を聖は持った。ＧｏＴｏキャンペーンに批判が集中する中、政府の新型コロナウイルス感染症対策分科会の尾身茂会長曰く「新幹線の中で感染は起きていない。旅行自体が感染を起こすことはない」だそうである。

なるほど、飛行機の中でも感染は起きていないようであるから、外国人観光客にもどんどん来てもらってはどうだろうか。入国自体が感染を起こすことはないであろうから。そうすればＧｏＴｏキャンペーンよりはるかに大きな経済効果が期待できるだろう。

もちろん、これは尾身会長に対する聖の皮肉である。御用学者という言葉があるが、政府の顔色を窺い、真実を蔑ろにするような学者を指した言葉である。尾身会長はさしずめこの「御用学者」なのではないだろうか。

全く聖の憶測だが、西浦教授を分科会のメンバーから除外したのは、尾身会長なのではないだろうか。学生が答案に間違った答えを書けば落第である。ビジネスマンが判断を間違い、会社に不利益をもたらせば、左遷か解雇である。感染拡大が続く現状は、尾身茂会長や西村経済再生担当相・新型コロナ対策担当相、そして小池都知事の失政の結果であり、世が世であれば切腹ものなのではないだろうか。

ところが彼らは辞任もせず、相変わらずその無策を晒すばかりなのである。WHOのテドロスが厚顔無恥だと聖は呆れていたが、どうも日本の政治家や学者の中にもテドロスに匹敵するほどの厚顔無恥がいるとしか思えない。

七月十七日。ブラジルで現地時間の十六日、新型コロナ感染者が累計で二百万人を突破、死者が七万七千人に迫っているという記事を聖は読んだ。

ともにアメリカに次ぐ世界第二位の不名誉な数字であるが、ボルソナロ大統領は「経済の息を止め続けることはできない。給料や仕事がなければ、ウイルスによるよりももっと多くの人々が命を失う」という発言をしており、ここにもコロナ禍に迷走する一人の政治家がいるとの認識を聖は持った。

聖はボルソナロ大統領の言っていることに間違いはないと思っている。間違っているのは方法論である。確かに感染症を抑えるためにロックダウンをするというのは、もっとも手っ取り早い方法かもしれない。しかし、それでは経済が死んでしまうというのであれば、他に感染症を抑える方法はあるはずである。

その一つがマスク着用の義務化であり、飲食店や劇場等でのアクリル・パネルの設置であり、濃厚接触を伴う業種の違法化なのである。これらを政策として実行するにあたって、いかに国民を説得しその協力を得られるかが、政治家の手腕であり真価であろう。


一方、東京都の新規コロナ感染者数は連日の記録更新であるが、政府は相変わらず動かない。責任という言葉の意味もわからない連中であるから、動くつもりもないのだろう。日本国民も大人しいものだと聖は思う。これは両刃の剣である。日本人は「従順」だから自粛要請や休業要請に従い、第一波の感染拡大を防ぐことができた。しかし今度はその「従順」さが仇となり、政府が無策・無責任でも何もしようとしないのである。

日本人の「従順」さには、実はある特色があることに聖は気がついていた。「従順」と言えば、真面目に「言いつけに従う」「法を遵守する」といったイメージがあると思うが、日本人の「従順」さには「真面目」よりも「他人の目」が遥かに大きな要因として介在しているのではないだろうか。

電車に乗るとほとんどの乗客がマスクをしている。電車の中で「マスクの着用と、窓開けにご協力ください」というアナウンスがあるからで、乗客は「真面目」にそのアナウンスに協力していると思いがちになるが、不思議なことにマスクはするが窓を開ける乗客はいないのである。

窓が閉まっている時に、立ち上がって窓を開けようとはしない。皆がマスクをしているので自分がしなければ「他人の目」から見て「目立つ」ことが嫌だからマスクをする。ところが窓が閉まっている時に、自分だけが立ち上がって窓を開ければ、これも「他人の目」から見て「目立つ」からやらない。

幸いにも、窓が閉まっている車内で感染が拡大したという報告は今のところないわけで、この日本人の行動パターンが大きな弊害になっているとは言えないのであるが、政治家としてみれば、反発もせず、決して反乱も起こさない国民を相手にしているのはさぞ楽なことだろうと聖は思わずにいられない。

また、二言目には「政府に頼らず、私たち一人一人が感染予防に努めればいい」などと言う人間がいるが、我々一人一人の力では限界があることがわからないのだろうか。

どこかの子供の親が感染し、その子供が学校や幼稚園にウイルスを持ってくればそこで集団感染が発生する。それをその子供たちの親にどう予防しろと言うのだろうか。まさか、自分の子供と接触せずに生活しろと非現実的なことを言うわけではないだろう。

市民が政府の言いなりになり、反抗も反乱もしないというのは徳川の頃からの非常に「悪い癖」だと聖は考えていた。この「悪い癖」のために、日本人は封建社会で苦しみ、軍国主義の餌食となって絶滅の危機にすら晒されたのである。今回のコロナ禍でも、対応を間違えれば数十万人の犠牲者が出るだろう。濃厚接触を許す限り、ファクターXは機能しないだろうというのが現時点での聖の予想であった。

七月十八日。ジョンズ・ホプキンス大学は、世界の新型コロナ感染症による死者数が、六十万人を超えたと発表する。このうち、引き続きアメリカが約十四万人ともっとも多く、次いでブラジルの七万八千人、イギリスの四万五千人、メキシコ三万八千人、イタリア三万五千人と続く。

七月二十一日。聖は「ＧｏＴｏキャンペーン受託団体が二階幹事長らに四二〇〇万円献金」という記事を週刊文春で目にした。記事によると、「ＧｏＴｏトラベルキャンペーン」を一八九五億円で受託した「ツーリズム産業共同提案体」に連名している団体から自民党二階俊博幹事長を始め、与党自民党議員三十七名にほぼ毎年献金があり、総額は少なくとも四二〇〇万円に上るというものであった。

政治献金が問題になっていることは、「ＧｏＴｏキャンペーン」に限らず聖も知っていたが、それが国民の生活や生命を脅かす状況にあって尚も政策決定を左右するということはあってはならないことだろう。それ自体も糾弾されて然るべきものであることは間違いないが、更に問題なのは、聖が知る限りこのような報道が週刊誌でしかされないことであった。

その理由が、このような報道がいわゆる「ガセ」であるからなのか、音に聞く大新聞も、民放やＮＨＫもマスコミ全体が政府に取り込まれているからなのか、ここにも聖は日本の闇を見るのである。

　反面、週刊誌には週刊誌なりの胡散臭さが付き纏うもの事実である。マスコミは、それが週刊誌や新聞であれば購買数や購読数を増やすことで成り立っているし、放送局であれば視聴率が全てであろう。

　極論すれば、何でもいいからセンセーショナルに書き立て、あるいは報道することが生命線とも言えるわけである。週刊誌は特に、読み手が限られているので一般の精査や批判を受ける度合いが少なく、従って「ガセ」に走りやすい傾向があるのではないだろうか。

　二〇二〇年はコロナの年として歴史にその名を刻むことになるだろうが、同時に二〇二〇年はフェイクニュースの年としても忘れられない年となろう。それほど人々は嘘や出鱈目に惑わされ、世界はその混迷の度合いを増したというのが聖の印象であった。

　その嘘や出鱈目を、いちいち検証し暴いていたのでは命がいくつあっても足りないが、相変わらず「専門家」と呼ばれる人間が、その地位や権威を利用して「ガセ」を流すことに聖はほとほと閉口していた。

　例えば五月二十七日付の「プレジデント・オンライン」に掲載された「世界がモヤモヤする『日本の奇蹟』を裏付ける〝国民集団免疫説〟…京大教授ら発表」という記事がある。副題が「死者数がここまで少ないのはなぜ」となっているので、この時点で「ガセ」っぽいと聖は即断した。なぜなら、死者数が少ないのは単純に感染者数が少ないからであり、統計からは決して致死率が低いわけではないことが判明しているからである。

そうは言っても「京大教授」という「肩書」があるのだから、一読には値するだろう。思い直して読んでみたが、やはりかなり噴飯ものであった。要約すれば、日本人は新型コロナ蔓延以前に、弱毒性のコロナに感染しており、それが免疫を作っているから致死率が低いという議論である。また、記事の中に「インフルエンザに感染すると新型コロナに感染しなくなる」と書いてあるのを読んで、聖は文字通り噴き出してしまった。

そもそも「致死率が低い」という前提が嘘である。そして聖は医学者でもなければ研究者でもないが、新型コロナですらまともな検査が行われていないことは知っている。そんな国で「弱毒性のコロナ」に国民の大多数が感染していたなどと知る由がないだろう。

また、インフルエンザに感染して新型コロナに感染しないのなら、世界中にインフルエンザを蔓延させれば、新型コロナ問題は解決するではないか。こんな素人でも突っ込みどころが満載の「研究結果」を「専門家」が発表しているのである。人々が世に出回る情報に疑心暗鬼になることも不思議ではないと聖は妙なところで納得した。

二

点滴を終えた後の母は決まって覚醒していた。脱水症状になれば、若年者でも意識が朦朧とする。最近、母が眠っていることが多くなっていたのも、体内に十分な水分が補給されていなかったことが一つの要因であったのかもしれないと聖は猛省した。

しかし、これも一時の気休めである。真に母の延命を望むのであれば、水分だけではなく、胃瘻によって養分を補給するのが定石であろう。問題は、そんな状態を母が望むのかどうかということである。そして、自分自身の人生観が、ここで問われていることにも聖は気がついていた。

尊厳死という言葉が近年、マスコミを賑わすようになっている。スイスやスウェーデンといった国では、尊厳死が法制化され、望む者には医療従事者が安楽死を幇助することが許されていると聞く。このような法律は、自殺を肯定していると見なされ、日本およびその他の多くの国々では、未だに眉を顰める傾向があるのも事実である。

自殺は、後に残された者に遺恨を残すという点で、安易に肯定できるものではない。自殺によって、死んだ個人の問題に終止符が打たれたとしても、残された者には決して癒えることのない傷跡を残す。しかし、その個人の尊厳を保つために残される者の同意が得られているのであれば、聖は自殺や自殺幇助が法的に認められることに反対ではなかった。

人は望んでこの世に生まれて来るのではないが、生まれてしまえば自分の人生である。自分の人生を自分がどう終えようが、最終的にはその個人の意思を尊重すべきなのではないだろうか。

しかし、このような議論は究極的には無意味である。なぜなら死にたい人にとっては、自分の行いに対する他人の肯定や尊敬などどうでも良いのだろうから。彼らにとって重要なことは他人の目ではなく、自らの命を断つことによって得られる休息であり救済なのだから。

母が今のような状態になっても、一度も「死」を口にしないのが聖には不思議であった。肉体的な「痛み」や「苦しみ」を稀に訴えることはあっても、ほとんど寝たきりになった自分を顧みて「不安」や「心配」を告げることは全くないのである。

一つには、母の精神状態が「正気」と「狂気」の間を往復しているという事実があった。「狂気」であれば、自分の置かれた状況を理解せず、死への恐怖から解放されていても驚くことではないかもしれない。聖が不思議に思うのは、母が「正気」であっても、恐怖や不安に囚われている様子が見えないことであった。

高齢者の「軽み」については聖も聞かされたことがあった。聖の理解では、それは世のしがらみから抜け出し、生活苦もない老人が、「遊び」のような境地で余生を送っている状態を示す言葉であった。しかし、それは健康に不安がない場合だろう。

健康に不安があり、または肉体的な苦痛を経験している老人が「軽み」に達するとは聖には想像し難い。寝たきりになって四肢の自由が奪われれば尚更だろう。ところが聖の母の場合には、寝ながらにしてその「軽み」に達しているかのように見えるのである。

もっと元気な頃は、聖が部屋を去る時には「寂しさ」を口にした母であった。

「今度はいつ来るの？」

と聞かれ、袖を引かれる思いで部屋を後にしたことが何度もあった。

それが今は全くないのである。「来る人は拒まず、去る人は追わず」と言うかのように、聖が来ても去っても達観したようにまるで意に介さない様子は、まるで、少女が花畑で遊んでいるかのような印象すら聖に与えた。

だから、自分の母への「ありがとう」という言葉がピンっと来ないのかもしれないと聖は思った。間違いなく訪れる母との別れを悲しんでいるのは聖だけであって、母にとっては死や別れなど眼中にないのである。永遠の生命を維持しているかのように。

三

七月二十二日。この日、東京都の新型コロナ新規感染者は二三八人となり、全国でも七九五人と、過去最多を更新するが政府主導の「ＧｏＴｏトラベルキャンペーン」が東京都からの旅行者、東京都への旅行者を除外した上で予定通り開始される。

菅官房長官は「感染防止と社会経済活動の段階的な再開を両立させることが政府の基本方針だ。今回の『ＧｏＴｏキャンペーン』も、こうした経済の段階的再開の一環だ」と能面のような顔で会見したが、まともな感染防止策も取らずしてのこの言に、聖はテレビに映る菅官房長官の顔を二度見した。

一方、新型コロナ感染拡大のニュースに隠れて、文部科学省が性犯罪の履歴がある教員の復職をストップすべく法改正に動いているとの報道を聖は見た。ここまで教師による性犯罪が増加しているというのに今頃なのかと思ったのは聖だけではないだろう。性犯罪の犠牲者は、下手をすると一生を台無しにされる。魂の殺人とでも呼んでよい犯罪に手を染めた教師が、のうのうと復職するという現実を放置してきたのが日本の政治家なのである。

一事が万事、為政者の怠慢に聖は怒りを感じずにはいられない。平時にあってこのざまなのだから、コロナなどには対応のしようもないのである。なぜ為政者がここまで怠慢かつ傲慢なのか。理由は簡単で、それでも高い給料を貰い、責任を取ることもなく、生涯安泰な生活を送ることができるからである。

共産主義が失敗した最大の理由は「能力に応じて働き、必要に応じて得る」という基本姿勢にあると言われている。「能力に応じて働く」のであれば、怠慢な人間は働かないだろう。また「必要に応じて得る」のであれば、これも働く理由がなくなるのが道理である。

日本経済がなぜ三十年以上も衰退を続けているのか。聖は、日本が広義な意味で共産国家だからだと思っていた。それも既得権者であるベルサイユ族ばかりが膨大な富を手中に納め得をしている共産国家である。彼らは特にあくせく働く必要もなく利益を上げる必要もない。倒産や破綻の心配もなく、それでいて高給を得ることができるのだから、これでは国家が衰退しても何の不思議もないだろう。

新型コロナの感染拡大は、この国の為政者の失敗が原因だと聖は思っていた。日本がアメリカやブラジルのようになることはないと思っているが、それは従順な国民とその生活習慣の賜物であり、政治家とは何の関係もないのだと。

七月二十三日。ジョンズ・ホプキンス大学の集計は、世界の新型コロナ感染者が累計で一五〇〇万人を超え、死者は六十二万人になったと伝えた。致死率４・１％である。最多の感染者は相変わらずアメリカから出ており、三九七万人、次点がブラジル、インドと続く。

成人してからの人生の半分をアメリカで過ごした聖にとって、アメリカは第二の故郷であった。聖はアメリカで多くを学び、恋愛もし、友情を育んだのである。その愛する国家が、今のような惨状となっていることは聖にとって耐え難いことであった。

あれ程、心温かく親切な国民の多くが、なぜ真実を見ようとしないのか。なぜ小さな権利を守る為に、大きな正義を見失うのか。国民が一丸となって戦わなければならない時に、なぜ争うのか。聖には到底理解できないことであった。

一方この日、東京都の新規感染者は三六六人であったと発表される。過去最多更新である。小池都知事は「三六六人は非常に大きな数字だ。二十代三十代が六割と最も多いが、四十代五十代をはじめとする世代にも広がりがあり、地域的にも二十三区内にとどまらず多摩地域にも広がっている」と述べるが、具体的な対策を示すわけでもなく、引き続き「外出をお控え願いたい」と「お願い」ベースで会見を終える。

七月二十九日。新型コロナ新規感染者数が国内で初めて千人を超える。大阪では初めて二百人を超えたそうであるが、相変わらず政府からは危機感の危の字も聞こえて来ない。政府の傲慢と怠慢が、首に巻いた濡れ縄が乾くように国民を締め付ける音だけが聞こえて来る。

大阪の吉村知事が、八月一日から二十日間、五人以上の会食の自粛を要請したというニュースを聖は見たが、こんな要請はモグラ叩きに過ぎないことがわからないのだろうか。もはや感染拡大は「お願い」や「要請」ではどうしようもないレベルに来ているである。

別な記事は、東京都の感染者が「夜の街」から「家族」に拡大したことを伝えていた。西浦教授と山中教授のＹｏｕＴｕｂｅ対談で、聖が特に興味深く思ったのは、今回のコロナ感染拡大で日本の唯一とでも言って良い「強み」として西浦教授が挙げていたのは二次感染が少ないということであった。

もし感染が「家族」に広がっているとすれば、この二次感染の優位性が崩れることになる。だとすれば、東京や大阪がいつニューヨークのようになってもおかしくないという議論にならないだろうか。

七月三十一日。昨日は東京都および国内全体でも新型コロナの新規感染者数が記録を塗り替えたが、小池都知事は「感染拡大警報」から「感染拡大特別警報」にしますと平気な顔で会見をする。何かの悪い冗談であろうか。また飲食店の営業時間の短縮を要請するそうである。真面目に感染症対策をしている飲食店にしてみれば、この扱いは「不当」としか思えないだろう。いずれにしてもこのまま放置すれば、経済と生命のどちらも守れなくなることは明らかである。

東京都医師会会長である尾崎治夫医師が「コロナに夏休みはありません」という悲痛な表情で、強制力・拘束力のある立法を求めていたが、国会議員は九月中旬の臨時国会まで国会議事堂に戻るつもりはなさそうである。国会議員に国民の声を聞く意思はなく、また、国民も敢えて今の既得権益にまみれた政治構造の変革を求めようとはしない。

聖がまだ中学生だった頃、日本の若者には「無気力」「無関心」「無責任」の「三無主義」が蔓延っていると言われたが、それが延々と続いているのが現代の日本なのではないだろうか。そしてそれは、コロナ禍にあっても変わる様相が全くない。

八月三日。この日、聖は改めて東京都のコロナによる死者の統計を読売新聞で見た。おそらく日本全国でも同じような数字が出るのだろうが、七十歳代で17%、八十歳代で30%という致死率が明らかにされていた。

日本全体で七十歳代は約一五〇〇万人いる。八十歳以上は約一一〇〇万人である。無論、彼らの全員が感染することはないだろうが、可能性としては有り得るわけで、集団免疫が獲得されないと仮定すれば、いずれは全員が感染しても不思議ではない。この数字が意味するところは、七十歳代で（致死率17％として）二五〇万人以上、八十歳以上で（致死率30％として）三三〇万人以上の死者が出るということである。

四

暦が八月に変わると、それまでの天候不良が嘘のように一気に夏になった。同時に気象庁も関東地方の梅雨明けを宣言し、最高気温は連日三十度を超えるという絵に描いたような真夏である。

天候は雨天一転、炎天下となったが母の体調に動揺の変化を期待するのは非現実的であった。誰かが年寄りは夏に体調を崩し亡くなることが多いと言っていたが、その言も不吉な痼となって聖の頭に残っていた。

尽力してくれていたヘルパーたちも、母の飲食に関してはほとんどお手上げ状態になっており、聖の孤軍奮闘が続いている。水分補給もほぼ点滴頼みになっており、八月分が全て保険適用でカバーできるのかが不安材料となっていた。

「お役に立てなくて申し訳ありません」

とヘルパーに詫びられるたびに、聖はただ頭を垂れるだけである。

寿命という言葉は口にしたくなかった。大往生という言葉も好きではなかった。人間には諦めが肝心であると小さい頃から教わったが、諦めずとも終わりは必ず訪れる。ならばその時まで、諦めない。聖の人生で、諦めて良かったことなど一つもなかったのだから。

「私、来週いっぱいで退職するんです」

母のオムツ交換を終えたヘルパーの柴崎が、思い出したように聖に言った。

「え？」

「皆さんにはまだ言ってないんですが、高木さんには言っておいたほうが良いと思いまして」

小さく微笑んだ口元とは裏腹な柴崎の真剣な眼差しに聖はしばし言葉を失った。少々がさつなところのあった女性であるが、いつも陽気でいてくれたヘルパーであった。

「配置替えとかじゃなくてですか？」

「はい、辞めるんです」

「辞めて何かなさるんですか？」

「いいえ、もう疲れました。歳ですから」

やっと彼女らしい大きな笑みが柴崎の顔に現れた。

「そうなんですか。お疲れ様でした。本当に長い間お世話になりました」

渋谷生まれで上祖師谷在住。それしか知らない相手である。どんな境遇でヘルパーになる決心をしたのか、どんな心境で辞めて行くのか、聖はそれ以上詮索しなかった。相手も語りたくないこともあろう。

一期一会という言葉があるが、聖とヘルパーは一期一会などというものではない。母の余生を見届けるという共通の目的の元に、毎日のように顔を合わせているのである。運命共同体と呼べるほど命運を共にしているわけではないにせよ、聖の心境は、それまで同じ船で旅をしていた親しい友人の下船を見るような気持ちであった。

柴崎も、言葉には出さないが聖の母の最後が近いことはわかっているだろう。来週以降、母と柴崎はもう会うことはない。聖自身、もう柴崎に会うことはないかもしれない。

「介護の仕事は、色んな人の人生に関わることができて本当に楽しいですよ」

と高科は言ったが、辛い別れも多いであろうことは十分に想像できた。看護職も同様であるが、よほど精神が強いか無神経でなければできる仕事ではないような気がする。

「失礼します」

頭を下げて部屋を出ていく柴崎に、聖は深く頭を下げた。

「どうもありがとうございました」

聖の心から出た感謝の言葉であった。

五

東京都による時短営業要請に応じない店舗が出ているという報道を聖は聞いた。当然だろう。

いい加減な基準で時短営業を要請されても、困るのは店舗だけで、実際の感染抑止にどれだけ効果があるのかはかなり眉唾だからである。

店舗に時短営業させずに、感染を抑止するには、各席（テーブル席を含む）をビニールのスクリーンかアクリルのパネルで仕切らせればよいのであって、それを義務付け、従わない場合は営業免許を剥奪すれば補償金も何も要らないだろう。

最近の感染者の急増に関しては、明らかに前とは違うという印象を聖は持った。欧米の研究機関からも、そして最近はベトナムからも第二波のコロナウイルスは第一波より数倍感染力が強いという発表が出ている。幸いなことに、毒性が増しているという報告は入っていないが、逆に弱毒化しているという報告もない。このような情報は分科会に当然届いていると思うが、ならば尚更ＧｏＴｏキャンペーンなどやっている場合ではないだろう。下手をすると夏が終わるまでに死人の山を築くことになるかもしれないのである。

分科会には経済の専門家も入っている。ＮＨＫの日曜討論で分科会のメンバーである経済のその「専門家」の発言は、社会をデジタル化する必要があるとか、ＩＴを活用すべきとかいう遠大なものであった。

方向性に間違いはないが、今必要なのは、即効性と実効性を兼ね備えた対策だろう。聖は、アメリカ中央銀行（ＦＲＢ）と日銀の対策の差から両国のマネタリー・ベースの増加率に大きな乖離が生じており、今後、急激な円高が進むことを予想していた。そうなれば、円高によって日本の輸出産業の業績が相当なダメージを受けることが懸念されるが、そのことに分科会の経済専門家は全く配慮していないようであった。

八月六日。新型コロナウイルスによる感染拡大が止まらない中、未だに新型コロナは風邪と変わらないだのインフルエンザより怖くないだのといった意見が多いことに改めて聖は驚愕していた。

この日、掲載された「ダイヤモンド・オンライン」の「新型コロナは日本人にとって本当に『怖いウイルス』なのか」という記事などがその典型であるが、その内容は素人目にもお粗末としか言いようのないものである。

記事はまず、「百万人当たりの死者が欧米より2けた少ない日本」という点を強調している。これは確かに事実である。事実ではあるが、感染者の数が桁違いに少ないのであるから当たり前のことである。

死者の数を累計感染者数で割った致死率は、現時点で2・4%であり、これは桁違いに「少ない」わけではない。感染者の数が少ないのは、以前から聖は生活習慣の相違が最大の要因だと思っている。その証拠には、最近の日本における感染者増は「夜の街」を震央とする濃厚接触が増えているからではないか。

次に記事は高橋泰という国際医療福祉大学教授の「アジア人は欧米人より自然免疫が強い」という仮説を挙げているが、こんな仮説はちょっと調べれば間違いであることがわかるだろう。

アメリカにも欧州にもアジア人は多いのである。しかし、彼らの感染率や致死率が低いという統計データはまったくない。むしろ、その逆があるほどである。つまりアジア諸国の感染者や死者が少ないのは「自然免疫」が理由ではないというのが妥当な帰結だと思われる。

また記事は高橋教授の仮説として日本の「優れた医療制度」が犠牲者の数を抑制していると述べているが、これは単純に感染者数が少ないから医療崩壊が起きていないからだろう。医療崩壊が起きれば欧米のようになる可能性も高いと聖は思っている。更に聖が呆れたのは、高橋教授が「インフルエンザは毒性が強い」「新型コロナは毒性が弱い」と言っていることである。これはどんな統計を見て言っているのだろうか。

記事はまた「98％の感染者は無症状か軽症である」というWHOの見解を引用しているが、聖が知る限りPCR検査が充実している国の統計を見ても、98％が無症状であるという数字はない。

現時点でわかっている統計では日本におけるインフルエンザの致死率は多くて0・1％である。新型コロナは2・4％である。どちらの毒性が強いかは一目瞭然だろう。仮に検出されていない無症状者が今の十倍いたとしても、致死率は0・24％であり、インフルエンザより大きいのである。

このような馬鹿げた記事を読んだ聖の読後感は、なぜ多くの人々が無謀な行動を取り、他人の命を危険に晒しているのかがわかるということであった。新型コロナは無策・無責任な政治家による人災であるばかりか、非常識なエセ専門家やそれを裏も取らずに大々的に報道するマスコミの人災でもあるのだと聖は認識を新たにしたのであった。

八月七日。聖は最近特に「新型コロナは大したことない」系の記事が増えたように感じていた。感染者が爆発的に伸びるに連れて、この系統の記事が増えるのは何か意図的なものがあるのではないかと思うほどであった。しかも、これらの記事はいっぱしの医師であるとか研究者によって書かれた（あるいは彼らの意見を元にした）もので、それらを読んだ権威や肩書きに弱い一般人が納得してしまう危険性を含んでいるのである。

これらの記事が共有する要素が、一、日本人は重症化する割合も死者数も少ないという見解と、二、新型コロナを封じ込めることは不可能だから共存するしかないという固定観念である。またこれらの記事は、マスコミが騒ぎ過ぎており、新型コロナは恐るるに足りないという結論に共通して達していた。

一に関しては、これはあくまで「過去」の統計であるということに気付くべきだろう。新型コロナが今以上に蔓延し、仮にアメリカのような状態になった場合、日本人が重症化しない、または死なないという保証も科学的根拠もどこにもないというのが聖の認識であった。ただ、以前から聖は単純に文化的な背景の相違から、日本で新型コロナがアメリカのように蔓延することはないと確信していた。

二に関しては、新型コロナの封じ込めはワクチンによる集団免疫の確保を待たずして可能だと聖は思っている。それを初めから不可能と決めつけるのはプロとしてそして科学者として失格だろう。

聖はマスコミが騒ぎ過ぎているとは思ってはいない。むしろ、ゴールデンタイムに大河ドラマの宣伝だの、面白くもない娯楽番組を垂れ流した結果が、今の感染拡大に繋がっていると思っていた。ちゃんと国民が新型コロナを恐れていれば、集団で宴会をしたり、カラオケに行ったりはしなかっただろう。そして「夜の街」の営業を継続させ、一般人に迷惑をかけるようなこともなかっただろう。

八月九日。アメリカの新型コロナ感染者が累計で五百万人を超えたとのロイター通信報道を聖は読んだ。アメリカでは実に六十六人に一人が新型コロナに感染した計算になる。累計死者数は十六万人に達しており、致死率は3・2％と依然として高い。

これだけ犠牲者を出しても、アメリカ国民が一丸となって感染防止に動かないことに、聖は一種の異常性すら感じていた。もしこれが戦争であったのなら、勝者は中国であり、アメリカは敗者だと言われても聖には反論する根拠が見つからない。

八月十日。全世界の新型コロナ感染者が累計で二千万人に達する。累計死者数は七十三万人であり、そこから計算される致死率は3・7％である。聖が中国で得体の知れない肺炎が流行しているというネット記事を目にしてから、約八ヶ月で、世界は悲劇のどん底に突き落とされた。恐ろしいのは、この悲劇の着地点がまったく見えないことであった。今後、どこまでこの感染症は広まって行くのか。スペイン風邪のように、数千万の犠牲者を二十一世紀の世界が目撃することになるのか。歴史の目撃者となった自分と犠牲者になるかもしれない自分がいる。醒めることのない悪夢の中に、呆然と佇む自分がそこにいるのである。

六

「本日も点滴をお願いします」

と聖が電話で頼む回数が八月になって急増していた。食事も何度かに小分けして与えようとするが、母がまったく口を開けないことが多くなっていた。

七月中は雨天が多く、母を外に連れ出せる日がほとんどなかった。八月は八月で、連日の炎天下である。なんとか母を元気付けようと、車椅子に座らせ窓際に連れて行ってガラス戸を大きく開放するが、この暑さではそれも短時間で終えなければならなかった。

声色を使って母の食欲を促そうという努力も続けていたが、その効果は限定的であったし、母が好きなハワイアンやシャンソンがＣＤプレイヤーから聴こえて来ても、眠り続けていることが多かった。

梅雨が終わり太陽の溢れる季節が来たが、今年の夏は聖にとっても世界にとってもいつも通りの夏からは程遠いものになっていた。ジャンジャンと蝉の声が林間を走り抜け、伸び放題に伸びた雑草に覆われた野原の上空を黒アゲハが自在に舞っていようとも、「ふれあい広場」の入り口には感染予防の注意書きが貼られている。

「ふれあい広場」で他人との「触れ合い」に警告が発せられているのを見るのは、シュールレアリスムの極致である。階段を上がった広場では、マスク姿の家族連れが球技に興じていたが、眺望の開けた向こうに真っ白な積乱雲がモクモクと湧き上がっているのを見て、聖は帰路を急いだ。雷雨の前兆である。

来た道の反対側から「ふれあい広場」の階段を下り、野川沿いの遊歩道に出ると、ここも夏休みだからか子供連れが多い。捕虫網を手にした子供を連れた父親がいる。ヘルメットを被った幼児を自転車のチャイルドシートに乗せて走り過ぎて行く母親がいる。背後からはぁはぁという息遣いを聞いて、聖が道を開けると汗を飛ばしながらジョッガーが駆け抜けて行く。

それら全ての人々が、マスク姿であるというのも、コロナの夏の特異性を印象付けている。野川に架かる橋桁には「2メートル」と書かれた看板が貼ってあり、矢印が距離を開けるようにと指示している。野草や灌木の群生が生い茂る川辺には、水遊びを楽しむ子供たちが戯れていたが、その無邪気な顔という顔がマスクに覆われていた。そんな顔も今はすっかり見慣れてしまい、逆にマスクをしていない人間を見ると、聖は何事かと思うようになっていた。

野川の東岸に広がるちょっとした公園にも、家族連れが多かった。カラフルなビニールシートの上で、ピクニックを楽しんでいる家族。小さなテントを張り、上半身だけを中に入れてくつろいでいる若者。リボンをつけた小型犬を散歩させている老婦人。マスクを除いてはいつもの夏と変わらない光景に、聖は思わず目を細めた。

忘れ得ない夏が誰しもあるものである。白球を追い、グラウンドを駆け回った夏。勉強に明け暮れた夏。恋をして恋に敗れた夏。そしてこの夏。

「俺はあと何度この場所に来るのだろうか」

国分寺崖線の坂を登りながら、聖は思った。木漏れ日が背に熱かった。

第二十章　終戦記念日の教訓

一

八月十五日。終戦記念日である。「戦争はやめましょう」「絶対、戦争をしてはいけない」というのは先人からのメッセージであるが、それならばどうすれば将来「戦争をしない」ようにすれば良いのかを教えてくれる人は少ないように思う。

まさか、北朝鮮が核ミサイルを撃ち込んで来ても、黙って殺されなさいと言う人はいないだろう。コロナ禍にある終戦記念日は特別な意味があると聖は思っていた。それはいかに日本人が終戦記念日を無駄にしているかを露呈しているからである。

太平洋戦争は日本国民が当時の政府に洗脳され、政府の言いなりになって無謀な戦いを挑んだことに発端している。今とどこが違うのだろうか。未だに日本人は政府の情報を鵜呑みにし、鵜呑みにしないまでも反抗もせず、言いなりになって困窮しているではないか。

終戦記念日が教えてくれることは「戦争がいけない」という当たり前のことではない。そんな単純なメッセージではないはずである。終戦記念日が教えてくれることは政府は究極的に無責任であり、政府の言いなりになっていれば多くの犠牲者を出す可能性があるということなのではないか。この教訓を我々が学ばない限り、何度靖国を訪れようが戦没者は決して浮かばれないだろう。

この日の報道では、ヨーロッパでの感染拡大を受けて各国政府が次々と対策に乗り出しているということである。スペイン政府はディスコやナイトクラブを閉鎖し、人の密集する場所での飲食を禁止した。イギリス政府も、フランス、オランダ、スペイン、ベルギー等からの入国者を二週間強制隔離する措置を取っている。

「夏になれば気温が上がり、コロナは自然消滅する」と豪語していた専門家たちはどんな顔でこの夏を過ごしているのだろうか。

八月十六日。この日の「東洋経済オンライン」の記事は、スウェーデンのコロナ対策を改めて検証していた。記事の書き手は翁百合という日本総合研究所理事長である。言うまでもなく、スウェーデンは他の欧州諸国のようなロックダウンを強行しなかった国家であり、死者の数は他の北欧諸国のそれを遥かに凌駕するレベルになっている。

しかし、この記事によると、死者の多くは介護システムへの規制が甘かったからであり、ロックダウンをしなかったからではないという。記事のトップにはマスクをせずにフェリーの乗船場で列を作っているスウェーデン市民の写真が堂々と載せられており、もしこの記事の主張するところが真実であるのなら、マスクの着用や濃厚接触の回避などはコロナ感染拡大にそれほど効果がないという結論になる。

記事はまた、スウェーデンは「集団免疫戦略」を採択したのではなく、この感染症が長期に渡って存在することを想定した「長期戦略」を選んだのであり、国家の経済が長く持ち堪えることができるように政策を決定したのだと説明している。

確かに介護施設での感染を抑えることができれば、死者数を減らすことは可能だろうと聖は思った。死者のほとんどが高齢者なのだから。しかし、高齢者や基礎疾患を持った者は介護施設以外でも生活しているわけで、介護施設だけを厳格に管理したのでは、いずれにせよ最終的には膨大な数の死者が市中から出ることになろう。

スウェーデンに関しては、八月十一日付の「ニューズウィーク日本版」で似たような記事を聖は読んでいた。木村正人という記者が執筆した記事であるが、その主旨は「東洋経済」の記事と趣を異にしていた。この記事によると、日本のマスク着用率が86％であるのに対して、スウェーデンでは僅か6％だそうである。

また記事は、スウェーデンのコロナ対策の主導者であるアンデルス・テグネル博士の「わが国では人口の25％が免疫を獲得したと推定される。流行はこれからも広がり、集団免疫レベルに近づく。社会を開いていても感染者は減少する」という言を引用しており、この見解自体に疑問符を投げかけている。

実際、記事によるとスウェーデンの「生温い」政策によって、同国の経済が下支えされた証拠はなく、予想される経済成長率自体はフィンランドやデンマークに比してあまり変わらないということであった。

この二つの記事で、聖が特に興味深く思ったのが、マスクの着用率こそ低いものの、実はスウェーデンのコロナ対策は日本のそれより厳しいというものであった。何をどう基準にしているのかは精査できていなかったが、イギリスのオックスフォード大学の統計によると、学校閉鎖、企業活動の抑制、旅行の禁止といった社会隔離政策の面で、日本の対策はスウェーデンより「緩い」のである。

この時点で、人口百万人当たりの死者数はスウェーデン五七〇人、日本は八人である。介護施設云々の議論はあるにせよ、この差はやはりマスクの着用率や日本人が文化としてキスやハグに代表される日常的な濃厚接触を嫌うという事実に起因しているのではないかと聖は思わざるを得ない。

感染症を防ぐには他人と接触を極力減らすことという基本的なルールを考えれば、こんなことは常識の範疇なのであり、このルールに従っていない国家は、ことごとく多数の死者を出しているのである。

二

午前中に点滴を依頼し、午後に母の部屋に戻るというパターンが定常化しつつある毎日であったが、八月もなんとか点滴の回数を二十回以下に収められる見通しが立ってきた。

その日の午後も、聖が母の部屋でテレビを見ているとホーム長の佐野がその痩身を現した。

浅黒い顔がいつになく神妙なのが気になった。

「レンタル家具のことなんですが」

聖は母の部屋用に業者から冷蔵庫や洗濯機、タンスやカーテンといった電化製品や家具を借りている。その契約期限がこの八月末で切れるのだと佐野は言った。

「どういたしましょうか？」

契約更新時に三万円ほどが聖の懐から出る計算になり、その後も一ヶ月数千円の料金がかかることになる。契約は一ヶ月からできるが、期間が半年であろうが、一年であろうが最初の月には三万円を支払う仕組みになっているそうである。

ずいぶんガメツイ話だと聖は思ったが、考えてみれば業者も必死である。一ヶ月に数千円で、一ヶ月毎に契約を更新されたのでは利益が出ないのであろう。だから契約最初の月にごっそり取ってしまおうという構図である。

母に回復の見込みがないことはとうに承知していた。しかし、一ヶ月後に死んでしまっているということは考えていなかった。点滴を続けていれば、年末まで生きていることも聖は想定していたのである。

「ちょっと考えさせてください」

聖はそう返答したが、佐野はもう一つの難題を抱えていた。

「実は、お母様の点滴のことなんですが。ご依頼の回数が最近増えて来てますよね？」

「はい。月に二十回までなら保険適用できると伺ってます」

「そうなんですが、毎日するとなると残りの十日が問題になるんです」

「問題ってなんですか？」

「高木様が自費で負担することになるんですが」

「それも存じてます。一日五千円と伺ってますので、それくらいなら自費で負担いたします」

「それがどうも五千円では済まないようなので」

「どういうことですか？　中空さんからは自費で五千円って聞いてますよ」

「それが、他にいろいろありまして、もっとかかりそうなんです」

「もっとって？」

「三十万円くらいって聞いてます」

月に五万なら話はわかる。しかし、三十万とは結構な負担である。しかも、これは寝耳に水であった。部屋に入ってきた佐野が神妙な顔をしていたのが聖にはなんとなく理解できた。つまり、ホームのほうで聖の母を追い出そうとしているのである。

「それは話が違います」

聖は自分の抗議が理不尽だとは思わなかった。この時点まで、聖はこのホームでの母の最後を想定し、努力を重ねてきた。佐野も副ホーム長の大木も、ヘルパーからの報告や介護日誌から、母の容体は理解していたはずである。理解した上で聖に毎日の面会を許し、協力的であったと聖は解釈し感謝していたのである。

「点滴をするのは中空クリニックですよね。その中空さんが一日五千円って仰ってるのに、三十万ってどういう計算なんですか？」

佐野に答えはなかった。困惑した顔を、さらに歪めただけであった。

「わかりました。こちらで確認して、またご相談させていただきます。もしかするとミーティングをお願いするかもしれないので、その際はよろしくお願いいたします」

「もちろん、結構です」

佐野としても、いきなり「出てください」とは言えないのだろう。佐野にしても大木にしても、いかに彼らが聖に同情的であろうとも、所詮はサラリーマンである。上からの指示があれば、それに従わないわけにはいかない。

彼らの立場は、聖はわかっているつもりであった。だから敢えて「この話には裏がありますよね」と問い詰めたりはしなかった。だから、素直にミーティングにも同意したのである。後はミーティングでどのような話になるのかを待つばかりであった。

三

八月十九日。聖は「世界中で『クラスターフェス』が起きているのは歴史的必然である」という記事をプレジテント・オンラインで読んだ。「クラスターフェス」という言葉は、マスク着用に反対するデモや集会を呼ぶネット言葉であることを聖は初めて知ったが、要は自粛や規制に疲れた市民の反乱とでも呼べる現象を指している。

日本でもどこぞの政党のリーダーが、少数の参加者を募って「コロナはただの風邪である」とデモを繰り返しているそうであるが、記事はこの動きとアメリカで起きている多くの集会やデモをいっしょくたにして語っていた。

日本で起きていることは、聖の目には目立ちたがり屋の売名行為に映る。アメリカで起きていることは、本当に「コロナはただの風邪」だと信じている無知な人々に主導されているか、「コロナはただの風邪」ではないにしても、政府の介入に反対する純粋な個人主義信望者による抗議活動であると聖は理解している。彼ら個人主義者にしてみれば、生存は個人の力によって担保されるものであって、政府の規制に頼るものではないのである。

いずれの場合にも、これらの動きが「自粛疲れ」や「規制疲れ」によるものではないことは明らかである。日本の場合には、政府はロックダウンもしておらず、自粛といっても高が知れたものであった。緊急事態宣言発出中にも、人々はバーや飲食店への夜の外出は控えていたにしても、日中は商店街や公園を賑わしていたのである。

アメリカの場合は「クラスターフェス」に相当するようなデモや集会は、感染拡大の初期から頻発しており、それらが無知を要因とするものであったとしても「自粛疲れ」の結果であるとは思えない。しかも、これらのデモや集会の多くは、当初から規制に消極的であったアメリカ南部や中西部といった保守的な州で起きているのである。

視点は悪くないが、相変わらず分析の甘い「トンデモ記事」だと聖は一笑に伏そうとしてPCのタッチパッド上の指を止めた。記事が五月十九日付の「東洋経済オンライン」に掲載された「歴史が示唆する新型コロナの意外な『終わり方』―過去のパンデミックはどう終息したのか」という別な記事を引用していたからである。

この「東洋経済」の記事は、ジーナ・コラタというニューヨーク・タイムズの記者が執筆した文章をそのまま日本語に翻訳したものであったが、過去のパンデミックがどう「終焉」したかを検証しており、聖にとっては興味深い内容であった。

記事によると歴史的にパンデミックには二通りの終焉がある。一つは医学的な終焉であり、感染者と死亡者の減少によって終わる終わり方である。もう一つは社会的な終焉であり、これは人々の恐怖心が減退することによって迎える終焉である。しかし、多くの場合、ある疾病がどういう経路で終焉を迎えたのかは不透明であるとも記事は指摘する。

例えば「黒死病」と呼ばれたペストは、過去二千年間に何度か流行を繰り返したが、それがどう終息したのかは諸説あるという。一方、天然痘はワクチンによって終息したパンデミックであるが、「スペイン風邪」であったインフルエンザは、人々が忘れることによって終息したと記事は主張する。反面、その後のインフルエンザの脅威は、ワクチンによって制御されており、これは医学的な終息と呼べるものである。

聖には新型コロナがどう終息するのかは想像もつかなかったが、この記事には読者をミスリードしている点があると思った。ペストにせよ、スペイン風邪にせよ、その猛威によって世界で数千万とも億とも言われる人々が絶命しているのである。人々はその恐怖を「忘れた」のではないだろう。なす術がなかったのだと聖は思う。なす術もなくただ憮然としているうちに自然消滅したと考えるのが妥当なのではないだろうか。

二十一世紀の人類が新型コロナに対して、同様のアプローチを取れるとは聖には思えなかった。確かに死者には圧倒的に老人が多い。しかし、四十代や五十代といった社会の中枢を成す人々も多く死んでいるのである。そして、それより若い感染者にも深刻な後遺症が報告されている。

また、新型コロナを忘れれば、人類は次の感染症にも無防備になるだろう。人々が自由に往来し、国家が重要な情報を隠匿するような体質を保っている限り、そして人々が科学を理解せず軽視する限り、人類はまたいつか新型コロナに匹敵するかそれ以上の脅威に晒されることを覚悟すべきなのかもしれないことを聖は恐れていた。

八月二十日。政府の新型コロナ対策分科会の尾身茂会長が「流行はピークに達したとみられる」との見解を発表する。無論、これは第二波のピークという意味であるが、感染が拡大すると人々が外出を控え、縮小すればまた無防備になるというモグラ叩きの様相である。

感染者をゼロにしない限り、このモグラ叩きは続くわけで、その度に死者は増え、経済は停滞することは火を見るより明らかである。しかし、政治家に夏休みを返上する意思はなく、法整備が整のわないまま、夏は終わろうとしているのである。

八月二十四日。この日をもって安倍晋三首相の連続在職日数が総理大臣として史上最長となった。思い起こせば二〇一二年十二月に民主党政権に変わって登場した安倍政権には、聖も大いに期待したものであった。何もしなかった前日銀総裁に引導を渡し、黒田現総裁の就任を促し、その後の「異次元的金融緩和」で日本経済はさながらバブルの様相すら見せていた。

しかし、構造改革の一環として「三本の矢」を掲げたことを記憶に留めている人はもう少ないのではないだろうか。簡単に言えば構造改革は腰砕けとなり、いまだに日本経済はデフレと既得権者の呪縛から抜け出せずにいるのである。

聖が思うに安倍晋三は大言壮語を絵に描いたような総理大臣であるが、彼の長期政権の秘密は何よりも彼が非常に「日本的」な大臣であったことなのではないだろうか。もちろん二次的には野党のだらしなさや他に適切な人材がいなかったことなども要因であろう。しかし、本質的には彼は「事なかれ主義」なのではないだろうか。

大きなことを言うが、実際は何もしない。ほとんどの国民の生活は取り敢えず安定しているし、経済も低成長ながらなんとなく持ち堪えている。外交でも北朝鮮問題や北方領土問題は解決していないが、アメリカとも中国ともなんとなく仲良くやってきた。

国民にしてみれば、波風を立てずになんとなくやってくれればよかったのだろうと聖は思う。ところが新型コロナという予想外の外敵がここに登場する。「事なかれ主義」では太刀打ちできないのがこの前代未聞の疫病なのである。

案の定、安倍総理はその危機管理能力の欠如を露呈し、結果は現在の支持率の低さに現れている。ただ、安倍総理の肩を持つわけではないが、日本の政治家にこの危機を上手く乗り越えることができる人物がいるのかと問われれば、聖の答えは「否」である。

ワクチン開発が日進月歩で進んでいる今であるが、開発や実用化が遅れれば、とんでもない悲劇が今冬に日本を襲う可能性がある。その時に安倍晋三はまだ総理をやっているのだろうか。

四

佐野の計らいで、母が退院してから何度目かのミーティングが開かれた。議題は聖の母の点滴の費用が、保険適用外でどれほどの額になるかということであった。もちろん、これは表向きの議題であることに聖は気付いていた。それまで聖と聖の母の命運に協力的であったホーム側が、何らかの理由で方針を転換したのである。

ミーティングの出席者は、聖と医師の中空、中空のアシスタントで看護師の小笠原、ケアマネージャーの坂口、ホーム長の佐野と副ホーム長の大木、そして佐野と大木の上役に当たる室戸という人物であった。

ホームのミーティング・ルームは、十名も入ればいっぱいになる小さな部屋である。感染予防のために、テーブルにはアクリル板の仕切りが置かれ、参加者はみな、マスク姿であった。

室戸には前日に電話で議題について簡単な説明を聖は受けていたが、会うのは初めてである。

中肉中背の中年男性で、黒縁のメガネの奥の目が、臆するように聖を見ていた。

「本日は、どうぞよろしくお願いします」

簡単な名刺交換を終えると、聖の手元にA４のコピー紙数枚からなる資料が配られた。聖がその資料に目を通す前に、中空が口を開いた。

「お母様の点滴の自己負担の部分のことなんですが、どうも私のほうで誤解があったようで、一回五千円では済まないようなんです」

中空はパネルを隔てて聖の真正面に座っていた。困ったように眉間に皺を寄せていたが、目はしっかりと聖の目を見据えていた。

「結局いくらならできるんですか？」

聖は身を乗り出して中空に尋ねた。

「それで、その資料をお渡ししたんですが」

横から口を挟んだのは室戸であった。

「二ページ目をご覧になってください」

二ページ目には表があり、月に何回ならいくらと料金が書いてある。介護や医療のプロではない聖が、その表をにわかに理解することは難しかったが、料金だけははっきりと見えた。十日間、点滴を依頼すれば百万円に近い額が請求されるのである。

「こんなにお金がかかるんですか？」

「はい、弊社でも人手が不足しておりまして、その人材をお母様の点滴に回すとなると、いろいろコストを調整する必要があるんです」

室戸はあくまで低姿勢であったが、聖はこの数字に懐疑的であった。

「御社って仰いますけど、これは中空さんのところのコストじゃないんですか？」

「いや、点滴は弊社の看護師が担当しています」

聖は佐野や坂口の顔を見た。皆が同情的な顔を聖に向けていたが、言葉はなかった。

妙な話である。当初は五千円と言っていたものが、三十万になり、今度は百万になっている。

それはまるで、聖がどこまで自費負担をするのかを試しているようにも思える。コスト云々のことについても、その全額を聖が負担するのはお門違いな気がする。ホームのサービスは契約書に則って提供されているもので、コストが嵩んだからといってそれを即、入居者に転嫁できるとはどこにも書いてはいないし、それをすること自体が違法なのではないかと聖は思ったが、敢えて口には出さなかった。

聖の母のような状態になった入居者はホームとしても想定外ではないだろう。しかし、以前の副ホーム長であった堀田から、退去を要請したのは堀田の経験上、過去に一人だけであったと聖は聞いていた。

中空にしても、おそらく聖の母のような患者は初めてではあるまい。その中空が、点滴のコストを間違えるなどといったことがあるだろうか。要は、ホームの都合に合わせるために、中空は口を噤めと言われているのではないだろうかと聖は訝しんだ。中空にしてみれば、ホームは最大のスポンサーである。ホームの言うことを聞かないわけにはいかないだろう。

なぜホームは聖の母を追い出そうとしているのか。聖の胸の内にあったその「答え」は「コロナ」であった。新型コロナが猛威を奮っている今、いかに感染予防をしていようとも、日に二回も三回も母の元を訪れる聖はリスクである。もしかすると他の入居者から苦情が出たのかもしれない。

仮にホームでクラスターでも発生すれば、ホームの親会社にとっても経営上の失態であり、下手をすれば多額の損害賠償を支払うことになるかもしれないし、政府から受けている助成金の審査に影響する可能性もある。

このような経営上の判断であれば、聖も是非もないことと決定を受け入れたであろう。気に食わないのは、その判断を正直に伝えるのではなく、コストだなんだと平仄の合わない理由をつけて聖を説得しようとしているその魂胆であった。

「点滴を続けたければ、こちらは退去する他に道はないということですね」

聖は怒りを隠したまま資料から顔を上げて言った。誰に向けて発した言葉でもなかった。

「申し訳ありません」

と室戸は頭を下げたが、その言葉は空虚であった。

「退去してからどこに行けばいいんでしょうか？」

「それは私のほうで責任を持ってお探しいたします」

答えたのは中空であった。

「療養型病院がありますから、そのような病院に入院すれば、保険適用の範囲内で点滴を続けることも可能です」

「私が面会に行くことは難しくなりますね」

「それは受け入れ先の病院次第ですので、担当医や院長先生とご相談の上でということになるかと思いますが」

コロナ禍で、多くの病院が面会謝絶の方針を取っていることは、聖もニュースで聞いて知っていた。こんな時に、どこかの病院が聖のためだけに便宜を図ってくれるとは考え難かったが、聖は無駄を悟って反論を控えた。

中空の知見では、聖の母の状態は点滴を続けることによって、ある程度回復できる見込みがあるという。

「水分補給は必要ですが、まだそれほど栄養状態が悪いわけではないので」

中空の顔は苦渋に満ちていたが、気休めを言っているようには思えなかった。

この時点で、聖に与えられた選択肢は二つであった。

一つは、ホームの方針に猛然と抗議し、場合によっては法に訴えてでも退去を拒否することである。今一つはもちろん、ホーム側が用意した資料に提示されている自己負担額に納得するふりをして素直に退去に応じることであった。

第一の選択肢が非現実的であることは、聖自身が一番良くわかっていた。仮に抗議の末に聖の母がホームに残ることが許されたとしても、ホームに楯突けば今まで築き上げて来た信頼関係や協力関係に亀裂が生じるまでには行かないにしても、少なくとも瑕瑾が生じることだろう。法廷闘争にでも発展すれば、聖にとって余分な労力と時間、そして金銭的な負担が増すことになり、また今まで親身になって対応してくれた佐野や大木、ヘルパーたちにも迷惑がかかる可能性がある。

療養型病院に入院して、母が望む限りのケアを受けられるかは未知数であったが、中空の言うように、本当に母にまだ回復の見込みがあるのであれば、環境や担当医を変えることが功を奏するかもしれないと、聖が仄かな希望を抱いたのも事実であった。

「それでは、良い療養型病院が見つかることを前提として、退去を考えるということにしてください」

聖が選んだのは、現時点で一番無難だと思われる返答であった。まだ無条件で退去するとは言っていない。母の命が懸かっているのである。この返答は、ミーティングに参加していた全ての参加者に慎重に事を運ぶことを要求する聖の精一杯の返答であった。

五

我々は偏見を持ってはいけないと教わる。また、差別もいけないと教わる。中国にも民主主義や自由を信望し、中国共産党の弾圧を恐れながら活動を続けている人々もいる。しかし、外からは誰が何を信じ、どういう活動をしているのかはまったく見えないのが現実である。

八月二十四日付の「東京経済オンライン」に掲載された記事「アメリカの『中国人留学生外し』が示す深い確執—留学生大国目指す日本にも対岸の火事ではない」は、アメリカには実に三十七万人に及ぶ中国人留学生がおり、その多くは財政面でアメリカの大学を支援する傍ら、中国共産党の傀儡として活動し、アメリカの知的財産の流出に加担していると警告していた。

これは以前から言われていたことであり、聖にとって何ら驚きではない。むしろ驚くのは、このような実態が長年アメリカで放置され、ドナルド・トランプが大統領に就任するまでは、何の対策も講じられて来なかったことである。

アメリカには元来、多くの文化や人種を吸収し発展してきたという歴史がある。特に学問の世界は開かれた世界であり、だからこそアメリカに優秀な学者が集まり、アメリカから革新的な技術が誕生して来たという経緯がある。

そのリベラルな土壌を逆手に取り、自らの国家の野望に邁進してきたのが中国という国家であるというのが聖の認識であった。中国人や中国人留学生を排斥しようとすれば、アメリカ国内から「人種差別」だという声が上がることを中国の指導部は知っているのである。トランプ大統領が新型コロナウイルスを「中国ウイルス」と呼んだだけで、大騒ぎになるのがアメリカである。

新型コロナウイルスは世界中で多くの悲劇を生んでいるが、そのひとつがアメリカの分断であると聖は思っていた。本来なら、国民が協力して対処しなければならない問題が、いつの間にか「保守対リベラル」の構図に置き換わってしまった。無論、背景に依然として残る人種差別問題があることに疑いの余地はない。しかし、目の前で恐ろしいウイルスが身近な人々の命を奪っているときに、人種差別を理由に暴動を起こし、「建国の父」たちの銅像を引き倒すことが正当化できるのだろうか。

そのような言動が、更に国家の分断を助長し、深刻化させることが目に見えないのだろうか。もしそうであるのなら、それこそ中国の思う壺であり、アメリカは戦わずにして戦争に敗れたと言われてもいたしかたないだろう。

聖の知り合いである香港人はオーストラリアに移住しているが、オーストラリアに住む多くの中国人がスパイ活動をしていると言っていた。その時、聖はアメリカはもちろん日本やその他の国に拡散している中国人の多くもおそらく中国共産党のスパイなのだろうと思った。残念なことに「中国人を見たらスパイと思え」という態度で臨むしか我々の取れる道はないのかもしれないと。

八月二十五日。この日、聖は香港で一度新型コロナに感染し、回復した男性が四ヶ月半を経て再び感染したとのニュースを読んだ。一度目と二度目ではウイルスの遺伝子配列が異なっていたそうで、事実であれば一度感染してもウイルスが変異すれば再度感染することを意味している。

つまりこれは、仮にワクチンが開発されても将来への不安を残すことになり、インフルエンザのように、型を変えた毎年の予防接種が恒常的に手放せない可能性を示唆していると思われた。

新型コロナにまつわる議論の中に、この感染症を指定感染症という部類から外すべきであるというものがあることを聖は知っていた。その理由は、指定感染症にしておけば、隔離その他政府の規制が掛かり、社会生活に影響を及ぼすばかりか医療崩壊にも繋がるというものである。

また聖は、この議論の背後には「新型コロナにはインフルエンザと同等のリスクしかない」という聖にとっては摩訶不思議な認識がまかり通っていることも知っていた。この認識の根拠には、第二波の重症者や死者が第一波のそれと比較して少ないという事実がある。この事実に基づいて「新型コロナは弱毒化した」という意見まで噴出していたのである。

第二波の重症者や死者が少ない理由は聖にとって明白であった。感染者のほとんどが「夜の街」を中心とした若年層だからである。以前からのデータで高齢者や肥満層、基礎疾患のある者が重症化し易いことが判明している。若年者の感染が多ければ、重症者や死者が少ないのは驚くに値しない。

これに関しては、海外の研究機関からも「弱毒化した証拠はない」という見解が発表されており、「弱毒化したからインフルエンザと同等に扱え」という意見がいかに乱暴であるかがわかるだろう。また、「インフルエンザと同等」であれば、アメリカで十七万人もの死者が出るかどうか常識的に考えればわかりそうなものである。

「否、アメリカや欧州のデータは日本には当てはまらないから、インフルエンザと同等に扱うべきである」という意見も、聖には納得できるものではなかった。以前から、日本の優位性はその社会的な距離の置き方や、マスクの着用率にあると思っており、その他の科学的な証拠は未だに発見されていないのを知っているからである。

もし、何か遺伝的な理由で日本人が新型コロナに罹患し難い、あるいは罹患しても重症化し難いというのであれば、台湾やベトナムといった国の人々には更に何か遺伝的な優位性があるという結論になるだろう。つまり、台湾やベトナムが取った厳格な感染症防止対策にはあまり意味がなく、遺伝的に台湾人やベトナム人の感染者や死者が圧倒的に少ないという議論になる。

台湾人やベトナム人の対日本人の遺伝的優位性を否定して、日本人の遺伝的優位性を対アメリカ人や対ヨーロッパ人で主張するのは矛盾があろう。加えてアメリカやヨーロッパには多くのアジア人が居住しているが、彼らがより重症化し難いというデータはなく、遺伝的優位性も未確認なのである。

新型コロナを指定感染症の部類から外し、インフルエンザ等と同等に扱えば、日本における感染者は激増し、今よりも遥かに多い重症者と死者が出るというのが聖の予見であった。

六

中空診療クリニックの小笠原からの電話を聖は母の部屋で受けた。その日も午前中に点滴を依頼し、午後になって母の部屋に戻ったときであった。

「先日はミーティングにご参加いただきまして、ありがとうございました」

こんな時、礼を言うのはどちらなのかわからなかったが、聖は、

「こちらこそ」

と返答した。

「ミーティングでお話しさせていただいた通りに、現在、療養型の病院を探しているのですが、少し難航しておりまして」

恐縮したように小笠原は言った。歳にして三十五、六の男性で、中空が訪問診療に来るときは、看護婦二人と一緒に来ることが多いので、前回のミーティング以前にも聖と口を利いたことが何度かある。

「はい」

「ご自宅から近いところほうが良いですよね？」

「そうですね」

「今のところ調布市に一つあるんですが」

調布市は世田谷区からは近いが、聖の自宅からは近くはない。

「もう少し、近いところにはないんですか？」

東京医療センターから退院した際に、聖はソーシャルワーカーの斎藤からリハビリ病院のリストを受け取っていたが、そのリストには同時に療養型病院の名も併記されていた。その中で聖がはっきりと記憶していたのは、三軒茶屋第一病院である。

その病院には、母が足を骨折した後にしばらく入院していた過去があるので、聖にも内部の様子はわかっていたし母のカルテも保管されているはずであった。

「わかりました。それでは三軒茶屋第一病院も含めまして探してみます」

聖の説明を聞いて小笠原は電話を切ったが、不安だけが残る会話であった。もし受け入れ先の病院がなければどうなるのだろうか。最悪の場合には聖が自宅で母を引き取り、訪問看護師やヘルパーの手を借りて生活を続けるというオプションも覚悟する必要がある。ケアマネージャーが多くの手続きを代行してくれるとはいえ、実際にケアをするのは聖である。

老齢者の介護を巡る問題は、マスコミでも広く取り上げられているが、まさか自分がその坩堝にはまるとは思いもよらないことであった。しかし、改めて考えてみれば一人息子である自分が、免罪符を受ける可能性は小さいのである。

「みんな介護で大変なの」

昨年であったか、その前の年であったか、中学校の同級生と会った時に、彼女がしんみりと言っていたのを聖は思い出していた。彼女自身、鬱病を患った高齢の母親の介護に追われていた。

「実は、近々、転居する予定なんです」

聖は部屋に来た高科に打ち明けた。

「伺ってます。もう転居先は決まったんですか？」

一瞬、悲しそうな表情が高科の顔をよぎったような気がした。

「いいえ、今まだ探してもらってるんです。療養型病院になると思うんですがね」

「そうなんですね。寂しくなりますね」

高科が自らの母親を同じような境遇の元、療養型病院で看取っていることを聖は忘れていなかった。聖の母の死期が近付いていることは、高科の目にも見えていたことだろうが、療養型病院は更にその時期を早めることになるかもしれないと感じているのではないだろうか。

「長い間、本当にいろいろお世話になりました」

こんな時、ありきたりな言葉しか発することのできない自分を、聖は歯痒く思った。許されるのなら、高科のみならず、ヘルパーの一人一人を抱きしめ感謝の思いを伝えたいと聖は思った。

しかし、新型コロナがそれを物理的に許さない。そして、そんな感情的な行動は、もしかすると自分の独りよがりであり、人の死と日常的に直面しているヘルパーにしてみれば、迷惑なことかもしれないという思いが、聖を踏み止まらせたのである。

第二十一章　安倍首相辞任

一

八月二十八日。安倍総理辞任のニュースが大々的に報道される。この一ヶ月余り、新型コロナの感染者が急増したにも関わらず記者会見に姿を見せなかったことで健康問題が取り沙汰されていた総理であったが、辞任会見では「病気」の二文字があったものの詳細は明かされず、歯切れの悪い退陣劇という感想を聖は持った。

当然、次期総理は誰になるのかという憶測が早くもマスコミを飛び交うことになる。報道によると、一番人気は河野現防衛相であり、次点として石破茂元防衛大臣・農林水産大臣の名が上がっているようであるが、官房長官である菅義偉が党内最大の実力者である二階自民党幹事長の信を受けるのではないかという見方も出ているようであった。

安倍総理の新型コロナ対策を批判的に見て来た聖であったが、彼が長期政権によって日本の政治に安定をもたらした役割は大きいと思っていた。トランプ大統領ともウマが合い、日米同盟はより堅固になったようにも思える。

日本の政治家は金太郎飴のようにどこを切っても大体同じ顔をしているというのが聖の印象であった。国民が革命的な政策はおろか積極的な改革すら望まず、全てにおいて従順である日本では、政党の中を上手く渡り歩くことのできる八方美人的な人間が重宝されるのである。だから、皆、同じ顔をしており、悪い意味での「政治的」な政治家が多いのだと聖は思っていた。

そんな金太郎飴の中で、安倍晋三は、その功績には疑問が残るが、小泉純一郎や中曽根康弘、田中角栄と肩を並べるほど突出した人材であったと聖は思っている。そのような突出した人材であっても、既得権マフィアが牛耳る日本の政治構造を変えることができないほど日本の病巣は深刻であり、闇は深いのだと。

同日、性風俗業者が新型コロナ関連の給付金から除外されたことに腹を立て、政府を訴えたとの報道を聖は読んだ。改めて言うまでもなく、感染源として違法化すべき業態であるというのが聖の意見である。無論、今は「違法化」されていないのであるから、彼らの言い分にも法的には一理あるのかもしれないが。

聖の家の近所にも、感染防止ステッカーを店頭に提示しているガールズバーがあるが、入り口に立っている黒服も、街路に立っているホステスもマスクすら着用していない。政治家は表向きを繕って仕事をしたつもりになっているようであるが、実態はこんなものなのだろう。

最近、芸能人の感染が次々と判明しているが、それだけ市中にコロナが出回っているということなのかもしれない。「感染者数ばかり報道しても意味がない」といった論調が散見されるが、これも誰かの浅知恵の受け売りのように思える。感染者の増加は、将来の重症者や死者の増加を意味しているからである。意味がないわけがないではないか。

八月三十一日。ジョンズ・ホプキンス大学の集計によると、現地時間のこの日、アメリカ合衆国における新型コロナ感染者数が累計で六〇〇万人を突破する。死者は十八万人を超えており、ここから見える致死率は３％である。世界的に見ても累計感染者数二五〇〇万人に対して死者数八十四万五千人となっており、致死率は３・４％。いずれの致死率も季節性インフルエンザのそれよりも遥かに高い数字を示している。

二

九月一日になって、聖は再び中空診療クリニックの小笠原からの電話を受けた。

「調布の北多摩病院のほうで受け入れていただけるかもしれませんので、面会をお願いしたいのですが」

「調布ですか？」

「はい。療養型病院でも、患者様やご家族のご意向を確認した上でないと受け入れることができませんので、一度、面会をしていただく必要があります」

三軒茶屋第一病院のほうはどうなったのかと聖は思ったが、受け入れ先がなかなか見つからないのであれば、多少遠くても文句は言えなかった。

「それで、早速なのですが、明日の午前中とかって空いてますか？」

「はい、大丈夫ですけど」

「それでは本日の午後に看護師に紹介状を持たせますので、それをご持参の上で北多摩病院にまでご足労お願いします。先方のご担当は金井という方ですので、よろしくお願いいたします」

「わかりました」

翌朝、聖は紹介状を手に喜多見の手前の成城学園前で小田急線を降り、そこからバスで調布に向かった。北多摩病院は調布駅から商店街を抜け、歩いて一五分ほどの場所にあった。木立の中に建つ、中規模の病院である。

玄関正面に「発熱外来」のサインがあり、熱のある患者は別な入り口から病院内部に入るように指示してある。コロナ患者を受け入れている病院なのだろうか。

聖はマスクを着けると発熱外来ではない正面ゲートから建物の中に入った。消毒液のボトルがすぐに目につく。ロビーには長椅子がずらりと並んでいるが、さほど大きなスペースではない。ビニールシートで遮られた受付で、要件を伝えるとしばらく待つように言われた。

ここも患者の姿がない。見た限り、壁や天井にも経年のくすみがあり新しい病院ではない。ここで母は最後を迎えることになるのかと漠然とした思いがあるが、どういうわけかあまり暗い気持ちではなかった。

「高木さんですか？」

制服を着てマスクをした女性が近づいて来たので、聖は席を立った。

事務所の傍に設けられた猫の額ほどの応接スペースのソファに通されて対座すると、聖は名刺を手渡された。「金井恵」とあり、医療相談員のタイトルが記された名刺である。歳の頃なら三十代半ばの小柄な女性である。

「今回はお母様のことで当院に入院をご希望という理解でよろしかったでしょうか？」

金井は「入院の案内」というパンフレットと何枚かの書類を目の前のコーヒーテーブルの上に並べながら聞いた。

「はい」

聖は頷き、ことの経緯を手短に説明した。母が食事をほとんど摂れなくなっていること。胃瘻は希望しないが、点滴で水分の補給をお願いしたいこと。できれば一日に一度でも良いので面会に来させて欲しいということ。現在、入居している施設はサービス付高齢者住宅であって、母のような状態の入居者は手に負えないということ。

金井はプロの相談員らしく、笑顔で聖の話を聞いていたが、その表情がしだいに曇っていくのが見て取れた。

「当院での入院期間は長くても三週間なんですよ」

当惑したように金井は言った。

「え？」

拍子抜けするというのはこういう感覚を言うのだろう。母の最後をこの病院で見届けるという聖が頭の中で描いた絵が、黒板の絵のように素早く掻き消されていく。

「こちらは療養型病院じゃないんですか？」

「長期療養できる病院ではありません」

いったい小笠原はどういうつもりでこの病院を紹介したのだろうか。

狐につままれたような気持ちで、聖は病院の外に出たが、すぐに見覚えのない番号から携帯に着信がある。

「はい」

「高木彰子さんのご家族の方ですか？」

「そうですけど」

「東京医療センターの看護師ですけど、本日、内科の先生とご予約が入っているんですが、どうされましたか？」

「は？」

仔細を聞くまでもなく、中空診療クリニックが東京医療センターと北多摩病院の両方に同時に予約を入れていたのである。聖は東京医療センターに平謝りに謝り、そのまま中空診療クリニックに架電した。幸い、電話に出たのは中空であったので、聖はありのままを伝えた。

面会しても意味のない病院を紹介されたばかりか、挙げ句の果てはダブル・ブッキングというプロとしては有りうべからざる失態に、中空はしばし絶句したようであった。

「申し訳ありませんでした」

漸く中空の口から出たのは、この言葉であった。今まで親身になって母を診療してくれた医者である。聖は中空の真摯な姿勢に感謝していたし、ある程度の信頼関係も築き上げてきたと思っていた。その医者の部下の失態を、聖は長々と責めるつもりはなかった。今はただ、善処を願う他に道がないことを知っていたからである。


無駄足を踏まされた結果、聖が母の部屋を訪れたのは、昼過ぎになってからであった。直ぐに朝食時の母の体温とＳｐＯ２をチェックするのが習慣になっている。それから朝食と飲料の摂取量を見る。

以前は、事細かく母の様子が書き込まれていた介護日誌であるが、今はそれがデジタルになり簡単には見えないようになっていた。幸い重要なことがあればヘルパーが口頭で教えてくれるので、聖はさほど不便には感じていなかったが。

食事量をチェックして目を疑ったのは、アイス１５０ｍｌと書かれていたからであった。アイス１５０ｍｌというのは、母の食欲が旺盛だった頃の食事量である。

表記の横に「栗田」というヘルパーの名前が書いてある。以前、柴崎が２０ｍｌを２００ｍｌと書き間違えていたことがあったが、栗田はベテランである。よもや間違いではあるまいと、聖は足早に階下の事務所へと向かった。

事務所のガラス窓から椅子に座ったマスク姿の栗田の姿を見つけた聖が入り口のブザーを押すと、大きく手を振って栗田が駆け寄って来た。

「今朝はずいぶん食べたんですね」

聖はカウンターの向こうの栗田に言った。

「そうなんです。『聖はどこなの』ってお聞きになったので、『たくさん食べたらいらっしゃいますよ』って申し上げたら、食べたんです」

マスクをしているので口元はわからなかったが、目が大きく笑っていた。

「素晴らしい。さすがですね」

聖の口を突いて自ずと出た栗田への賞賛の言葉であったが、同時に「もしかすると、このまま母の食欲が戻るのではないか」という残り少ない希望の言葉でもあった。

「たくさん食べてくれてありがとうね」

部屋に戻った聖は、母の手を握ってそう言った。

「痛いでしょ」

と母は手を引っ込めたが、聖がなぜ礼を言っているのか当惑しているようであった。毎日とは言わない。二日に一度でも、三日に一度でも、今朝のような食事量を摂ってくれれば、年末まで生きていることができるかもしれない。

思うにＱＯＬは船上で順調に航海を続けている者が考えることなのではないのだろうか。海に投げ出され、溺れかかっている者にとっては、ＱＯＬなどどうでもいいのである。生存すること。生存させること。それだけが、聖の頭にある命題であった。

午後二時を回って、午前中に電話で依頼していた点滴を外しに小笠原が来た。謝罪の言葉でもあるのかと思ったが、挨拶をしただけで黙々と作業を続けている。帰り際になって、

「ご家族としてはどのようなご意向なのでしょうか？」

と言い始めた。「どのようなご意向」も何も、小笠原は先日のミーティングに出席しており、聖が置かれた状況も聖の希望も全て聞いているはずである。

「どうも誤解があったようなので」

小笠原の言葉に聖は立腹した。

「誤解じゃないでしょう？　そちらの不手際ですよね？」

「いや、ご家族のご意向がはっきりわからなかったものですから」

「だいたい、ダブル・ブッキングなんてしておいて、あなたは謝罪の言葉一つもないんですか？」

「いや、そちらのほうは申し訳なく思っています」

「普通なら、ここに来た時点で謝るのが本当でしょう？」

「それでは、長期療養型の病院を探すということでよろしいんですね？」

「当たり前でしょう？」

聖は更に語気を荒げた。

「こちらはここを出ろって言われてるんですよ。三週間入院して、また次を探せって言うんですか？」

聖の飛び掛からんばかりの剣幕に、小笠原はたじろいだ。

「承知いたしました。それではその方向で対応させていただきます」

最近の若者は、親に怒られるという経験があまりなく、会社などでも上司に叱咤されると直ぐに辞めてしまうと聖は聞いていたが、小笠原はもう若者とは言えない年である。叱られた子犬のようにそそくさと立ち去る小笠原の後ろ姿を目で追いながら、聖は尚も怒りを治めることができなかった。

三

翌日の母は、また食欲のない母に逆戻りであった。昨日の朝の食欲が旺盛で、午後も調子が良かったので少しは持ち直してくれるかと聖は期待に胸を膨らましていたが、また自分の楽観の風船が針で破られる結果が待っていた。

それでも努力を止めてしまえば、母の死期が早まるばかりである。努力を続ける限り、チャンスはまだあると聖は思っていた。来週、九月九日には、また尿管ステント交換のために東京医療センターに母を連れて行かなければならない。

三ヶ月前と比較して、明らかに体力の落ちた母を病院に連れて行く意味があるのか聖にはわからなかったが、連れて行かなければ尿路感染症のリスクが増大する。ここは、軍人のように淡々と任務を遂行する以外にチョイスはないのである。

この日、株式市場では日経平均が新型コロナ流行以前のレベルに達する。アメリカのS&P500はコロナ以前のレベルを数週間前に回復しており、NASDAQに関しては数ヶ月前に達成しているが、株式市場がバブルなのかどうかが洋の東西で議論の的になっているのを聖は知っていた。聖も現役であれば、この議論に参加し、確信はないまでも何らかの見解をレポートにまとめていたことだろう。

「バブル」を語るときによく使われる言葉が「実体経済から乖離している」という言葉である。聖はこれはナンセンスだと思っていた。確かに長期的に見れば株式市場の方向とその国のGDPには相関性が見て取れる。株式市場が企業価値の総合体であり、企業価値が経済に連動する限り、これは当然のことである。

しかし、より短期的には、株式市場は経済の未来を見て動くものであり、今ここにある「実体経済」には反応が薄いのである。これは企業の株式が未来の収益を予想して買われたり売られたりするのと同じである。

また、今見えている経済の方向性に関しては、アメリカ経済の多くの指標は今年の四月以降

V字回復の様相を示しており、株式市場の方向性に合致しているので、その観点からは「実体経済」から乖離しているとは言い難い。

「バブル」にもし定義があるのであれば、一般的には伝統的バリュエーション尺度の理不尽とも思える増大がそれであろう。PEレシオとも呼ばれる株価を企業収益で割った株価収益率がこの尺度の典型であるが、一九八〇年代の日本のバブル時も、一九九九年から二〇〇〇年にかけて起きたインターネット・バブル時も、多くの企業のPEレシオが百倍以上に達していた。通常ならば、十倍からせいぜい三十倍が妥当と言われる数字である。

実は今のアメリカ株の多くが、特にハイテク企業であるが、そのような状態になっており、それが多くの市場参加者やアナリストをして「バブル」と言わしめている所以なのである。ただ、株価も株式市場もバリュエーションのみで動くものではない。そしてPEレシオ自体にも、分母である企業収益にいつの収益を使うことが「正しい」のかコンセンサスはないのである。「バブルは弾けてみて初めてバブルだとわかる」といわれるのはこういった理由からである。単に高いバリュエーションを見て株を買わなければ、場合によっては大変な「儲け」をみすみす棒に振ることになりかねない。反対に高いバリュエーションを無視すれば、持株の株価が暴落し、大損する可能性もある。

株式のプロは、この両方の確率を最小限に抑え込むために様々な尺度やツールを駆使するわけであるが、１００％の確率で勝ち続ける投資家がいないことからも株式市場が一筋縄ではいかないことは明白であろう。

ホームとしては聖の母を明日にでも追い出したいのだろうが、行き先が決まらなければ無下に「出てくれ」とも言えないのだろう。新型コロナの新規感染者数が減少傾向にあるとは言え、いつどこでクラスターが発生するとも知れぬ状況下にあっては、聖が日に二度、三度と母の居室を訪れることも気が気ではないのかもしれないが、そこはホーム長の佐野の計らいで許可されている状態が続いていた。

「佐野さん、私のここの従業員として雇ってくれることは可能ですか？　業務は母の面倒を見ることで、給料は要りませんから」

と聖は進言したことがあった。佐野は笑って取り合わなかったが、聖は半分は本気であった。自分が職員になれば、ホームの本部も感染リスクを云々することはできまいという思惑があった。同時に本部としても、強く出るわけには行かない事情があると聖は理解していた。背後に「居宅サービス計画書」があるからである。「居宅サービス計画書」にはヘルパーの仕事として「食事の援助」が記載されている。その「食事の援助」をヘルパーが事実上できなくなっている現在、聖の手を借りる以外に母の生命を維持することが困難なことは明らかであった。

聖に来るなと言えば、聖の母は死ぬ。聖に訴訟を起こすつもりはなかったが、本部としては法的な問題を考慮したに違いなかった。聖が知る限り、企業に「温情」が入り込む隙はほとんどない。利益が全てであり、利益に繋がらないと判断された場合は、それが案件であろうが人材であろうが、冷徹に切って捨てられるのである。

週末になって、聖は再び中空診療クリニックの小笠原から電話を受けた。

「三軒茶屋第一病院のほうで受け入れてくれるようなんです」

数日前の口論が嘘であったかのように明るい声であった。聖はクリニックにとって顧客である。下手な対応をして、聖から行政に苦情でも上がれば、クリニックにとっても死活問題となる可能性がある。小笠原が中空から厳しく指導されたであろうことは容易に推測できた。

「ありがとうございます」

聖としてもいつまでも怨恨を引き摺るような相手ではない。素直に口から出た感謝の言葉であった。

「あそこは以前にもお世話になっておりまして、母のカルテがあるので好都合なんです」

「あ、そうなんですね。だからすんなりと行ったのかもしれません。ただ、受け入れにも条件がありまして、一度然るべき医療機関で診断を受けていただく必要があるんです」

「もちろん、それは構いませんが」

「それでは来週、九月十日、木曜日ではどうでしょうか？　東京医療センターの内科の先生から診断書をいただいて、その次の週の十四日に三軒茶屋のほうに入院という段取りになります」

前日の九月九日には同じ東京医療センターで午後に尿管ステント交換の予約が入っていた。

連日の遠出によって、母の身体に過度な負担をかかることを聖は心配した。一方、尿管ステント交換と内科の診療を同日に行うというのもかなりの長時間になることが予想され、それはそれで懸念されるところであった。

「わかりました。それでは九月十日にお願いします」

「承知しました。予約が取れ次第、またご連絡いたします」

切れた携帯を耳に当てたまま聖は振り返って母を見た。眠っている状態で、電話の内容がどこまで聞こえていたのか、聞こえていたとしても聖の声だけでどこまで内容を把握できたのかも判然としなかった。

転居することも、療養型病院に入院することも母には教えていない。教えても夢と現実の間を行き来する頻度が増えた今、理解することはできないだろうし、理解する必要もないと聖は思った。「どこに行くの?」と聞かれれば「新しいところに引っ越すんだよ。優秀なお医者さんがいるところにね」と軽く答えるつもりであった。

四

週末が過ぎ、新たな週が始まった。この週が、聖の母にとってはこのホームで過ごす最後の一週間になるはずであった。脚の骨折から病院と施設を転々とし、やっと見つけたこのホームを安住の地とし、ここで安らかな死を迎えて欲しいというのが聖の願いであったが、今更もがいても仕方がない。人生に驚きは付き物である。

三軒茶屋第一病院で、どのような処遇が待っているのかは聖の知るところではなく、想像できることは今にも増して聖の神経を擦り減らすような事態であった。おそらく面会時間は限られ、母は食事もろくに摂れないまま点滴に繋がれ枯れるように死んで行くのだろう。

コロナに感染し、家族との面会を完全に謝絶されながら死んで行く患者に比べれば軽度の悲惨さと呼べるのかもしれない。悲惨さに等級を付与するのも変な話であるが、今は考えたくはなかった。考えても見えるのは深淵ばかりである。そしてそのどこまでも深く暗い深淵を覗き込む勇気を、今の聖は持ち合わせていなかった。

九月九日。世界では加速度的に新型コロナ感染症のワクチン開発が進んでいる。この日、聖はワクチンを開発している製薬会社九社が共同でワクチンの「安全性」を最優先とする声明を発表したとの報道を読んだ。当然と言えば当然であるが、世界にはワクチン恐怖症に陥っている人々も多く、ここは製薬会社各社が先手を打った形であった。

同日、世界の情勢とはかけ離れた場所で、聖は母の退院後三度目になる尿管ステント交換と対峙しなければならなかった。予約は午後三時半なので余裕を持って二時に介護タクシーに迎えに来てもらう。

「行ってきます」

努めて快活に聖はホームの事務所に声を掛け、車椅子を押して外に出た。外は三十度を超える夏日である。眩しい日差しと、これから自分が向かわなければならない場所が病院であるというコントラストが鈍痛のように聖の胸を締め付ける。

しかし、何があろうとも自分だけは毅然としていなければならない。人の命を支えるというのはそういうことなのだと自分に言い聞かせる。例によって車椅子ごと母が乗車したのを見届けて、聖は車椅子の傍に設けられた補助席に乗り込みシートベルトをカチリと締めた。

「車内温度はいかがですか？」

マスクをした運転手が尋ねる。聖にはエアコンが心地よいが、母はどうかわからない。

「寒くない？」

と聞くと、母は小さく頷いた。

世田谷通りから、自由通りへといつものように介護タクシーは進む。この道を母と通るのも今日と明日で終わりである。母はいつものように、ほとんどずっと目を開けている。オレンジ色に溢れる真夏のような太陽の光に、幼い頃の台湾を思い出していたのかもしれない。それはまるでこの世の最後の風景を精一杯脳裏に焼き付けておきたいかのようにも見えた。

東京医療センターのロビーはいつになく混雑していたが、おそらく通常の患者数の半分にも達していないのだろう。玄関で検温をし、手指の消毒を済ませ、自動受付機で受付を終えて長い廊下を奥へと進むと、そこはいつものように人の姿もまばらなエリアであった。

母は何も言わない。車椅子に掛けたまま、じっと正面を見据えている。自分が病院に来ていることにも気が付いていないのかもしれない。暫くして看護婦が姿を現し、母を処置室に連れて行く。今にも消えて無くなりそうな母の後ろ姿を目で追いながら、こんな時間ですら自分にとっては貴重な時間であることを聖は実感していた。

処置が終わり、例によって小川医師に説明を受ける。彼の目にも聖の母が弱っていることは歴然であろうが、それについて小川は何も言わない。

「それでは、三ヶ月後に予約を入れておきましたから」

何事もなかったかのように告げる小川の顔を見返しながら、聖はその三ヶ月後がないことをほぼ確信していた。

翌日は介護タクシーに朝八時にホームに来て貰った。東京医療センターの内科の医師の診療が午前九時半に予約されていたからである。昨日の今日で母の体力が心配であったが、気丈なのか無意識なのか、母は思いのほか元気そうであった。

空は打って変わって曇天で、朝ということもあって外気は秋の訪れを予感させる爽快さを匂わせていた。

「何度も病院に行かせてごめんね」

聖は介護タクシーに乗り込んでそう母に謝った。

「これであと暫くは行く必要はないからね」

聖の言葉が聞こえたのかどうか、母は何も言わない。ただ、聖が握った母の手が弱々しく握り返して来ただけであった。

東京医療センターは外来患者で混雑していた。昨日は午後の来院であったから、午前中の外来患者とぶつからなかったらしい。また、新型コロナ感染拡大が再び減少傾向になったことも関係しているのかもしれない。

今日はいつもとは勝手が違う。総合受付に行って要件を告げると、内科の診察受付に行くように教えられる。マスクのできない母を他の患者からできるだけ距離を置いて移動させるのに神経を使う。幸いなことに他の患者はみなマスク姿である。

内科の窓口で母の問診票を書き、中空診療クリニックから預かってきた紹介状を母の検温に来た看護婦に渡す。平熱であることが確認されると、漸く中の待合室に通された。

長椅子が列になって置かれている待合室であるが、待っている患者が距離を取るように貼り紙が座れる場所とそうではない場所を規定している。聖は他の患者から距離を置いて長椅子の一番端に座り、母の車椅子を引き寄せた。三軒茶屋第一病院に入院するための形式的な診断書を貰うのが今日のミッションであった。そのためには、できるだけ母の身体への負担を軽く済ませたかった。

十五分ほど待たされて、名前が呼ばれたので聖は母の車椅子を押して診察室に入った。デスクに向かって座していたのは、加山という姓の老齢の医師であった。加山は手にした紹介状から目を離して振り向くと、笑みを浮かべながら聖に座るように傍の丸椅子を指さした。

「内容はだいたい理解しました。診断書というといろいろありますが、どこまでご希望ですか？」

「多分、入院先でも調べられると思うので、できるだけ母への負担がないようにしたいのですが」

「レントゲンとか、胃カメラとかは希望しないということですね」

「はい」

加山は再び紹介状に目を落とし、暫く沈思していたが、

「ひとつ気になることがあるんですが」

と独り言のように言った。

「食欲がないんですよね？」

「はい、先月の初め頃から急に食事ができなくなりました。水分も十分摂れていない状態なので、点滴を打って貰ってます」

「お年のせいがあるのかもしれませんが、もうひとつの可能性としては甲状腺に異常があることも考えられます」

加山の言では、甲状腺異常は女性によく見られる病変で、投薬によって治療が可能だということであった。

「血液検査だけやってみてもいいでしょうか？」

「もちろん、お願いします」

母の食欲不振が、老衰によるものではなく投薬で矯正できるものなら。聖は藁にもすがる思いで血液検査を依頼した。

高齢の母にとっては、単純な血液検査もひと騒動であることを聖はこの時初めて知った。常人であれば、通常の血液の採取は座したままどちらかの腕を前方に伸ばし、静脈に針を刺して行われる。母の場合、車椅子から半身を起こすことができても、肘の関節が固まってしまっており、腕を伸ばすこと自体が困難なのである。

血液採取担当の看護婦が若く、老齢者の扱いに慣れていないことも一因であったのかもしれないが、何度か試みられた結果、母が辛そうな顔をしたので、

「何が別な方法はありませんか？」

と聖は看護婦の顔を覗き込んだ。

「それではベッドに横になっていただけますか？」

その「ベッドに横になる」という行為がまた簡単ではない。介護ベッドのように電動で上下するベッドならまだしも、ある程度の高さのあるベッドに、ことあるごとに身体の「痛み」を訴える母を担ぎ上げて移動させるのは壊れ物を扱うほど神経の要る作業であった。

「喉が渇いたでしょう？　何か飲む？」

血液採取を終え、待合室に戻った聖は母に尋ねたが、母は黙って首を振るだけであった。健常者にとっては、飲み物を飲む動作などほぼ無意識にできることであるが、母はそんなことも億劫になっているのかもしれないと聖は思った。

小一時間ほどして、診察室から声がかかった。悪い診断を予期した聖は、母を車椅子に座らせたまま待合室に残し、一人で診察室に入った。

「甲状腺ではないですね」

血液検査の結果から目を離して振り向いた加山の言葉に、予期していたとはいえ胃袋が沈むような感覚を聖は覚えた。

「老衰ということですか？」

加山は眉の根を寄せて頷き聖を見つめた。その目の奥に慈愛の光を見たことが、いくらか聖の気持ちを救ってくれた。

老衰という用語が、医学的にどういう状態を表すのか聖は無知であった。しかし、母の肉体がシャットダウンしつつある状態であり、今後、おそらく何をしても無駄であることを聖は自分に言い聞かせなければならなかった。

「点滴で繋いで、あとは死を待つだけですね」

聖の言葉に加山は再び頷いたが、思い直したように、

「点滴だけで数ヶ月生きていらっしゃる方もいますから」

と言った。その発言のどこまでが気休めなのかわからなかったが、経験豊かな老医師の言うことである。まんざら嘘でもないのだろうと聖は頭を下げた。

「なんだって？」

診察室から出た聖に母は尋ねた。

「あぁ、別に問題ないってよ」

聖はそう答えて母に微笑んだ。

帰りの介護タクシーの中で、聖はずっと母の手を握っていた。疲れ切ったのか、母はいつものように目を開けてはいなかった。時折、聖の指を軽く握り返すのが、意識してやっていることなのか、反射神経なのかもわからなかった。

この道を母と帰ることはもうない。車窓を流れるこの風景を見ることも二度とない。何事もなかったかのように、タクシーは進み、街は動いている。あと何日、母は生きているのだろうか。どのような試練がまだこの先に横たわっているのだろうか。恐れは感じなかった。ただ、涙だけが聖の頬を伝って止めどなく流れていた。

第二十二章　深淵が覗く時

一

東京医療センターの加山医師から診断書を受け取り、あとは予定通り、九月十四日のホームからの退去、そして三軒茶屋第一病院への入院準備を進めるばかりであった。通常、退去には一ヶ月前からの通知が必要であるが、ホーム長の佐野の配慮で、八月末に退去通知を出したという前提で家賃の精算等の手続きが始まっていた。残念なことに、聖はレンタル家具業者と既に六ヶ月契約を結んでしまっており、その支払いは生じるが、大局的に見ればマイナーなコストである。

退去まであと数日、日に二度、三度と母の部屋を訪れる聖の日課はいつも通りであった。午前中に点滴を依頼し、できるだけ食事を摂らせるように努力は続けていたが、豆乳やアイスクリームで母の体力を維持することがもはや不可能であることは明らかであった。加山が言ったように、こんな状態で数ヶ月も生きていけるとは到底思えなかったが、疑義を呈したところで何も得るものはない。

「九月十四日に退去することが決まりました」

聖は母の部屋に来た高科にそう告げた。

「そんなに直ぐに。そうなんですか」

以前から退去は決まっていたが、実際にその日が目前に迫っていることに高科は感慨深そうに眠っている母を見た。

「コロナが落ち着いたら、どこかで飲みましょう」

社交辞令ではなかった。高科に限らず、状況が許すのであれば世話になったヘルパー全員を招待したい気持ちであった。相手はプロであり、聖や聖の母は顧客である。そこには直接的ではないにせよ金銭の受け渡しがあり、利害関係がある。しかし、このホームに転居してから約二年の間に、聖は世の中には決して金では買えないものがあることを痛感していた。

人は誰もが限られた命を生きている。価値観の相違があるとはいえ、限られた人生を、どうすれば満足できるものに変え、少しでも幸福に生きていけるのかが我々の共有する命題である。そして、その命題の完徹に一番大きく寄与してくれるのが人の心なのではないだろうか。

健康も、金銭も、人が幸福になる条件だろう。しかし、どんなに健康を害していても、どんなに瀕していても、人の心によって人は救われるのではないだろうか。優れた芸術や音楽が、とてつもない高揚感や幸福感を人に与えてくれるのは、その芸術や音楽に人は作り手の「心」を見るからではないだろうか。

聖は覚醒した母を車椅子に乗せ、窓際に連れて行ってガラス戸を開けた。三階から見下す景色は、住宅の屋根ばかりが目に付く見慣れた景色である。何の変哲もない風景でも、母が元気な頃は、

「あの向こうに大きな木があるのよ」

と彼方を指差し、目を細めていたものであった。

この風景にもあと数日で別れを告げなければならない。思えば、この八ヶ月余り、この部屋が聖にとっての戦場であった。多くが試みられ、多くが失敗し、そして聖は敗れ去ることになる。辛くもあり寂しくもある初秋の夕暮れであった。

二

九月十三日。新型コロナの感染者数の増加傾向が頭打ちになってきていることを受けて、東京都は時短営業要請を撤回し、国全体としても大規模イベントの入場者制限を緩和する動きとなっているようである。「経済優先」の意図に反対するわけではないが、感染者数が増えればまた規制し、減ってくれれば緩和するというイタチごっこでは、根本の解決策にはならず、これから気温が下がるにつれ、また感染者数が急増することを聖は危惧していた。当然、感染者数が増えれば、重症者も死者も増えるだろう。

そんなことを言っても、夏場にあれほど警鐘が鳴らされたにも関わらず、感染者数の激増は起こらなかったではないかという指摘もあるだろう。しかし、逆に言えば、警鐘が鳴らされたからこそ、「夜の街」に批判の目が向けられ、また人々もその行動に注意することになり、感染者数の激増を防ぐことができたのだと聖は思っていた。

新型コロナは感染症であり、他人との濃厚接触さえなければ、駆逐することができる病気なのだという事実を改めて確認できる事例だと聖は思った。欧米の傾向を見ても、いかに人々の行動が感染者数に直結しているかがわかるだろう。日本も決して例外ではない。

結論は責任感のない政治家がのんべんだらりと仕事をしているうちに、国民は自らを守るべく、行動を起こしたということなのだと思う。最近は電車に乗っても、マスクをしていない人を見ることが珍しくなっていた。他人の目を恐れる日本人の文化が、再び良い意味で功を奏しているのである。

この文化が継続し、また新型コロナが大きく変異しない限り、日本における感染者数が欧米のようになることはないだろうし、死者が激増することもないだろう。無能な政府が、また国民に救われた形になっているのは世界的に見ても珍しく、皮肉なことかもしれないと聖は思った。

この日、聖は午前中に母の部屋に入室し、点滴の依頼を終えて再び午後に部屋に戻った。母が覚醒していたので、食事を与えようとしたが、目を閉じたまま首を振って受け付けないので諦めた。

「また明日来るからね。元気でね」

そう告げると、母は薄らと目を開けて聖を見ていた。

部屋を出て、エレベーターで階下まで降りた聖の視野の片隅が高科の後ろ姿を捉えた。

「高科さん」

廊下の角を曲がって姿を消そうとする高科を聖は呼び止めた。

「今日は夜勤ですか？」

「いいえ」

振り向いて聖のほうに歩きながら、高科はポケットから小さな紙片を取り出して目を落とすと、

「今夜は梶ですね」

と教えてくれた。梶は谷山と同年代の若いヘルパーである。

「つかぬことをお伺いするんですが、もし母の具合が突然悪くなって死ぬようなことがあった場合には、こちらのほうで葬儀の手続きをしていただけるんでしょうか」

突然の質問に、高科は一瞬、面食らったようであった。聖自身、なぜこのような質問が口をついて出たのか、わからなかった。ただ、医者が実質的に匙を投げた今、母の死とその後の処理の方法が近未来の出来事として聖の脳裏にへばりついていたことは確かであった。

「いいえ、ホームではそういうことはしませんから、聖さんがご自分で葬儀社のほうで手続きをしていただくことになります」

言われてみれば確かにそうである。サービス付高齢者住宅は、生活スペースを契約者に貸しているだけであって、介護サービスを提供する義務はあっても葬儀の手続きはそのサービスの範疇ではない。

母のことで気弱になり、姉のような高科に甘える気持ちが芽生えていたのかもしれないと聖は自らを恥じた。

「今日はこれで帰りますので、梶さんによろしくお伝えください」

「はい」

明日はいよいよ退去そして入院の日である。荷物の移動には数日の猶予が与えられていたが、母はここを出なければならない。介護タクシーでの短い旅を想定しながら聖はホームを後にした。

三

聖がヘルパーの梶から電話を受けたのは午後十時過ぎであった。

「高木さんが苦しんでおられまして、救急車を呼ぼうと思ってるんですが」

梶の張り詰めた声の調子から、事態が急変したことを聖は察知した。どんな状況なのか詮索している暇はなかった。

「お願いします。今、私も参ります」

救急車でどこかに搬送されるのであれば、ホームに直行しても意味はない。身繕いを済ませ、母の保険証や診察券をズボンのポケットに押し込んで待機していると、暫くしてまた携帯の着信音が鳴った。

「もしもし？」

「あ、高木さんの息子さんの携帯でよろしいでしょうか？」

男の声が尋ねた。緊迫した声であった。

「はい、高木です」

「救急隊の者ですが、お母様が心肺停止状態になっておりまして、救命措置をお望みかどうかお電話しているのですが」

遂に来た。突如として激しい喉の渇きを覚えて、聖は言葉に詰まった。同時に今の自分を客観的に見ている平常心の自分がいた。これ以上、母を苦しめることはできない。咄嗟の判断がそれであった。

「いえ、望みません」

「心臓マッサージ等もお望みではありませんね」

「はい、望みません」

断言した。心肺停止であれば、母は既に死んでいるのである。暫く待つように言われて待っていると再び救急隊員からの着電があり、取り敢えず東京医療センターに向かうと言われる。死んだ人間を病院に運ぶ意味が聖にはわからなかったが、言われたことに従わないわけにはいかない。聖が重い足を引き摺って自宅を出たのは午後十一時を回った時刻であった。

タクシーを飛ばして東京医療センターに到着し、救急外来の受付に行くと、救命センターがある四階に行くように言われる。勝手知ったる廊下を、夢遊病者のような足取りで進む。病院の暗い建物の中が、いっそう暗くなったように感じる。

四階の待合室で聖を待っていたのは、ホーム長の佐野であった。マスクの中の顔が疲れているのが聖にはわかった。目ばかりが異様にギラギラと光っていた。それでも頼る兄弟も親戚もいない聖にとって、佐野がそこにいてくれるだけで少しばかり安心であった。

「どうも夜遅くありがとうございました」

深々と頭を下げた聖に
「今、処置室のほうにいらっしゃいます」

と佐野は言った。

「梶が十時頃に見回りに入室した時は、苦しそうにしていたそうなんです。それで直ぐに聖さんに電話したそうなんですが」

暗い声で佐野が説明した。ヘルパーが夕食の介助に入るのが午後六時であるから、その後に母は苦しみ出したことになる。いったいどれくらいの間、苦しい思いをしたのだろうか。考えても結論はなく、結論があっても知りたくないことであった。

「今日はこれでどうぞお引き取りください。本当にどうもありがとうございました」

聖はそう言って佐野に帰宅を促した。ここからは、聖一人の仕事である。

二十分ほどして、グリーンのスクラブに身を包み、フェイスシールドをした医師が姿を現した。胸の名札から「水口」という名が読み取れた。以前、世話になった多田という医師がそうであったように、この男も俊敏を絵に描いたような医師であった。

「お母様のことですが、こちらに搬送されていらっしゃった時には既に心肺停止状態でした。救急車の中で心臓マッサージを試みたようですが、蘇生はできなかったようです」

テキパキとした口調であったが、人の臨終に立ち会ったという重々しさが言葉の隅々に窺われた。

「ご遺体をご確認願えますか」

聖は水口と若い看護婦に付き添われて処置室に入った。周囲は暗く、母の頭部にだけ光が当たっているように感じた。

母はそこに寝ていた。数時間前に見た母と寸分変わっていないというのが第一印象であった。口が半分開いていたので、閉めてやろうと手をかけたが無駄であった。母の肌の冷たさの感触だけが、聖の手に残った。

九月十四日、午前一時二十二分、水口医師によって母の臨終が宣告された。

病院の霊安室は地下室にあった。聖が降りていくと、黒い服を着た男性職員が待合室に案内してくれた。待合室で聖はネット検索し、二十四時間対応で受け付けている「永安社」という喜多見の葬儀社に電話を入れた。

聖の手には医師が書いた死亡診断書が入った封筒がある。死因は「老衰」。佐野から聞いた経緯からして、おそらく正確な死因は心不全か何かであると聖は思ったが、解剖もせずに心臓云々と書くわけにはいかないのだろう。

母の遺体は、聖から数メートルのところに横たわっていた。聖は何度か歩いて母を見に行った。この九ヶ月余り、ほとんど寝たきりの状態であった母を見慣れていたせいか、母の死が実感として湧いてこない。声をかければ、またパッと目を開くような気すらする。医師や看護婦、そして霊安室の職員が、あまりに丁重に聖を扱ってくれることが現実と不釣り合いなように思えて、聖は神妙な顔を作ることに苦痛さえ覚えていた。

「永安社」の寝台車が病院に到着したのは午前三時半過ぎであった。職員に死亡診断書を手渡し、いくつかの書類に必要事項を書き入れ、署名を求められた後に、母の遺体は厳かな空気の中、寝台車へと搬入された。

病院からは看護婦が二人、霊安室の職員が一人、計三人が聖の傍に立ち母を乗せた寝台車のテールランプが夜明け前の薄闇の中を静かに消えて行くのを見送ってくれた。

「以前にもお世話になった看護婦さん？」

看護婦の一人が見覚えのある顔であったから聖はそう尋ねたが、彼女のほうは聖も聖の母も覚えてはいなかった。

自宅に帰って三時間ほど眠った聖は「永安社」に電話を入れ、葬儀の手続きを即日にでも終えたい旨を告知した。昨夜の職員には、今日か明日にでも来訪する意図を伝えていた。電話に出た女性職員の受け答えは丁寧かつ迅速であり、極めて好感の持てるものであった。

午前十一時半、約束の時間に聖の姿は「永安社喜多見会館」の玄関にあった。出迎えてくれたのは四十前後の女性職員であった。マスクを着用し、黒い制服に身を包んだその女性は、聖に「葬礼アドバイザー」と書かれた名刺を手渡しながら名を「村上」と名乗った。

「できるだけ簡素に済ませたいのですが」

永安社喜多見会館の応接室でテーブルを隔てて座った村上に、聖は開口一番そう伝えた。葬儀社が時に法外な葬儀費用を請求することを、聖は経験上知っていたからである。

「わかりました」

村上はプロであった。表情一つ変えずに手元に置かれたカタログのページを捲って行く。今日は費用の見積を出して貰い、火葬の日時を決めるのが目的であった。しかし、見積に不満があるからと言って、それでは他の業者に頼みますというわけにいかないことは、村上も聖も知っていた。母の遺体は、既に喜多見会館内の一室に安置されているのである。

「お棺はどれにいたしますか？」

「霊柩車はどれにいたしますか？」

とカタログの写真を指差しながら村上が聖の意向を一つ一つ確認して行く。それぞれに等級があるが、上手く考えたもので、上の等級と下の等級との間に大きな価格の相違はなく、これくらいの違いならとより高価な等級に手を出させるように価格設定されているのである。

また互助会にでも入っているのならいざ知らず、聖のように突然の肉親の死に直面する場合も多いであろう。そのような場合には、あれこれと考えている時間はなく、それに死者に対する敬愛の念や世間体を気にする心理も加味されて、ある程度は葬儀社の言い値で葬儀を行うことになる。

村上が提示した見積書を見て、聖は目を丸くした。基本葬儀料金として、まず十万円がチャージされている。次に安置室使用料として、一晩三万円と書かれており、聖は明日九月十五日の火葬を希望したので、二晩分の六万円という数字が出されている。高級ホテル並みの価格である。更に昨晩の寝台車の使用料が三万円、その際に使われた防水シートに五千円、霊柩車の使用料が二万六千円、棺が十万円、布団が二万五千円、花代が三万円等々、最終的には五十万円近くが費用として見積もられていた。

無論、親戚縁者を呼んで葬儀の礼を行えば、香典で葬儀費用をカバーできるという事実が慣例的にあり、今の日本で葬儀社が請求する額に文句を言う人はほとんどいない。高額な葬儀費用は、聖のように親戚縁者と疎遠になってしまった者の懐だけを直撃するのである。

冠婚葬祭に費用云々するのは野暮であるという考え方もできよう。葬儀社もビジネスなんだからと割り切ることもできよう。更に今は、割安で葬儀を請け負ってくれる業者も出て来ている。聖はしかしそこに、肉親を失ったばかりの遺族の足元を見るようなビジネスを不快に感じている自分を見出していた。

四

九月十五日。聖は母の棺の横に立っていた。白木の棺の中で、明彩色の花々に包まれた母は、もうどんなに呼びかけても、もう決して目を開けることはない。「塩キャラメル」の小箱が一緒に納められているのは、永安社のスタッフの配慮なのだろう。元気だった頃には、よく「塩キャラメルが食べたい」と母は言っていた。

もう少しすれば、棺の蓋が閉じられ、母はここから運び出されて行く。行き先は代々木にある斎場であった。そこで母は荼毘に付され、肉体としての高木彰子はこの世から消滅する。もう無理に食事を進められることもなければ、便秘や体の痛みに苦しむこともない。聞こえないことは知っていたが、聖は思わず「よくがんばったね。ありがとう」と心の中で呟いていた。

植民地で生まれ、幼くして妹の死と若くして父親の死を体験し、戦争で兄を亡くし、結婚生活に幻滅した母の人生の一割も聖は知らない。知っているのは、母が話してくれたその人生の断片と、印象派とシャンソン、そしてシューベルトの「未完成交響曲」とカーペンターズが好きだったということ。

「そろそろご出発の時間です」

物思いに耽っている聖を、永安社の若い女性スタッフが呼びに来た。聖が母の傍を離れると、棺の蓋が閉ざされ、背広を着た男性スタッフが数名で棺を担ぎ出す。玄関先に停められていた霊柩車に母の棺が速やかに搬入されるまでの、機械的で無駄のない動きを、聖はただぼんやりと眺めていた。

「ご一緒にお乗りになりますか？」

村上に促されて聖は母の棺の横に席を取った。帽子を被った運転手と助手席に乗り込んだ村上の頭越しに、世田谷通りが見透かせる暗く静かな席であった。

「安全運転で参ります」

運転手の声と共に、車はゆっくりと滑るように発車した。

何度も母と病院に通った道を、車は東へと向かっている。母と一緒に眺めたいつもの景色が、母を見送ってくれているように聖の目に映る。

予定通りであれば、今頃は母は転居を終え、病院の病室でその最後の日々を送っている筈であった。聖は煩雑な手続きに追われ、明日の不安に慄いていたかもしれない時であったかもしれなかった。母がその転居当日に亡くなったということに、聖は不可思議な因果を感じていた。

母は病院で死ぬことを忌み、自宅であるホームでの死を選んだのではないか。これ以上、聖に面倒をかけることを拒み、自死したのではないか。いやいや、そんなことはあり得ない。死因は心臓発作である。心臓発作を自分の意思で起こすことなどできるわけがない。聖は自らの脳裏に浮かんだ不条理に首を振った。

聖と母を乗せた車は、ゆっくりと最終目的地へと進んでいる。その心地よい揺れは、まるで大河の流れに身を任せ、黄泉の国へと向かう小舟のようでもあり、聖は母と共に下ったドナウの流れを思い出していた。

「楽しかったね」

聖はそう言って母の棺に手を置いた。

聖が母と共に過ごした九十四年と数ヶ月の命の最後の時間は、世界がコロナ禍に飲み込まれて行く中での、無我夢中な時間であった。鬼哭啾々《きこくしゅうしゅう》とした無間地獄の中の、真空地帯のような時間であったが、同時にそれは絶望との戦いの時間であり、焦燥と懊悩の時間であった。

しかし今、聖が思い出す母は、老いさらばえた母の姿ではない。それは、モンマルトルのシャンソニエで声も高らかに歌う母の姿であり、カンヌのクロワゼット大通りを得意げに歩いて来る母の姿であり、ウィーンの森でシューベルトの人形の横に座り、嬉しそうに頷いている母の姿であった。

「俺は深淵を覗いたのだ」と聖は思った。そして深淵は、その暗く沈んだ永劫の闇から、目に涙を湛え口元に優しい微笑みを浮かべながら、こちらを覗き返していたのである。

完

深淵が覗く時　―コロナ禍の介護日誌―

2021 年 5 月 31 日　初版第 1 刷発行
著　者　　出雲優生
発行所　　株式会社牧歌舎
〒 101-0064　東京都千代田区神田猿楽町 2-5-8 サブビル 2F
TEL.03-6423-2271　FAX.03-6423-2272
http://bokkasha.com　代表：竹林哲己
発売元　　株式会社星雲社（共同出版社・流通責任出版社）
〒 112-0005　東京都文京区水道 1-3-30
TEL.03-3868-3275　FAX.03-3868-6588
印刷・製本　藤原印刷株式会社

ISBN 978-4-434-28835-7　C0093